宁宗一 著

心灵投影

商务印书馆
The Commercial Press
2013年·北京

图书在版编目(CIP)数据

心灵投影/宁宗一著.—北京:商务印书馆,2013
ISBN 978-7-100-09667-6

Ⅰ.①心… Ⅱ.①宁… Ⅲ.①小说集—中国—当代②剧本—作品集—中国—当代 Ⅳ.①I217.2

中国版本图书馆 CIP 数据核字(2012)第 291108 号

所有权利保留。
未经许可,不得以任何方式使用。

心 灵 投 影

宁宗一 著

商 务 印 书 馆 出 版
(北京王府井大街36号 邮政编码100710)
商 务 印 书 馆 发 行
北京市松源印刷有限公司印刷
ISBN 978-7-100-09667-6

2013年4月第1版 开本 787×960 1/16
2013年4月北京第1次印刷 印张 26½
定价:52.00元

目 录

要把名著读到这种程度——序宗一的《心灵投影》………… 来新夏 1

题记 中国戏曲与小说的血缘关系…………………………………… 1

小说篇

心灵的辩证法——我读《莺莺传》…………………………………… 7
考据，不应该遮蔽审美视线——读陈寅恪的《读〈莺莺传〉》…… 24
镂心刻骨的痴情——读《碾玉观音》随想…………………………… 27
政治史的战争风俗画卷——浅论《三国演义》……………………… 38
《水浒传》的民族审美风格…………………………………………… 51
智慧的较量——读《西游记》………………………………………… 65
笑笑生对中国小说美学的贡献——评《金瓶梅词话》……………… 82
重读《金瓶梅》断想…………………………………………………… 113
《金瓶梅》六人物论…………………………………………………… 118
［附］史里寻诗到俗世咀味——明代小说审美意识的演变……… 169
艺术与道德并存——读《聊斋志异·西湖主》随想………………… 184
一位古代小说家的文化反思——吴敬梓对中国小说美学的拓展… 194
喜剧性和悲剧性的融合——《儒林外史》的实践…………………… 209
寂寞的吴敬梓——鲁迅"伟大也要有人懂"心解……………………… 228
心灵的绝唱——《红楼梦》论痕……………………………………… 231
面对大师的心灵史——走向世界的《红楼梦》……………………… 238

戏曲篇

惊天动地的呐喊——浅谈《窦娥冤》的悲剧精神……………… 253
歌颂强者的诗——激赏《单刀会》……………………………… 263
生活的潜流——为关汉卿《玉镜台》杂剧一辩…………………… 278
另一种精神世界的透视——关汉卿《谢天香》杂剧别解………… 295
《西厢记》：进入经典——一个文本蜕变过程的文化考察 …… 309
悲剧的咏叹调——感悟马致远《汉宫秋》第三、四折…………… 341
胆识与才情——睢景臣《高祖还乡》的象征意蕴………………… 350
重新接上传统的慧命——说不尽的《牡丹亭》及其他…………… 368
《长生殿》的悲剧意识——敬致改编者…………………………… 378
［附］戏曲史·心灵史·社会史………………………………… 385
意蕴：新编史剧的历史深度和反思力度…………………………… 398

编后赘语……………………………………………………………… 409

要把名著读到这种程度
——序宗一的《心灵投影》

来新夏

著名学者、中国文学史家宁宗一先生，先后任教于南开大学中文系和东方艺术系，以精研古代小说、戏曲蜚声于学坛。著述繁富，颇多创见，嘉惠后学者甚众。先生与我相识逾一甲子，而交谊之进展，当分二阶段。前三十年，大氛围紧张，人多谨言慎行，即使擦肩而过，亦仅颔首致意，类君子之交，其淡如水，而宁先生才名，则心仪已久。后一阶段稍呈宽松，彼此又在同一宅区前后楼，衡宇相望，于是交往日密，交谈亦少顾忌。先生少我八岁，而识见之精，谈吐之雅，风姿潇洒，令人神往。继而家庭生活，个人隐私，皆能心心沟通。甚至彼此互为作品写序，交换著作，倾吐积愫，几于无话不谈。上世纪八十年代，宁先生与时俱进，学术研究更展新猷——着重探索经典文本审美化以及心灵史意义等课题，颇见进益，成《心灵文本》《倾听民间心灵回声》等著作，使中国古代文学史研究一新面目。近者，宁先生复以新作《心灵投影》一书见示。全书对18部（篇）古典文学名著进行精到深入阐释，更嘱作一序。我行年九十，精力见衰，有请序者多婉拒。惟宁先生既为数十年之多闻友，时相切磋，难吝笔墨；今又读其书，虽老悖驽钝，或尚有愚者一得，乃就读书所得点滴，略择一二，敷衍成文，聊以塞责。

心灵投影

　　小说、戏曲为中国古代文学史中主要构成，下迄元、明、清各代。二者已呈主流之势，其研究者夥颐。我亦曾浏览涉猎多人论述，不乏佳作，而能立足美学，触及心灵，辨析考镜，以深入原著精髓者，则殊属少见。宁先生之所以能有此见识者，盖以少承家学，长而受李何林、王玉章、华粹深、许政扬诸名师指点，加以天资聪慧，好学勤奋，每有研读，辄从原著入手，结构个人文脉，独立思考，比较印证，铸成卓见特识。其引据征信，犹约略可见乾嘉诸老流风余韵。其著述之能超越群伦者，实缘多年深研潜究所致也。

　　《心灵投影》是宁先生晚年精心之作，其思路、行文不逊往昔。卷首题记《中国戏曲与小说的血缘关系》开宗明义，为全书立主旨，以示将小说与戏曲相互参定、同步研究之缘由。全书以心灵史观点为核心，多层次、多侧面、多角度展示其回归心灵之理念。所论小说部分自《莺莺传》始，经明代"四大奇书"，下至《儒林外史》《红楼梦》诸作，无不运其庖丁解牛之刀，鞭辟入里地揭示各书作者多为心灵雕刻之巨匠，而小说文本皆为作者心灵之投影。其于《金瓶梅》，既不斤斤于考证作者笑笑生之生平，更不屑一顾世俗谩言《金瓶梅》为诲淫之作，而是深入发掘作者对中国小说之美学贡献以及纵观明代小说审美意识之演变。论《红楼梦》则不同于一般论述，而定格为曹雪芹的心灵自传，言《红楼梦》既是一首青春浪漫曲，也是充满悲凉慷慨之挽诗。至于戏曲部分则上起关汉卿、王实甫、马致远，至汤显祖、洪昇等名家名著，均进行细腻而富有诗意之诠解，着重于发现人物心灵冲突和人性复杂性。宁先生对《西厢记》文本进入经典的文化考察，更是别创新意，为《西厢记》确立学术史地位有所贡献。

　　宁先生年逾杖朝，犹笔健如此，学术生命当不可期。今见此扛鼎之作，能不令人咋舌羡慕？设非学殖深厚，曷克臻此？宁先生之所以在学术上能老而不衰，稍加分析，即可知其得益于凡研究探索皆从原著切入，直奔心灵，并身体力行以求其效。《心灵投影》乃宁先生汇聚一生心血之最新成果，是一部将学术性、赏鉴性、可读性融为一体之佳著，而其内涵深厚，文笔条鬯，尤能引人入胜。反复循读，耐人寻味，不禁令老叟为之汗颜拜服。

我与宁先生虽已进高年，而笔耕不辍之念犹存，虽来日苦短，但桑榆未晚，心灵时有激荡。我愿与宁先生携手共进，奋力为所处时代做出应有之贡献。至望诸友督察之。是为之序！

2012年7月
写于南开大学邃谷
行年90岁

题 记

中国戏曲与小说的血缘关系

一

早年读散文名家姜德明先生的《戏话》[1]一文,觉得他的文笔丝丝入扣,读之令人眼目清凉,身心愉悦。他不仅独具慧眼,通过京剧《三堂会审》与托翁的著名小说《复活》,拈出了一则有意味的"中西文艺比较",揭示了人性中的负罪感和灵魂冲撞,说得极为通脱、明晰,且率真地表达了自己偏爱的一方——《起解》与《会审》。其中最令我感动的是这位散文大家的谦逊的文风,他用平等的商量的口气写道:"说句外行话,能不能说整本的大戏如同长篇小说,折子戏是散文?"不管你读后能否认同此说,这态度就让人听着舒坦,更不用说姜先生的体会显然是当行里手的理解。

说来也巧,偶读汪曾祺先生的《搭上随笔》,[2]出于职业与爱好的习惯,当然要首先拜读汪先生的《中国戏曲和小说的血缘关系》一文了。汪文也是从中西戏剧结构比较入手,指出"西方古典戏剧的结构像山,中国戏曲的结构像水",接着从戏曲发展史角度

---

[1]《今晚报》1996年2月6日第6版。
[2]《当代名家随笔丛书》之一种,群众出版社1994年7月版。

画龙点睛地指出:"这种滔滔不绝的结构自明代至近代一直没有改变。这样的结构更近乎是叙事诗式的。或者更直截了当地说:是小说式的。中国的演义小说改编为戏曲极其方便,因为结构方法相近。"汪先生如数家珍地列举了《打渔杀家》《一匹布》《牡丹亭》《琵琶记》《武家坡》诸戏的时空处理及戏剧冲突等问题,做了鞭辟入里的分析,真是切中肯綮,醒人耳目。事实是,在文学的文化学研究中,充分认识中国小说与戏曲的血缘相关性是非常必要的,这还不仅仅是由于小说和戏曲的共同性都是因为具备叙事性,或者说都离不开故事。真正值得我们注意的是,中国的艺术精神都追求虚实相生、追求写意化、追求意境、追求突破时空限制的象征意蕴。所以,研究小说与戏曲的关系,似应超越过去题材溯源的单一思路,更多地在形态学、文化学的层面上开掘。

于是,我想到了前辈名家杨绛先生的精彩力作《李渔论戏剧结构》一文结尾部分的论述,她说:西洋小说往往采取戏剧式的紧密结构,把故事尽量集中在较小的地域、较短的时间。例如奥斯汀的小说就被称为"戏剧式的小说"。我国的传统戏剧却采用了幅度广而密度松的史诗结构。希莱格尔说"但丁的《神曲》是一部小说""莎士比亚的悲剧是古典悲剧和小说的混合物"。那么,我国的传统戏剧可称为"小说式的戏剧"。[1]杨绛先生的这番言论意在揭橥戏剧结构上的中西艺术之异,然而我们却可以举一反三,它告知我们的正是中国小说与戏曲的相互渗透是多方面的,也正是在形态学、文化学的层面上给予了我们极大的启示。为此我特别期待着中国学术界今后能够出版一部有质量的中国小说戏曲艺术发展史。

---

[1] 见《杨绛作品集》,中国社会科学出版社,第3卷,第140页。

二

  戏曲和小说的血缘关系，似乎很早以前就形成了我心中的一个"情结"，我说我渴望看到一部地道的中国的戏曲小说艺术发展史。所以我在很多场合，只要有机会就要"喋喋"地谈论如下的这个观点：一部中国小说史就是一部活的中国戏曲史；而一部中国戏曲史又是一部活的中国小说史。我想凡治中国小说史和中国戏曲史的学者，几乎都或多或少，或明晰或模糊地感觉到了这一点。因为人们都看到了，在中国戏曲文类和小说文类进入成熟期（或定型期）以后，它们的紧密联系和相互依存的关系就越发明显了。因此，与西方文艺发展史不同，中国的戏曲、小说有着自己独特的发展规律。其中重要一点，即二者经常相互作用、相互参定，同步发展，戏曲中的小说因素，小说中的戏曲因素都是显而易见的。形成这种现象的原因，肯定是多方面的。然而，从总体上说，古代小说、戏曲所体现的，都是中国中世纪以后城市市民的思想意识。而宋元以降，中国独有的瓦舍勾栏艺术，无疑又给二者的融合提供了极为畅通的渠道。古代戏曲、小说这种血肉关系决定了研究它们的不可分割性。英国著名的历史哲学家汤因比曾经指出："我从来就没有把历史、当代史、经济史、宗教史和艺术史加以区别，也没有把历史的研究和技术的历史加以区别……我反对把人的研究分成若干所谓的'学科'。"汤因比的话也许是一种"深刻的片面"，但我们却有必要从中汲取充分的精神养料和思想灵感，他确实独具慧眼地窥见了20世纪末人类精神领域和学术研究中的综合趋势也是最佳运作方式。至于如何操作，那就看研究者的视角、切入方式、理解力、阅读心态或理论准备了！

  中国戏曲和小说（理应包括独具特色的中国讲唱文学）的关系，

从外显层次加以观照，人们几乎都可以把握这样一种血缘关系：即它们在创作题材上往往同出一源。同一题材在说书场中或戏曲舞台上以各自的艺术样式加以表演；同时，又在新的基础上，相互吸收对方在处理同一题材时的经验，从而提高了自己的思想艺术水平，这样循环往复，绵延不断，世代不息，大大促进和丰富了小说戏曲的艺术创作经验。此种情况确实构成了我们民族艺术的一种传统。

然而，真正的困难却在于，从深隐层次上去观照戏曲和小说的内在关系，就有着许多有待认真探索的问题。要而言之，如从艺术文化学角度和艺术形态学理解与把握这一问题，就有诸多难点和令人困惑的问题亟待从理论上史料上加以破译。且不说小说和戏曲完全属于两种文类，仅就叙事体和代言体等文体类型来考察，我们就已感到本体研究中的交叉渗透的复杂性。

关于这一点，我国理论界的有识之士已经认同：中国小说文体的基本叙事格局构成了三个层面：一是情节结构的戏剧化；二是形象构成的动作性和视象性；三是情景描述的写意与诗化。这种传统叙事格局也明显地体现了小说家对戏剧化的思维认同。据我看，这种认同，从实践上，李渔的艺趣意识最为明显。他公开地把自己的小说称之为"无声戏"，这足够说明，我们的小说家已有了清醒的认识——小说戏曲观念的同一性。

事实也证明，小说创作引进戏剧的艺趣意识，在情节的叙事结构上较大程度地改观了"记实研理，足资考核"，平直、浅露的叙事意向，逐步形成了重剪裁、巧构思，文笔精细曲折，情节描写波谲云诡、跌宕多姿而又合"人情物理"的叙事模式。总之，窃以为，小说思维机制是在两种文体的挟裹和诱发下，出现了流变的态势，而作为中国的戏曲思维也是如此运作的。

小説篇

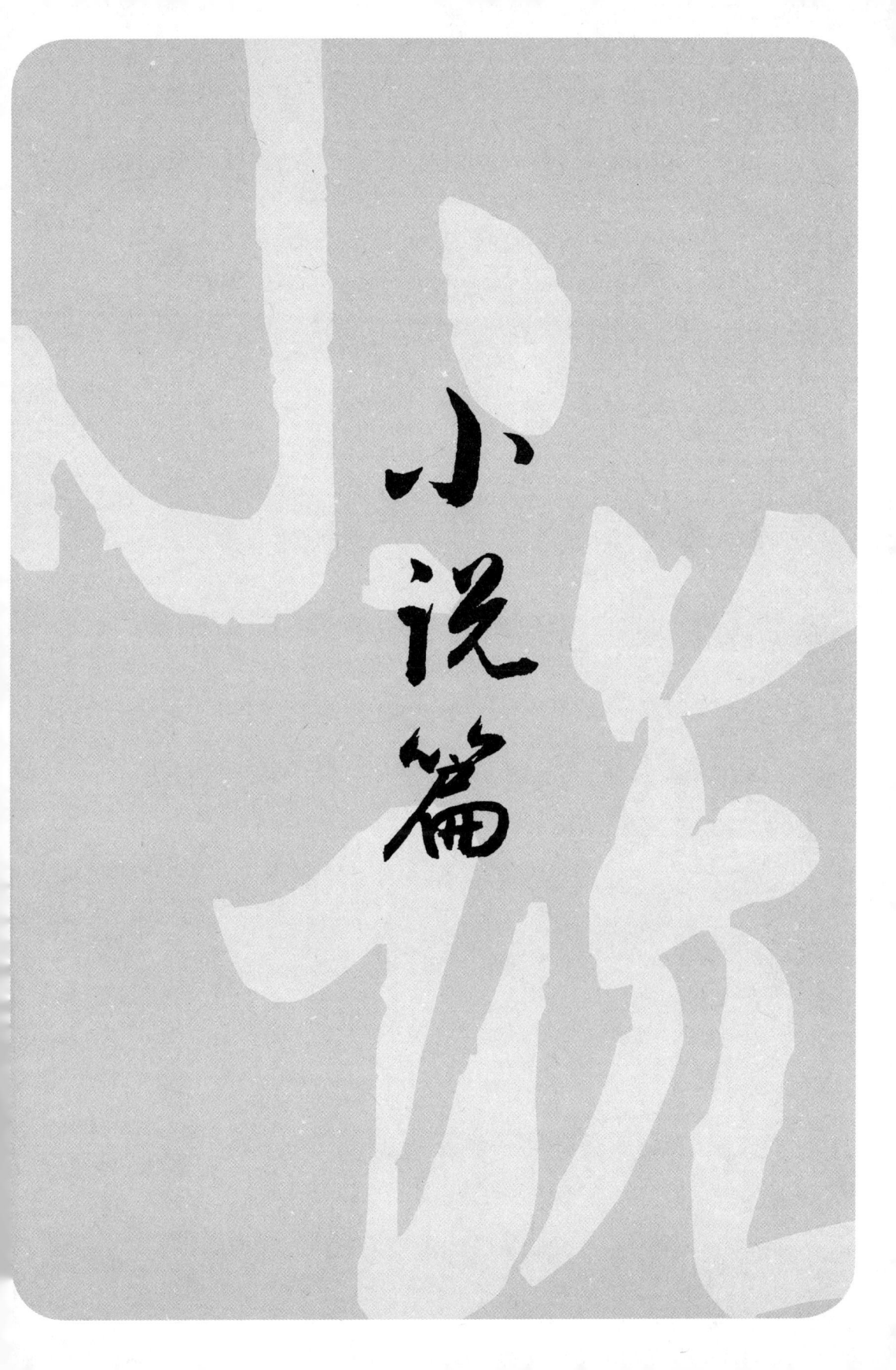

心灵的辩证法
——我读《莺莺传》

从"第一次印象"谈起

对于文艺爱好者来说，可能都有过这样的欣赏经验：读一篇文学作品（特别是那些叙事类作品）的第一次印象，往往会成为今后对这篇作品进行抑扬褒贬和审美判断的一个十分重要的关键。这也许是因为，对于读者来说，每篇作品只可能有一次"初次印象"。这如同一个人第一次看到一个性格特异的人，听到一个新鲜的故事，看到一件别致的事物，对他来说这一切都是新鲜的。这个珍贵的新鲜感，在以后第二次、第三次的阅读中有时反而会淡漠了。这一规律常常出现在文艺鉴赏者的精神活动中。

我不能忘记第一次读元稹《莺莺传》时那种耳目一新的新奇之感。但那初次的印象，却又是一种很复杂的感受：它的文体是那样简约明澈、清新隽美，而且在那轻淡的描述里，有着一种自始至终强烈地拨动着人们心灵的琴弦（就是这一点也足以与白行简的《李娃传》和蒋防的《霍小玉传》等媲美）。可是，传奇中作家借人物之口的告白和小说的形象内容本身的矛盾却又使人深感困惑：张生用情不专、负心背义抛弃莺莺，是封建社会的产物，然而"始乱之，终弃之"的行为不仅不视为薄幸残忍，反而被认为这样做是"善补过"。莺莺的悲剧确实是概括了历史上许多受封建礼教约束和轻薄少年遗弃的善良少女的共同命运，然而这样的少女为什么竟被诬为"不妖其身，必妖于人"的"妖孽"，而且还是出于曾经狂热地追求过她的人之口？总之，这篇小说给人们的最初印象就像是一支旋律和谐优雅的乐曲，在收煞时突然发出了使人难以忍受的噪音，或是像一出哀怨凄绝的悲剧，在凝聚和升华到崇高美的境界时骤然掺进了某种笑剧的因素，而破坏了整个作品的情调。

现在，虽然已经是时过境迁了，可那"两重性"的初次印象依旧是萦回脑际，而且似乎还在执拗地支配着自己的审美感情。但是，令我最触绪牵情的仍然是莺莺这个悲剧人物的命运。这说明，真正强有力的、作用于读者感情的还是作品提供的美的艺术形象。事实上《莺莺传》这篇小说的主体和真正的审美价值，不论我们愿意不愿意，只能是关于女主人公莺莺一生的故事。因此，如果贬低莺莺在小说中的地位，而只看重其他部分（诸如用索隐抉微的方法去考证张生是不是元稹，莺莺是不是出身高门甲族），那就无异于大观园中少了贾宝玉，《空城计》中没了诸葛亮。现在，我们如果调转角度，不是首先抓住小说对社会现象的某些零星的暴露或影射，以及那苍白无力的说教，而是从女主人公的悲剧和性格的角度来看，那么《莺莺传》的全貌才会真正呈现在我们面前。

看来我们的任务应当是努力遵循形象思维的规律，从莺莺这一形象完整的艺术创造，从这一人物典型的全部结构来进行美学分析。

心灵的辩证法——我读《莺莺传》

"性格就是命运"【1】

记得歌德曾经说过:"艺术的真正生命正在于对个别特殊事物的掌握和描述。此外,作家如果满足于一般,任何人都可以照样摹仿;但是如果写出个别特殊,旁人就无法摹仿,因为没有亲身体验过。……每种人物性格,不管多么个别特殊,每一件描绘出来的东西,从顽石到人,都有些普遍性。"【2】《莺莺传》所描写的故事和人物之所以能够激起读者的共鸣,正是写了"个别特殊",并且生动地表现在人物刻画上。崔莺莺是唐代传奇小说中人物画廊里具有独特命运和性格的人物。她既不同于出身低贱而最后还是跨进了名门望族的李娃;也不同于被抛弃后饮恨而终,仍然燃烧着复仇火焰的霍小玉;而是一个出身上流社会的少女,在经过内心的重重矛盾,勇敢地冲破了封建礼教的精神桎梏以后,却被一个用情不专、负心薄幸的人所抛弃。这个爱情故事就是如此简单,而且读者不难发现,这是中外古今许多不怎么高明的爱情小说中经常的反复出现过的情节。这要让一个生活阅历浅薄和艺术腕力不足的作者来处理,很容易落入俗套。然而作为小说家的元稹却完全采取了独辟蹊径的艺术处理,或者说作者找到了描写莺莺命运和性格的特异的角度和色调,从而谱写了一曲凄恻的恋情哀歌,一首深沉哀怨的诗。

我们知道,作家研究的对象是人和人的灵魂。文艺创作是探索和塑造人的心灵的劳动。在生活中,人之"情"是丰富多彩、千差万别的,也是探之不尽、索之无穷的。艺术中性格的创造,其要点

【1】德国浪漫主义诗人诺瓦利斯语。
【2】《歌德谈话录》,第10页。

正在于通过特定的社会关系，去捕捉、剖析人物感情世界的独特性，由此刻画和揭示黑格尔所说的"这一个"人物特定的社会内涵及其心灵的历程。莺莺这一艺术形象为什么能够这样的深入人心，也许我们最先想到的是爱情，悲剧的爱情。《莺莺传》的独创性在于，它不是孤立地、静态地去描写莺莺的爱情生活，而是在动态的流程和感情的流程中，揭示她的内心美。在这里我以为至少有以下两点值得注意：一是从爱情的特定性出发，表现得有特色；二是把爱情描写作为整篇小说的创作视角——揭示人物的美的灵魂的组成部分来对待。

且看莺莺表达爱情的方式吧。莺莺出身名门望族。我们民族文化的精神传统，特别是优秀的中国古典诗歌，自幼就把风神灵秀的莺莺塑造得很美，因此，莺莺给予我们的深刻印象是一个诗人气质的少女，或者说，是一个女性气质的诗人。加之封建礼教的熏陶，赋予她举止端庄、沉默寡言的大家风范。因此她初见张生，采取的态度是矜持的、防卫的，不轻易暴露自己的内心秘密，像是怕受伤害似的。然而，莺莺灵魂深处却燃烧着青春的烈火，有所向往，也有所追求，经常以诗言情，属文吟咏，寄托自己这种潜藏着的思绪。莺莺这种性格特点和内心矛盾，她的贴心丫头红娘最为了解。她曾对张生介绍过："崔之贞慎自保，虽所尊不可以非语犯之。……然而善属文，往往沉吟章句，怨慕者久之……"初见张生虽"双脸销红"，羞于应对，却由于"怨慕者久之"，在面对眼前这位"性温茂、美风容"的年轻书生时，自然产生美好的印象。张生的《春词》二首，又使她看出了张生才情富赡，"才"与"貌"一经结合，"怨慕"久之的莺莺，开始萌发了对张生的感情。这时的莺莺第一次尝到了爱情的喜悦，她突然感到灵魂进入了一个新奇的自由的境界，

心灵的辩证法——我读《莺莺传》

终于鼓起了回诗约会的勇气。然而她毕竟是未经世面的纯真的少女，一旦张生真的出现在她的眼前，她感到十分惊惧，居于她头脑中的封建意识以她也意识不到的状态出来活动了。难堪的局面应该怎样收拾呢？倾诉衷情，私订终身，一时她又不敢（更何况红娘就在自己身边）；不关痛痒地虚以应对，又难以表达"怨慕"之情。这时她采取了完全违反自己初衷的行动，"斥责"张生"非礼之动"。正因为莺莺"大数"张生，只是一种爱而却惧的心理反应，所以过后思量，她又惧而更爱，终于主动地投到张生的怀抱里去，而"曩时端庄，不复同矣"。小说抓住莺莺内心中情与礼的矛盾，采取层层递进的情节结构，一层深一层地揭示了这个少女情感波澜中的心灵美。

这样，在我们面前出现的莺莺形象，她的性格特征就表现为：单纯之中寓有丰富，柔美中寓有坚韧。她由一个上流社会的少女而成为一个封建礼教叛逆者的心灵历程，是令人信服的，是那个时代出身于贵族家庭的青年人坎坷道路的合乎逻辑的发展。她走的道路是自己选择的，是她所独有的。一句话，是"崔莺莺式"的"这一个"。

元稹不愧为一个心灵探索者。由于他使自己的人物回到了真实的生活环境、真实的生活状态和心理状态中来，所以他才能掌握住人物的"心灵辩证法"。[1]作家没有掩饰由于出身、教养、环境给莺莺带来的内心矛盾和性格弱点。他只是写出了一个上层社会出身的叛逆女性，而且在爱情之外，诸如生活道路等重大问题上，她也并没有叛逆封建主义的规范，所以元稹真正杰出之处，正在于

【1】车尔尼雪夫斯基语，见《古典文艺理论译丛》第5册，第161页。

心雲投影

一千多年前,他就已经敏锐地观察到和捕捉住出身于封建上层家庭的少女在反抗传统的旧礼教时的内心冲突过程,并加以典型的概括。

如果说《莺莺传》从爱情的特定性出发,恰到好处地表达了一个少女的情怀,而且描绘得那么真实、准确、别具特色,那么小说更为重要的贡献还在于它成功地写了一个人的命运,一个人的遭遇。它是通过人的命运、人的遭遇而展现了人物的高尚情操和精神美的。

所谓人的命运,不过是一个人所经历的生活和思想历程。莺莺正是带着自己命运的独特轨迹和心灵上的鲜明印痕而出现的。小说在写到莺莺和张生结合以后,小说着意向着人物的灵魂深处掘进。当崔母发现木已成舟,只好"因欲就成之"。莺莺却敏感地发现张生对她若即若离,她痛苦地预感到了"始乱终弃"的威胁。面对这种威胁,她的心情异常复杂,有热爱,有惆怅,有痛楚。她用自己的柔情和劝告,来表示对张生的忠诚。她是这样剖白心曲的:

> 始乱之,终弃之,固其宜矣。愚不敢恨。必也君乱之,君终之,君之惠也。则没身之誓,其有终矣,又何必深感于此行?然而君既不怿,无以奉宁。君常谓我善鼓琴,向时羞颜,所不能及。今且往矣,既君此诚。

这里既有热切的期望,坦诚的吐露,聪明的暗示;又有难以言状的苦衷,情意是缠绵的。她并不回避即将和张生诀别时那令人心碎的痛苦,这就更反衬出她克制这种痛苦的精神力量。那宁静、深沉的絮絮情语也就更反衬出她的心情奔涌、情如火炽。这是一幕表面平静、内心激越、外冷内热的"戏",同时,它又是何等绘形传"情"的笔墨啊!

像莺莺这样一个聪明、敏感、感情纤细的少女,却被命运抛到那样一种难堪的境地，千百种的不公平，对她的敏感的神经尤其不能容忍。在那礼教吃人、恶俗浇漓的社会，一个人的精神越丰富，就越是痛苦，正如契诃夫所说：越是高尚，就越不幸福。坚定的爱情，不仅没有使莺莺自己得到幸福的可靠保证，而是在心里带来了更多的动荡和不安。她实际上已经接触到中国封建时代的一个痛苦的道理：爱情和结婚本是漠不相关的两回事；她可以把整个生命交给爱情，但是却不能把婚姻交给自己。

莺莺这个人物刻画得成功之处还表现在写出了她的性格的转变。张生在长安"文战不胜"，"赠书于崔"。这又使得对爱情专一、执着的莺莺感动至极。她立即寄物喻志，并且写了那封情词感人的长信，表达她忠于盟誓，志坚"如环不解"。莺莺又一次向张生捧出一颗赤诚的心，他们的爱情又有一次、也是最后一次成功的机会。但是负心而又变得冷酷的张生，十分轻易地就把这次机会放弃了。他一年多不给莺莺音信，遂使莺莺断绝了一切念头，不得不"委身于人"。悲剧终于出现了。在整个事态发展中，主人公莺莺的情感流程和心灵的轨迹都是清晰的。如果说，莺莺在和张生初恋时是用热恋的眼光望着他，却不能以理智的心灵来观察他，草率地走错了一步，从而造成了巨大的不幸，那么一经发现张生决意遗弃她，使她再度陷入痛苦与绝望，她便下定决心，毅然离开了他，并拒绝张生求见，以表示她的不平和哀怨。应当看到，莺莺的觉醒是付出了代价的。作者写出了莺莺这样一个经过内心的痛苦折磨而最后觉悟了的灵魂，以及造成这种爱情悲剧的个人心理因素。

长期以来，对莺莺性格的评论中有一种倾向，认为莺莺是一个怨而不怒、逆来顺受的人物，比如游国恩等先生主编的《中国文学史》就说："当她意识到张生将要抛弃她时，却无力起来斗争，只能自怨自艾，听凭命运摆布。"【1】张友鹤选注的《唐宋传奇选》也认为"她不是振振有词地向张生提出责难，而只是一味哀恳，希望他能够始终成全。只有怨，没有恨，这是阶级出身、封建教养带给她的局限性"。【2】我过去多少也曾是这样看的，现在仔细想想，不是没有问题。其实，根据莺莺感情发展脉络来看，特别是通过莺莺命运的一起一落，我们不难看到莺莺性格的另一面。当张生要求相见，"崔终不为出"，"竟不之见"。这是作者为我们打开的莺莺心灵的又一扇窗子，它让我们透视到，在莺莺柔弱的外表里，包含着一个刚强的灵魂。对张生的"竟不之见"，实际上是一次极为微弱的报复，一个她可能采取的小小惩罚。然而这在莺莺的性格里毕竟是一个意想不到的转折。至于那首赠张生的诗也应作如是观，请看：

弃置今何道，当时且自亲。
还将旧时意，怜取眼前人。

这里明白无误地道出：是你抛弃了我，那么现在还有什么可说的！但是，当时是你自己亲近我的。我奉劝你把过去那种对我的情意，去爱你现在的爱人吧！这首诗，哀中有怨，怨而不馁，既含蓄，又蕴藉，并且颇有讽喻意味。

诚然，乍看起来，小说的情绪似乎是低了些，哀伤了些，但我们不能简单地把《莺莺传》看成是一曲被遗弃者的悲歌。因为它在现实的写照背后，提出了一个新的价值标准，提出了人格和精神美

【1】见该书第 2 册，第 203 页。
【2】见该书第 111 页。

的问题。它通过莺莺的形象写出人的感情和尊严的不可辱和不可犯，深邃激越地控诉了践踏人的精神是一种犯罪。莺莺正是不惜一切代价保持了自己一个少女的人格和尊严。这一切可能是元稹创作这篇小说时始料不及的吧！

"感人心者莫先乎情"【1】

诉诸情，工于表现人的内心生活，赋予艺术形象以独特的生命，是《莺莺传》这篇小说另一艺术特色。

"情"是艺术的灵魂。任何一篇文学作品，不写出人物的巨大的感情潮汐，就别想打动读者的心。元稹的贡献就在于他敢于把自己的艺术触角向人的感情领域伸展、发掘、开拓，让小说形象浸润着人性美和人情美。从这一角度来说，《莺莺传》是为我们最早地打开了又一个崭新的艺术视野的小说。

作为小说家的元稹在表达感情上做了独特的艺术追求：他采用了书信体这种易于抒发感情的形式。莺莺致张生的信占全部小说六分之一的篇幅。作家别出心裁地以"信"的形式来描绘莺莺的心灵世界，有利于细致地剖析人物的命运，也是深刻揭示人物的内在感情的有效方式。这一新巧的艺术构思在我们翻阅唐人小说以后才发现它是绝无仅有的一篇。应当说这是我国小说艺术史上的一个崭新现象。据笔者所知，采用书信体的形式剖析少女爱情心理的，最成功也最有影响的是19世纪俄国伟大诗人普希金的诗体小说《叶甫

【1】白居易语。

盖尼·奥涅金》【1】中达吉雅娜给奥涅金的信。俄国文学批评家别林斯基曾对此信进行过专门的评论,并指出:当达吉雅娜的信在《奥涅金》第三章上发表之后,"立即疯魔了俄国的广大读者",并且认为这是"披露一个女人内心的最高典范"。【2】看来,"信"确实是一种把情抒得更深、意达得更明的手段。

现在我们把莺莺的信和达吉雅娜的信做一番比较,那将是很有意思的。

莺莺的信:

……自去秋以来,常忽忽如有所失。于喧哗之下,或勉为语笑,闲宵自处,无不泪零。乃至梦寐之间,亦多感咽离忧之思。绸缪缱绻,暂若寻常,幽会未终,惊魂已断。虽半衾如暖,而思之甚遥。一昨拜辞,倏逾旧岁。长安行乐之地,触绪牵情。何幸不忘幽微,眷念无斁。鄙薄之志,无以奉酬。至于终始之盟,则固不忒。鄙昔中表相因,或同宴处。婢仆见诱,遂致私诚。儿女之心,不能自固,君子有援琴之挑,鄙人无投梭之拒。及荐寝席,义盛意深。愚陋之情,永谓终托。岂期既见君子,而不能定情,致有自献之羞,不复明侍巾帻。没身永恨,含叹何言!倘仁人用心,俯遂幽眇,虽死之日,犹生之年。如或达士略情,舍小从大,以先配为丑行,以要盟为可欺。则当骨化形

【1】普希金的诗体小说《叶甫盖尼·奥涅金》,描写的是当时一个贵族青年奥涅金深深感到上流社会社交活动的空虚、无聊,于是离开首都,来到乡间,他拒绝了外省地主女儿达吉雅娜的爱情。当他漫游全国后回到彼得堡又遇见达吉雅娜时,她已成为社交界的贵妇人。他追求她,却遭到了拒绝。

【2】见《别林斯基选集》中《论亚力山大·普希金作品》,苏联国家文学出版社1949年版,第658页。这里的译文是请孙昌武先生代为翻译的。

销，丹诚不泯，因风委露，犹托清尘，存没之诚，言尽于此。临纸呜咽，情不能申。千万珍重，珍重千万。……

再看达吉雅娜的信：

>……
>现在，我知道，您可以随意的
>用轻蔑来处罚我。
>可是您，对我的不幸的命运，
>那怕存着一点点怜悯，
>请您不要舍弃我吧。
>……
>别人啊！不，在世界上无论是谁，
>我的心也不交给他了！
>这是神明注定的……
>这是上天的意思：我是你的；
>……
>你在我的梦里出现过，
>虽然看不见，你在我已经是亲爱的，
>你的奇异的目光使我苦恼，
>你的声音在我的心灵里，
>早已就响着了……不，这不是梦！
>……
>不是你吗，亲爱的幻影，
>在透明的黑暗里一闪，
>轻轻地向枕边弯下身子？

不是你吗？带着安慰和爱，
低低地对我说了希望的话？
你是谁，我的天使和保护者，
还是奸诈的诱惑的人：
解答我的疑惑吧。
或许，这一切都是空想，
都是没有经验的灵魂的幻梦！
而且注定了完全是另外一个样子……
可是随它怎样吧！我的命运，
从现在起我交给你了，
在你面前我流着泪，
恳求你的保护……
想象一下吧，我在这里是一个人，
谁也不了解我，
……
我等待着你：看我一眼，
复活心的希望吧，
或者打断我的苦痛的梦，
啊，用份所应得的责备！
结束了！重读一遍都害怕……
我害羞和恐惧得不得了……
可是你的名誉是我的保障，
我大胆地把自己信托给它……

两封信出现的时间、地点相隔得如此遥远，而那如泣如诉的叙述方式是如此的相近；作为热情、巧妙、朴实的爱情心理的表述又是何等神似；美妙的情思，生动的形象，晶莹的语言，缤纷的色彩，和谐的旋律又是何等相像。它们同样都是真诚的少女悲切的灵魂的告白，都闪耀着一种思想的光芒，都向往美好的未来，都歌颂了纯洁的爱情，都打破了贵族上流社会的偏见。总之，它们都是诗中之诗。

然而这两封信的背景却有着这样大的差距：

在莺莺那里，封建主义还将继续统治中国社会达十个多世纪之久。而在达吉雅娜的祖国俄罗斯，反对封建婚姻制度却是一步步接近解决的问题了。

对于我们来说，值得特别重视的倒更多的是莺莺致张生信所表现出的我们民族女性特有的感情色彩，那表达情爱的独特方式和内在美。

莺莺的信是一封极不寻常的信，它文情并茂，感人至深。这信是莺莺用泪水写成的，是莺莺的最优美最动人的感情的流露。爱与怨贯穿始终，悲与愤笼罩通篇。通过"信"，我们可以清楚地看到莺莺在重重的矛盾中求索，在迷惘的情绪中挣扎，如果我们把它当作一种内心独白来读，那是颇为动人的。

当张生远离以后，在那冷酷虚伪的环境里，历尽精神磨难的莺莺有多少话要对张生说啊，但她的思念和悲怨之情却无处可讲，只有用泪水默默地书写在心上。如今张生寄来了信、物，此刻，郁积在她心底的爱和怨，终于一齐迸发了出来。但这迸发，既不是滚动着的熔岩，奔突而出，也不是闪烁着的耀眼的火光，燃烧着激愤的烈焰，而是像轻拢慢捻的琴音，弦弦掩抑声声思，倾诉着碎心的往事：从她惊惑不安地与张生会面，到"敛衾携枕"相伴，到使她抱憾终生的分别，到剪不断理还乱的悠悠情思，这悲与喜的回忆，这难堪的往事的追述，使全信呈现出强烈的主观的心理色彩，一字一句浸透着血和泪，真是握拨一弹，心弦立应，悲歌一曲，催人泪下。它是莺莺心声的自然流露，每一个读者都可以从莺莺的富于感情的笔触下感受到爱情的音乐和爱情的诗。正是从这颗心里所颤动出来的爱情旋律，才使我们看到了莺莺的纯真和热切。

请听那字字传情的话语：

> 玉环一枚，是儿婴年所弄，寄充君子下体所佩。玉取其坚润不渝，环取其终始不绝。兼乱丝一绚、文竹茶碾子一枚，此数物不足见珍，意者欲君子如玉之真，弊志如环不解。泪痕在竹，愁绪萦丝，因物达情，永以为好耳。心迩身遐，拜会无期。幽愤所钟，千里神合。千万珍重！春风多厉，强饭为嘉。慎为自保，无以鄙为深念。

这一段饱和着泪水的独白，出色地刻画了人物内心世界，使人读之禁不住凄然泪下。那一泓泓的"情"的暖流，既是莺莺对爱情的表白，也在读者的心海里激起了美的涟漪。这是多么独特多么美的意境呵！托物寄情，其情如火，构成了从人物内心"情"弦上蹦跳而出的音符和旋律，显示了独特的艺术光彩，它再准确不过地体现了中国古代妇女表达情爱的方式，它进一步丰富了莺莺这个温柔、敦厚、贤惠、充满诗情的艺术形象。

是的，在这里一切都是非常动人的。动人的力量来自莺莺真挚的感情和纯净的道德情操。它的纯净还没有被杂质搅浑，世俗的考虑和利害的打算，也还没来得及把它歪曲，它还只是一种向往、一种愿望、一种理想，还保持着某种超逸、灵致的风度，对对方是仰望和尊重，对自己则是自觉和自律。它就像一滴含英集萃的香精，

心灵的辩证法——我读《莺莺传》

使一潴清泉发出了芬芳,像一笔瀚墨,使整个画面充溢着一种色调。元稹所选取的、所描绘的就是这样一种感情,他用自然的散文化的形式,把它加以诗化,体现出了对一种美好的情操的追求,因而也就必然使这篇小说具有一种情操的力量。基于这一点,我认为车尔尼雪夫斯基说得很正确:艺术创作是"人的一种道德的活动"。[1]

把心灵,把内在美变成可以感知的,这个艺术的追求并非轻而易举、一蹴而就。《莺莺传》的艺术实践告诉我们:美是靠着特定的形象才得以体现的,心灵不能独立存在,它在形象之中,它蕴蓄在精美的构思之中,附丽在独特的艺术形象上。

不尚雕饰而在真挚中见性情,不劳文饰而于朴素中见光彩是这封信的特色。文字的美,语言的美,使这封信充溢着浓郁的诗情。刘勰在《文心雕龙·情采》篇中指出:"情者,文之经,辞者,理之纬;经正而后纬成,理定而后辞畅。"这是颇有道理的。"情"是作品的内在境界,"为情而造文"才能沁人心脾,动人心弦。莺莺用饱含真情的语言,表述了她内心的一切。她没有去压抑自己的感情,也没有抑止自己的泪水,她的心声如万斛清泉随地涌出,自然而真切,读来就如同一首深沉哀怨的诗,使人如融进那感情的海洋之中,情随浪涌,思乘风驰。

一篇读罢,心潮翻滚,寂然凝虑,封建礼教和冷酷虚伪的社会,撕裂着美好的东西,制造了多少爱情悲剧!封建礼教在摧残妇女的生机、束缚妇女的个性的同时,把富于魅力的女性美一起剥夺了,因此那没有人性的封建礼教格外引起人们一种冷酷的感觉。但是,"历史不断前进,经过许多阶段才把陈旧的生活形式送进坟墓。世

---

[1]《生活与美学》。

界历史形式的最后一个阶段就是喜剧"。[1]

再回到"第一次印象"上来

应当承认,《莺莺传》既不是那种以巨大的艺术力量提出了重大社会问题的鸿篇,也不是提供了生动广阔的社会画面的巨著,它只是一篇爱情小说。爱情题材的思想容量也是有它的局限的,它不足以展开对社会的广泛的批判,尤其是像《莺莺传》这样的短制,更不可能要求它说明某种复杂的阶级政治关系。然而不可否认,像《莺莺传》这样的作品,仍然是反映了妇女问题的一些重要侧面。

联系到小说最后莺莺的被遗弃的情景,以及张生假托舆论诋毁莺莺来看,元稹在最初的构思里,的确想把莺莺写成一个贵族社会的"尤物"。但当我们把这个形象放在当时唐代上流社会各种矛盾和思想冲突的背景下考察的时候,却发现莺莺不仅不是"尤物",而是受尽了上流社会虚伪道德观念戕害的少女。莺莺的形象在读者的眼中是一个外形美貌、庄严娴雅、感情真挚、热烈追求真正的爱情生活的女性。情节发展到最后是莺莺的被遗弃,但这里表现的已经不是对"有罪"的封建礼教叛逆者的惩罚,而是一个追求理想幸福的女性的抗议。莺莺走向了悲剧性的结局,其原因就在于她的行为是对封建礼教和世俗观念的挑战,就在于她竟然听凭感情的驱使,冲破贵族社会极端虚伪的这层道德面纱,才遭到了上流社会的人联成一体的攻击。小说结尾告诉人们,和她对立的已经不只是她的原来的情人张生,而是整个上层社会。虽说张生等人也以"耻与为伍"

---

[1] 马克思《黑格尔法哲学批判》导言,见《马克思恩格斯选集》第1卷,第5页。

的姿态来表示自己和莺莺完全是两种人,是"善补过者",然而他们才是真正的堕落者,这个客观的生活逻辑的确有点违反元稹的初衷。

小说以它的形象力量表明了一个道理:在中世纪的封建社会里,在那冷酷的现实里,一切对爱的追求,对幸福的向往,对生活的期待,终究被社会扼杀,或者在严酷的现实里化为泡影。莺莺的悲剧命运反映了她纯真、热切的个性与冷酷、虚伪的社会之间不可调和的矛盾。小说毕竟揭示了掩盖封建上流社会私生活的堂皇帷幕的一角,暴露出他们道德风尚的丑恶卑污。

看来,《莺莺传》创作者主观的美感判断和客观的实际标准是大相径庭的,读者的"第一次印象"不都是毫无道理的。形象是最有力量的,而说教总是苍白的。

考据，不应该遮蔽审美视线
——读陈寅恪的《读〈莺莺传〉》

陈寅恪先生是中国现代最重要的史家之一，1950年他的文集《元白诗笺证稿》问世，此书首倡"诗文证史"。由此陈氏从偏重制度文化史等议题，转向以研究社会风习和时代情感、社会转变中的价值变迁为重点。他的"证史笺诗"以及融文史为一体的新体例史学，被认为是"学术上的又一个里程碑"。而书中的《读〈莺莺传〉》则被公认是以诗证史的代表作。文中对元稹及有关人的诗文、背景、古典、今典一一考订，精细入微，是一篇影响甚巨的考证之作。

陈氏从《莺莺传》世称《会真记》谈起，认为真字即与仙字同义，而"会真"即遇仙或游仙之谓也，而"仙"之名既多用于妖艳妇人，又有以之曰娼妓的。继而考证元稹乃是"袭用文成旧本，以作传文"；再有，《莺莺传》"假托为崔者，盖由崔氏为北朝隋唐之第一高门，故崔娘之称实与其他文学作品所谓萧娘者相同"。据此，陈氏所得结论已明，即《莺莺传》和张文成之《游仙窟》、蒋防之《霍小玉传》、白行简之《李娃传》一样，都是写唐代进士贡举与娼妓之密切关系的小说。

陈氏此说一出，就我所知，可能是刘开荣先生最先依从附和之，在1950年商务印书馆再版的《唐代小说研究》第四章第四节中就

考据，不应该遮蔽审美视线——读陈寅恪的《读〈莺莺传〉》

明确地表示：《霍小玉传》与《莺莺传》同是写进士与娼妓的恋情小说。而且着重指出"此谜已被陈寅恪先生《读〈莺莺传〉》所揭穿"。

从上个世纪60年代初游国恩等先生主编的文学史，一直到90年代社科院文研所的"通史系列"皆未采用陈说，而是径直肯定了它的爱情小说的意义。只是90年代中期章培恒、骆玉明主编《中国文学史》依从陈说，书中几乎不顾小说的具体叙写，认为崔氏非名门闺秀，"其原型家庭地位较低"，并说它"其实很难简单地指为'爱情小说'"。这一论断不仅突兀，而且从文本解读来说，此种看法难以被众多读者接受。因为每一个读者都可以较为明晰地从莺莺的富于感情的行为中，感受到爱情的音乐和爱情的诗。莺莺致张生的信，正是从莺莺内心深处所颤动出来的爱情旋律，它令读者看到了莺莺的纯真和热切，也看到了中国古代妇女表达爱情的方式。

进一步说，如果我们不去拘泥于远离文本内蕴的考据，仅从小说的诸多用语也可看出《莺莺传》并非叙写进士贡举狎妓之作。比如小说中的关键语："始乱终弃"，就不能用之于狎妓行为。记得我早年初读《莺莺传》，对"始乱之，终弃之"这句直接出于莺莺之口的话，就径直地理解为：曾是被热烈追求的和以后又被忍心抛弃的情人的无奈之语。这个问题一放几十年，巧得很，2000年5月20日《文汇读书周报》有朱正先生大作发表，文中涉及对"始乱终弃"这一词语的释义。他说："始乱之，终弃之，固其宜矣。"这是指开始挑逗她，玩弄她，最终是遗弃她，这才叫始乱终弃。古人用"乱"字表示性行为，有一个适用范围，上限是不能包括妻妾，下限是不能包括娼妓，在这两者之间，还不包括强暴。朱氏之辨析对我的启示是：始乱终弃只能是指对曾经爱过并发生性关系的情人的抛弃。

　　至于《莺莺传》的另一关键语是"为善补过"。一般论者大都从小说假托舆论为男主人公伪善行为辩护这一角度进行批判。其实为了证实小说非进士贡举狎妓之作，倒也不难说明，在大多数传奇中，任何狎妓行为既不存在自我忏悔，也未见"为善补过"的舆论支撑。张文成的《游仙窟》没有这种补过的忏悔，蒋防的《霍小玉传》中仅有对负情者李益的谴责，而并未对其狎妓本身进行否定，至于《李娃传》则更是对妓女的颂歌了。郑生的堕落虽与狎妓有关，但他的成就事业恰恰是与李娃的"呵护"有关，因此也不可能说出"为善补过"。只有《莺莺传》因其面对的不是娼妓，而是一个多情的过分漂亮的少女，所以它才能假托舆论为男主人公的负义行为辩护。

　　这一切不外是说，即使是信史，对小说研究来说也只能是一种参照。为此，窃以为以史证文要小心，同样以文证史也要小心。

　　陈氏的弟子周一良先生认为陈氏学术博大精深，但归根结底是史家。他用了十二个字来概括先生，即儒生思想、诗人气质、史家学术。我想，陈氏既然是史家学术，所以他的学术眼光大抵还是史家之眼光。他的"亦文亦史"、文史交融的实践，只能是陈氏史学发展到一个新阶段的标志，而不是文学性的研究和审美批评。文学的研究，忧虑的恰恰是取消"文学"，因为任何对文学审美的消解，都是对文学研究的致命戕害。

镂心刻骨的痴情

——读《碾玉观音》随想

宋元话本小说对爱情婚姻的描写与传统文学中的爱情描写大异其趣。它是按照自己的原则处理爱情婚姻主题的,是真正"为市井细民写心"。[1]正因为如此,市民的反封建主义斗争使小说史上留下了不少独放异彩的爱情题材的名篇。

一

《碾玉观音》写的是一个爱情悲剧,故事情节非常曲折动人。像大多数有思想意味的爱情悲剧故事一样,这个悲剧不是心理性的,而是社会性的。小说中的璩秀秀,出身于装裱书画的工匠家庭。由于出身贫贱,在父母心目中,她的命运只能是"献与官员府第"做一名供人役使的奴婢,事实上,她后来也确实是这样被咸安郡王买去,做了个刺绣养娘。但是倔强的秀秀不肯向既定命运低头,小说用主要篇幅叙述了她同命运的斗争。一次王府失火,秀秀趁机找到王府的碾玉匠崔宁,向他表白了爱情,二人一同逃出王府,结为夫

【1】鲁迅语。

妻,在远离临安两千余里的潭州开了一家碾玉作铺。秀秀这一举动,是为摆脱奴隶的人身依附关系而对封建秩序的挑战,所以,封建势力对她的镇压也来得十分残酷。专横暴戾的咸安郡王得知消息后,将秀秀活活打死;秀秀的父母慑于统治者的淫威,也投水自杀。秀秀被杀害了,但是争取自由的烈焰却未止熄。她死后为鬼,仍与崔宁重建了一个自食其力的家庭,直到再次遭到郡王的迫害,秀秀做了鬼在人间也无处容身,才带着崔宁逃往统治者的魔爪伸不到的鬼的世界去了。在宋元话本小说中,《碾玉观音》就是这样一篇对被压迫者的抗暴斗争做了较深刻的反映、而较少庸俗气的作品。

与众多的流行的爱情小说相比较,《碾玉观音》中描写的爱情称得上是新颖别致、卓然不群的。在秀秀和崔宁的爱情史中,我们几乎看不到"女性的娇羞"和"爱的甜蜜"等老套子,它也不是那重复了千百次的佳人爱才子,或才子追佳人,更没有搜集、记录生活中两性关系上的庸劣、丑恶的事实。在崔宁和秀秀的奇特爱情中,小说让我们一览无余的是真实的人物和真实的人生。秀秀式的爱情,在中国小说史上差不多还是第一次呈现在读者的面前。

说这种爱情差不多还是第一次呈现在读者面前,这首先是因为小说中的秀秀就是中国文学中以前从未出现过的形象,更准确地说是第一个女奴形象。富有浪漫精神的市民阶层的生活在宋元时代经常激起说话艺人的诗情。在他们的口头讲述和笔底记录中,市民特别是市民中的女性常常是以豪放不羁、热爱自由的形象出现的。他们把市民阶层的女性那种在爱情上的"野性"和自由不羁同贵族少女的矜持、做作形成对照。他们在较少受封建文明侵蚀、具有几分强悍泼辣性格的人物身上,发掘出某些不平凡的动人的东西,来对照虚伪、苍白、卑劣的"文明社会"。因此,如果说众多的爱情小

镂心刻骨的痴情——读《碾玉观音》随想

说的诗意多表现为温馨、柔美的意蕴的话，那么，《碾玉观音》通过秀秀表现的爱情的诗意，则是粗犷和豪放的。请看小说对秀秀和崔宁逃出王府以后的一段精彩的对话吧！

> 秀秀道："你记得当时在月台上赏月，把我许你，你兀自拜谢，你记得也不记得？"崔宁叉着手，只应得喏。秀秀道："当日众人都替你喝彩：'好对夫妻！'你怎地倒忘了？"崔宁又则应得喏。秀秀道："比似只管等待，何不今夜我和你先做夫妻？不知你意下如何？"崔宁道："岂敢！"秀秀道："你知道不敢，我叫将起来，教坏了你，你却如何将我到家中？我明日府里去说！"崔宁道："告小娘子：要和崔宁做夫妻不妨，只一件，这里住不得了。要好趁这个遗漏，人乱时，今夜就走开去，方才使得。"秀秀道："我既和你做了夫妻，凭你行。"当夜做了夫妻。

两个人物，一个大胆泼辣，桀骜不驯，没有一点矜持和忸怩之态，更没有封建道德的负担；一个却绵善懦怯而又谨慎细心，在关键时刻却显示了对封建人身依附关系的反抗，都反映了下层市民思想意识。但两相比照，作为人物性格，最为突出的仍然是秀秀。她坦率到了惊世骇俗的地步。她从不否认也不掩盖她在崔宁面前的激情，她的感情风暴来得那么强烈。有趣不过的是秀秀"捕捉"崔宁的这场戏，她倒很像一位身经百战的将军在实施军事计划，这是颇富喜剧性的。说话艺人出手不凡，见地也很不俗，因为，这里出人物，这里有性格，貌似日常生活中的一番对话却有说服力地表现出：这是秀秀。

秀秀的激情，倒不必像一些文章说得那样，"表现了秀秀的理想、追求和抱负"。实际上秀秀像大部分刚刚解脱了封建桎梏以后的人，表现了直面现实的一面，在她身上展示的只是平凡人中的平凡的内心世界。而恰恰是在这里，人的风采、人的品格和人的诗情得到了充分的展现。这里值得注意的是作者细致地描述了一个市民出身的少女初恋时那种纯朴的情愫。我们说这是秀秀内心世界的情愫，是因为她的率真和坦荡，是抛掉枷锁后的兴奋和献身的决心。在这里，既无缠绵悱恻的爱情场面，也没有什么卿卿我我的爱的表示、爱的语言。一切都像活生生的现实生活那样自然、真切。它像一杯白水那样纯净，而这种情感状态，正是下层市民少女初恋时还保持着的天真、无邪、稚气的本色。因此，凡是读到这儿，人们会不自觉地被秀秀这个独立不羁的个性和她追求自由的激情所感染，我们切身体会到了文学形象所辐射出来的巨大的特殊的冲击力量。这应当说是爱情描绘上的一大贡献，而这一贡献又是经常被人们所忽略的：说话艺人以他们特有的敏感发现了这种特异的爱情心理，发现了带有某种天真质朴意蕴的爱情的追求，而小说也正是以这个少女身上那种极为纯真的极为可贵的感情来打动读者的。

　　自从秀秀和崔宁结合以后，他们同甘共苦，相濡以沫，似乎已经看见了未来生活的曙光。但是，黑暗的社会怎么会容许这一对比翼鸟实现美好的理想呢？他们虽然远在临安两千里以外的潭州，还是没有逃脱咸安郡王和他的爪牙的魔掌。在幸福与毁灭面前，我们看到了秀秀又一次的挣扎和反抗。为了她所渴望的爱情，在爱神的祭坛前，她献上了自己的全部良知，乃至最后献出了自己年轻的生命。她看到了她引以为知音、寄托着她的痴梦的那个情人，过分老实和怯懦了。所以这个带着叛逆性和燃烧着炽烈而纯贞的爱情之火的女孩子，在封建恶势力面前挺身而出，她勇敢地承担了携崔宁潜逃的责任。于是，这样一个"戴罪"的女人，生前最后一次显示了

镂心刻骨的痴情——读《碾玉观音》随想

她高尚的身影。秀秀那美丽而年轻的生命以悲剧告终了。作者正是通过美的毁灭，严正地控诉了吃人的封建专制制度和毫无人性的权势者。

我们看到，在秀秀熄灭了自己的生命的火焰时，她又一次向那个罪恶的社会提出了悲愤的抗议，她最终还是把崔宁拉走了，一块儿到魔爪伸不到的鬼的世界里做夫妻去了。这一手儿，实际上就是对现存社会的强烈否定。恩格斯曾经说过："性爱常常达到这样强烈和持久的程度，如果不能结合和彼此分离，对双方来说即使不是一个最大的不幸，也是一个大不幸；仅仅为了彼此能结合，双方甘冒很大的风险，直至拿生命孤注一掷。"[1]秀秀正是拿生命孤注一掷以求得和崔宁的结合。秀秀性格的动人之处，是对情人镂心刻骨的痴情。秀秀被打死了，但秀秀这种性格在成为鬼时，变得更直露、更偏执了。她的全部生活的意念和行动都凝结在"追求"上——追求崔宁，追求自由。这里表现了秀秀对自由爱情的矢志不渝。

有的人没有看到秀秀对崔宁的忠贞的情操，相反地认为，崔宁被秀秀缠上就是崔宁人生悲剧的开始，他们对冯梦龙编"三言"时改题为《崔待诏生死冤家》称赞不已，认为"生死冤家"有同情崔宁而指责秀秀之意，言崔宁不幸而遇此生死冤家，生时受累，又遭冤枉。这样的意见很难令人同意，好像崔宁的悲剧是秀秀执着地追求造成的，这实际是抹杀了不公道的社会吞噬着劳动者的灵魂与肉体的罪责。同上面的意见相左，我认为秀秀鬼魂的出现是作者用以表达他的思想感情、宣泄他的理想和主张而采取的一种手段。秀秀的鬼魂仍然苦苦追求崔宁，一方面表现了她对崔宁的全部痴情；另

---

[1]《马克思恩格斯选集》第4卷，第73页。

一方面体现的是美战胜了丑，善战胜了恶，正义伸张，奸邪受惩。所以秀秀鬼魂的出现，显示出一种道德力量。应当看到，死后为鬼是爱的追求的继续，同时也是为了复仇，为了鸣不平。生而复不了仇，死后为鬼也要复仇，这是一个更加深刻的悲剧，说明秀秀复仇意志的强烈和斗争心之旺盛。这种情操，这种激情，文学史上不乏其例。这篇小说之后，汤显祖在《牡丹亭》里就写了为情可以生、为情可以死的杜丽娘，作者用"尚情论"反对当时的理学，所谓"第云理之所必无，安知情之所必有邪"？这是《牡丹亭》的理论依据，也是所有具有反抗性的鬼魂形象的思想基础。

秀秀最后虽然也演出了一出类似"活捉"的"戏"，但她不是《王魁》里的敫桂英，也不是《三负心陈叔文》里的兰英。她们都是用鬼魂的威力索取"负心汉"的性命，这是一种较普遍的幻想惩罚的方式。《碾玉观音》也许更像明传奇《红梅阁》。《红梅阁》的李慧娘既不乞求清官，也不指望某个有政治势力的大人物，而是靠自己的力量复仇。用鬼魂惊吓和嘲弄了贾似道，而对她所爱慕的裴生则稍施"鬼法"救他脱险。这就是古往今来很多优秀的鬼戏表现出的生前受欺、死后强梁的思想。总之，《碾玉观音》中的秀秀鬼魂，表现了一颗纯朴的心中蕴藏着的无限的爱和恨，人们也正是从这一人物的深厚的感情和勃发的激情中，看到了"这一个"秀秀心地性格的纯朴、执着和韧性。所以，这是一首对道德化爱情的颂歌，歌颂了爱情婚姻的神圣性和夫妇之间的忠贞，正因为如此，充满市民阶层的道德感，就成了这篇话本在思想内容上的一个显著特点。

爱情小说总要表现某种不平凡的东西：或感人的故事，或热烈优美的情操，或深刻的社会意义，或隽永的哲理。在一定意义上说，《碾玉观音》作为一篇独特的话本小说，它几乎兼而有之了。然而

镂心刻骨的痴情——读《碾玉观音》随想

更为重要的是，由于这篇爱情小说响彻着民主主义理想和热烈的爱情旋律，使它不同于一般的爱情小说而发出了异彩。这篇小说所具有的特殊价值就在于，它具有强烈鲜明的社会批判性，或者说，它把社会批判性与忧郁动人的抒情性结合在一起了。

我们知道，历来的封建统治者总是把富有民主精神的爱情，看作是反叛精神的表现，并残酷地镇压这些反叛者。青年男女对于不受封建桎梏束缚的爱情的任何追求都被看作是破坏封建制度的行为。因此，渴望自由和不屈服，便成为一种危险的反抗既定社会秩序的革命运动。世界上有那么多仿佛只是单纯描写爱情悲剧的艺术作品，却包含着那样巨大的爆炸力，这绝非偶然。例如，杜勃罗留波夫从奥斯特罗夫斯基的《大雷雨》里卡杰琳娜的爱情悲剧中就看到了这种力量。从世界文学史角度看，当诗（广义的文学）还未最后冲入革命的主题的广阔园地以前，诗人主要是通过社会和恋人们之间所发生的冲突来表现被压迫人民的爱好自由的性格，这并不是偶然的。数不尽的渴望自由的青年男女的殉情史，清楚地说明了这一点。今天我们读到的《碾玉观音》，正是通过爱情去控诉那吃人的封建社会，或者说，它是通过整个社会来歌颂这一爱情的。

《碾玉观音》写的是下层人民的美好理想不能实现的社会悲剧。但进一步看，这篇小说实际是叙述了一个双重悲剧：一个被迫送进王府的女奴，出卖自己劳动的悲剧；和一对在奇特的情境中相爱的情侣，最后仍然未能白头偕老的悲剧。如果说后一重意义上的悲剧还有一点通常爱情小说所常有的那种色调的话，那么前一重意义上的悲剧，则直接接触到了作者生活的黑暗的社会现实。

应当看到，小说作者并未把全部笔力用于秀秀与崔宁的爱情生活上去，更没有夸大性爱在生活中的地位和作用，而是着力叙述秀秀力争和保卫这种生活所进行的斗争，展示这个家庭奴隶对独立、自由的追求。实际上，他写的是一场严峻、残酷的社会冲突。因为，秀秀敢于触犯咸安郡王的尊严，破坏封建的人身占有制度，和崔宁双双远走高飞，摆脱封建压迫，这行为本身就有反封建的意义。统治者之所以残酷迫害秀秀，归根结底，也还是由于秀秀要摆脱那封建的人身依附关系。前面已经提到，秀秀是自觉地站在社会对立面，对那个封建专制主义的道德规范表示公开的挑战，并且以触犯它为乐事。她是一个社会的叛逆者，又是一个不愿受封建人身依附关系束缚的独立不羁性格的典型。她身上突出的特点是热爱自由和忠于自己。这种精神使她在死亡的威胁面前始终不肯退让一步，终于为此付出了整个生命。这种甘冒牺牲生命危险的"潜逃"行动，对一个年轻的养娘来说不能不是难能可贵的。

　　实际上，秀秀的存在是为说话艺人打开了一扇窗子，提供了一个最方便的视角去观察那个黑暗王国——中世纪封建专制主义的社会现实。因为秀秀的悲剧命运反映了卑鄙龌龊的社会现实对于真正的爱、天真的追求和温馨的柔情的敌对，在很大程度上是统治者利用人身依附关系去践踏、损害被压迫的人民。所以，在这篇小说里，对男女主人公之间种种痛苦的描绘，都是用来控诉封建专制主义的残酷无情，向造成这一对青年人悲惨命运的封建特权和暴力提出抗议的。说话艺人正是以这篇社会性小说为文学史提供了一篇充满反封建主义激情的爱情题材的代表作。是他们把市民阶层向压迫者进行直接反抗的历史时期中反封建人身依附关系这一重大社会课题与爱情题材结合了起来，从而为爱情小说做出了具有历史意义的贡献。同时，他们对个性自由的赞赏和尊重，几乎可以说在小说史上开辟了一个新的时代，成为后来《牡丹亭》《红楼梦》等反封建主义文学的先声。

二

从第一个写出了具有叛逆性的"逃奴"形象来说,这在中国小说史上毕竟是有划时代意义的。

纵观中外叙事作品,在人物形象描写方面大致上不出两大类:一类是帝王将相、公子小姐,与之相对的是生活在底层的穷苦的劳动人民;一类是不断做出惊人之举的具有超群绝伦本领的英雄豪杰,充满着传奇色彩,与之相对的是平淡无奇的"小人物"。但是在过去,帝王将相、公子小姐、英雄豪杰总是在文艺作品中占主要地位,所以恩格斯在谈到19世纪上半期欧洲文学时就深刻地指出:

> 近十年来,在小说的性质方面发生了一个彻底的革命,先前在这类著作中充当主人公的是国王和王子,现在却是穷人和受轻视的阶级了,而构成小说内容的,则是这些人的生命和命运,欢乐和痛苦。[1]

同样,在我国话本小说昌盛时期,小说主人公的重心也开始转移到下层市民中间来了。在一定意义上说,这也是小说领域里的一次革命。因为对市民文艺来说,描写劳动人民的形象,反映他们的生活和命运,欢乐和痛苦,实在是一件至关重要的事情。《碾玉观音》描写了一个王府中的女奴,一个刺绣养娘,这样在生活中极不显眼、甚至为人们所轻视的人物,在封建文人文学作品中是不屑把他们当

---

[1]《大陆上的运动》,见《马克思恩格斯全集》第1卷,第594页。

作生活或历史中的主人公去进行描写的。而这篇小说却把这个女奴的形象写得非常美。这显然是作者基于对这些人物美好的心灵与情感的深刻理解和挚爱，才有这样精致的艺术构思的。正是从这个意义上说，《碾玉观音》写了像秀秀这样一些人物的生活命运，而且是用这样一种别具一格的艺术色调进行描写，给人以耳目一新的感觉，这件事情本身就很值得人们珍视。

《碾玉观音》在艺术上具有自己的特色。在精练的篇幅中，作者娓娓动听地叙述了一个在文学人物史上很富有特点的爱情故事，成功地描绘出一个在文学人物画廊中极为鲜明突出的人物形象，并且，其中还回荡着一种争自由、追求个性解放的激情，而在对事件、场景和人物的现实主义描写之中又透露出浪漫主义的色泽，难怪它成了宋元话本小说的压卷之作。

《碾玉观音》最值得称道的是它的情节构思的波谲云诡、变幻莫测。这篇小说围绕着秀秀和崔宁爱情婚姻的得与失及主人公悲剧性遭遇，显示出异常离奇的情节变化。作者在推进故事发展的过程中，刻意盘旋，悬念迭出，最后才点出秀秀鬼魂的活动。而这里最引人注目的，是小说如何使现实性情节自然地向幻想性情节飞跃的艺术手法。《碾玉观音》在现实性情节中展开了秀秀和崔宁的爱情故事，随着故事跌宕起伏的发展，小说写暴戾的咸安郡王把崔宁和秀秀从潭州抓了回来，郡王把崔宁解去临安府断治，后来又要杀掉秀秀，由于夫人的劝说，才把秀秀拉入后花园。作者从现实性情节中设置的隐隐约约的伏笔中，幻想性情节突然显现：当差人押送崔宁到临安府路上，"有一顶轿儿，两个人抬着，从后面叫：'崔待诏且不得去！'"原来这时的秀秀已经不是生人而是已死的鬼魂了。魂从知己，竟然忘死，很像唐传奇《离魂记》和元杂剧《倩女离魂》。

镂心刻骨的痴情——读《碾玉观音》随想

但是，《离魂记》和《倩女离魂》是离魂后又还魂，是喜剧结局，而秀秀却终于没有还魂。直到后来，故事又经一番跌宕，郭排军告密，咸安郡王又去抓秀秀，这时写崔宁回家，走进房中，看到秀秀坐在床上，才知道秀秀是鬼。作者在"崔宁也被扯去和父母四个一块儿做鬼去了"的描写中，突出了情节的悲剧气氛，充分传达出主人公无限悲愤的心情，使读者想到，陷于人身占有制中的女奴的命运何其悲惨。

在现实性情节中力求其真，在幻想性情节中极写其奇，两种极不相同的情节几乎是同时出现，形成了水月交辉的意境，它们如乐曲中两组旋律，互相对比着交织着进行，呈现出异常错综复杂的景象。

《碾玉观音》中的幻想性情节虚幻怪异、想落天外，不可能具备现实性情节的真实性，比如秀秀的突然出现在崔宁发配的路上；又比如郡王第二次抓走秀秀，而当秀秀小轿到了王府门前时，掀开轿帘，却是一乘空轿，这些都是极虚极幻的细节。但是，小说尤善于在幻想性情节的极诡谲处描写极平实的细节，以取得艺术上的真实感，像小说中写秀秀变成鬼后，仍然和崔宁在建康府开了碾玉作铺，以及崔宁到临安府接秀秀一双父母（已死，变鬼了），都是极真实的。这就说明，幻想性情节虽不受现实生活逻辑的规范，但它也要遵循人物性格的逻辑和幻想世界的逻辑。总之，《碾玉观音》情节的曲折性和幻想性情节的运用，以及有关的一些艺术技巧，很值得我们借鉴。

政治史的战争风俗画卷[1]
——浅论《三国演义》

元末明初横空出世的《三国演义》是我国产生较早、影响极大的一部著名的长篇历史演义小说。就其社会影响的广度而论,可以说只有《水浒传》《西游记》和《红楼梦》能够与之相比。六百余年来,它不仅作为一部典范性的历史小说,被我们整个民族一代一代地不断阅读,得到各个阶层人民的共同喜爱,而且作为我们民族在长期的政治和军事风云中形成的思想意识与感情心理的结晶,对我们民族的精神文化生活产生过广泛而深远的影响,今天,它已被公认为世界名著之一。

在中国的全部文学作品中,可以说还没有哪一部作品能像《三国演义》那样与民间文学有着如此密切的关系。根据《三国演义》一书的故事情节改编的各种戏剧蔚为大观,而且大量的民间传说故事也仍然继续流传在极其广大的地区。

---

[1] 本文是为人民文学出版社《世界文学名著文库》中的《三国演义》所写的"前言"(2001年12月版),发表时有删节,现根据原稿补上。

《三国演义》描写的政治、军事斗争

《三国演义》以三国历史为题材，刻画了众多的人物形象，描写了百年左右发生的事件，特别是描写了魏、蜀、吴三个统治集团的相互斗争和它们的盛衰过程。小说前八十回主要描写东汉王朝的崩溃、军阀之间的兼并战争和魏、蜀、吴鼎立局面的形成，后四十回主要描写三国间错综复杂的矛盾斗争以及三国统一于晋的历史。从全书的轮廓、线索和人物的主要活动来看，大体同历史相去不远。

但是，《三国演义》不是历史书，而是历史小说。它所反映的社会历史内容已不限于三国一个时代，而是概括和熔铸了上千年封建社会不同政治集团之间争夺统治权的历史内容，作品中所塑造的一系列人物形象，也与历史上的人物有所区别。比如三国时代的屯田制，曹操搞得较好，东吴较差，西蜀更差，但《三国演义》作者为了强调诸葛亮是个精兵善政的人物，就只描写了诸葛亮的屯田措施。又如貂蝉的故事，在陈寿的《三国志·吕布传》中，关于吕布这段私生活只有这样几句话："卓（董卓）常使布守中阁，布与卓侍婢私通，恐事发觉，心不自安。"鲁迅引用的现已失传的《汉书通志》还有下面几句话："曹操未得志，先诱董卓，进貂蝉以惑其君。"《三国志平话》中有貂蝉故事，但十分简略。作者根据上述两点史料和《三国志平话》上的传说，虚构了王允派遣貂蝉、使用连环计这个有声有色的故事。另外按《三国志》载，鞭打督邮是刘备干的，《三国演义》作者为了刻画张飞的性格，就把怒鞭督邮的事放在了张飞名下。其他像"三顾茅庐"、"七擒孟获"、"六出祁山"等等，都远远超出史书记载的内容。这是作者根据全书主题的需要所进行的一系列情节和题材的提炼。

《三国演义》描写的重点是封建社会内部各个政治、军事集团之间尖锐复杂的矛盾斗争，作者很少表现和政治斗争没有直接关系的情节。在这里，一切可能出现的斗争方式都出现了，军事的、政治的、外交的、公开的、隐蔽的、合法的、非法的，而且所有这些斗争，都是在漫长的封建统治集团内部斗争所积累起来的经验的基础上进行的。比如刘备就是一个惯用韬晦之计的人物。小说第二十一回写曹操"挟天子以令诸侯"，势力很大，刘备则是寄人篱下，而且参与了衣带诏的密谋，准备时机成熟搞掉曹操。曹操自负英雄，野心极大，他看出刘备也非等闲之辈，但还不清楚刘备的志向究竟有多大，策略究竟有多高，对自己的雄图会妨碍到什么程度。他一直在怀疑，如果确实知道刘备志大才高，也想夺取天下，他就要乘刘备还在势孤力弱之际加以消灭。刘备对曹操的这种思想是早已估计到了的，为此处处提防。他知道自己越是表现得目光短浅、毫无大志，就越能减少或消除曹操的疑忌，保全自己，等待时机，以便远走高飞。于是"就下处后园种菜，亲自浇灌，以为韬晦之计"。后来"曹操煮酒论英雄"，刘备假托闻雷失箸，借此使曹操产生了错觉，"遂不疑玄德"了。又如孙权赚杀关羽后，把首级转送曹操，以此嫁祸于魏；而曹操不仅不受其骗，反而"将关公首级，刻一香木之躯以配之，并葬之以大臣之礼"，来表示魏对蜀的好感，使刘备全力伐吴，他好从中取利。孙权看到吴蜀联盟破裂，形势不利于己时，又遣使上书曹操，"伏望"曹操"早正大位"，"剿灭刘备"，表示愿意"率群下纳土归降"。这是孙权转移矛盾、保存自己的策略。而曹操比孙权更胜一筹，指出"是儿欲使吾居炉火之上"。诸如此类的斗争，在小说中是屡见不鲜的。这些斗争策略是由他们的集团利益所决定的。他们为了满足自己权力、财产的欲望，为了使自己在激烈的争夺战中不被消灭，总是玩弄各种手段，演出了一幕幕钩心斗角、尔虞我诈的活剧。

在《三国演义》里还可以看到，各政治集团为了自己的切身利益，几个集团今天分明天合，今天势不两立，明天却又杯酒言欢。他们既争斗又勾结，而且这种斗争渗透到生活的很多方面，连家庭、朋友、婚姻等都毫无例外地卷入了斗争的旋涡，甚至成为斗争的工具。利用婚姻来达到自己的政治目的，在《三国演义》中不乏其例。王允用貂蝉同时引诱吕布与董卓的所谓"连环计"，便是著名的例子。此外，像袁术想以自己的儿子和吕布的女儿联姻，孙权为夺回荆州，把自己的妹妹当作牺牲品，所有这些都有明显的政治目的。人们从这些人物形象中清楚地看到，贪欲和权势欲如何主宰了封建社会中君臣、兄弟、夫妻、朋友等关系。

战争是政治的继续。《三国演义》表现各个政治集团通过各种方式，运用种种手段，以达到消灭敌对势力的目的，但主要是凭借武装力量，于是战争就构成了他们之间斗争的主要形式。小说中写了大大小小的许多次战役，其中描绘的许多战略战术的运用，大体上符合军事科学的原则，在一定程度上揭示了战争的客观规律。

各个政治集团的代表人物

《三国演义》的历史主题，主要是通过各个政治集团中的代表人物的描绘具体表现出来的。

《三国演义》的政治倾向是"拥刘反曹"。它选取曹操集团和刘备集团作为主要对立面，并把蜀汉当作全书矛盾的主导方面，把刘备、关羽、张飞、诸葛亮当作小说的中心人物。小说紧紧把握住曹、刘两个集团这条矛盾主线，刻画了曹操和刘备两个对立的艺术形象。

　　历史上的曹操本来就有欺诈残暴的一面，民间传说和野史已把这一特点突出、夸大。在《三国演义》里，曹操更被成功地表现为一个有着无穷的贪欲和权势欲的阴谋家和野心家。为了夺取政治统治权力，他和历史上许多阴谋家、野心家一样，善于使用伪善的两面派手法。他笼络人心，假行仁义，最初以反对董卓、匡扶汉室的名义取得一些人的信任，并且逐步扩大了自己的势力。比如第三十三回写他强迫百姓敲冰曳船，百姓逃亡，他命令军士捕杀，但又对"投首"的百姓说："若不杀汝等，则吾号令不行；若杀汝等，吾又不忍；汝等快往山中躲避，休教我军士擒获。"这样，百姓的被杀，就只能怪他们没有藏好，而曹操似乎是关怀百姓的。又如祢衡当面痛骂过曹操，曹操怀恨在心，趁机叫祢衡去荆州劝说刘表投降，借刘表之手来杀祢衡，而在祢衡临行时，"却教手下文武，整酒于东门外送之"。曹操一贯弄虚作假，玩弄权术。自己的马践踏了百姓的麦田，他玩了一个"割发权代首"的把戏，表示自己也和普通将士一样"凛遵军令"。官渡之战中，许攸脱离袁绍来投奔他时，他表面热情欢迎，实际上却是口是心非，步步设防，不肯依赖信任。虽然他一会儿"挽留"，一会儿"附耳低言"，做尽了亲密无间的样子，而跟着来的却是一连串的谎言。总之，曹操明明是个极端的利己主义者，却要装着公而忘私的样子；明明是一个凶恶残忍的刽子手，却要显示仁爱善良。

　　曹操的性格特征是诡谲多变、阴险狡诈、心狠手辣。他为报父仇进攻徐州，"所到之处，杀戮人民，发掘坟墓"。为了镇压在许都纵火的耿纪、韦晃的余党，他在校场上立下红白二旗，下令"如

政治史的战争风俗画卷——浅论《三国演义》

曾救火者,可立于红旗下;如不曾救火者,可立于白旗下"。众官以为参加救火必定无罪,三分之二的人站在红旗下。曹操却说:"汝当时之心,非是救火,实欲助贼耳。"不容分说,把站在红旗下的三百多人全部杀掉。他对部下的残酷狠毒更是无所不至。一次在与袁术作战时,军中缺粮,曹操先命令粮官王垕用小斛发军粮,然后又"借"杀王垕的头来平息众怒。最令人发指的是他杀吕伯奢的事件:曹操刺杀董卓未遂,投奔吕伯奢庄上,吕盛情款待,他疑心吕不怀好意,竟杀了吕家八口;后来明知是误杀,索性连吕伯奢也一并杀掉。在杀掉吕伯奢以后,他说过两句为后人十分熟悉的话:"宁教我负天下人,休教天下人负我。"这是对他、同时也是对极端利己主义者本质的深刻概括。

但是,作者并没有把曹操这个艺术形象简单化。作为一个奸雄、阴谋家和野心家,一个封建集团的代表人物,曹操是被表现得符合他所处的地位的。他不仅具有雄才大略,而且善于用人。他从"方今正用英雄之时,不可杀一人而失天下之心"的观点出发,并没有杀掉被吕布打败而从小沛投来的刘备,并且还让他做了豫州牧;为了争取关羽而一直耐心地对待他,这都说明曹操作为一个封建集团的代表人物,是注意到整个集团的利益的。所以小说中的曹操堪称典型环境中的典型人物。

《三国演义》是把刘备同曹操对比着描写的。刘备以宽仁待民,曹操以残暴害民;刘备待士以诚心和义气,曹操则用权术和机诈;刘备说"我宁死,不为不仁不义之事",曹操则说"宁教我负天下人,休教天下人负我"。总之,作者在许多地方拿曹操来同刘备作对比,以表现刘备身上的"美德",从而把刘备塑造成为一个理想化的"圣君"和实施"王道"、"仁政"的代表。

诸葛亮是作者倾心赞颂和精心描绘的人物。历史上的诸葛亮本来是一个杰出的政治家，他辅助刘备建立蜀国，打击豪强，任人唯贤，改善与西南少数民族的关系，做出过有益的贡献。但是后代史学家往往注重赞扬他对刘备的忠贞不贰，《三国演义》也从这些方面加以强调。诸葛亮为了报答刘备的"知遇之恩"，竭尽心力为刘备争得了一个争王图霸的地盘，刘备死后，又忠心耿耿地辅佐刘禅，最后积劳成疾，死在北伐曹魏的军营中。

《三国演义》的作者一反正史所谓"亮才于治戎为长，奇谋为短，理民之干，优于将略"[1]的看法，把他描写成为政治、军事、外交无所不能、无所不精的人物，同时还多方面地突出了他的谦逊、谨慎、严于责己的政治家的风度和高贵品质。在刘备和孙权联合的过程中，他和周瑜便是一个鲜明的对比。周瑜也自有他的才能，但他胸襟狭小，嫉贤妒能，常常想杀害才能高出于自己的诸葛亮。他要诸葛亮去断曹操在聚铁山的粮道，目的是想假曹操来杀害诸葛亮。这个暗算自然是被识破了，诸葛亮扬言"周公瑾但堪水战，不堪陆战"，便立即激怒了周瑜。为了表示自己也"堪陆战"，周瑜便决定"自引一万军马往聚铁山断曹操粮道"。这时候本来可以向周瑜报复一下子的诸葛亮却表示："目今用人之际，只愿吴侯与刘使君同心，则功可成；如各相谋害，大事休矣。操贼多谋，他平生惯断人粮道，今如何不以重兵提备？公瑾若去，必为所擒……"在这里，我们看到诸葛亮顾全共同抗曹这个大局，表明他是有政治原则性，是识大体、有度量的。

《三国演义》对诸葛亮治理内政的法治作风，也做了比较真实

---

[1]《三国志·诸葛亮传》。

的反映。诸葛亮实行法治，赏罚严明。对犯法之人，不管其地位高低，功劳大小，和自己关系亲疏，都要依法惩治。李严是蜀国重臣之一，他在一次督运粮草器械中误了期限，为了逃脱罪责，假传皇帝诏令，叫诸葛亮退兵。诸葛亮了解李严"为一己之故，废国家大事"，立即予以严厉处分。而李严的儿子李丰有才能，他又任命李丰为长史。当然，这种赏罚分明，首先在于诸葛亮能够以身作则。马谡不听他的命令，丢掉了街亭，致使全军失利。他按军法斩了马谡，然后"自作表文，令蒋琬申奏后主，请自贬丞相之职"，并对费祎等人说："但勤攻吾之阙，责吾之短。"

小说着重表现的是诸葛亮在斗争中的智慧，是他的足智多谋。诸葛亮深深懂得在进行军事斗争时必须同政治斗争配合起来。他善于了解情况，掌握敌人的策略，因时制宜，随机应变。他深谋远虑，因而料事如神；掌握斗争规律，因而能预测事态发展的前景。诸葛亮出山，第一次博望坡用兵，以新野这么小的地方，靠几千人马，居然杀退了夏侯惇十万大军，赢得关羽、张飞的"伏拜"。又如诸葛亮敢于使用"空城计"，就是因为他对司马懿的情况做了认真的分析，知道他了解自己"生平谨慎，不曾弄险"，从而利用这一点，采用了十分"弄险"的疑兵之计，解除了危机。这里不仅看出诸葛亮出奇制胜的指挥艺术，还可以看出他的胆识和魄力。诸葛亮就是这样一个在各种斗争特别是军事斗争中发挥着很大聪明才智的人物。

诸葛亮的这些智慧并不是凭空出现的，它是吸收我国人民在长期复杂的斗争中积累起来的丰富经验的结果。民间谚语"三个臭皮匠，合成一个诸葛亮"，正体现了诸葛亮的聪明才智是集体聪明才智的结晶。在民间，诸葛亮几乎成了智慧的化身。

孙权是作者没有着重描写的人物。他的英雄气概比不上曹操和刘备，但能坐保父兄遗业，也不失为一个出色的人才。他对周瑜的倚重，对鲁肃的信赖，以及挑选吕蒙和陆逊作为都督，都显示出他用人的精当。他在许多方面表现出沉着和刚勇，但缺乏政治远见，重视目前利益，没有统一全国的雄图壮志。孙权是高层统治集团中又一类型的人物。

出色的战争描写和人物塑造艺术

《三国演义》的艺术成就是多方面的，其中以战争描写和人物刻画最为突出。

《三国演义》写的是军事斗争和政治斗争，因此作者在战争描绘上表现了他的宏伟构想。这部小说写了大大小小一系列的战争，展开了一幕幕惊心动魄的场面。这些战争在作者笔下千变万化，不重复，不呆板，各具特点，表现了战争的复杂性和多样性。每一次较大的战争的描绘，作者总是详尽地介绍主将的性格、兵力配备部署和双方力量的对比、地位的转化，以及战略、战术的运用，表现得丰富多彩。虽然战争总是在紧张、惊险、激烈的气氛中进行，但并不显得凄凄惨惨，而是富于英雄史诗的高昂格调。罗贯中这种描写战争的艺术才能，突出地表现在赤壁之战的描写上。《三国志》记赤壁之战极为简略，而《三国演义》则驰骋想象，以八回的篇幅，把战争场面渲染得波澜壮阔、淋漓尽致。在决策阶段，写孙、刘联盟的形成以及孙吴内部和与战之争，处处强调诸葛亮的作用；在双方备战阶段中，作者紧紧抓住曹军不习水战的问题，写周瑜和曹操之间的隔江斗智，曹操两次派蒋干过江，以及遣蔡中、蔡和诈降，都被周瑜识破，并巧妙地加以利用。同时，作者又描述了周瑜的妙计总不出诸葛亮的意料；周瑜嫉妒诸葛亮，想用断粮道、造箭等计杀诸葛亮，结果也一一被识破。这样作者便很自然地写出了诸葛亮的才能、胸怀高过了周瑜。在写交战双方矛盾上，作者较多地依据史实加以铺排；在写周瑜、孔明的内部矛盾上，作者几乎是全凭虚构。

作者不仅善于错综交织地表现矛盾，而且善于在紧张斗争中，用抒情的笔调进行点染，如诸葛亮草船借箭、庞统挑灯夜读、曹操横槊赋诗等"悠闲"插曲。这样山里套山，戏中有戏，推波助澜，逐渐把故事引向高潮。整个赤壁之战的八回书，大起大落，波澜壮阔；而节奏又富于变化，时而金戈铁马、雷震霆击，时而凤管鹍弦、光风霁月；紧张杀伐之际，插入抒情短曲，虽着墨不多，而摇曳多姿。如此布局，极见匠心。

作者写战争不落俗套，有时写短兵相接，有时写战局全面的鸟瞰，疏密相间、错落有致、虚实结合的手法尤臻妙境。对战争的胜利者往往不惜笔墨详尽描写，而对另一方只做简要叙述。赤壁之战详尽描写的是孙、刘一方；官渡之战则多写曹操一方；"安居平五路"，只有一路是实写，其余都是虚写。这样虚实照应，重点突出，省去了许多笔墨。

《三国演义》的战争描写中，还善于把战场的气氛逼真地描绘出来。赤壁之战，作者描绘总攻开始后的情景：

> 火趁风威，风助火势，船如箭发，烟焰涨天……但见三江面上，火逐风飞，一派通红，漫天彻地。

简单几笔浓墨重彩，勾画出火烧赤壁的战争场面，短促有力、富有气势的语言也显示出这场火战的迅猛激烈。关羽水淹七军又是另一番情景：

> 是夜风声大作，庞德坐在帐中，只听得万马争奔，征鼙震地。德大惊，急出帐上马看时，四面八方，大水骤至，七军乱窜，随波逐浪者不计其数，平地水深丈余。

这里通过视觉和听觉，把水战的场面有声有色地描绘出来，使人如临其境。

《三国演义》通过惊心动魄的政治、军事斗争，塑造了一批鲜明生动的人物形象，构成了一幅绚烂多彩的图卷。

作者刻画人物往往通过不同的矛盾冲突，反复渲染人物的主要性格特征。《三国演义》中，最生动的形象之一是张飞。怒鞭督邮一段痛快淋漓的描述，使张飞的疾恶如仇、不畏强暴的性格特征跃然纸上。"三顾茅庐"时，诸葛亮草堂春睡，故意装傲慢，张飞看不顺眼，便说："等我去屋后放一把火，看他起不起。"后来曹操想借刘备之手杀掉吕布，张飞就真的去杀吕布，而且大叫说："曹操道你是无义之人，教我哥哥杀你。"吕布无疑是个见利忘义的小人，张飞则是疾恶如仇，但不顾当时斗争的实际情况和实际需要的盲动，则又一次显示了张飞的心直口快、粗豪莽撞而内心又十分单纯的性格特征。张飞虽然粗豪，但粗中有细；虽然莽撞，却从善如流。他初见诸葛亮做军师不服气，等到旗开得胜就立即下马伏拜。他初到耒阳县见庞统怠职，便勃然大怒；等看到了庞统判案，立即就称赞他的才能。作者反复渲染，使"快人"和"莽张飞"的主要特征鲜明地显示了出来。

《三国演义》还善于通过渲染气氛和用对比、陪衬的手法，表现人物的精神面貌和性格品质。如关羽斩华雄，作者开始极写华雄的勇猛善战,一出马就连斩对方四员大将。至写关羽出战后,不具体描述交战经过,只写关外鼓声、喊声如地塌山崩,正当人们为关羽担心的时候,关羽已提华雄的人头掷于地上,出马前酾下的那杯热酒尚有余温。在这里,关羽的威风气势和勇猛善战的形象,都充分地表现了出来。

又如写"三顾茅庐",刘备两次都没见到诸葛亮,而作者写其来去途中遇到的诸葛亮的朋友、弟弟、岳父,写卧龙岗的农夫、山光水色以至流传的歌曲,却无一不是写诸葛亮。诸葛亮虽然迟迟没有出场,可是作者借助于环境、气氛的描写,使读者心中隐然已有个品德高、才能大的诸葛亮的形象了。到刘备第三次去卧龙岗见到了诸葛亮,"隆中对策"一席话,就更加使得诸葛亮的性格鲜明突出,给读者以深刻的印象。对"三顾茅庐"前前后后的描写,刘备的求贤若渴和谦恭态度,关羽的自负和冷静观察,张飞的豪爽和鲁莽行事,彼此相互照应,又都是为了陪衬诸葛亮。这种人物描写的手法,标志着我国古典小说在人物塑造上的新拓展。

《三国演义》的艺术结构,既宏伟壮阔,又不失严密和精巧。全书记述时间漫长、人物众多、事体复杂、头绪纷繁,既要照顾历史事实的基础,又要适应艺术情节的连贯,但作者却能以蜀汉为中心,抓住三国矛盾斗争的主线,有条不紊地展开故事情节,既曲折变化,又前后贯串,宾主照应、脉络分明、布局严谨,从而构成了一个基本完美的艺术整体。

《三国演义》吸收了史传文学的语言成就,并加以适当的通俗化,这就达到了历史小说"文不甚深,言不甚俗"[1]的标准,具

---

[1] 蒋大器《三国志通俗演义·序》。

有简洁、明快而又生动的特色。

总之,《三国演义》除了给人以阅读的愉悦和历史的启迪以外,它更是审美化的历史的政治的史诗。这样的史诗,本来就是多层次、多侧面的,横看成岭侧成峰,但它的主题意旨和弘扬的是:民心为立国之本,人才为兴邦之本,战略为成功之本。正因如此,《三国演义》在雄浑悲壮的格调中,弥漫与渗透着的是一种深沉的历史感悟和富有力度的反思。它绝非有的学者所言"是一部权术、心术大全"。[1]

---

[1] 参见《读书》2005年第7期。

《水浒传》的民族审美风格[1]

"民族审美风格"这一题目本身就决定了必须回归文学本位，回归文本，即完全以文学审美性视角来观照这部伟构。

选择了这个题目，我知道讲明白的难度很大。我们过去分析小说戏曲这些叙事文体，大多是谈艺术性中的这样几个元素：典型人物的塑造，结构布局，语言艺术。这样的模式的讲述已经有半个多世纪了，能不能突破？要不要突破？这是难题之一。难题之二是文化热中，文学研究领域中的"文化研究"几乎排斥了文学审美性的分析。我们能不能真正回归文学本位，能不能回归文学文本，做审美的解读？我们的前辈美学大家宗白华先生在《我和艺术》中强调："美学就是一种欣赏。美学一方面讲创造，一方面讲欣赏。创造和欣赏是相通的。创造是为了给别人欣赏，起码是为了自己欣赏。欣赏也是一种创造，没有创造，就无法欣赏。"宗先生这一审美欣赏的经验总结，不但揭示了中国美学的特殊研究法，而且扎实地立足于面向文学艺术真实的欣赏。然而今日之"文化研究"，严格地说只是一种综合性的文化研究，而丢掉的恰恰是文学的审美性。我

---

[1] 本文是笔者2009年12月10日在浙江绍兴文理学院"风则江大讲堂"的发言纲要。

们的历史学太强大了，文化研究往往变成了历史的社会的研究，而文学研究能否回归文学本位？文学能不能回归文本？这是今天我感到最有挑战性的问题。这么说，不是把文学的审美研究拉回到原有旧模式、旧框框中去，而是需要花大力气，把遮蔽已久的我们的审美视线启开，真正着眼于艺术美文的本质特征上来，着眼于文学本体的特点和规律上来，而不是仅仅着眼于跟文学相关的其他社会文化现象上去。明乎此，回归文本则必是回归文学本位的题中之意，是必然的。要想对任何一部文学作品进行审美观照，回归文本乃是第一要义。

一、小说文体和类型述略

建立在回归文学本位和回归文本的基点上，必然要对文学文本的文体和类型有一个明晰的认识。

《水浒传》是长篇小说，是中国特有的文体类型：章回小说。从宏观小说诗学角度来观照，史诗性小说是一个民族为自己建造的纪念碑，它真实地描绘了民族的盛衰强弱、荣辱兴亡。深一层次地说，史诗性的长篇小说是小说家们叙写的民族心灵史，经典文本也就是大师们留下来的精神遗嘱。因此，鲁迅才把它称之为"时代精神所居之大宫阙"。英国作家劳伦斯把长篇小说称之为各种文体的"最高典范"。法国作家莫里亚克也把长篇小说称之为"艺术之首"。最有意味的是昆德拉那本流传得很远的《小说的艺术》一书中，曾反复述说奥地利作家布罗赫的那句小说定理，即"小说唯一存在的理由是'发现'唯有小说才能发现的东西"。小说发展史证明：墨写的审美化的心灵史比任何花岗岩建筑更加永久而辉煌。

在中国，明清章回小说则开启了中国成熟的长篇小说的先河。明清章回小说应当说是中国文学发展史上最辉煌的成果。文体确立后，当然是小说类型。中国长篇小说，从明代开始奠定了四大类型：历史演义、英雄传奇、神魔故事和世情小说。这四大小说类型各自有自己的格局，《水浒传》是英雄传奇的开山之作。

英雄传奇又有四种类型：一是描写官逼民反，着重写反对暴政的侠义英雄，如《水浒传》和《后水浒传》等；二是描写抗击侵略，保卫疆土，如写民族英雄的"杨家将"和"说岳"系列；三是写发迹变泰，写出身寒微后来成就帝业的，如《飞龙全传》等；四是写草莽英雄，从反抗官府压迫开始，后来转而追随"真命天子"去打江山，如《隋唐演义》等。这四类中，当然以第一种为最上乘者。

二、叙事格局与命意

我前面的铺垫意在说明：《水浒》的审美特色是中国古代小说的民族风格和民族气派最突出最强烈的。无论从文体、从类型上说都最具代表性，而在叙事上说则更有特色。

在以上分析的基础上，让我们以小说文本为依傍，去感悟《水浒传》的民族审美风格吧！

《三国》和《水浒》在中国小说史上的出现，是一个奇特的现象。曾有人将二者合称为一书，名曰《英雄谱》。这两部小说，一写据地称雄，一写山林草莽，都把英雄的豪气做了深刻而富有社会意味的描写。尽管这两部长篇巨制的美学风格与气韵风味迥然不同，然而却是共同生根在中国土地上，并吸取了中国文化的深厚滋养而成长起来的两株参天大树。

现在我们捧读《水浒传》时，会感到一种粗犷刚劲的艺术气氛扑面而来，有如深山大泽吹来的一股雄风，使人顿生凛然荡胸之感。它豪情惊世，不愧是与我们伟大祖国和中华民族相称的巨著。据我所知，外国作品中除有一部《斯巴达克斯》写奴隶起义的，其影响有限外，在世界小说史上还罕有像《水浒传》这样倾向鲜明的、规模巨大的描写人民群众的抗暴斗争的长篇小说，这在世界小说史和中国古代小说史上应当说是个奇迹。

作为文化符号的《水浒传》的作者施耐庵，他的小说智慧绝不可低估。他一方面有深切的人生的新体验，在元末明初民族抗暴斗争的现场实践中，他勇敢地把草泽英雄推上了舞台，机智地写出"逼上梁山"和"乱自上作"的过程，在广阔的领域内反映了宋元之际的社会生活。施耐庵以"一百单八将"为重心，以梁山泊英雄起义的发生、发展、高潮直至衰落失败为轴心，揭示了现实政治的黑暗，反映了群众性抗暴斗争的正义性和广大群众的社会理想，同时也写出了古代人民抗暴斗争的历史局限性和悲剧的必然性。

《水浒传》的结构布局，特别是它的叙事格局，往往被很多学者质疑，一是说它是从"小本水浒"拼凑过来的，没有一个整体的构架，只是一个一个地写几个代表人物；一是说它只能像后来的《儒林外史》那样，写出几组人物，如同一个个短篇。两者意见雷同，都是认为它不像《三国》那样以历史为线索，有条有理地顺序写下来。这个问题，我要作为第一个问题提出，即施耐庵这位小说家他是站在理性的高度，以审美感性的方式演绎时代的大事件。他的精心结构，就在于它与《三国》那种史诗化写作相反，《水浒》走的其实恰恰是一条景观化历史的道路，即一个人物就是一个景观。比如林冲的故事，武松的故事，鲁智深的故事，宋江的故事，这些个人的故事，一经串联就是一部"史"了。所以《三国》和《水浒》虽然都是历史故事化，但《水浒》是景观化历史的写法，所以它不同于《三国》。《三国》不可能有"风俗画"，而《水浒》却把社会风俗画的素材和原汁原味的资料作为必要的资源，因为它不是像《三国》那样写帝王将相，而是着眼于平民，着眼于民间，着眼于中下层，着眼于受苦人、不平者和各色游民。于是那个粗略的"历史"就被转换成可以随着自己的审美理想进行想象力充沛的塑造和组合，随各自的需要剪裁、编制历史记忆中的意象，并巧妙地转化成眼中一幅幅纯粹的风俗画，纯粹的波澜壮阔的风景线。施耐庵真正的伟大之处就在于此，他把过去的历史演义更进一步地文学化，把历史事件、历史故事演绎成了更有文学意味的小说艺术。原来，历史就是历史，文学就是文学，文学可以体现历史精神，但无意代替历史，这是小说观念的一大进步。这就证明一个重要的小说审美意识的规律：小说家无论面对何种形态的历史生活，一旦进入文学的审美领域，就为其精神创造活动的表现提供了一种契机，尽管这种契机具备选择的多样性，但绝不成为严格意义上的历史，更不是历史的附庸。总之，无论《三国》还是《水浒》都不是要再现历史，而是要表现历史。它们只是"史里寻诗"，即从历史中发现文学性。文学永不是史学。高明的文学家、小说家有历史感就足够了。没有历史感，也就无法写出历史题材的作品，这是事实。明乎此，我们就知道了《水浒》的结构主线，正是通过景观化把起义英雄一个一个、一股一股、一组一组地去写他们如何从四面八方百川入海式地汇集到梁山泊，形成一支强大的武装部队，攻城夺府，同宋朝政府对抗。这种结构布局就突出了"乱自上作"和"官逼民反"，而小说正是通过展示这幅规模宏大、惊心动魄的民族抗暴斗争的历史画卷，倾向鲜明地歌颂和表现了可以陈列满满一个画廊的群众英雄的典型形象，他们的神韵，皆在这景观化和景点上得到充分展示，这些草莽英雄的起义道路，也得到了充分地展示和卓越地体现。小说家的智慧，小说技巧的智慧充分得到具象的传达，使一切接受者热血沸腾！

所以在第一个问题明确后，我们会理解到：这种单线又交叉发展的结构法，每组情节既有相对的独立性，又是一环扣一环，环环勾连，逐步发展到梁山泊英雄大聚义。同时这种从主线出发，又和小说的主题意旨契合，也就是说通过不同英雄好汉的不同命运，最后都是逼上梁山，从而从不同渠道展示起义斗争的广阔画面，它真的像百川汇海一样，由分而合，推向声势浩大的梁山英雄大聚义的高潮。

以上说的是研究《水浒传》审美风格特色的前提。

三、《水浒传》的总体审美风格

那么，我们在读《水浒》时，对其总体民族风格是怎样感受的呢？

《水浒传》反映了时代的风貌，也铸造了独特的艺术风格，即我们民族精神中重要的阳刚之美。它线条粗犷，不事雕琢，甚至略有仓促，但让人读后心在跳，血在流，透出一股迫人的热气，这就是它的豪放美、粗犷美。它没有丝毫的脂粉气、绮靡气，而独具雄伟劲直的阳刚之美和气势。作者手中的笔如一把凿子，他的小说是凿出来的石刻，明快而雄劲。它的美的形态特点是气势。这种美的形态是从宏伟的力量、崇高的精神中显现出来的，它引起人们十分强烈的情感：或能促人奋发昂扬，或能迫人扼腕悲愤，或能令人仰天长啸、慷慨悲歌，或能教人刚毅沉郁、壮怀激烈。《水浒传》的气势美，就在于它显示了人类精神面貌的气势，而小说作者所以表达了这种气势美，正是由于他对生活中的气势美有独到的领略能力，并能将它变幻为小说的气势美。

《水浒传》标志着一种英雄风尚。这种英雄文学最有价值的魅力就在于它的传奇性，我们很难忘却李逵、武松、鲁智深、林冲这些叱咤风云的传奇人物。在这里我们看到的是一个刚毅、蛮勇、有力量、有血性的世界。这些主人公当然不是文化上的巨人，但他们是性格上的巨人。这些刚毅果敢的人，富于个性，敏于行动，无论做什么都无所顾忌，勇往直前，至死方休。在他们的传奇故事里，人物多是不怕流血、蔑视死亡、有非凡的自制，他们几乎都是气势磅礴、恢宏雄健，给人以力的感召。这表现了作者的一种气度，即对力的崇拜，对勇的追求，对激情的礼赞。它使你看到的是刚性的雄风，是人性的严峻的美。

四、《水浒传》民族审美风格的四大特点

《水浒传》的这些美学风格得以出色体现，源于作者美的传达和美的表现的艺术技巧，这就是传奇性、传神、白描和意境。这些特点烙印着民族特定历史精神生活的印迹，是在长期发展的艺术传统中逐渐培植形成的。

首先谈传奇性。中国古代叙述文学中的小说、戏剧、说唱，统称传奇。传奇者，以情节新奇、丰富、多变为特色。《水浒传》等诸多小说的传奇性，正是传统审美意识在小说艺术中的突出特征。传奇就意味着艺术在对生活的把握中，摒弃那些平凡的、了无生气

的素材，而撷取那些富于戏剧性的、不一般的、跌宕多姿的生活，并以巧合即诸多偶然性的形态显现。它总是通过曲折复杂的故事情节或直接或暗示出生活中特异的事件和超乎想象的变异，从而把故事展示出来。鲁智深的故事，是通过三拳打死镇关西、大闹桃花村、火烧瓦罐寺、大闹野猪林，特别是倒拔垂杨柳等一连串惊人的情节和细节，描绘了这位英雄人物不平凡的经历和英雄性格。而武松的传奇故事，又是通过景阳冈打虎、斗杀西门庆、醉打蒋门神、大闹飞云浦、血溅鸳鸯楼等情节勾画出这位大英雄另一种极度奇异的生平故事。作者正是通过这些曲折复杂的故事，把英雄人物放在冲突的焦点上，并以他为矛盾冲突的中心，随着故事，亦即矛盾冲突的推进，环环紧扣，一浪接一浪，逐步把不平凡的曲折故事叙述出来，而英雄好汉的丰富的性格特征及英雄本色又被鲜明、活泼地揭示出来。《水浒》这种注重掌握丰富的情节和奇异情节的描写，就把中国小说善于编织传奇性故事的技巧向前推进了一大步。所以你看《水浒》，绝无一览无余、看头知尾的毛病，很少有板滞枯涩之痕迹。小说的大部分，特别是英雄人物史的故事编织，大都夭矫变幻，摇曳多姿，即使情节的一个片段，也往往是一波三折，极尽曲折之能事。至于"无巧不成书"的运用，则充分把奇与巧的辩证的艺术思维处理得十分自然，巧则奇，奇则巧，"奇"才能传，"巧"才能书。传奇之奇，是出"奇"制胜；"巧"则是"山重水复疑无路，柳暗花明又一村"。由此，我们可以在中西小说比较中得出一个相对的规律性现象，即：西方小说，是以写人为主，人中见事，是擅长于追魂摄魄地刻画人物心灵流变的辩证法；而我们的古典小说，以《水浒》为标志，则侧重于记事，事中见人，是善于声情并茂地展示事物发展过程的辩证法。简单地说，他们善于雕刻心灵，我们则善于编织摇曳多姿的故事。当然这只是相对而言。

　　《水浒传》的审美风格,也是它把美感的民族传统贡献于世界小说艺术宝库的,除传奇性外,还有传神。古今中外,文艺创作共同的审美目标都是力求突破事物的外壳而把握事物的精神实质。中国则是在审美范畴中提出了"传神"、"形神兼备"和"神似"的概念。《淮南子》就提出过要反对"谨毛而失貌"。白居易提出"形真而圆,神和而全",既要达到形似,又要达到神似。东坡先生谓:"作画以形似,见与儿童邻。"这种艺术理念都渗透到我国小说艺术中了。比如明胡应麟在称道《世说新语》时就说,"晋人面目气韵,恍然生动",达到了形神毕肖。而托名李卓吾批评的《水浒传》第三回评语也说:"描画鲁智深千古若活,真是传神写照之妙手。"鲁迅赞扬《水浒》好汉之诨名:"正如传神的写意画,并不写上名字,不过寥寥几笔,而神情毕肖。"从这里可以知道,传神具有以下几项原则:①在抓住事物的运动和人物的行动中,把握人物的性格特质;②行文力求简洁明晰,英爽流畅,神韵飞扬;③抓住人物最突出最本质的特征,贯彻其余、支配其余的原则,正如歌德所说:"显示特征的艺术是惟一真正的艺术。"忽视了特征,也便忽视了真实性,传神手法便成了空架。茅盾在总结中国文学的民族形式时说,人物形象塑造是"粗线条的勾勒和工笔细描相结合"。前者常用以刻画人物性格,使人物通过一连串的故事表现人物性格,这一连串的故事通常使用简洁有力的叙述笔调;后者则用以描绘人物的声音笑貌,即通过对话和小动作来渲染人物的风度。这很像齐白石画中的虫草,自然的树木花草往往用写意,但蝉、蚂蚱、蜻蜓则是工笔细描,二者结合得天衣无缝。

　　《水浒》英雄形象的成功塑造,得力于传神写照。前人曾有"水浒一百〇八人，人人面目不同"的说法，这话言之过甚。不过，全书至少有十几个到二十个个性极其鲜明、精神气韵达到出神入化境界的典型的人物，这确是事实，他们完全可以陈列满满一个画廊。

总之，传神的关键正在音容笑貌，在通过对话和细节乃至一个小动作中显现出来。举个大家熟悉的例子，小说写林冲的逼上梁山是最成功也是最典型的，他始终在"忍"与"不能忍"的冲突中经历着心灵上的痛苦。大家记得，高衙内第一次调戏他的妻子时，他拨过高的肩头，一看竟是本官的儿子，那举起要打的手就不由自主地垂下来。这个细节把林冲开始时的隐忍和逆来顺受写得非常准确，也非常传神。直到后来，高衙内第二次调戏他妻子，他又误入白虎节堂，中计被捕，发配途中几乎被害，他仍然委曲求全，直到火烧草料场等一系列情节，使林冲与高俅的矛盾愈演愈烈，直至山神庙前手刃陆谦、富安。真是几经挫折，接受了血的教训，林冲逼上梁山，一直到在梁山火并王伦，林冲的性格才完整地体现了出来。林冲的性格发展和心路历程，在小说中可以说是写得最成功的，人物的精神气韵也最完满地展示了出来。

其实，《水浒》中的传神写照，又往往似不经意却又甚见功力地用人物语言的高度个性化传神地表现了人物的经历、修养、个性、身份、地位。比如往往被人忽略的第七十一回，武松、李逵和鲁智深三人都是反对招安的，但三个人的神态、话语和动作截然不同。武松直爽而诚恳，李逵莽撞，鲁智深粗中有细，这是小说中多次显现的。但在反招安的情节中，小说作者是用画龙点睛法揭示人物的精神面貌。武松在"叫"；李逵不仅"大叫"，而且"睁圆怪眼"，说完话还一脚把桌子踢起，跌成粉碎；而鲁智深却是在"道"了，话里话外都讲的是个道理，语调凄凉。三个人反招安，但"反"的程度不同，认识也不同，这样写，是从性格出发，而又用特殊的话语和细节来传达，于是真正做到了"传神写照"、"形神兼备"。这就是画论中说的"迁想妙得"，即天然浑成的境界。

怎样才能使小说通向"传神"的艺术彼岸？这里我们就讲《水浒》的白描手法，这种手法也是我们民族美感贡献于世界小说艺术的一大特色。

中国小说点评者常说"白描入骨"、"白描追魂摄魄"。白描和传神的统一，就是"体物传神"，这是我国小说传统中的一个审美目标。本来"白描"起源于中国传统画中的"白画"，在花卉和人物画中被广泛运用。它纯用墨线勾勒，不加彩色渲染，形象地描绘人物的音容笑貌的特征，有意识地留下空白，启迪观众读者的艺术想象空间。中国古典小说艺术家则创造性地把绘画中的白描运用于叙事性的创作中，并达到了完美的程度。鲁迅说："'白描'却并没有秘诀。如果要说有，也不过是和障眼法反一调：有真意，去粉饰，少做作，勿卖弄而已。"这里说的有两层意义：第一层含义是要求明快、简洁，不拖泥带水，具有一种单纯美。第二层含义则是简洁、明晰，而且要真切和微妙，显出一种黑白对比的力量美。你看《水浒》开头，写"九纹龙"史进，本来不是小说的重点，但纯用白描手法，写来如此传神，并且如此干净利落：

> 只见空地上一个后生脱膊者，刺着一身青龙，银盘也似一个面皮，约有十八九岁，拿条棒在那里使。

这个例子也许并不典型，但作者运笔简练，显示了作者笔底的功力。他极简省地勾勒了人物的侧影，然而通过这一白描手法却点出了人物的神韵风貌，给读者留下一个英气勃勃、好动、逞强的少年英雄形象。这个人物的肖像描绘，不仅富有质感，而且有韵味。

总之，白描是一种写意，因此，《水浒》中对人物形象的勾勒，常常是写意人物形象的主要特征，以虚带实，造成一种艺术空白，给读者以想象、联想的余地，从而在再创造时补充形象的全貌。因此，我们说《水浒》把美感的民族传统贡献于世界小说艺术宝库的还应有白描手法的单纯美，这绝非过誉之辞。

第四点是意境美。意境乃是中国诗歌艺术的基本审美范畴，而对小说艺术如何理解？小说艺术的意境美在哪儿？《水浒》又在何处有意境？它又是如何体现这种诗意的意境美呢？

《水浒》的意境美，一言以蔽之，乃是小说的白描和传神艺术的完整化，是诗对小说的积极渗透。

我国是有着"诗国"之称的国家。从《诗经》始，诗歌已有数千年的历史，其他文艺无不得诗的滋养，它的触角伸向各个艺术领域。

给我印象最深的是鲁迅先生在编辑《唐宋传奇集》时，他的"序例"说"藻思横流，小说斯灿"，就如此深刻地谈到唐传奇的诗的意境正是诗之意境渗透的结果。

现在我们具体分析《水浒》中两个大家很熟悉的例子。

第一个例子是第十回"风雪山神庙"，写林冲去草料场的场面：

  正是严冬天气，彤云密布，朔风渐起，却早纷纷扬扬卷下一天大雪来……出到大门首，把两扇草场门反拽上，锁了。带了钥匙，信步投东。雪地里踏着碎琼乱玉，迤逦背着北风而行。那雪正下的紧。【1】

【1】着重号为笔者所加。

大家看，小说叙事的诗意就在于《水浒》作者不是静止地孤立地描绘自然景物和分析人物心态，而是紧密地配合着情节的进展，是用林冲这个流放者的眼光观察风雪交加的天气和陌生住处，并且随时介绍周围环境引起他的思绪的变化，这样就以浓烈的萧瑟凄凉的气氛，很好地衬托了他的委曲求全和忍辱负重的心情，从而造成了情景交融的诗的意境。

第二个例子，就是小说第三十六回写宋江的一段故事。这个例子的诗意不是依靠一大段的风景描写，只是在紧要处点染几笔，起到"画龙点睛"的烘托作用。

宋江被穆家兵赶到了浔阳江边，正在危急之际，忽然从芦苇荡里摇出一只船来，宋江便向艄公求救。不料那艄公张横亦是个强徒，拿出刀来竟要请他吃"板刀面"。正危急时，对面摇来另一只船，那船上的大汉李俊同张横原是一路，却也是宋江的朋友。他见张横，问起情由，疑那将被害的可能是宋江，便"咄"地一声喊了起来。作者描写这个惊奇场景时写道：

"咄！莫不是我哥哥宋公明？"宋江听得声音厮熟，便舱里叫道："船上好汉是谁？救宋江……"那大汉失惊道："真是我哥哥，不早做出来！"宋江钻出船来看时，星光明亮，那船头上立的大汉正是混江龙李俊。

对于这一段描写，清代著名小说戏曲批评家金圣叹认为，尤其"妙不可说"的是"钻出船来看时，星光明亮"这十个字。他说这十个字"非星光明亮照见来船那汉，乃是极写宋江半日心惊胆碎，不复知何地何色，直至此忽然得救，而后依然又见星光也。盖吃惊后之奇喜也"。金圣叹的分析确实入木三分：作者避开了正面描写宋江的喜悦心情，而是以景来烘托暗示，言简意赅，含蓄隽永而又紧凑利落。我们可以想象，对于这个场面完全可以有不同写法：可以荡开去细致刻画先惊后喜、由悲转喜的戏剧性变化引起的人物的心理活动；也可以捕捉这一过程中人物的种种表情、动作和姿态等。但这种描写即使是成功而出色的，让人感到别有滋味，别有情趣，也很难有这么紧凑利落自然传神的效果。叙事小说的意境正在此，诗与事的紧密结合是小说意境之上乘也。

无论是传奇性、传神、白描，还是意境，再有就是未分析的语言，鲁迅的一句话已足以说明他的水平和审美风格："《水浒传》和《红楼梦》的有些地方是能使读者由说话看出人物的。"

智慧的较量[1]
——读《西游记》

公元15—17世纪，对于中国小说艺术发展史来说，是一个令人瞩目的历史时期。这个时期，小说开始往纵横两个方向延伸，展现了色彩斑斓、标新立异的繁盛景象，长篇、短制、文言、白话，构成了一个惊人的小说奇观，小说世界已蔚为大观。世称的"四大奇书"：《三国演义》《水浒传》《西游记》《金瓶梅》都产生于此时。它们都是耸立于艺术群山中的高峰，其中被鲁迅称之为"魁杰"、"巨制"的神魔小说《西游记》，就是吴承恩终其一生对中国小说史、也是对世界小说史奉献出的伟大的瑰宝。

吴承恩的才艺

没有吴承恩，自然没有《西游记》；但没有《西游记》，也就不会有我们今天所理解的吴承恩。事实上，他们是互相创造的。在"四大奇书"中，也许《西游记》是最幸运的了。因为今天我们所掌握的它的作者吴承恩的生平资料，远比其他三部小说的作

---

[1] 本文是何满子先生主编的《十大小说家》中的一篇，上海古籍出版社1989年8月版。

者都翔实得多。

吴承恩,字汝忠,号射阳山人。先世江苏涟水人,后徙淮安山阳(今江苏淮安县)。约生于明孝宗弘治十七年(1504),约卒于明神宗万历十年(1582)。根据吴承恩手撰《先府君墓志铭》可以考见他的家世,特别是他父亲的事迹。他的高祖叫吴鼎,布衣。曾祖吴铭曾任浙江余姚县学训导,祖父吴贞做过浙江红和(在今浙江省杭州市)县学教谕。其父吴锐,因年幼失怙,家贫,仅读社学,未能走上科举功名的道路,与徐氏结婚后,就继承了岳父家的事业,以经营绸布为生,虽身为商人,却"自《六经》诸子百家莫不浏览",读至"屈平见放"、"伍大夫鸱夷"、诸葛亮"出师不竟"、檀道济"被收"、岳武穆"死诏狱"等,"未尝不双双流泪也"。吴锐又"好谭时政,意有所不平,辄抚几愤惋,意气郁郁"。这里显示了吴锐是一位颇有怀抱的人物。这样的家庭和父教,对吴承恩无疑会发生重要影响。

吴承恩自幼聪颖慧敏。陈文烛《花草新编序》谈到吴承恩幼年情况有一段生动的描述:

> 生有异质,甫周岁未行时,从壁间以粉土为画,无不肖物;而邻父老命其画鹅,画一飞者,邻父老曰:"鹅安能飞?"汝忠仰天而笑,盖指天鹅云。邻父老吐舌异之,谓汝忠幼敏,不师而能也。比长,读书数目行下。督学使者奇其文,谓汝忠一第如拾芥耳。

吴承恩在少年时代就以文名冠于乡里。吴国荣《射阳先生存稿跋》中说"射阳先生髫龄,即以文鸣于淮";天启年间(1621—1627)修的《淮安府志》也说他"性敏而多慧,博极群书,以诗文下笔立成……复善谐剧,所著杂记数种,名震一时",后来清代的《山阳县志》和《山阳志遗》也都说他"英敏博洽,为世所推"。

吴承恩少年时代就爱好神奇的故事传说,他在《禹鼎志》的自序中说:

> 余幼年即好奇闻,在童子社学时,每偷市野言稗史。惧为父师呵夺,私求隐处读之。比长,好益甚,闻益奇。迨于既壮,旁求曲致,几贮满胸中矣。

他还喜读"善模写物情"的唐人传奇,这些成为吴承恩后来写作《西游记》的起跑点,它为《西游记》的撰著做了必要的文学准备。

吴承恩不负父、师期望,较早地进了学,从他的文才来看,中举人,成进士,本不应成问题,但偏偏中了秀才后,即屡试不售,困顿场屋,蹭蹬穷年。嘉靖二十三年(1544),吴承恩已到中年才补得个岁贡生,又过了差不多七年之久,才到北京吏部候选,结果只获得了浙江长兴县丞的卑微官职。他接受这个任命是极不情愿的。吴国荣在《射阳先生存稿跋》中称:"(吴承恩)屡困场屋,为母屈就长兴倅。"这是确凿的原因:母老家贫,中举无望,才使他出任了这样一个与他思想性格极不协调的职务。然而吴承恩的政绩还是不错的,他不贪污自肥而又工作勤恳。陈文烛《花草新编·序》中说他"恬淡自守,廉而不秽",他不愿改变自己的傲岸性格以屈从长官意志,始终保持着刚直的风骨。

对于一个诗人来说,忠实于自己的感受和发现,就意味着忠实于自己的诗魂。在众多的歌唱中,吴承恩的著名长歌《二郎搜山图歌并序》是一首气势伟岸的诗,也是他全部诗作中的一组强音符。他以纵横捭阖、浑灏奔放的笔触,为我们展现了一幅神话中二郎神搜山，使魑魅魍魉、狐猴魊龙或断头授首，或束手就擒的奇幻景观。这些狐妖魊龙就如《西游记》中的魔怪一样，诗人联想到它们就是人间黑暗邪恶势力的幻化，恨不得把它们斩尽杀绝。这诗的感情和时空的广阔，一定程度上概括了一个灾难的时代。因此，这首诗应该看作是吴承恩向一切封建统治和腐烂没落的社会发表的抗争檄文。

吴承恩久经动乱后，也许发已斑白，但是豪情与诙谐依旧，保持着刚直傲岸的风骨，他没有在悲哀中消沉，其《送我入门来》一首词可看作吴承恩整个人生态度的自我表白：不为贫穷的处境、困顿的遭遇、世人的白眼、炎凉的世态所屈服，在严霜积雪的酷寒中，信心百倍地"探取梅花开未开"，它可视为诗人的自况。这洁白芳香的"梅花"，正象征着他那高洁的人格，也象征着他自己从事的文学事业。他的诗和他的小说一样，是以乐观意识为轴心，或者说，终以乐观的调子完成悲哀的美。

诗人有幸，他不仅能以健笔参与了中国小说史创造的巨大工程，而且能以他的诗篇保留下历史巨变时代的动人场面和音响。

"西游"故事的演变

在我国文学史上，一个带有规律性的现象是：小说、讲唱文学和戏曲艺术有着不可分割的血缘关系，其中纽带之一是在创作题材上往往同出一源或是相互"借用"。杰出的作家还能在这种"借用"的基础上，进行创造性的改编，翻演为新篇。宋元以来，瓦舍、勾栏遍布京师和一些大城市，更为小说、讲唱文学和戏曲艺术在题材上的相互借鉴，提供了广阔的园地，开凿了多条渠道。由此，同一题材在说书场中和戏曲舞台上以各自的艺术样式进行表演。

吴承恩在《西游记》中，创造了一个属于他自己的独特艺术世界。但是它的题材和基本情节又不是他的首创，它的产生过程和其他优秀的古典小说《三国演义》《水浒传》等相类似。

作为《西游记》主体部分的唐僧取经故事，是由历史的真人真事发展衍化而来。唐太宗贞观元年（627），青年和尚玄奘[1]独自一人赴天竺（今印度）取经，跋山涉水，历尽艰难险阻，经历了当时一百多个国家，走了几万里路，至贞观十九年（645），取回佛经657部。这一惊人举动，震动中外。归国后，玄奘组织译场，从事佛经的翻译工作。玄奘在取经过程中所表现的坚定信念、顽强意志，令人敬仰。他所身历目睹的种种奇遇和异国风光，对人们具有极大魅力，他的行为和见闻本身就具有不同寻常的传奇色彩。于是他奉诏口述沿途见闻，由门徒辩机写成《大唐西域记》。以后他的门徒慧立、彦琮为了夸大师父的宏伟业绩，弘扬佛法，在《大唐大慈恩寺三藏法师传》中，穿插了一些灵异传说，不过传文的基本面貌仍然是历史传记，而不是佛教的灵异传。取经故事的真正神奇化是在它流入民间以后，愈传愈奇，以至于离开历史上的真实事件愈来愈远。在《独异志》《大唐新语》等唐人笔记中，取经故事已带有浓厚的神异色彩。据欧阳修《于役志》载，扬州寿宁寺藏经院有玄奘取经壁画，可知取经故事在五代时已流布丹青。

在这个时期，值得注意的是《大唐三藏取经诗话》的产生。刊印于南宋时期的《大唐三藏取经诗话》，是保存下来的晚唐五代寺院俗讲的底本。《取经诗话》已经开始把许多传说故事与取经故事

---

[1] 俗姓陈，名祎，法名玄奘，长安弘福寺和尚。

串联起来，初步具备《西游记》故事的轮廓。全书分上、中、下三卷，内容记叙唐僧一行六人往西天时遭遇各种精怪的折磨，情节离奇，但不曲折。其主旨则在宣扬佛法无边、逢凶化吉。其中所经历的个别国度如女儿国，少数处所如大蛇林和深沙神处，能使人联想起《西游记》的有关章节。书中的猴行者是一个"人（神）化"的猴精，它化作白衣秀士，是神通广大、降服妖怪的能手，初具人、神、魔三位一体的性质。它是小说《西游记》中孙悟空的雏形。

形诸文字的第一本小说形态的《大唐三藏取经诗话》的出现，标志着玄奘天竺取经已由历史故事向佛教神魔故事过渡的完成；标志着"西游"故事的主角开始由唐僧转化为猴行者；标志着某些离奇情节有了初步轮廓。因此它在《西游记》成书过程中有着重要意义。

由于《取经诗话》是晚唐五代佛教徒宣扬佛法的"俗讲"，一般属于宗教文学。与此同时，"西游"故事随"说话"艺术的繁荣，又以"平话"的方式出现，至迟到元末明初，就出现了更加完整生动的《西游记平话》。后来百回本《西游记》中的一些重要情节，在《平话》里大体上已具备了。《西游记平话》的形式风格，比较接近于宋元讲史平话，文字古拙，颇像元刊本《全相平话五种》，描写亦欠精细。但无论从内容、情节、结构、人物诸方面看，《西游记平话》都很可能是吴承恩据以加工进行再创造的母本。可以说它为吴承恩创造《西游记》提供了一个很好的胚胎。

广东出土的元代前期磁州窑唐僧取经瓷枕（藏广东博物馆），证明取经故事在当时已在民众中广泛流传。画面上的人物是取经故事中的师徒四众，处于中心地位的是英姿勃勃的孙悟空。这说明取经故事和有关人物的关系和思想性格，至迟到元代已大致定型。

取经故事除了在话本和其他艺术形式中不断发展和流布外，还搬上了舞台。宋元南戏有《陈光蕊江流和尚》，金院本有《唐三藏》，元杂剧有吴昌龄的《唐三藏西天取经》，可惜都已失传。元末明初则有无名氏的《二郎神锁齐天大圣》杂剧和杨讷（景贤）所著的《西游记》杂剧，共六本二十四折，以敷演唐僧出世的"江流儿"故事开场，后面有收孙行者、收沙僧、收猪八戒、女人国逼配、火焰山借扇、取经归东土、行满成正果等情节。吴承恩正是博采众长并受到多方面的启迪才创造了《西游记》。

随着唐僧取经故事的流传和衍化，孙悟空的形象也经历了一个同样漫长的演变过程。关于孙悟空形象的渊源，是一个争论很久的问题。鲁迅认为孙悟空"神变奋迅之状"移取唐传奇李公佐所作《古岳渎经》里的淮河水怪无支祁。因为吴承恩的家乡，自古淮水为患，很早就产生了与治水有关的神话传说。无支祁就是大禹治水时收服的一个淮涡水神。他原是神通广大的猴精，后来被镇锁在淮阴龟山脚下。因此鲁迅认为孙悟空本出于无支祁。随后，胡适提出印度史诗《罗摩衍那》中的神猴哈努曼是孙悟空的原型。胡适的说法并未动摇鲁迅的说法，反而引起鲁迅更为有力的驳难。此后就出现了折中的"混同"说，认为孙悟空是继承无支祁，又接受哈努曼影响的"混血猴"。日本学者则大多根据佛经提出不少看法。然而如果我们沿着唐僧取经故事的演变，也不难发现，从《取经诗话》中的猴行者到《西游记》杂剧、《西游记平话》中的孙行者，再到吴承恩小说《西游记》中的孙悟空，他们之间有着一脉相传的血缘关系。孙悟空是吴承恩独运匠心，对猴行者、孙行者进行了质的改造，再创造出来的一个不朽的典型。或者说是吴承恩把民间传说和说书、戏曲中的孙行者融化为一个整体，才诞生了属于吴承恩创造的艺术结晶。孙悟空绝不是一个或几个现成形象的移借、合成，它的产生途径是艺术典型的创造。因此，如果仅据其特征的一点来寻绎其原型，是极不科学的。

《西游记》确实是吴承恩创造的一个真正属于他自己的独特的艺术世界。郑振铎先生早就看到这一点，他说：

> 惟那么古拙的《西游记》，被吴改造得那么神骏丰腴，逸趣横生，几乎另外成了一部新作，其功力的壮健，文采的秀丽，言谈的幽默，的确远在罗氏（罗贯中）改作《三国》，冯氏（冯梦龙）改作《列国志传》之上。【1】

历史赋予吴承恩创作《西游记》以客观和主观的条件。明朝自成化（1465—1487）以后，特别是嘉靖（1522—1566）、万历（1573—1620）两朝皇帝，都崇信道士羽客的妖妄之言。这股风气从上层一直蔓延到民间，神魔小说的崛起和风行，显然同这一社会风尚下的精神状况有着密切关系。至于作家的主观条件，由吴承恩的诗文已经证明他的文学才华是多方面的。而在小说创作经验的积累上，他的志怪小说集《禹鼎志》虽然已经亡佚，但此书或许是他为写《西游记》做准备或许是练笔而用的。幸运的是，从此书的序中我们却又得到这样的信息："虽然吾书名为志怪，盖不专明鬼，时纪人间变异，亦微有鉴戒寓焉。"这"微有鉴戒寓焉"与《二郎神搜山图歌并序》联系起来看，其相通之处甚多，这就是作为小说艺术家的吴承恩兼具思想家某些品格的明证。如果我们再联系另一重要时代思潮，会更加看清吴承恩创作《西游记》也绝非偶然。在吴承恩青壮年时期，在意识形态领域，有着一股强劲的反理学统治、要求个

【1】《西游记的演变》。

性解放的思潮，李卓吾就是这一反传统思潮的中心人物。在此前后文艺各领域中的主要的革新家和先进者如袁中郎、汤显祖、冯梦龙等等，都恰好是李贽的朋友、学生和倾慕者。他们或是主张直抒个人性灵，或是把人性中的性爱提到小说戏剧的创作日程上来。可以设想，在这股强劲的反传统思潮的冲击下，像具有吴承恩这样的人生经历的作家，他会很自然地浸淫在这清新的精神氛围之中，从而启迪他的灵智，不由自主地用他的小说创作投入到这股思想解放的浪潮中去。

在神魔斗争背后的寓意

吴承恩虽然以其卓越的艺术创造才能使原来的"西游"故事顿改旧观、面目一新，但他也不能不受传统故事基本框架的限制。《西游记》全书一百回，主要篇幅还是写孙悟空保护唐僧去西天取经，一路上降妖伏魔，扫除障碍，取回真经，终成正果的故事。

长篇神魔小说《西游记》是一个和谐的艺术整体。过去和现在，在《西游记》研究中始终有"两个故事"和"两个主题"的说法。认为孙悟空大闹天宫和保护唐僧取经，是两个不同的故事。在这两个故事的矛盾发展过程中，孙悟空所处的矛盾地位和矛盾的对象是不相同的，前者是叛逆英雄反抗天庭统治者，后者则"转化"为同各种阻挠取经事业的妖魔之间的斗争；前者的主题是通过神话式的故事形式，反映中国封建社会人民的反抗，后者的主题则"转化"为：要完成一种事业，一定会遭遇到许多困难，而且必须战胜这些困难。而《西游记》就是糅合了两个不同的故事和两个不同的主题的神话小说。还有一种"主题矛盾"说，认为大闹天宫和西天取经是思想倾向对立的两个故事，后者否定了前者，存在着"不可调和的矛盾"。此说实为"主题转化"说的变种。

　　的确，在中国小说史上，有些长篇名作存在着主题的多义、多层次和多元性。但是，《西游记》并没有两个主题，也不属于多义性作品一类。小说的主旨极其明晰，就是西行求经。

　　中国古代长篇小说大多根据史书演变而来，其故事情节多少都有一点历史因由。从一定意义上说，中国的历史演义小说和神魔小说的结构法很像中国戏曲艺术的结构排场，它的"布关串目"都是属于"英雄颂剧"式的结构排场，这就是调动一切艺术手段来着意刻画和热烈歌颂英雄主人公。

　　《西游记》正是这样布局的。小说第一回至第十二回是整个故事的序幕，交代取经故事的缘起。第十二回后的八十八回书，才是吴承恩取经故事的主体工程。前七回集中写石产仙猴、闹龙宫、闹地府、闹天宫，主要是写西天取经的保护人孙悟空的非凡出身和神通广大的本领。第八回主要介绍取经集团中其他四名成员：沙悟净、猪悟能、白龙马及江流儿唐僧的出身经历。第九回至第十二回则是承袭第八回继续叙述西天求经故事的缘起。从整体结构看，前七回故事的主要作用，与第八回一样，既然同是介绍取经集团成员的出身经历，自然也应视为序幕的有机部分。把前七回同七回以后截然分开，说成是两个不同的故事，从而把孙悟空大闹天宫等情节从取经故事的序幕中剖离出来，显然既不符合小说作者的创作意图，也不符合中国古代小说思维的定式，更不符合神魔小说结构布局的一般模式。

　　众所周知，小说《西游记》的真正主角不是唐僧而是孙悟空。取经途中，斩妖除魔、扫除障碍，经历九九八十一难，每一次战斗离开孙悟空都不行。要而言之，要取真经，绝非易事，必须有能够降魔伏妖、克服千难万险的真正大能人。只有在序幕中充分展示孙悟空的非凡出身和超群绝伦的本领，才能为其取经途中的种种表现提供充足的依据，才能令人信服地看到西天真经的获得是有保障的。吴承恩意在为孙悟空造像，在故事开端即浓墨重彩渲染孙悟空"石破天惊"的不平凡的诞生，并以细腻生动的笔触描述他如何求仙访道免遭轮回，如何寻取横扫妖魔的如意金箍棒，如何练就七十二般变化、十万八千里筋斗云以及火眼金睛等神奇本领，如何一次又一次地战胜天兵天将，其目的都是为孙悟空以后去西天求得真经做"武装准备"和进行"实战演习"。

吴承恩的这一整体构思，体现在《西游记》的情节提炼和故事剪裁的全过程。如果把小说《西游记》同《大唐三藏取经诗话》《西游记杂剧》相比较，有两点明显的变化值得注意。第一，《取经诗话》中的猴行者与《杂剧》中的孙悟空，虽已逐渐升格为主角，但本领与所起之作用都有较大局限，取经途中降伏妖魔、保护唐僧的主要力量实际上是大梵天王与"十大保官"。而小说《西游记》却把孙悟空的神通广大与求得真经的决定作用大大提高和发展了，并淋漓尽致地发挥和渲染，从而使之由取经集团中的一个重要成员一变而为小说中名副其实的主角，是一个最富于"行动性"的角色。事实上《西游记》的主体工程和审美价值，只能是关于孙悟空"一生"的故事。一句话，如果没有孙悟空就没有吴承恩《西游记》这部小说。第二，《取经诗话》把唐僧看作是取经的主要人物，所以故事的开端也由叙述唐僧行状开始。猴行者出身经历，直到"入王母池之处第十一"，才以补叙方式略加介绍。《杂剧》承袭《取经诗话》所采取的做法，把唐僧的出身以占全剧六分之一的篇幅作为故事的开端，安排在第一本，孙悟空的出身经历，到第三本才进行追叙。而吴承恩的《西游记》则打破取经故事的传统格局，不仅把关于孙悟空出身的描写由原来作为穿插而存在的"隐蔽"环节，一变而为重要的显现情节，置于全书的开篇处，而且以七回的篇幅大加渲染。

《西游记》的确是一部复杂的小说。但是，这"复杂"并不在于人们通常所说是题材本身的局限性和吴承恩所处时代及其所属阶级的局限，也非如上述论者所说是"主题的矛盾"造成的。我们认为，它的复杂性正在于：它是以庄严神圣的取经的宗教故事为题材，但在具体描述时却使宗教丧失了庄严的神圣性。它写了神与魔之争，但又没有严格按照正与邪、善与恶、顺与逆划分阵营，它揶揄了神，也嘲笑了魔，它有时把爱心投向魔，又不时把憎恶抛掷给神；并未把挚爱偏于佛、道任何一方。

这一矛盾的"复杂性"，在小说的开端就显示出来了。本来孙悟空在花果山水帘洞带领着群猴，自由自在地过着那"不伏麒麟辖，不伏凤凰管，又不伏人间王位的拘束"的生活，他不能忍受任何压迫和不平。当他考虑到"暗中有阎王老子管着"的时候，竟不远万里，泛海越岭，访师求道，待学得一身本领后，就闯入龙宫，向龙王索取宝盔、金箍棒，进而抡棒打入冥府，一笔勾销了生死簿上全部猴类的名字，从而能够"躲过轮回，不生不灭，与天地山川齐寿"。龙王、阎王当面对孙悟空无可奈何，等孙悟空一走，便立即向他们的主子——神界的最高统治者玉帝告状。玉帝"遣将擒拿"不成，便使出诡计："降旨招安"，把孙悟空骗上天庭。神的王国，最高统治势力的象征，具有不可侵犯的权威，但孙悟空全然不放在眼中。太白金星奉旨请他上天，他"把个金星撇在脑后"，自己先走；南天门上不放他进去，他就骂金星是"奸诈之徒"。见了玉帝，既不"朝礼"，又不"谢安"，却"挺在身旁"，"唱个大喏"，自称"老孙"。当他发现封他为"弼马温"原来是个骗局时，便"心头火起，咬牙大怒"，"忽喇一声，把公案推倒"，耳中取出金箍棒，一直打出南天门，干脆竖起"齐天大圣"的旗号，与天庭对抗。玉帝调遣天兵神将，兴师讨伐，被他打得落花流水，狼狈逃窜。后来，神佛道联合作战，花尽力气，才把他投进老君的八卦炉里，可是七七四十九天，还是没有把他烧死。当老君开炉取丹时，孙悟空纵身而出。玉帝胆战心惊，只得去向西天佛老求救。孙悟空面对"法力无边"的如来佛，也是"怒气昂昂，厉声高叫"，定要玉帝让出天宫，宣称"若还不让，定要搅攘，永不清平"。

  在这里，吴承恩驰骋其想象力于奇幻的情节中，写来神完气旺、声势夺人，读之惊心动魄、兴趣盎然。在吴承恩的笔下，神道佛联合战线的威风和神圣性扫地以尽。释教的佛菩萨、道教的祖师神仙和至高无上的玉皇大帝一个个惊惶万状、束手无策，道教中的太上老君和福禄寿三星被孙悟空任意捉弄，佛教的始祖释迦如来也被拿来取笑。最有趣的是孙悟空临遭镇压之前，他也还要在这位佛祖掌上撒上一点臊臭的猴尿。这随手拈来的一笔，真是令人忍俊不禁。在吴承恩犀利的笔锋下，宗教的神道佛祖从神圣的祭坛上被拉了下来，显现了它的原形！"大闹天宫"这则故事带有提纲挈领的意义，可说在主旨上为整个作品定下了基调。在取经途中，孙悟空的英雄形象又增添了新的光辉。为了扫除祸害，"与人间抱不平"，他上天入地，深入龙潭虎穴、妖巢魔窟，与各色妖魔人等战斗，随机应变，顽强不屈。他对付最厉害的妖魔就是钻进对方的肚皮里，在里面"跌四平，踢飞脚"，"打秋千，竖蜻蜓，翻跟头"，疼得妖魔遍地打滚、满口求饶，从而转弱为强，反败为胜。他还有"济困扶危、恤孤念寡"和见恶必除、除恶务尽的美德；又有一见妖魔，盯住不放，纠缠到底，不达目的，绝不罢休的韧劲儿。从总体精神来看，孙悟空的"抗魔"斗争，可以说是"大闹天宫"的继续。而且事实上在取经征途中，孙悟空对待诸神佛道，仍然是那样桀骜不驯，没有放松对他们的捉弄和揶揄，态度是一以贯之的。比如，要他保护唐僧取经，他先提出"叫天天应，叫地地灵"的条件，要山神土地、四海龙王、值日功曹、天兵天将供他调遣，甚至连佛祖、玉帝也要为他服务，诸山神土地略有拂逆，就要"伸过孤拐来，各打五棍见面"！仅仅为了欺骗两个小妖，他便要玉帝闭天半个时辰，"若道半声不肯，即上灵霄殿动起刀兵"！他经常以轻蔑态度揶揄、嘲弄这些神佛统治者。如对观音，敢骂她"惫懒"，咒她"一世无夫"；对佛祖，敢奚落他是"妖精的外甥"；对玉帝，要"问他个钳束不严"的罪名，见了面便"朝上唱个大喏"，打趣说："老官儿，累你！累你！"所以从表面上看，孙悟空似乎接受了如来佛旨，皈依了佛教，保护唐僧去取经，但是他自身形象显示出来的具体内容，仍然是对诸神佛道的宗教禁锢的否定。

　　吴承恩在《西游记》中还极聪明、极俏皮、极轻松地描写了妖魔鬼怪同天上诸神道佛的微妙关系。如黑松林的黄袍怪是天上的奎木狼星，小雷音寺的黄眉妖是弥勒佛的司磬童子。神下凡成魔，魔升天做神，神魔原本一体！孙悟空很明白这些个底细，所以常常到天上去追查魔的来历。更有讽喻意味的是，当它们私自逃入人间为非作歹的时候，诸天神祇都装聋作哑，到孙悟空花了九牛二虎之力把他们将致死命时，什么李老君、弥勒佛、南极寿星、观音菩萨等等，一个个都出来说情，加以保护，索取法宝，收上天庭，各归本位，仍做天神。由此可以看出，后者是前者的后台，前者是后者的基础，两者相依为命。吴承恩写了这些故事，可能不仅只是为了博读者一粲，它多数寓讥讽于笑谑。所以作为"社会"趣闻、"社会"活剧来读，也有发人深思之处。

这里显示了作者的宽广的精神视野，他把对宗教批判的锋芒转到了另一角度。原来宗教从来是与蒙昧主义相依为命的，他们所编造的谎言句句都要人当作真理般信仰——"神"是"正宗"，"魔"是"异端"。实际情况却大谬不然，全是用来骗人的。吴承恩在这里只是撩起了幕布的一角，让人们看到所谓天国、所谓佛道诸神到底是什么货色。在根本利益一致的基础上，神魔的关系原来就是纠缠不清的，有时简直就是二位一体。它的讽喻蕴含似也不难把握。作者喜爱孙悟空身上的魔性甚于他身上的神性。另外，如牛魔王虽然喜新厌旧，停妻再娶，但他那浑厚憨直之态也颇能令人解颐；平顶山的精细鬼、伶俐虫写得妙趣横生，十分逗人喜爱。看来，吴承恩对于神魔从不存偏见，也没有框框，只是在娓娓叙述奇幻瑰丽的故事时顺便给人物抹上一些谐谑的色彩。

吴承恩对宗教神学的批判是否提高到政治批判上？这是一个至今还有争议的问题。我们不同意把《西游记》的一些故事强与现实政治做比附，也不认为小说中屡有微言大义。但是也不能否认《西游记》"讽刺揶揄则取当时世态"。这是因为作家在现实生活中的感受会很自然地融入到他的艺术思维中去，并通过他创造的艺术形象宣叙出来，那一丝丝情愫也会渗透在作家的言谈话语之中。对于这一点，《西游记》作者心中似有一条界线，而我们则看到两种类型，这两种类型在切近现实政治问题上，在深、浅、明、隐以及涵盖面上是很不一样的。

心灵投影

一类是作者特别耐人寻味地在取经路上直接安排了九个人间国度，指明其中好些都是"文也不贤，武也不良，国君也不是有道"的国家，并着重对道教的虚妄可笑和道士的弄权祸国进行了无情的揭露和严厉的鞭笞。比如，比丘国的道士进女色，被封为"国丈"，嗣后，又献延年益寿秘方，要用一千一百个小儿的心肝，把整个国家弄得乌烟瘴气。灭法国的国王许下罗天大愿，要杀一万个和尚。这些故事就和作者生活的嘉靖王朝的情况相当切近和相似。明代许多昏君庸王都信道教，道士通过祈雨、炼丹、进女色等卑劣手段，爬上高位，"干扰政事，牵引群邪"。如被奉为真人并且做了礼部尚书等大官的道士邵元节、陶仲文等，又与宦官（如崔文）、奸臣（如严嵩）同恶相济，祸国殃民。世宗佞道灭佛，亲自炼丹修道，耗尽民脂民膏。当时一些有正义感的士大夫往往不顾性命，上书进谏，结果不是被"榜掠"得"血肉狼藉"，就是被"先后棰死狱中"。如果我们能正确认识作者写小说时的背景和心态，这一类型的故事，无疑具有令人深思的认识价值。

另外一种类型的就是属于信手拈来、涉笔成趣的讽刺小品。比如阴司冥府，据说是最铁面无私的，可是唐太宗魂游地府时，判官崔珏竟因为生前是"太上先皇驾前之臣"，又与魏徵是"八拜之交"，故在收到当朝宰相魏徵的求情信后，立即私改生死簿，给唐太宗增添阳寿二十年。这些描写，无疑是封建社会徇私舞弊、贪赃枉法、官官相护等普遍存在的黑暗腐败现象的折射。但对读者来说，只把他们看作是一幅幅隽永的谐谑图即可，所谓"忘怀得失，独存赏鉴"，更多的微言大义是找不出来的，也不必费时间进行寻绎和考索。作者寄希望于读者的是能欣赏他的绝妙的幽默的"小小说"。

创作《西游记》是吴承恩的一次精神漫游，想必在经历了一切心灵"磨难"之后,他更看清了世人的真相,了解了生活的真谛。他更加成熟了。

然而,看《西游记》不能离开那个超人间的荒诞的外貌。它的"假定性"已呈现于读者之前,我们毕竟应当尊重作者的意图,把它当作神魔小说来读。我们绝不能辜负吴承恩奉献于小说史的这个新品种。

我们还要说一句,吴承恩对生活并未失去爱,小说处处是笑声和幽默,只有一个心胸开阔、热爱生活的人,才会处处流露出一种不可抑制的幽默感,他希望他的小说给人间带来笑声。《西游记》并非是一部金刚怒目式的作品,他富于一个人文主义者的温馨的人情味。讽刺和幽默这两个特点,其实在全书一开始就显示出来了,它们统一于吴承恩对生活的热爱,对人间欢乐的追求。

笑笑生对中国小说美学的贡献
——评《金瓶梅词话》

明代中后期长篇白话小说又有了重大进展，其表现特征之一是小说文体观念的强化，或者说是小说意识又出现了一次新的觉醒，小说的潜能被进一步发掘出来。《金瓶梅》的出现，在最深刻的意义上是对《三国演义》和《水浒传》所体现的理想主义和浪漫洪流的反动，它的出现也就拦腰截断了浪漫的精神传统和英雄主义的风尚。然而，《金瓶梅》的作者却又萌生了小说的新观念，具体表现在：小说进一步开拓新的题材领域，趋于像生活本身那样开阔和绚丽多姿，而且更加切近现实生活。小说再不是按类型化的配方演绎形象，而是在性格上丰富了多色素，打破了单一色彩，出现了多色调的人物形象，在艺术上也更加考究新颖。更为重要的是他们以清醒、冷峻的审美态度直面现实，在理性审视的背后，是无情的暴露和批判。

《金瓶梅》是一部人物辐辏、场景开阔、布局繁杂的巨幅写真。腕底春秋，展示出明代社会的横断面和纵剖面。《金瓶梅》不像它以前的《三国演义》《水浒传》那样，以历史人物、传奇英雄为表现对象，而是以一个带有浓厚的市井色彩、从而同传统的官僚地主有别的恶霸豪绅西门庆一家的兴衰荣枯的罪恶史为主轴，借宋之名写明之实，直斥时事，真实地暴露了明代后期中上层社会的黑暗、腐朽和不可救药。作者勇于把生活中的负面人物作为主人公，直接把丑恶的事物细细剖析来给人看，展示出严肃而冷峻的真实。

兰陵笑笑生发展了传统的小说学，他把现实的丑引进了小说世界，从而引发了小说观念的又一次变革。

市民社会的工笔长卷

兰陵笑笑生是我国小说史上最杰出的小说家之一，是中国市民阶层最重要的表现者和批判者。他所创造的"金瓶梅世界"，经由对自己的独特对象——市民社会的生动描绘，展现了一个几乎包罗市民阶层生活各个重要方面的艺术天地，显示出他对这一阶层的百科全书式的知识，从而使诸如经济的、政治的、宗教的、社会的、历史的、心理的、生理的、婚姻的、民俗的、艺术的知识等等，都在"金瓶梅世界"中得到鲜明的显现，可以把它称为这个时代的一面镜子。应当承认，在中国小说史上，特别是明代说部中，笑笑生提供的百科全书式的知识的丰富性和生动性，几乎在当时文坛上还找不到另一位作家与之匹敌。

在中国，作为一种文类的小说艺术，如果和欧洲文学史上的小说相比，则是早产儿。欧洲文学史上，14世纪薄伽丘的《十日谈》是划时代之作，开启了小说的新纪元；而同样作为市民文艺式样的"宋元话本"，则早于《十日谈》两个半世纪。事实是，自从平凡而富有生气的市民进入小说界，小说王国的版图便从根本上改观了，恰如哥伦布发现新大陆使世界地图必须重新绘制一样。作为市民文艺的宋元话本在中国小说史上承前启后，独树一帜，自成一个新阶段。

历史进入明代，我国小说已蔚为大观。《三国演义》《水浒传》标志着一种时代风尚，其刚性的雄风给人以力的感召。明代中后期，小说又有了新的发展，神魔小说《西游记》俏比幽托，揶揄百态，折射出当时社会上的种种弊端和丑恶现实。世情小说《金瓶梅》则为我们展现了一幅色彩斑斓的市民社会的风俗画。

在社会中，人是活动的中心，而描写了人，也就是描写了社会。世情小说最大的特点就是写常人俗事，而《金瓶梅》并不是以帝王将相、达官贵人作为自己创作的主要对象，在作者的笔下，他的全部兴趣、他最熟悉的人物和创作对象恰恰是市民社会的凡夫俗子。我们不妨把前人对这部小说所写人物进行的简评做一点梳理，让大家看看《金瓶梅》是如何展现这幅市井风俗画的：

1. 《金瓶梅·东吴弄珠客序》说："借西门庆以描画世之大净，应伯爵以描画世之小丑，诸淫妇以描画世之丑婆、净婆。"

2. 《新刻绣像批评金瓶梅》评点者指出小说一号主人公西门庆乃是"市井暴发户"。提到西门庆的举止行为和语言谈吐都不脱"本来市井面目"。[1]

3. 夏曾佑在《小说原理》中指出：《金瓶梅》乃是一部"立意"写小人的作品。

4. 曼殊在《小说丛话》中说《金瓶梅》是一部"描写下等妇人社会之书"。

5. 狄平子在《小说丛话》中说：《金瓶梅》由于写了"当时小人女子之惨状，人心思想之程度"，才获得"真正一社会小说"。

……

---

[1] 参见第十六、五十五回评。

笑笑生对中国小说美学的贡献——评《金瓶梅词话》

据我的授业恩师朱一玄先生编著的《金瓶梅资料汇编》中《金瓶梅词话人物表》的统计，可能会更有说服力地证明《金瓶梅》建构的乃是一个前无古人的市民王国。朱一玄先生指出："《金瓶梅词话》中人物的数目，尚无人做过精确的统计，本人物表列男553人，女247人，共800人。"这真是一个庞大的数字。根据朱师的指引，我们可以进一步了解到"西门庆一家人物关系"、"西门庆奴仆"、"西门庆商业伙计"、"城乡居民"，包括医生、裁缝、接生婆、媒婆、优伶娼妓、和尚、尼姑、道士等，是他们构成了小说的主体，而上至皇帝下至文武官吏往往是穿插性、过渡性和背景性的人物，他们全然没有成为小说的主体部分。关于这些，读者不妨翻阅一下《金瓶梅资料汇编》，它将引领我们更顺利地进入这个市民王国。

是的，从《金瓶梅》的描写对象来看，不仅仅在于写了哪一阶层的人，而且还要看它写了哪些事。

我们说《金瓶梅》堪称中国中世纪封建社会的百科全书，就在于这部小说的作者极其关注世风民俗。在这一百回的大书中，在刻画自然环境与社会环境时，小说家常常怀着浓厚的兴趣挥笔泼墨描写出一幅幅绚烂多彩的风俗画面，使之成为刻画人物、表现题旨的文化背景。人世间众多的民风世俗，举凡礼节习俗、宗教习俗、生活习俗、山野习俗、江湖习俗、市场习俗、匪盗习俗、城市习俗、乡间习俗、娱乐场所习俗、行会习俗、口语习俗、文艺习俗等等，几乎都可以从这部小说中找到，它为我们积淀着生动形象、丰富多彩的风情习俗大观。

在这里不妨举一些零星例证，让我们感受一下当时市民社会的风习。

在第十五回中，写正月十五元宵节，李瓶儿邀请吴月娘等人去她楼上看灯市,街上几十架灯架,挂着千奇百异的灯。此外,正月十五还有"走百病"的民俗。小说第四十四回也写吴大妗子说吴月娘从她们那里晚夕回家走百病。第二十四回还捎带写出陈经济走百病,和金莲等众妇人调笑了一路。

第十三回写了重阳节,花子虚请西门庆赏菊,"传花击鼓,欢乐饮酒",这当然和孟浩然"待到重阳日,还来就菊花"不同,西门庆和花子虚等人只是附庸风雅而已。这件事和薛太监请西门庆"看春"一样,都是表面装风雅。花子虚的可悲也正在这里,他只知道游乐娼家,哪里知道西门庆早已瞄上他的妻子。所以《金瓶梅》的写节日,也正是用以映衬出人物的面貌,有时是对人物的调侃,有时则是对人物的揭露和抨击。

从小说的描写中还可以看到山西潞州、浙江杭州、湖州以及四川等地,由于纺织业发达,这些地区显得十分富足。其中像浙绸、湖绸、湖锦、杭州绉纱及绢、松江阔机尖素白绫、苏绢等,均系当时的名产品,故必冠以地名。《金瓶梅》中西门庆为行贿,借蔡太师生辰派来旺专程到杭州织造置办寿礼,由此就可以想见一斑了。

《金瓶梅》以山东清河、临清一带作为故事背景,小说第九十二回写道:

> 这临清闸上,是个热闹繁华大码头去处,商贾往来,船只聚会之所,车辆辐辏之地,有三十二条花柳巷,七十二座管弦楼。

小说家言不免夸张,但绝非毫无根据。人们知道,临清位于大运河畔,是北方重要的水陆码头。周围各县的商人都在这里转站,远方商人更是在这里长期驻足。小说就写了陈经济在这里开过大酒店,楼上楼下,有百十间阁儿,每日少说也能卖上三五十两银子。刘二的酒店也有百十间房子，兼营妓馆，"处处舞裙歌妓，层层急管繁弦，说不尽肴如山积、酒若流波"，每天接待过往商人，花天酒地，其繁华绮靡的景象可以依稀想见。

令人触目惊心的还有《金瓶梅》为我们展示的妓女世界，据研究者统计，在小说中有姓名居处可稽的妓女便有 39 人之多。陶慕宁教授在他的《金瓶梅中的青楼与妓女》一书中翔实地解剖了这个妓女世界，指出《金瓶梅》中涉及的妓女不外三种类型：第一种为丽春院系统的上等青楼，她们身着锦绣，品餍肥甘，享受贵族化生活；第二种类型为下等妓院，她们比不得丽春院中名妓的待价而沽，是妓女世界中的底层人物；第三种类型就是私窠子了，这种暗娼的大量出现，正是当时社会衰朽的一个小小的旁证。

陶慕宁教授还指出：

> 一幕幕笙歌纵饮的侈靡场景，一缕缕目挑心招的冶荡风情，一个个流波送盼的色中"尤物"，一桩桩谋财陷人的阴谋交易，绘成了一幅明代社会后期青楼生活的长篇画卷。

通过以上的简单介绍，再联系"金瓶梅世界"，我们可以看到，也许这里未必能够得到多少可以考证的历史事实，但是《金瓶梅》所展示的五光十色的社会图景和丰富多样的人物形象，却有助于我们认识当时社会生活的某些本质方面，具有一般历史著作和经济著作不能代替的作用，特别是具有被许多历史学家所忘记写的民族文化的风俗史的作用。

总之，兰陵笑笑生不是一个普通艺匠，而是一位心底有生活的独具只眼的小说巨擘。他真的没有把他的小说仅仅视为雨窗寂寞、长夜无聊的消闲解闷之作。他的小说是出于市民的思想意识和市民的视角。从这个方面来说，他展示的市民社会的风俗画正是市民阶层日益强大并在小说领域寻求表现的反映。

化丑为美

这里不得不借用一点美学理论谈一下《金瓶梅》艺术世界的特色。

现代西方有一门很流行的"审丑"学，我们中国的学术界和文学界还未能独立地建构类似的"审丑学"。

但是中国却在16世纪就以自己的艺术实践建构了具有中国民族审美特色的"审丑学"了。令我们惊诧的是，晚出于兰陵笑笑生三百年的伟大的法国雕塑家罗丹也是在创作实践中才自觉地感悟到：

> 在艺术里人们必须克服某一点。人须有勇气，丑的也须创造，因没有这一勇气，人们仍然停留在墙的一边。只有少数越过墙，到另一边去。[1]

罗丹的艺术勇气，从理论到实践破除了古希腊那条"不准表现丑"的清规戒律，所以他的艺术创造才发生了质变，并使他成为雕塑艺术大师。

笑笑生所创造的《金瓶梅》的艺术世界之所以经常为人所误解，就在于他违背了大多数人的一种不成文的审美心理定式，违背了人们眼中看惯了的艺术世界，违背了常人的美学信念。而我们认为笑

【1】引自《文艺论丛》第10辑，第404页《罗丹在谈话和信札中》。

笑生之所以伟大，也正在于他没有以通用的目光、通用的感觉去感知生活。

触碰丑恶，写小说有两种方法，一种是选取典型事件，不留情面、不留死角、不加忌讳地表现，让人看得心惊肉跳、五内俱焚、悲愤交加，这是批判现实主义。另一种是暴露丑恶的同时，不忘人类的爱心，让人物在黑暗中闪现人性的光辉，这是煽情主义的方法。

《金瓶梅》的艺术世界之所以别具一格，还在于笑笑生为自己找到了一个不同一般的审视生活和反思生活以及呈现生活的视点与叙事方式。对于明代社会，他戴上了看待世间一切事物的丑的滤色镜。有了这种满眼皆丑的目光，他怎能不把整个人生及生存环境看得如此阴森、畸形、血腥、混乱、嘈杂、变态、肮脏、扭曲、怪诞和无聊呢？因为对于一个失去价值支点而越来越趋于解体的文明系统来说，这种"疯狂"的描写，完全是正常的。然而，《金瓶梅》中的几个主要人物的性格塑造毕竟是极具时代特征而又真实可信的。对于这一点，至今尚无人提出疑义。

兰陵笑笑生创作构思的基点是暴露，无情的暴露。他取材无所剿袭依傍，书中所写，无论生活，无论人心，都是昏暗一团，虽然偶尔透露出一点一丝的理想的微光，也照亮不了这个没有美的世界。社会、人生、心理、道德的病态，都逃不出作者那犀利敏锐的目光。在那支魔杖似的笔下，长卷般地展出了活灵活现的人物画像。它以官僚、恶霸、富商三位一体的西门庆的罪恶家庭为中心，上联朝廷、官府，下结盐监税吏、大户豪绅、地痞流氓。于是长卷使人看到的是济济跄跄的各色人物，他们或被剥掉了高贵的华衮，或被抉剔出他们骨髓中的堕落、空虚和糜烂。皮里阳秋，都包藏着可恨、可鄙、可耻的内核。《金瓶梅》正是以这种敏锐地捕捉和及时地反映出明末现实生活中的新矛盾、新斗争,从而体现出小说新观念觉醒的征兆,或者说它是以小说的新观念冲击传统的小说观念。正因为如此,对于它的评价也不是任何一个现成的美学公式足以解释的。

按照一般的美学信念,艺术应当发现美和传播美。《金瓶梅》的作者在我看来,不是他无力发现美,也不是他缺乏传播美的胆识,而是这个世界没有美。所以他的笔触在于深刻地暴露这个不可救药的社会的罪恶和黑暗,预示了当时业已腐朽的封建社会崩溃的前景。鲁迅在《中国小说史略》中说得非常深刻:

> 作者之于世情,盖诚极洞达,凡所形容,或条畅,或曲折,或刻露而尽相,或幽伏而含讥,或一时而并写两面,使之相形,变幻之情,随在显见,同时说部,无以上之。

又说:

> 至谓此书之作,专以写市井间淫夫荡妇,则与本文殊不符,缘西门庆故称世家,为搢绅,不惟交通权贵,即士类亦与周旋,著此一家,即骂尽诸色。

鲁迅的这些论断是符合小说史实际的,也是对《金瓶梅》的科学的评价。

我们必须抛弃一切成见。《金瓶梅》是中国章回小说中的精品,它虽然属于"另类"、"异类",但是,《金瓶梅》是小说艺术,而艺术创作又是人的一种精神活动,所以它也需要追求人性中的真善美。复杂的只是因为世界艺术史中不断提示这样的事实,即:描绘美的事物的艺术未必都是美的,而描绘丑的事物的艺术却也可能是美的。这是文艺美学中经常要碰到的事实。因此,不言自明,生

笑笑生对中国小说美学的贡献——评《金瓶梅词话》

活和自然中的丑的事物是可以进入文艺领域的。

问题的真正复杂还在于，当丑进入文艺领域时，如何使它变成美，变成最准确意义上的艺术美。《金瓶梅》几乎描绘的都是丑。正如德国伟大的美学家、诗人席勒在他的《强盗》序言中所说：

> 正因为罪恶的对照，美德才愈加明显。所以，谁要是抱着摧毁罪恶的目的……那么，就必须把罪恶的一切丑态在光天化日之下暴露出来，并且把罪恶的巨大形象展示在人类的眼前。

试看，《金瓶梅》展示的西门庆家族中那些负面人物：西门庆、潘金莲、陈经济以及帮闲应伯爵之辈，丑态百出，令人作呕。但是，正如上面所说，《金瓶梅》毕竟是艺术。它在描绘丑时，不是为丑而丑，更不是像一些论者所说《金瓶梅》作者是以丑为美。不！他是从美的观念、美的情感、美的理想上来评价丑，否定丑。《金瓶梅》表现了对丑的否定，又间接肯定了美，描绘了丑，却创造了艺术美。这样，人们就很容易提出一个问题：《金瓶梅》是怎样来打开人们的心扉，使之领悟到自己所处的环境呢？回答是：否定这个时代，否定这个社会。兰陵笑笑生笔下所有的主人公都是以其毁灭告终的。他把他的人物置于彻底失败、毁灭的境地，这是这个可诅咒的社会的罪恶象征。因为一连串个人的毁灭的总和就是这个社会的毁灭。读者透过人物看见了作者的思想。笑笑生就是以他那新颖独特的文笔，深刻地反映了社会的真面目。崭新的文笔和崭新的作品思想相结合，这就是《金瓶梅》！这就是作为艺术品的《金瓶梅》！这就是笑笑生以一位洞察社会的作家的胆识向小说旧观念的第一次有力的挑战。

伟大的艺术家罗丹还曾说：一位伟大的艺术家，或作家，取得了这个"丑"或那个"丑",能当时使它变形……只要用魔杖触一下,"丑"便化成美了……一位真正艺术家的功力就表现在这一"化"上。一般地说,文艺家把生活中的丑升华为艺术美,除了靠美的情感、完美的形式、可信的真实性来完成这个艺术上的升华外,最根本的还是要根据美学规律的要求,通过艺术典型化的途径,对丑恶的事物进行深刻的揭露,有力的批判,使人们树立起战胜它的信念,在审美情感上得到满足与鼓舞。这就是卢那察尔斯基所说的对生活中的丑,要"通过升华去同它作斗争,即是在美学上战胜它,从而把这个梦魇化为艺术珍品"。【1】

　　《金瓶梅》中的西门庆是一个负面人物,这是毫无异议的。但是,他的美学含义,却应该是真正"典型"的。我们老一辈的美学家蔡仪先生就认为"美即典型"。如果是"典型"就是美的。否定性人物如同肯定性人物一样,作为"某一类人的典范",【2】集中了同他类似的人们的思想、性格和心理特征,从而给读者提供了认识社会生活的形象和画面,这就是作为负面人物的西门庆的美学价值。《金瓶梅》所塑造、刻画的一系列人物,力求做到人物典型化,从而给负面人物以生命。罗丹说:

　　　　当莎士比亚描写亚果或理查三世时,当拉辛描写奈罗和纳尔西斯时,被这样清晰、透彻的头脑所表现出来的精神上的丑,却变成极好的美的题材。

【1】《安·巴·契诃夫对我们能有什么意义》,见《论文学》第243页。
【2】巴尔扎克语。

笑笑生对中国小说美学的贡献——评《金瓶梅词话》

所以他又说：

> 在自然中一般人所谓"丑"，在艺术中能变成非常的"美"。[1]

显然，笑笑生这位天才的小说家在表现生活的丑时，智慧地用手中的"魔杖"触了一下，于是生活的丑就"化"成了艺术的美了。

由此可证明：艺术上一切"化丑为美"的成功之作都是遵照美的规律创作的，都是从反面体现了某种价值标准的。

当然，我们也无须否认，《金瓶梅》作为世情小说的开山之作，它没有能完全"化丑为美"。也就是说，作者未能把生活中的丑艺术地转化成艺术美，这充分表现在《金瓶梅》中对两性间的性描写过于直露和琐细。这种描写虽然是受社会颓风影响所致，目的又在于暴露西门庆等人的罪恶，但它毕竟给这部不朽的小说带来一些负面的影响，以至影响了它的流传，因为《金瓶梅》对性生活的描写毕竟不同于它以前的《十日谈》。《十日谈》贯穿着强烈的反宗教、反教会、反禁欲主义的精神。一方面是因为刚从宗教禁欲主义的束缚中冲出来，物极必反，难免由"禁欲"而到"颂欲"，另一方面也是市民资产阶级的爱好，但归根结底是对伪善而且为非作歹的教会、淫邪好色的神父、嫉妒成性的丈夫进行揭露、讽刺和批判。

"化丑为美"是有条件的。作家内心必须有自己的崇高的生活理想和审美理想之光。只有凭借这审美理想的光照，他才能使自己笔下的丑具有社会意义，具有对生活中的丑的实际批判的能力，具有反衬美的效果。如果是对丑持欣赏、展览的态度，那么丑不但不

---

[1]《罗丹艺术论》，第25页。

能升华为艺术美，反而会成为艺术中最恶劣的东西。

生活里有美便有丑，美和丑永远是一对孪生的兄弟，所以表现丑的艺术也永远相应的有它存在的价值。但是这里有一个分寸感，一个艺术节制的问题。《金瓶梅》的审美力量在于，它揭露阴暗面和丑恶时，具有一定的道德、思想的谴责力量，这就是为什么《金瓶梅》中均是丑恶的"坏东西"形象，连一个严格意义上的肯定性人物都没有，却能引起人们美感的原因！而另一方面，这位笑笑生的某些败笔也在于他在揭露腐朽、罪恶和昏暗时缺乏节制。忠实于生活，不等于展览生活。《金瓶梅》缺乏的正是这种必要的艺术提炼。

总之，《金瓶梅》不是一部令人感觉到温暖的小说。灰暗的色调挤压着看客们的胸膛，让人感觉到呼吸空间的狭小，我们似乎真觉得到那个社会的黑暗无边。

人原本是杂色的

当我们走进《金瓶梅》的艺术世界时，我们的"第一印象"和特殊感受已如前节所说，那是一个人欲横流、世风浇漓的"丑"的世界。然而我们在面对小说中的主要人物时，我们又会发现这位兰陵笑笑生在写人物时真的是一位传神写照的高手。

一个普通的艺术真理是：只有描写出各种各样的鲜明的人物形象，才能全面地反映出社会的风貌。我国现代著名作家老舍先生在总结他一生的创作和纵观了世界文学史以后，在《老牛破车》中说了这样一段话：

> 凭空给世界加了几个不朽的人物，如武松、黛玉等，才叫

笑笑生对中国小说美学的贡献——评《金瓶梅词话》

做创造。因此，小说的成败，是以人物为准，不仗着事实。世事万千，都转眼即逝，一时新颖，不久即归陈腐；只有人物足垂不朽。此所以十续《施公案》，反不如一个武松的价值也。

如果说《金瓶梅》的成就也是给世界小说史上增加了几个不朽的人物，我想也是符合实际的。如西门庆、潘金莲、李瓶儿、应伯爵等人，堪称典型环境中的典型人物。但是如果进一步说，在《金瓶梅》的人物画廊中十多个不朽的典型人物，首先是因为形象上的传神和不拘一格。这种"不拘一格"就是指，它打破了它之前那种写人物性格好就好到底、坏就坏到底的写法，这可以包括《三国演义》《水浒传》和《西游记》等名著。因为这些名著在塑造形象、刻画性格时，还不能突破既有的范式，缺乏性格描写上的艺术辩证法。而《金瓶梅》则在人物性格、行动和心态上已经萌生了一种新的小说审美意识——现实生活中的人是复杂的，不是单色素的，小说应把这种复杂性表现出来。

事实上，在现实生活中，正如俄国作家高尔基在谈及创作心得时所说的，人"是带着自己的整个复杂性的人"，因此他明快地说出他的体会：

> 人是杂色的，没有纯粹黑色的，也没有纯粹白色的。在人的身上掺和着好的和坏的东西——这一点应该认识和懂得。[1]

因此，美者无一不美，恶者无一不恶，写好人完全是好，写坏人完全是坏，这是不符合多样统一的艺术辩证法的。在中国小说的童年

---

[1] 参见《高尔基选集·文学论文选》"论剧本"，人民文学出版社1958年11月版，第249—250页。译文有出入。

时代,这种毛病可以说是很普遍的。在中国戏曲中,红脸象征忠、白脸象征奸的审美定式,一直和小说交互作用,打破这种樊篱的正是笑笑生。

《金瓶梅》在小说观上的突破就在于它所塑造的否定性形象,不是肤浅地从"好人""坏人"的概念中去衍化人物的感情和性格行为,而是善于将深藏在否定性人物各种变态多姿的音容笑貌里、甚至是隐藏在本质特征里相互矛盾的心理性格特征揭示出来,从而将否定性人物塑造成活生生的有血有肉的人物,因此《金瓶梅》中的人物不是简单的人性和兽性的相加,也不是某些相反因素的偶然堆砌,而是性格上的辩证的有机统一。

人不是单色的,这是《金瓶梅》作者对人生观察的一个极为重要的心得。过去在研究《金瓶梅》的不少论著里有这样一种理论,即将人物关系的阶级性、社会性绝对化、简单化,只强调社会性和阶级性对否定性人物思想性格、心理的制约,而忽视了他自身的心理和性格逻辑。于是,要求于否定性人物的就是"无往而不恶"。从思想感情到行为语言,应无一不表现为赤裸裸的丑态。反乎此,就被认为人物失去了典型性和真实性。有的研究者就认为"作者在前半部书本来是袭用了《水浒》的章节,把他(指西门庆——引者)作为一个专门陷害别人的悭吝、狠毒的人物来刻画的。后来又'赞叹'起他的'仗义疏财,救人贫困'……这种变化并没有性格发展上的充分根据……这种对于人物前后矛盾的态度,使作者经常陷入不断的混乱里"。另外,中国社会科学院文学研究所编写组编写的《中国文学史》,在谈到李瓶儿的性格塑造时也认为不真实,说:"李瓶儿对待花子虚和蒋竹山是凶悍而狠毒的,但是在做了西门庆的第六妾之后却变得善良和懦弱起来,性格前后判若两人,而又丝

笑笑生对中国小说美学的贡献——评《金瓶梅词话》

毫看不出她的性格发展变化的轨迹。"在谈到春梅的形象时，也认为"庞春梅在西门庆家里和潘金莲是狼狈为奸的，她刁钻精灵，媚上而骄下，是一个奴才气十足的形象；然而在她被卖给守备周秀为第三妾，又因生子金哥扶正为夫人之后，她在气质上的改变竟恂恂若当时封建贵族妇女，也是很不真实，缺乏逻辑和必然过程的"。

对《金瓶梅》人物塑造的简单化的批评曾有文章提出了质疑。我是同意他们的意见的，但从理论上来说，有一些说法，实际上是否定人物身上的多色素，而追求单一的色调。事实是，小说并没有把西门庆写成单一色调的恶，也不是把美丑因素随意加在他身上，而是把他放在他所产生的时代背景、社会条件、具体处境上，按其性格逻辑，写出了他性格的多面性。在中国小说史上有不少作品不乏对人物性格简单化处理的毛病，比如鬼化否定性人物的现象，这往往是出于作者主观臆想去代替否定性人物的自身性格逻辑的结果。这种艺术上的可悲的教训，不能不记取。我们不妨听听契诃夫的写作体会：为了在七百行文字里描写偷马贼，我得随时按他们的方式说话和思索，按他们的心理来感觉，要不然，如果我加进主观成分，形象就会模糊。契诃夫说得多好啊！要求否定性人物的性格的真实性，不能凭主观臆断，只能通过作者描写在特定环境中所呈现出的个性、灵魂和思想感情。可以这样说，获得否定性人物的美学价值的关键，就在于让他按照自己的性格逻辑走完自己的路。

从小说艺术自身发展来说，应当承认，《金瓶梅》对于小说艺术如何反映时代和当代人物进行了大胆的、有益的探索，打破了或摆脱了旧的小说观念和旧模式的羁绊，这是值得我们重视的。因为这种新的探索既是小说历史赋予的使命，也是现实本身提出的新课题。这意味着《金瓶梅》的作者已经不再是简单地用黑白两种色彩观察世界和反映世界了,而是力图从众多侧面去观察和反映多姿多彩的生活和人物。小说历史上那种不费力地把他观察到的各式各样的人物硬塞进"正面"或"反面"人物框子去的初级阶段的塑造性格的方法,已经受到了有力的挑战。多色彩、多色素地去描写他笔下人物的观念,已经随着色彩纷繁的生活的要求和作家观察生活的能力的提高,而提到小说革新的日程上来了——寻求一种更为高级、更为复杂的方式去塑造活生生的杂色的人。

应当说,这就是《金瓶梅》以它自身的审美力提示出的小说观——小说的潜能被进一步开掘出来,它昭示给我们,书中的"人物是他们的时代的五脏六腑中孕育出来的"。[1]关于小说中的人物刻画我将在后面的《〈金瓶梅〉六人物论》一文中做详细的分析。

令人感慨系之的是,中国小说发展史上却总是打上这样的印记,即在一部杰出的或具有突破性的小说产生以后,总是模仿者蜂起,续貂之作迭出。它们以此为模式,以此为框架,结果一部部公式化、模式化的作品一涌而出,填充着当时的整个说部,把小说的艺术又从已达到的水平上强行拉下来。这种现象一直要等到另一位有胆有识的小说家以其杰出的作品对抗这一逆流,并站稳脚跟以后,才能结束那不光彩的一页。此种情况往往循环往复,于是构成了中国小说的发展轨迹始终不是直线上升的形式,而是走着螺旋式上升的发展道路。对于这种现象,曹雪芹已经以他艺术家的特有敏感和丰富的小说史知识,发现并提出了中肯的批评和很好的概括,而且力图用自己的作品来结束小说史上的这种局面,他说:

---

[1] 巴尔扎克语。

笑笑生对中国小说美学的贡献——评《金瓶梅词话》

况且那野史中，或讪谤君相，或贬人妻女，奸淫凶恶，不可胜数；更有一种风月笔墨，其淫秽污臭，最易坏人子弟，至于才子佳人等书，则又开口"文君"，满篇"子建"，千部一腔，千人一面，且终不能不涉淫滥。在作者不过要写出自己的两首情诗艳赋来，故假捏出男女二人名姓，又必旁添一小人拨乱其间，如戏中的小丑一般，更可厌者，"之乎者也"，非理即文，大不近情，自相矛盾。竟不如我这半世亲见亲闻的几个女子，虽不敢说强似前代书中所有的人，但观其事迹原委，亦可消愁破闷；至于几首歪诗，也可以喷饭供酒，其间离合悲欢，兴衰际遇，俱是按迹循踪，不敢稍加穿凿，至失其真。【1】

对于曹雪芹的这段评论，学术界尚有不同看法，但是我认为曹雪芹的批评并非是"牢牢地压住了那么多作品致使它们不得翻身"。不可否认，在过去古典小说研究领域确实存在过那种"一丑百丑"的简单化批评的弊端，时至今日，我们确实不应再那么粗暴了，而是要对具体作品进行具体分析，对每一部作品做出科学的评价。然而，不容否认，从作为一种小说思潮来看，明末清初之际的小说，读起来何尝没有似曾相识之感呢？才子佳人小说，大都写一对青年男女，男的必定是聪明才子，女的必定是美貌佳人，或一见钟情，或以诗词为媒介，顿生爱慕，双方私订终身；当中出了一个坏人，挑拨离间，多方破坏，使男女主人公经历种种波折磨难；最后，才子金榜题名，皇帝下诏昭雪冤屈，惩罚坏人，奉旨完婚，皆大欢喜的结局。生活画面和人物塑形几乎雷同，模式化的倾向极为严重，"千人一

【1】见《红楼梦》第一回。

面"和"千部一腔"的批评并非过分。因为或是模仿,或是续貂,可以说都是对《金瓶梅》已经开创的写出"杂色的人"的小说观的倒退,其消极作用也不容低估。我视野极窄,仅就所看到的《好逑传》《赛红丝》《玉娇梨》《平山冷燕》等作品来看,虽"有借爱情与婚姻的外壳而抨击社会生活"的,"有因正义美行而导致姻缘的"一面,但是人物的塑形几乎都是皮相的,缺乏我们所要求的"典型环境中的典型性格"。比如《玉娇梨》里两位小姐白红玉、卢梦梨与《平山冷燕》里的山黛、冷绛雪两位小姐,从外貌到精神状态都极为相似。她们的美貌、才情和际遇、团圆以及模范地恪守封建规范都如出一辙。像《平山冷燕》中燕白颔和山黛、平如衡和冷绛雪的爱情关系,《玉娇梨》中苏友白和白红玉、卢梦梨的爱情关系,乃至《好逑传》中铁中玉和水冰心的爱情关系,都成了欲爱又休、心是口非、情感与行动矛盾的不正常关系。学术界有人认为是宋明理学对明清之际小说的模式化起了很大作用。因为宋明理学以性抑情,于是抹杀了小说形象的个性,使得人物形象越来越概念化、公式化和脸谱化。小说中的人物,往往吟风弄月而不离孔孟之道,真情实意归于理学,这说明了理学教条主义对人物形象塑造的破坏性。这种看法,是耶?非耶?还有待研究。但从创作实践去总结艺术规律,我们却可以明确地说,从某种格式出发的公式化、概念化的作品,或带有这种倾向的作品,人物都是单一的,没有丰满的血肉,没有可信的心灵世界和鲜明的个性,而是类型化的角色,这就是俗话所说:从一个模子里铸出来的人,当然难免要产生千部一腔、千人一面的平庸乏味的作品了。

在我们走进《金瓶梅》的艺术世界时,也许它的故事并没有使我们不忍释卷。在我看来,它的十几个甚至二十几个活生生的形象

笑笑生对中国小说美学的贡献——评《金瓶梅词话》

却吸引我们关注他们的命运,同时又去领略他们是如何在命运的轨迹上行走着、旋转着,这就是《金瓶梅》艺术魅力之所在。走笔至此,陡然想起德国伟大作家歌德,他在自己的"谈话录"中不无感慨地说:

> 艺术的真正生命在于对个别特殊事物的掌握和描述。此外,作家如果满足于一般,任何人都可以照样模仿;但是,如果写出个别特殊,旁人就无法模仿,因为没有亲身体验过。[1]

信哉斯言!

追魂摄魄　白描入骨

世界上许多文学巨擘都曾在语言雄关前经过艰苦的战斗,冲破了一道道"贫乏""单调""繁冗""含混""枯燥"的防线,才逐步走上"鲜明""生动""形象""准确"的坦途。事实上,即使是我们最熟悉的那些一流的作家,在一生创作中令他苦恼不堪的也仍然是语言的问题,这就是人们所说的"语言痛苦症"。比如在语言上下过那么大功夫的高尔基也曾受过这病症的折磨,他坦言:

> 我的失败时常使我想到一位诗人所说的悲哀的话,"世上没有比语言的痛苦更强烈的痛苦"。[2]

【1】《歌德谈话录》,人民文学出版社1978年9月版,第10页。
【2】《谈谈我怎样学习写作》,见《论文集》,人民文学出版社1979年版,第188页。据我所知,他引的诗人的话,是(俄)一个叫纳德松的讲的。

说实在的，一部文学作品里，如果缺乏鲜明、生动、形象的语言，如果没有玲珑剔透、宛如浮雕似的使意象呈现出来的语言，如果没有妙语连珠、佳句迭出的警策的格言，那么即使故事不错、主题正确，作品的整体也会显得平平，而失去光彩照人的艺术魅力，所谓的文学性和形式美感也会丢掉一大半。妙语佳句在文学作品中之所以那么重要，是因为它们的确显示了一个作家的思想水平、艺术功力和灵、智二气。

然而复杂的是，同样都是语言艺术，由于文体和形态的不同，语言的传达和表述、节奏与格调、换位与切分等也往往同中有异，其中大有学问在。仅就诗与散文来说，从表象看，诗的语言就常会透露出散文语言没有的光辉，而散文中显得十分平凡的字句，有时竟会在诗歌中产生意想不到的艺术效果。而作为叙事艺术的小说文体又和诗、散文有了更大的差异，它们除了语言的一般规则要求之外，小说家在语言使用上的缜密、贴切，还同他对情节中各个部分相互关系的深入认识有很大关系。读者朋友可能都熟悉鲁迅在写《阿Q正传》时，为了准确地把握小说的语言表达方式——我们从他的手稿中可以看到——把"满把是钱"改成了"满把是银的和铜的"。俄国伟大作家陀思妥耶夫斯基，曾经为了追求小说的形象性，认为他笔下所写的"有个小银元落在地上"这个句子不理想，而改成了："有个小银元，从桌上滚落了下来，在地下丁丁当当地跳着。"这真如后来一些作家称赞的那样：使读者看到语言所描写的东西就像看到了可以触摸的实体一样。在这里，我们不正是从小说的写实性的语言符号所呈现的意味中，找到了生活中的对应现象了吗？一个再浅显不过的道理说明，文学的语言，不仅要求"骨骼"，还要求"血肉"；不仅要求"梗概"，还要求"细节"；不仅要求"形似"，还要求"神似"。总之，精彩的文学作品，使用的总是能够描绘形象的语言。也许这一点对作为叙事艺术的小说更为关键。

以上对文学语言、特别是叙事文学的小说语言说了我的一些感受，目的仅仅是为分析《金瓶梅》的语言做一些铺垫，意在说明：现实主义小说的语言力图尽量接近事物的本来面目，从而使抽象的文字符号产生逼真的艺术效果。对《金瓶梅》的文学语言是大可研究一番的。

本世纪初（2002年），我和我的朋友、苏州大学语言学专家曹炜教授合著了一部《〈金瓶梅〉的艺术世界》，由台湾文史哲出版社印行。书中所有有关《金瓶梅》的文学语言的研究都由曹炜教授撰写。我在通读全书书稿时就已感到，曹先生对《金瓶梅》人物语言的微观世界和宏观世界都有独到的见解。现在我想在他的研究基础上进行一些更通俗化的说明。

要研究和说明《金瓶梅》文学语言的魅力，我认为应该明确以下三个前提，只要把握了这三项前提，我们就会比较容易理解这部小说对语言艺术做了何等重要的贡献。

1. 小说所写，大部分是庸俗、卑琐的生活与人物，以此反映时代、人生和众生相。

2. 小说提供的乃是化庸陋、卑下甚至丑恶的生活和人物为艺术形象之后，所产生的艺术美。我们读此书就是以这种非美的事物、丑的事物为对象的一种审美活动。《金瓶梅》是一株丑之花、恶之花。

3. 家庭之内，妻妾合气斗口，事极琐屑，而其中所塑造之众多人物，各有面貌、心理、话语、动作、性情，声息如画，纷然并陈。有些情节绝然不能入于他书，即或采以入书也只能作为点缀，甚或成为赘笔，然而在《金瓶梅》中却不是侧笔、插曲、败笔，而是正笔、胜笔。

据此，我们可以沿着小说情节的滚动逐步看清这部小说在人物语言上的三大特点，即性格化（或曰个性化）、平民化、市井气。以上三大特色，几乎都是用人物对话显现出来，这种人物对话其比重远远超过叙述语言。笑笑生赋予人物对话以多种艺术功能：交代正在进行的、打算进行的、已经进行的事情，烘染环境、氛围，指明器物，带出动作，隐喻表情、心理、性格、人物关系等等。笑笑生笔下的人物对话，容量大而多变，技巧精而繁复。至于口语、俗语的纯粹、丰富、生动，表现力之强，作者运用口语俗语的娴熟漂亮，得心应手，都使人惊叹。现在就让我们看看、听听这些鲜活的人物语言吧！

首先让我们看看书中着墨不多的小角色。小说开篇不久，王婆出场了。西门庆向她打听潘金莲是谁的娘子，她张口便说："他是阎罗大王的妹子，五道将军的女儿。"西门庆称赞她的梅汤做得好，有多少在屋里。她装疯卖傻地回答："老身做了一世媒，那讨得一个在屋里！"西门庆请她为自己做媒，她便有意捉弄他，让西门庆感兴趣的那位"生得十二分人才，只是年纪大些"的娘子，竟然是"丁亥生"、属猪的、"交新年恰九十三岁"的老妇人。这种调侃，把西门庆拿捏得急不得、恼不得，只能厚着脸皮求她帮忙。

而到了下一步，在为西门庆定下十件挨光计时，王婆的精细和老谋深算则发挥到了极致，她一口气竟然说了1016个字，真让人不能不佩服这个媒婆的语言"功力"。后来西门庆踢伤武大郎，怕武松回来算账，只是"苦也""苦也"地叹息。而王婆却在关键时刻冷静沉着，她对着哭丧着脸的西门庆说："我倒不曾见，你是个把舵的，我是撑船的，我倒不慌，你倒慌了手脚。"西门庆听了这番话，承认自己"枉自做个男子汉"！本来王婆和西门庆是两个地位、身份很不相同的人，然而现在西门庆有求于王婆，只好放下身段，一句硬话也不敢说，被王婆反复调侃、捏弄，"唯命是从"。王婆的几次"发言"，只有出自她之口。从开始对西门庆的油腔滑调到后来对潘金莲嘱咐时所说的狠话，我们真的感到还是金圣叹说得正确，"一样人，便还他一样说话"。此话虽然是说的《水浒传》的语言艺术，但也可用于《金瓶梅》中的人物语言。

人物之间的对话最易显示人物性格，这是生活中的逻辑，而在小说文本中，通过人物之间的对话表现人物的性格特点，同样是艺术上的逻辑。

在这个基础上，我们还可以考虑考虑《金瓶梅》的语言艺术是不是在写人物时已经超越了"性格"。我认为笑笑生不大写一般意义上的"性格"，他甚至连人的外貌都写得很少，几笔吧。他写的是人的内在的东西，人的气质，人的"品"。笑笑生写人物，所用的语言往往是得其精而遗其粗。他的语言风格，看似随意，实则谨严，即使是通俗小说难以避免的造噱头，吸引眼球，你也会感到他是如何以写人为中心，而且写的是生活中真实的人。最经典的例子是小说第七十五回和第七十六回吴月娘与潘金莲的合气斗口：

当下月娘自知屋里说话，不妨金莲暗走到明间帘下，听觑多时了，猛可开言说道："可是大娘说的，我打发了他家去，我好把拦汉子！"月娘道："是我说来，你如今怎么的我？本等一个汉子，从东京来了，成日只把拦在你那前头，通不来后边傍个影儿。原来只你是他的老婆，别人不是他的老婆？行动题起来：'别人不知道，我知道。'就是昨日李桂姐家去了，大妗子问了声：李桂姐住了一日儿，如何就家去了，他姑父因为甚么恼他？教我还说：谁知为甚么恼他。你便就撑着头儿说：'别人不知道，自我晓的'。你成日守着他，怎么不晓的！"金莲道："他不来往我那屋里去，我成日莫不拿猪毛绳子套他去不成？那个浪的慌了也怎的？"月娘道："你不浪的慌，你昨日怎的他在屋里坐好好儿的，你恰似强汗世界一般，掀着帘子硬入来叫他前边去，是怎么说？汉子顶天立地，吃辛受苦，犯了甚么罪来，你拿猪毛绳子套他？贱不识高低的货，俺每倒不言语，只顾赶人不得赶上。一个皮袄儿，你悄悄就问汉子讨了，穿在身上，挂口儿也不来后边题一声儿。都是这等起来，俺每在这屋里放小鸭儿，就是孤老院里也有个甲头。一个使的丫头，和他猫鼠同眠，惯的有些摺儿，不管好歹就骂人。倒说着你，嘴头子不伏个烧埋。"金莲道："是我的丫头也怎的？你每打不是？我也在这里还多着个影儿哩。皮袄是我问他要来，莫不只为我要皮袄，开门来也拿了几件衣裳与人，那个你怎的就不说来？丫头便是我惯了他，我也浪了图汉子喜欢。像这等的，却是谁浪？"吴月娘乞他这两句触在心上，便紫涨了双腮，说道："这个是我浪了，随你怎的说。我当初是女儿填房嫁他，不是趁来的老婆。那没廉耻趁汉精便浪，俺每真材实料不浪！"被吴大妗子在跟前拦说："三姑娘，你怎的？快休舒口。"饶劝着，那月娘口里话纷纷发出来，说道："你害杀了一个，只少我了。"孟玉楼道："耶哧耶哧，大娘，你今日怎的这等恼的大发了。连累着俺每，一棒打着好几个人，也没见这六姐，你让大姐一句儿也罢了，只顾打起嘴来了。"大妗子道："常言道：要打没好手，厮骂没好口。不争你姊妹们攘开，俺每亲咸在这里住着也羞。姑娘,你不依,我去呀。嗔我这里,叫轿子来,我家去罢。"被李娇儿一面拉住大妗子。那潘金莲见月娘骂他这等言语,坐在地下就打滚打脸上,自家打几个嘴巴,头上鬏髻都撞落一边,放声大哭,叫起来说道:"我死了罢,要这命做什么!你家汉子说条念款说将来,我趁将你家来了?彼时怎的也不难的勾当,等他来家,与了我休书,我去就是了。你赶人不得赶上!"月娘道:"你看就是了,泼脚子货!别人一句儿还没说出来,你看他嘴头子就相准洪一般。他还打滚儿赖人,莫不等的汉子来家,好老婆,把我别变了就是了。你放怎个刁儿,那个怕你么?"那金莲道:"你是真材实料的,谁敢辨别你?"月娘越发大怒,说道:"好,不真材实料,我敢在这屋里养下汉来?"金莲道:"你不养下汉,谁养下汉来?你就拿主儿来与我!"玉楼见两个拌的越发不好起来,一面拉起金莲:"往前边去罢。"却说道:"你怎的怪刺刺的,大家都省口些罢了。只顾乱起来,左右是两句话,教他三位师父笑话。你起来,我送你前边去罢。"那金莲只顾不肯起来,被玉楼和玉箫一齐扯起来,送他前边去了。……

下面还有很多精彩的段子,我很舍不得删去,但受篇幅限制,留待读者去阅读吧!不过仅就我抄录的还不到两千字,人们是不是可以有窥其全豹的感觉呢?这里不仅仅是吴月娘和潘金莲两个人的合气斗口,孟玉楼和吴大妗子也参与其中了。这种对话的形式是非常出色的,它属于多人立体交叉式的对话。是"七嘴八舌"的多声部,是俄国美学家巴赫金所说:"众声喧哗"。因此,这里的场面就不再是平面化的两级对垒,而是多极交叉的立体化的多声部的对话,这才是从生活中来又进行了提炼、升华的，它已成为中国古典小说运用对话写人物的经典例证。

　　以上是从形式上讲。那么，如我上文所言，这种写法还有一个更内在的作用，即写出人的气质、素质和人的"品"来。

　　小说第七十五回以前，吴月娘和潘金莲的矛盾还未公开化，大部分矛盾都不是她们之间的正面冲突，而是因他人他事引出来的摩擦。到了第七十五回，两个人的矛盾正式进入公开化。这一次的大争吵，从事情的内容来说并不新鲜，无非是将陈年老账重新翻出来进行一次总清算。吴月娘一反常态，和潘金莲你来我往，唇枪舌剑，针锋相对，好不热闹。两个人围绕到底是谁把拦汉子，该不该尊重大老婆当家理财的权力；是不是纵容了丫头使性子骂人；谁是真材实料，谁又是趁来的老婆；连李瓶儿之死的根由也一并提出。吴、潘的这次对决，归根结底是个名分的问题。吴月娘早已感到她的主妇地位在潘金莲面前与心中屡屡受到挑战。潘金莲从开始对吴月娘的奉承，到后来的有恃无恐，吴月娘看得一清二楚。她几次都觉得潘金莲是有意冲撞她的大老婆尊严，也曾想钳制一下潘金莲的得意忘形。机会终于来了，吴月娘的一反常态其实是有根据的，她不能不在这个关键时候出手，杀杀她的威风，旗帜鲜明地维护自己的妻权。而潘金莲的劣势恰恰被吴月娘当众揭了个底儿掉，原来妻权这个幽灵还是隐隐地制约她的行为，而现在吴月娘连表面文章也不做，直斥她是杀人的凶手，是趁来的老婆。这对于潘金莲是无法忍耐的，一番撒泼打滚，丝毫没有挽回自己的颓势，如果不是孟玉楼帮忙，她是很难下这个台阶的。所以我说，这里是有"性格"的，但更是写了两个人的"品"。吴月娘这位一向举止持重、性格温柔敦厚的人，这次也一反常态而"紫涨了双腮"，决意要争个高低了。后续

笑笑生对中国小说美学的贡献——评《金瓶梅词话》

的故事正是证明了这一点,你听吴月娘在大局已定以后说:

无故只是大小之分罢了……汉子疼我,你只好看我一眼罢了。

后来孟玉楼劝潘金莲向吴月娘道歉,潘金莲终于"插烛也似与月娘磕了四个头",忍气吞声地说道:

娘是个天,俺每是个地。娘容了俺每,俺每骨秃扠着心里。

笑笑生把人物写到这份儿上,读者不能不承认他追魂摄魄、白描入骨的功力了。在性格的潜隐层次的开挖上,让我们今天的读者真的领略、享受了小说大师的艺术腕力,他实在太有实力了。

《金瓶梅》在小说语言艺术上的成就和贡献是多方面的。自它诞生不久,诸多名家就有过很高的评价。当时针已拨到21世纪,在对它一读再读的过程中,我们的体会也更加深入了。因篇幅所限,我们不能展开来说,然而有一点,我想谈谈自己的看法。

《金瓶梅》确实有粗俗的那一面,其中人物语言的粗俗就是一个很显眼的毛病。然而在诸多原因外,小说的规定情境已经决定了它的语言运用,比如男女床笫间、闺阁中的私语,以淫词打趣他人、以淫词咒骂他人、说性事以取乐等确实有些过火,缺乏一种语言的文学转换。可是总观《金瓶梅》的语言艺术,给我的最深刻的印象是它的"活"。"活"是鲜活,不是已死的语言;是活动,所以不是僵化的语言;是活泼,不是用滥了的套话;"活"更在于它全然是生活中富有个性的、有情趣的、形象鲜明的语言。一经它的运用,就又在生活中流行了起来。它稍作修饰就还给了生活。于是我们从后来人们说的话中得到了印证,更从小说、戏曲、讲唱文学和野史笔记中看到了它的存在,看到了它依然那么鲜活,看到了它强大的生命力。不妨再举一个经常被人们引用的例子。小说第八十五回西门庆死后，潘金莲肆无忌惮地与陈经济勾搭，不巧被吴月娘撞见。吴月娘此时再无任何顾忌，直截了当地和潘金莲摊牌，然而又如此讲"策略"，她说：

> 六姐，今后再休这般没廉耻！你我如今是寡妇，比不的有汉子。香喷喷在家里，臭烘烘在外头，盆儿罐儿都有耳朵，你有要没紧和这小厮缠甚么！教奴才们背地排说的磕死了！常言道：男儿没性，寸铁无钢；女人无性，烂如麻糖。其身正，不令而行；其身不正，虽令不行。你有长俊正条，肯教奴才排说你？在我跟前说了几遍，我不信，今日亲眼看见，说不的了。我今日说过，要你自家立志，替汉子争气。

这是吴月娘在西门庆死后对潘金莲一次很重要的"训词"。前面我对第七十五回做过一些分析，吴、潘的关系是很紧张的。而西门庆死后，作为一家之主，吴月娘面临着太多太多的困难。此次发现潘金莲的丑事，她既没有暴跳如雷，也没有幸灾乐祸，更未落井下石、大肆宣扬，而是在"训词"中充满了晓之以理、动之以情和又打又拉的味道，在语言运用上确实有可圈可点之处。说兰陵笑笑生是"炉锤之妙手"（谢肇淛语）不是过誉。这番"推心置腹"的言辞仍属"市井之常谈，闺房之碎语"（欣欣子序），但出自吴月娘之口也还是"语重心长"的。用语之妙，是比干巴巴的说教更灵动的鲜活的家常口语，像"香喷喷的在家里，臭烘烘的在外头"，这话用得极贴切又形象。又如"盆儿罐儿有耳朵"的比喻更是活泼泼的俚语。《金瓶梅》中的这些例子在书中俯拾即是，都体现了作者力求口语化的功力。这种鲜活、真切、自然、生动、形象的特点，大大有助于塑造个性化的人物形象。

《金瓶梅》语言的世俗化、平民化特点是朴实无华，有些近似现实生活的实录，人们很难看出雕琢乃至加工的痕迹，你也许觉得很粗糙，但它带着原生态的野味。比如第二十五回，来旺听说妻子宋惠莲与西门庆勾搭成奸，又见到箱子里的首饰衣服，便问宋惠莲是从哪儿弄来的，下面是宋惠莲的一番精彩的言辞：

> 呸，怪囚根子！那个没个娘老子？就是石头疙剌儿里迸出来，也有个窝巢儿；枣胡儿生的，也有个仁儿；泥人合下来的，他也有灵性儿；靠着石头养的，也有个根绊儿；为人就没个亲戚六眷？此是我姨娘家借来的钗梳！是谁与我的？白眉赤眼，见鬼倒死囚根子。

用曹炜教授的评论："这种话语在经史子集中看不到，在书房里、贵族世家的深宅大院里听不到，若不接触下层平民，断然写不出。"确实，《金瓶梅》经常给我们耳目一新的感觉，它一扫文人词汇的呆板、僵化的毛病，给人的是真切、生动的感觉。

民间的俗语、谚语、歇后语是民众口语的精华，是人民智慧的结晶。《金瓶梅》把这些语言精粹运用得得心应手，它为整部小说的叙事抒情对谈生姿增色，读来令人神旺。

仅从歇后语来看，《金瓶梅》用量之多、表现之准确也是很多小说难以匹敌的。如"促织不吃癞蛤蟆肉——都是一锹土上人"（第二十四回）；"东净里砖儿——又臭又硬"（第二十回）；"瓮里走风鳖——左右是他家一窝子"（第四十三回）；"卖萝卜的跟着盐担子走——好个闲嘈心的小肉儿"（第二十回）。像民间谚语的运用，如"吃著碗里，看著锅里"（第十九回）；"母狗不掉尾，公狗不上身"（第七十六回）；"急水里怎么下得桨"（第三十六回）；"篱牢犬不入"（第二回）；"船载的金银，填不满烟花寨"（第十二回）。这些谚语凝练、生动、形象，大大加强了语言的感染力、表现力，产生了风趣、简洁、化抽象为具体的艺术效果。

《金瓶梅》中更有大量方言词汇，这些词汇当然有地方特色，然而经小说作者提炼和筛选，我们很容易把握其内容。如"胡说"，则称"咬蛆儿"（第二十七回），"隐瞒"则称"合在缸底下"（第二十回），"干老行当"则称"吃旧锅里粥"（第八十七回），"不正经"则称"不上芦席"（第七十六回），"贪图小利"则称"小眼薄皮"（第三十三回），"根本不存在的事情"则称"三个官唱两个喏"（第七十三回）……这些原本显得抽象的意义，经由方言词语道出，就变成可以听到、可以看到、可以触摸到的具象化的东西了。

《金瓶梅》语言艺术研究专家一般认为《金瓶梅》的叙述语言显得有些杂乱，对此我有同感。我认为《金瓶梅》的人物语言确实优于它的叙事语言。曹炜教授把《金瓶梅》的叙述语言比喻为："是一个万花筒，又是一盘大杂烩。"他说：

> 万花筒云云，是说她文字表达往往锦团花簇，气象万千，具有较高的艺术水准和较强的艺术表现力；大杂烩云云，乃是说她泥沙俱下，良莠混杂，有精华，也有糟粕。因此，评价《金瓶梅》的叙述语言，需坚持实事求是的原则，一切从文本出发，一味褒扬固然不足取，全盘否定更是要不得。[1]

我想他的这些意见值得我们看这部奇书时参考。

---

[1] 曹炜、宁宗一合著《〈金瓶梅〉的艺术世界》，台湾文史哲出版社2002年版，第181页。

重读《金瓶梅》断想

《金瓶梅》的文献学、历史学、美学和哲学的研究已初步形成多元化格局。这就是说，对它的研究的起点已被垫高，研究的难度也就越来越大。在这种形势下，我们的《金瓶梅》研究必须面向世界，开辟中外学术对话的通道，注意汲取、借鉴新观念、新方法，在继承前贤往哲一丝不苟严谨治学态度的同时，随时代之前进而不断更新和拓展。事实上，《金瓶梅》这部小说文本已提供了广阔无垠的空间，或曰有一种永恒的潜在张力。因此，从一定意义上来说，每一部"金学"研究论著都是一个过渡性文本。所以，今天重新审视《金瓶梅》仍是学术文化史的必然。

不要鄙薄学院派。学院派必将发挥"金学"研究的文化优势，即可能将"金学"研究置于现代学术发展的文脉上来考察和思考整个古典小说之来龙去脉，以及小说审美意识的科学建构。黑格尔老人在回忆自己走过的学术道路后与友人信中说："我们必须把青年时代的理想转变为反思的形式。"[1]所以回顾与前瞻，"金学"的研究，反思规范与挑战规范是我们不可推卸的责任。

---

[1]《黑格尔通信百封》"1800-11-02致谢林"，上海人民出版社1981年版，第58页。

心灵投影

《红楼梦》是我们民族文化的骄傲。但又像一位评论家所说，不能总拿《红楼梦》说事儿！现在，暂时把那几部世代累积型的带有集体创作流程的大书，如《三国》《水浒》《西游》先搁一下，不妨先看看以个人之力最先完成的长篇小说巨制《金瓶梅》的价值，这事太重要了。美籍华人、哈佛大学教授田晓菲女士在她的《秋水堂论金瓶梅》中说："读到最后一页，掩卷而起时，竟觉得《金瓶梅》实在比《红楼梦》更好。"她还俏皮地说："此话一出口不知将得到多少爱红者的白眼。"田晓菲的话，我认为值得思考。为了确立我国小说在世界范围的艺术地位，我们必须再一次严肃地指出，兰陵笑笑生这位小说巨擘，一位起码是明代无法超越的小说领袖，在我们对小说智慧的崇拜的同时，也需要对这位智慧的小说家的崇敬。我们的兰陵笑笑生是不是也应像提到法国小说家时就想到巴尔扎克、福楼拜；提到俄国小说家时就想到陀思妥耶夫斯基和托尔斯泰；提到英国小说家时就会想到狄更斯；提到美国小说家时就想到海明威？在中国小说史上能成为领军人物的，以个人名义出现的，我想兰陵笑笑生和曹雪芹以及吴敬梓是当之无愧的大家。他们各自在自己的时代和创作领域做出了不可企及的贡献。在中国小说史上，他们是无可置疑的三位小说权威，这样的权威不确立不行。笑笑生在明代小说界无人与之匹敌，《金瓶梅》在明代说部无以上之。至于一定要和《红楼梦》相比，又一定要说它比《红楼梦》矮一截，那是学术文化研究上的幼稚病。

当代著名作家刘震云在对媒体谈到他的新作《我叫刘跃进》时说："最难的还是现实主义。"我很同意。现在的文学界已很少谈什么现实主义、浪漫主义了。其实，正是伟大的现实主义文学才提供了超出部分现实生活的现实,才能帮你寻求到生活中的另一部分现实。《金瓶梅》验证了这一点。我们有必要明确地指出,《金瓶梅》可不是那个时代的社会奇闻,而是那个时代的社会缩影。在中国小说史上,从志怪、志人到唐宋传奇再到宋元话本,往往只是社会奇闻的演绎,较少是社会的缩影,《金瓶梅》则绝非乱世奇情:书中虽有达官贵人的面影,但更多的是"边缘人物"卑琐又卑微的生活和心态。在书中,即使是小人物,我们也能看到真切的生存状态。比如丈夫在妻子受辱后发狠的行状,下人在利益和尊严之间的游移,男人经过义利之辨后选择的竟是骨肉亲情的决绝,小说写来,层层递进,完整清晰。至于书中的女人世界,以李瓶儿为例,她何尝不渴望走出阴影,只是她总也没走进阳光。

《金瓶梅》作者的高明,就在于他选取的题材决定他无须刻意写出几个悲剧人物,但小说中却有一股悲剧性潜流。因为我们从中清晰地看到了一个人、又一个人以不同形式走向死亡,而这一连串人物的毁灭的总和,就预告了也象征了这个社会的必然毁灭。这种悲剧性是来自作者心灵中对堕落时代的悲剧意识。

冷峻的现实主义精神,对《金瓶梅》来说,绝不会因那一阵高一阵的欲望狂舞和性欲张扬的狂欢节而使它显得闹热。事实上,《金瓶梅》绝不是一部令人感觉温暖的小说,灰暗的色调一直遮蔽和浸染全书。小说一经进入主题,第一个镜头就是谋杀。武大郎被害,西门庆逍遥法外,一直到李瓶儿病死,西门庆暴卒,这种灰暗色调几乎无处不在。它挤压着读者的胸膛,让人感到呼吸空间的狭小。在那"另类"的"杀戮"中,血肉模糊,那因利欲、肉欲而抽搐的嘴脸,以及以命相搏的决绝,真的让人感到黑暗无边,而作者的情怀却是冷峻沉静而又苍老。

于是《金瓶梅》和《红楼梦》相加，构成了我们的小说史的一半。这是因为《红楼梦》的伟大存在离不开同《金瓶梅》相依存相矛盾的关系，同样《金瓶梅》也因它的别树一帜又不同凡响，和传统小说的色泽太不一样，同样使它的伟大存在也离不开同《红楼梦》相依存相矛盾的关系（且不说，人们把《金》书说是《红》书的祖宗）。如果从神韵和风致来看，《红楼梦》充满着诗性精神，那么《金瓶梅》就是世俗化的典型；如果说《红楼梦》是青春的挽歌，那么《金瓶梅》则是成人在步入晚景时对人生况味的反复咀嚼。一个是通体回旋着青春的天籁，一个则是充满着沧桑感；一个是人生的永恒的遗憾，一个则是感伤后的孤愤。从小说诗学的角度观照，《红楼梦》是诗小说，小说诗；《金瓶梅》则是地道的生活化的散文。

《金瓶梅》是一部留下了缺憾的伟大的小说文本，但它也提供了审美思考的空间。《金瓶梅》的创意，不是靠一个机灵的念头出奇制胜。一切看似生活的实录，但是，精致的典型提炼让人惊讶。它的缺憾不是那近两万字的性描写，而是作者在探索新的小说样式、独立文体和寻找小说本体秘密时，仍然被小说的商业性所羁绊。于是探索的原创性与商业性操作竟然糅合在一起，即在大制作、大场面中掺和进了那暗度陈仓的作家的一己之私，加入了作家自以为得意却算不上高明的那些个人又超越不了的功利性、文学的商业性。

然而，《金瓶梅》的作者毕竟敢为天下先，敢于面对千人所指。笑笑生所确立的原则，他的个性化的叛逆，对传统意识的质疑，内心世界的磊落袒露，他的按捺不住地自我呈现，说明了他的真性情。这就够了，他让一代一代人为他和他的书争得面红耳赤，又一次说明文学调动人思维的力量。

《金瓶梅》触及了堕落时代一系列重要问题，即在社会、文化转型过程中人们的生存状况和心态流变。小说中的各色人等都是用来表现人世间的种种荒悖、狂躁、喧嚣和惨烈。若从更开阔的经济文化生产的视野来观照，笑笑生过早地敏感地触及了缙绅化过程中的资本动力，让人闻到了充满血腥味的恶臭。

时至今日，重读《金瓶梅》我们会发现，对于当下的腐败与堕落的分子，我们几乎不用改写，只需调换一下人物符号即可看到他们的面影。于是我们又感悟到了一种隐喻：《金瓶梅》这部小说中的各色人等不仅是明代的，而且也包括当下那些腐败和堕落分子今天的自己。

笑笑生没有辜负他的时代，而时代也没有遗忘笑笑生，他的小说所发出的回声，一直响彻至今。一部《金瓶梅》是留给后人的禹鼎，使后世的魑魅在它面前无所逃其形。

《金瓶梅》六人物论

一部优秀的小说，首先是它写出了具有独特性格、独特心灵、独特命运的人物，德国的那位大名鼎鼎的美学家黑格尔在他的《美学》第一卷中开宗明义就提出：

> 每个人都是一个整体，本身就是一个世界，每个人都是一个完满有生气的人，而不是某种孤立的性格特征的寓言式的抽象品。【1】

他推崇莎士比亚而贬低莫里哀，原因就在前者作品中的人物（如哈姆雷特、奥赛罗）是"完满有生气的人"，而后者作品中的主人公（如《伪君子》和《悭吝人》中的主人公）则是"某种孤立的性格特征"的"寓言式的抽象品"，后来的典型论者，包括恩格斯、别林斯基无一不受黑格尔的影响。

我们十分看重小说中的人物性格的塑造。文学中的人物的性格，就是指人物的个性，二者是同义语。恩格斯关于典型的名言，过去译为"典型环境中的典型性格"，后来朱光潜先生参照各种译本改

【1】《美学》第1卷，商务印书馆1979年1月版，第303页。

译为"典型环境中的典型人物",这是一个很重要的更正。所谓典型性格,如果真正存在的话,那也是存在于文学发展的初级阶段。在生活中,我们说某人"性格急躁",某人"性格开朗",是就其性格中的某一方面而言。就某一方面而言人们彼此间是存在共性的,但是,文学中的人物性格是就整个人而言,因此必须因人而异。如写《文心雕龙》的刘勰就说"其异如面",所以典型性格不能乱套,写人不能只写人的一方面,而应写多方面,写出个性本身的丰富性。

至于我们在小说评价中常划分正面人物和反面人物,那是对于人物的道德评价,而不是指人物的性格。性格不能分正面反面,但性格与品格又是有联系的。有人认为,人就是人,无所谓正面反面,人人都有优点和缺点,这是一种无可置疑的人性论观点。当然人性是绝对存在的,但对人的道德评价是永远需要的。生活中如此,文学中也是如此,作家塑造他的人物时,或明或晦,总要表现出某种道德评价。但这种评价通常并不是把人分成好人与坏人两大类,这倒是真的。

上面谈了这么多的"文学常识",有小儿科之嫌。但我的本意就是有了这人人皆知的"文学常识",可以更好地、更科学地理解《金瓶梅》中的人物,并进一步把握笑笑生在人物塑造方面的创造性以及从中体现出的民族审美特色。质而言之,笑笑生在人物塑造上确实有一种新思维。以上这些铺垫的话,就是为了和读者进行交流时有个准则。

情欲、权势欲和占有欲构成性格发展杠杆的西门庆

在对西门庆这一形象进行剖析之前,有一件有趣而又值得我们思

考的事。据2007年5月9日《北京青年报》评论员张天蔚先生介绍：

> 据媒体报道称，黄山当地"学者"辛苦研究十年，终于"考证"出《金瓶梅》故事发生地实为安徽省西溪南镇（村），西门庆原型则为当地大盐商吴天行。只是由于《金瓶梅》当时名声不佳，恐为"当时当地的舆论所鄙视"，作者才未敢言明。岂料世事变迁、白云苍狗，当初的"鄙视"，如今却成了仰慕，需要花费"学者"十年工夫，才为家乡争得半个"西门故里"的美誉。
>
> 略感遗憾的是，"西门大官人"的后代似乎并不领当地政府和"学者"的情，辛苦考证出的"西门原型"吴天行的第三十几代后人，坚决否认自己的祖先与西门庆和潘金莲有任何瓜葛，并称这样的考证结果"令吴氏宗亲蒙羞"。看来，在寻常人那里，并未失却寻常的羞耻之心，只是在某些自认对振兴当地经济负有责任的人那里，常识、常理、常态，才让位于某些堂皇却又不计廉耻的突发奇想。

评论还指出，网上可以搜索出数百条相关报道、评论，几乎无一例外地对这一大胆而又离奇的"创意"，给予激烈的抨击或尖锐的嘲讽。

近来各地"文化搭台，经济唱戏"的戏码奇招迭出，连番不断。但是几百里外甚至上千里找西门庆的"原型"，并进行十年考证，真是令人瞠目。

我们必须看到，《金瓶梅》中的西门庆形象是笑笑生原创性的"熟悉的陌生人"。笔者已经分析过，西门庆"这一个"人物是笑笑生的重大发现，也是这部特异的小说所取得的成就的主要标志。如果我们确切地把握西门庆这一艺术形象所对应的时代大坐标，我们会更敬佩笑笑生的这一重大发现。西门庆生活的时代，正是中国封建社会由兴盛走向衰亡的转折时期，资本主义经济萌芽，在如磐的夜气中萌发，笑笑生对新思潮有特殊的敏感，他不知不觉地对八面来风的新鲜信息已有吸收，他观照当代的意识极强，所以他既把握住了西门庆性格中凝聚着的那个时代统治集团心态中积淀的最要不得的贪欲和权势欲，同时又在西门庆身上发现了市民阶层的占有欲——占有金钱，占有女人（即"好货好色"，这种对金钱与肉欲的享受与追求毕竟带有中国中世纪市民阶层的特色）。所以西门庆的性格正是对应着新旧交替时代提出的新命题所建构的思想坐标，此时此地，他应运而生了。

艺术形象总是在比较中才能显现其独特的美学价值和思想光彩。我曾比较系统地梳理过中国小说中具有代表性的"反面人物"，与西门庆做了一些比较，但是，给我们带来的难题和困惑是，从纵向上考察西门庆性格在形象塑造发展链条上的位置和突破极其困难。因为在西门庆的形象诞生之前，还没有发现西门庆式的人物（这是因为时代使然，同时也与作者的视点不同有关），往前追溯，张文成的《游仙窟》只是自叙奉使河源，在积石山神仙窟中遇十娘、五嫂，宴饮欢笑，以诗相调谑，止宿而去。小说写的是游仙，实际上反映了封建文人狎妓醉酒的浪漫生活。蒋防的《霍小玉传》中的李益是堕落了的士大夫的典型，他对霍小玉实行的是一个嫖客对妓女的不负责任的欺骗，小说点染出了进士阶层玩弄女性的冷酷虚伪的灵魂。只有传奇小说《任氏传》中郑六的妻弟韦崟是个好色之徒、无耻的恶棍，有一点点西门庆的影子。至于话本小说《金主亮荒淫》中的完颜亮，如剥掉其华衮，则是一个典型的淫棍，这一点颇类似西门庆。然而他们都没有也不可能具有西门庆形象所包蕴的丰富社会生活内容。无论是张文成、李益、韦崟,还是完颜亮,他们的性格内蕴,主要止于展示形成这种性格和行为的外力因素,即小说家观照人物性格及其行为的视角,仅止是一种社会的、政治的、道德的视角。这样的视角当然是重要的,作为中国古代小说的初步成熟期,做到这一点已属不易,但仅止于此又是不够的。因为形成人物性格即心理现实的基因,除外在的社会政治因素之外,还有更为深层的内在的文化心理因素。《金瓶梅》中的西门庆已经表明笑笑生观照人物命运的视角有了新的拓展,不仅注意了对形成其性格的外在基因的开掘,也开始着意于对形成其性格的内在基因的发现。西门庆性格塑造之高于以上诸作中的好色之徒和流氓恶棍性格塑造,就在于西门庆具有深刻的历史真实。就其艺术造诣而言,他具有更鲜明的个性真实。更可贵的是,在这种历史真实与个性真实之中,渗溶着丰富的社会内涵和人的哲学真实。正是在这一点上,应当充分估价西门庆性格的典型意义。

从横向上相比,我们很容易就想到明代拟话本《蒋兴哥重会珍珠衫》中的陈商和《卖油郎独占花魁》中的吴八公子,同时也可以把《金瓶梅》中的陈经济与西门庆相比。陈商不过是个登徒子,具有明代商人特有的"好货好色"的情调,而吴八公子则是个具有恶棍作风的纨绔子弟,两个人相加也仅有一点点西门庆的性格。至于陈经济至多是个偷香窃玉的无耻之徒。他们当中没有一个人可以和西门庆相"媲美",他们完全缺乏西门庆的"创造精神",同样,他们也都缺乏西门庆形象所包蕴的社会生活与时代精神的丰富蕴含,因此,他们都称不上是典型人物。

对西门庆性格的典型塑造始终是围绕着他的性生活而展开的,这是笑笑生为了揭示西门庆的性格蕴含最本质的特征而做出的独特的选择。

　　本来，爱情的最初动力，是男女间的性欲，是繁衍生命的本能，是人的生物本质。生活在任何社会里的人都回避不了性行为，因此，对在文艺作品中、尤其在小说艺术中出现的性描写，完全不必采取宗教式的诅咒。不是吗？早在一百多年前像奥尔格·维尔特那样耽于"表现自然的、健康的肉感和肉欲"的诗人就为恩格斯所首肯。笑笑生的同时代人冯梦龙所编著的"三言"和稍后一点的凌濛初所编著的"二拍"，就主要表现了两性关系中封建意识的褪色。"三言""二拍"里也有性爱描写，对偷情姑娘、外遇妻子大胆行为的肯定。这无疑是封建道德意识剥落的外部标记。而更为深层的内涵在于，冯梦龙、凌濛初以他们塑造的杜十娘、花魁等一系列文学女性向社会表明：妇女是能够以自己的人格、平等的态度和纯洁的心灵，去击败附着在封建婚姻上的地位、金钱和门阀观念，从而获得真正的爱情的。

　　因此，作为人类生存意识的生命行为的一部分，性应该在艺术殿堂里占一席之地。

　　而《金瓶梅》则是通过对西门庆的性生活的描写，展示了性的异化。应当看到，笑笑生并没有把西门庆的性意识、性行为作为一种脱离人的其他社会行为的静态的生存意识和生命行为，而有意夸大。在作者的笔下，人的动物性的生理性要求也没被抬高到压倒一切的位置，成为生活的唯一的内容。恰恰相反，西门庆对女人的占有欲是同占有权势、占有金钱紧紧结合在一起的，并且达到了三位一体的"境界"。笑笑生通过对西门庆床第之私的描写，不仅有人们所指出的那种性虐待的内容，而且更有着丰富的社会内涵——通过"性"的手段达到攫取权势和金钱的目的。所以，作者写出了西门庆的床笫之私，实际上也就是写出了这个时代的一切黑暗，揭开了一个专门制造西门庆时代的社会面。

另外，毋庸否认，作者确有性崇拜的一面。作品有不少地方把性看作是万物之轴、万事之核心，也将其当作了人物性格发展的内驱力，并且特别注重其中性感官的享乐内容。所谓"潘驴邓小闲"的"驴"不仅被表现为西门庆"人"格有无的衡器，也是支配家庭纠葛、掀起人物思想波澜、推动作品情节展开的杠杆。人们对此往往持有异议，认为这是夸大了性的作用。不错，在两性关系中，区别于动物的人的标志，是精神成分。换言之，性吸引力是男女爱情的低级联系，精神吸引力是男女爱情的高级联系。如果用"精神吸引力"去衡之以西门庆的"爱情"，那就太荒唐了。笑笑生笔下的西门庆是个泼皮流氓，是个政治上、经济上的暴发户，也是个占有狂，理所当然地从他身上看不到丝毫的"精神吸引力"，也不存在具有"精神吸引力"的真正爱情。

事实是，《金瓶梅》从来不是一部谈情说爱的"爱情"小说。如果说它是一部"秽书"，那就是因为笑笑生从未打算写一部"干净"的爱情小说！

进一步说，在塑造西门庆时对他的性生活的描写，即"肉"的展示过程是不存在"灵"的支撑的。作者所承担的使命只是宣判西门庆的劣行，所以他才写出了一个代表黑暗腐败时代的占有狂的毁灭史。

以上我们从"寻找"西门庆的"原型"中看到了一场闹剧，我们又认真地梳理了中国小说史中与西门庆"类似"的人物状态，也捎带为这部书做了一个简明的"定位"，现在我们不妨具体分析一下西门庆"这一个"典型人物。

西门庆"原是清河县一个破落户财主,就县门前开着个生药铺。从小儿也是个好浮浪子弟,使得些好拳棒,又会赌博,双陆象棋,抹牌道字,无不通晓"。"他父母双亡,兄弟俱无,先头浑家是早逝,身边止有一女。新近又娶了清河左卫吴千户之女,填房为继室。房中也有四五个丫鬟妇女。又常与勾栏里的李娇儿打热,今也娶在家里。南街子又占着窠子卓二姐,名卓丢儿,包了些时,也娶来家居住。专一飘风戏月,调占良人妇女,娶到家中,稍不中意,就令媒人卖了,一个月倒在媒人家去二十余遍。人多不敢惹他。"前前后后,他陆续娶了六个老婆。

西门庆由一个破落户,连发横财,成了地方上的首富;由一介平民,平步青云,做了锦衣卫理刑千户,还当上了蔡京的干儿子,从此以后就成了炙手可热的权豪势要。有钱有势,贪财好色,巧取豪夺,横行霸道,淫人妻女,无恶不作。小说真实地生动地叙写了他的发迹变泰,又写了他淫欲无度而败亡。因此,《金瓶梅》全书就是以西门庆的发迹到败亡为主轴,为我们提供了一个集富商、官僚、恶霸三位一体的人物的发迹史、罪恶史和毁灭史。

先哲早说过,贪欲和权势欲是历史发展的杠杆。西门庆的贪欲和权势欲是紧密结合的。

人们早就看得分明,西门庆绝非一般的登徒子式的色鬼,虽然他以低标准纳妾、偷情,但他自有他的标准和要求。就小说的大布局而言,第一回至第六回写西门庆与潘金莲私通,并谋杀了武大郎,接下去应该是他们两个合作一处了。但却有薛嫂说媒,西门庆反而先娶了孟玉楼,把潘金莲撂在一边。到第八回又接上了潘金莲的故事。孟玉楼一回书不仅艺术上奇峰突起,更重要的是它成为全书的画龙点睛之笔。小说写得极为分明,西门庆内心激动不已的不是爱情,而是情欲。他的情欲可以随时随地为女色所点燃。但是,钱物财产更使他内心炽烈。潘金莲在他身上引起一次次的色欲,这种色欲可以强烈到使他杀人而不顾后果。但是,当和孟玉楼的上千两现银、三二百筒三梭布以及其他陪嫁相比时,潘金莲的诱惑力就会暂时黯然失色。直到孟玉楼正式进门以后,她的陪嫁的所有权全部转到西门庆手中,潘金莲的肉体才又成了他不可须臾离开的物件。

至于西门庆和李瓶儿的关系,也是经西门庆多方策划,把这位生得"五短身材"、枕上好风月的女人用花轿抬进家门。孟玉楼和李瓶儿这两件婚事都在很大程度上有把对方的财产转移到自家手中的因素。必须看到,西门庆的发迹过程,始终贯穿着一条黑线,即渔色的成就和不断发财的事业穿插在一起。西门庆之所以在女人中非常宠爱李瓶儿,并在她死时痛哭流涕——这一直被很多人看作是西门庆真动了感情——其实在情欲和谐的因素外,那是和李瓶儿给他带来众多箱笼资财有着太大的关系的。对于西门庆的这份感情,西门庆的仆人玳安看得最清楚,说得更是切中肯綮:"为甚俺爹心里疼?不是疼人,是疼钱。"这就让我们看到财产实利在婚姻中所起的决定性作用。

总之,当不涉及财产实利时,西门庆的贪欲的砝码是在女色上;而当波及财产实利时,他的贪欲的天平又会向财产实利一边倾斜,这是绝不含糊的。因为西门庆懂得有了钱财,一切女色是不难被他拥有的。在审视这个关系时,我们可以这样说:西门庆是一个不十分重才貌而重色欲的人;而财产实利又在色欲之上。西门庆"这一个"形象绝不同于中国小说戏曲中的才子佳人那一套,也不同于一些文人学士的风流韵事,西门庆的贪欲似有一架调控器在那儿自动处理这两种既不相同又永不分离的欲望的先后和轻重。

财产实利当然更不可能和权势和权势欲分开，而权势又和女人有什么关系呢？像孟玉楼和李瓶儿这样财富充盈的寡妇，如果没有有权有势的男人做靠山，手中的财产很快就会落到家族和地方势力之手。像西门庆这样的"打老婆的班头，坑妇女的领袖"，为什么孟、李甘心情愿寻求他的"保护"？一言以蔽之，在一个权势支配一切的社会中，男人占有女人的程度更多地取决于他的社会地位的高低和权力的大小，而往往不是他个人的魅力。于是，在这部以贪欲和权势欲为主轴的长篇小说中，淫乱与官场和权势夹缠在一起。西门庆纵欲身亡，他生前占有的女人、占有的财富、占有的权势就会立即转移到其他有权势的人的手中。

关于西门庆的真实身份，现在学术界仍有分歧，大体上说有四种意见：一、地主、恶霸、商人三位一体；二、新兴商人；三、官商；四、官商与新兴商人的混合体。这四种意见，其实有一个共同点，即西门庆还是一个商人，他的全部活动是以经商为基础，官僚的身份不过是屏障辅助而已。面对众说纷纭，我始终倾向于三位一体说。如果仅就西门庆的经商活动来说，西门庆所经营的工商业都是非生产性的；再者，西门庆在获得利润以后，少见其扩大再生产；而是把金钱用于买官行贿和过着穷奢极欲的糜烂生活。西门庆的政治投资数额巨大，所以他的发迹，完全是靠贿赂权奸、交结官府，以钱权交易为手段得来的。而一旦有了更大的权势，他的经商活动就越来越超出商业活动的最底线，比如偷税漏税、投机盐引，从而进行更大规模的掠夺。他发的几笔大横财，实质上是用钱买权，以权养商。比如西门庆获知朝廷有一笔利润很大的古董生意，他立即花钱买通山东巡按，将这笔生意揽到手里。正是由于手中有钱，于是手中也就有了权，而有了权，他的财富就越聚越多。据小说记载，在他死前，除了那最早的生药铺以外，还开了好几桩生意，缎子铺、绸绒铺、绒线铺等等，资产多的有五万两银子，少的也有五千两。总之，从西门庆这个人物身上我们可以看到，中国封建社会发展到明代中后期，在商品经济发展过程中，封建势力是如何与商人结合在一起的，而市侩主义也就是这样一步一步又是很自然地诞生了。毛泽东以一个政治家的眼光，在1956年2月20日听取工作汇报的谈话中就指出：

《金瓶梅》是反映当时经济情况的。

这本书写了明朝的真正的历史。[1]

笑笑生在对西门庆的性格创造上是有贡献的。我们在前面提到笑笑生的艺术理念已不是把人物简单化地去理解，他在直面各色人等时，感悟到了人是杂色的。因此笑笑生并没有把西门庆简单地写成单一色调的恶，也不是把美丑因素随意加在他身上，而是把这些放在他所产生的时代背景、社会条件、具体语境中，按其性格逻辑，写出了他性格的多重性，他没有鬼化他笔下的人物，包括他狠狠暴露的西门庆。比如西门庆的"仗义疏财，救人贫困"就被一些人看作"没有性格上的充分依据"。事实是，西门庆确有悭吝的一面，他对财产、实利的占有欲实在惊人，但有时也肯拿出钱来接济一些穷哥们儿；而在修永福寺时他一次就捐银五百两，也算大方得很了。再有，作为地方一霸，他可以为所欲为，凶狠异常，可是亲家陈洪家出了事，他唯恐受到牵连，竟然停工闭户，足不出门。另外，在他的身上人性与兽性交替出现，有时人性与兽性还杂糅在一起。最

---

[1] 陈晋《毛泽东与文艺传统》，中央文献出版社1992年3月版，第123页。

典型的例子是李瓶儿之死及当时西门庆的表现，这是很多研究者和读者质疑的焦点之一。

情节是这样的：李瓶儿将死时，潘道士嘱咐西门庆："今晚官人切忌往病人房里去，恐祸及身。慎之，慎之！"但西门庆不听劝告，还是进了李瓶儿的房间，他这时想的是："法官戒我休往房里去，我怎坐忍得！宁可我死了也罢，须得厮守着，和他说句话儿。"到李瓶儿一死，西门庆不顾污秽，也不怕传染，抱着李瓶儿，脸贴着脸大哭说："宁可教我西门庆死了罢，我也不久活于世了，平白活着做什么！"后来，他还拿出巨资给瓶儿办丧事，并在她房中伴灵宿歇，于李瓶儿灵床对面搭铺睡眠，这是真情还是假意？我的回答是：真情。这一切表现就是西门庆人性一面的流露，既合理又合情。但有的论者则认为这充分表现了西门庆的虚伪，是他的假意，理由有二：一个是我在前文引过的玳安的话"不是疼人，是疼钱"。此话看怎么解释了。李瓶儿嫁给西门庆是倾其所有，都给了西门庆，如果说是疼钱根本不存在这个问题，如果拿钱办丧事，仍然是两个人的感情所致，也不是心疼钱。玳安的话的真实性只有一点：爱钱如命，但这并不等于西门庆对李瓶儿没有丝毫的感情。他的哭，他的守灵是真情，我不怀疑。另一个是，西门庆为李瓶儿伴灵还不到"三夜四夜"，就在李瓶儿灵床对面的床铺上又和奶子如意儿发生性关系，因此人们很容易判定西门庆根本不是真正的悲痛，对李瓶儿之死是假情假意，是做给人看的。这是很有力的质疑。但我则认为：第一，这件事再一次暴露了西门庆的好色；第二，对李瓶儿之死他的感情表现是真的，但更多的是"此情此景"不可抑制的感情流露。他不可能像多情种子，永不能释怀。即使是"一时感情冲动"，也说明他伤心过、痛苦过、动情过，尽管短暂，尽管稍纵即逝，尽管又去寻欢作乐，但不应该否定前者表现的真实性。这就是作者笑笑生对西门庆性格、品质、情愫的真实的艺术把握，也是我所说的，西门庆的人性和兽性经常交替出现，经常夹缠在一起，于是一个活生生的人物形象才具有了可信性。黑格尔在他的《美学》中指出：

> 性格的特殊性中应该有一个主要的方面作为统治方面，但是尽管具有这个定性，性格同时必须保持生动性与完满性，使个别人物有余地可以向多方面流露他的性格，适应各种各样的情境，把一种本身发展完满的内心世界的丰富多彩性显现于丰富多彩的表现。[1]

黑格尔美学中的性格论应成为我们分析人物的参照系。不错，西门庆的品质与性格，其主导性当然是他的贪欲、权势欲和占有欲，是他的凶残、冷酷与无情，甚至我们可以按老托尔斯泰说的"人作恶是出于自己的肉欲"。[2] 可是我们必须看到，作为小说家的笑笑生在塑造人物时，他的审美追求肯定要求他笔下的形象是真实的、生动的、立体的，所以我们无须怀疑作者为何把"反面人物"写得如此富有人性！然而生活告诉我们，作为一个人，都会有自己的情感生活。文艺理论上的"人物性格二重组合原理"并非不适用于古典小说的创作。笑笑生的杰出正在于他没有揆离生活的真实，没有忽略人物性格的复杂性。对于读者来说，无论是"正面人物"还是"反面人物"，从人性的角度来观照都绝不是单一的。也正因为如

---

[1]《美学》第1卷，商务印书馆1979年1月版，第304页。
[2] 列夫·托尔斯泰《生活之路》，王志耕译，中国人民大学出版社2006年12月版，第235页。

此,西门庆才不是扁形人物而是圆形人物。

总之,笑笑生之伟大就在于他没有把西门庆塑造成小丑,他绝对排斥脸谱化,绝对不是把西门庆简单地当作一个抨击的对象。笑笑生告知我们的是:人,一旦涉入色欲和贪欲的怪圈,就难以逃脱命运的恶性循环。

用罪恶证明自己存在的潘金莲

道德家们最头痛的社会问题,恰恰是文学家们最好的素材。此话用来去说男女之间的性爱更为准确。

《水浒传》中潘金莲与西门庆的故事,严格地说属于"过场戏",两个人也是穿插性人物。写这个"俗"故事乃是为写武松的大义和逼上梁山做铺垫。然而就是这样一个故事,不管看过《水浒传》还是没看过这部小说的,都有点家喻户晓的味道,当然这也许是和很多剧种搬演《武松杀嫂》这出戏有关吧!至于《金瓶梅》,如上文所说,一经把潘金莲和西门庆的那些事儿编成了百回大书,我们可以想象它的影响会多大!卫道士口诛笔伐;看热闹的啧啧称奇;爱偷情和窥私癖者则暗自羡慕;而学者或言不由衷,或做玄虚的理论推演,潘金莲、西门庆和这段故事,就成了最吸引人眼球的奇异对象了。戏剧界,在现代戏剧史中,欧阳予倩先生写剧本为潘金莲翻案,那是受新思潮影响,有点提倡妇女解放的味道。而在当代,改革开放了,文禁稍开,川剧编剧名家魏明伦先生以开放的眼光,巧妙地把古今中外的名女人们都抬出来,让她们站在女人的立场评说潘金莲,此一举也竟使艺坛大大热闹了一场。由于从内容到形式的改革幅度颇大,热议的文章数百篇。时过境迁,现在仍感到往事并不如烟，对潘金莲到底怎么个评价，仍存在着太多太大的空间。但是摆在评论者面前的问题仍有一个没分割清楚的事：一个是到底怎样评价潘金莲这样的人物，一个是到底怎么评价笑笑生创造的潘金莲这一形象。这两个问题，看似是一个问题，实则应加以区分。在我看来，已经流行于社会的潘金莲这些事儿，即这些现象，应当如何评价，纯属社会学的范畴。另一种是要回归文本，看看笑笑生是怎样塑造潘金莲这个人物的，成功？失败？这就需要花一点时间来考虑了。

我是属于回归小说文本一派的，所以还是让我们顺着潘金莲的命运轨迹去审视这一形象所含蕴的心理的、生理的和社会文化的内涵吧！

潘金莲是个裁缝的女儿，她从七岁上了三年女学，九岁即卖在王招宣府里，"习学弹唱"，她长得极为俊俏，所谓"脸衬桃花眉弯新月"，而王招宣府的女主人就是后来和西门庆勾搭成奸的林太太。身处这样一个人家，潘金莲很自然地学得"描眉画眼，傅粉施朱，梳一个缠髻儿，着一件扣身衫子，做张做势，乔模乔样"，难怪后来西门庆一见到她，"先自酥在半边"，吴月娘见了也惊叹"生的这样标致"，这虽然是后话，但潘金莲很早就富有一种诱人的媚态和风骚的情致，是肯定无疑的。但是，命运不济的潘金莲还没被主子注意到时男主人就身亡了，她立即被卖到了张大户家里。她十八岁时被张大户收用，事发后为家主婆所不容，一顿毒打后，把潘金莲像一个物件似的塞给了被人称为"三寸钉，谷树皮"的武大郎。命运的不公，使金莲从内心发出了怨恨："端的那世里晦气，却嫁了他，是好苦也"，她想改变现状，然而此时此刻还没给她提供客观机会。她不甘寂寞，经常趁武大外出卖炊饼之机，打扮光鲜，招蜂引蝶，眉目传情，以便打发无聊的日子。精神上的空虚和苦闷，竟使她不择手段去勾引自己的小叔子武松，碰壁后，一出巧合的"挑帘裁衣"的小戏竟成了后来的大轴戏的前奏。她和西门庆一拍即合，但剧情的推进竟然演变为合谋毒杀武大郎的惨剧，潘金莲终于跟随着西门庆走上了邪恶的犯罪的道路。从手上染上第一道无辜者的鲜血后，潘金莲的整个命运也就发生了质变。潘金莲再不是一个受害者，从此开始了她的罪恶的一生。

几经周折，潘金莲终于如愿以偿，成了西门家族的一员。然而，西门家族可不是她的一个安乐窝。严格地说，潘金莲在这个家里既是主人又是奴隶。西门庆稍不顺心，就可以对她"赶上踢两脚"；她和正妻吴月娘口角，西门庆也会毫不犹豫站在吴月娘一面，不给她留一点面子。这种既贵又贱、不高不低的身份地位，以潘金莲的人生阅历，她不仅可以理解，而且完全可以安之若素。但对于潘金莲的性格而言，最难的是，她依傍的这个人不仅妻妾成群，而且是一个见女人就上的花心男人，潘金莲当然无力改变西门庆的这个天性，于是她把自己的全部聪明才智，在妻妾争宠中发挥得淋漓尽致。

潘金莲深谙软硬兼施之道。在吴月娘面前低声下气，百般奉承。在掌握了吴月娘的心理弱点后就去挑拨她和西门庆的关系，结果两个人还都认为潘金莲是大好人。在争宠中，她还能分清敌友，对孟玉楼采取拉的策略，对孙雪娥则采取打的战术。外围扫清以后，她把李瓶儿和宋惠莲作为争宠的重要对手，采用了阴毒的手段，制强敌于死地。从此，潘金莲在已有的邪恶和犯罪的道路上进一步陷入罪恶的深渊。

妒忌是人性中的恶德。妒忌催化着一个人的情欲、贪欲，而情欲和贪欲又激化妒忌的强烈程度。潘金莲是一个"只要汉子常守着他便好，到人屋里睡一夜儿，他就气生气死"（第五十九回）的人。然而，她又知道自己没有能力阻止西门庆对女人的占有欲，因为她明白只要这样做就会自讨没趣。不过，潘金莲却有充分的信心和能力，相信自己在和对手较量时会胜利。果然，她刚刚腾出手来，就对准在地位身份上本构不成太大威胁的宋惠莲下手了。因为她既不能容忍宋惠莲把拦着她的汉子，又不能容忍宋惠莲私下说她坏话和把她本有的优势比了下去。

  开始，潘金莲听到了西门庆与宋惠莲偷情只是气得胳膊软了，半日移脚不动，却未大发作。但当她知道宋惠莲竟敢在背后说她的坏话，而且这坏话是如此严重！从宋惠莲方面说，她千不该万不该在得意忘形之时，竟然对西门庆说潘金莲"是个意中人儿，露水夫妻"；再加上她在西门庆面前显摆她的脚比潘金莲的还小，所谓"昨日我拿他的鞋略试试，还套着我的鞋穿"。是可忍孰不可忍！潘金莲终于出手了。当宋惠莲知道潘金莲听到了她所说的话，吓坏了，双膝跪下，表示自己没有欺心时，潘金莲立即用她的两面派手法，因为她懂得欲夺之先予之的道理，她强压着心里的怒火，表现得十分大度，竟然对宋惠莲说："傻嫂子，我闲的慌，听你怎的？我对你说了罢，十个老婆买不住一个男子汉的心。"结果让头脑简单的宋惠莲觉得真是对她"宽恩"！

  潘金莲深知"若教这奴才淫妇在里面，把俺每都吃他撑下去了"，所以她紧跟着实施了她的第二步计划：借刀杀人，即假西门庆之手置宋惠莲于死地。潘金莲抓住宋惠莲丈夫来旺儿酒后失言，开始了无情的报复。经过一番周折，她调唆西门庆恨上来旺儿，收到了让西门庆"如醉方醒"的效果。此后就是西门庆亲自出马设计陷害来旺儿。结果宋惠莲夫妇"男的入官，女的上吊"。宋惠莲之死真的应了潘金莲先前赌咒发誓说的话:"我若教贼奴才淫妇与西门庆做了第七个老婆,我不是喇嘴说,就把潘字吊过来哩!"是啊,宋惠莲不仅没有当上"第七个老婆",而且惨死于潘金莲的阴谋诡计之下。如果说潘金莲在罪恶的道路上留下什么"业绩"的话,那么可以这样说,武大之死是她直接亲手用毒药害死的,而宋惠莲之死是她由妒忌而产生的歹毒心肠间接地害死的。

潘金莲出场不久就自诩"是个不戴头巾的男子汉,叮叮当当的婆娘"(第二回)。这种女强人性格如果走正道确实不得了,必会做一番大事业,但可怕的是,她走的是邪路。真的是"性格即命运"。她企图改变自己命运所用的手段,确实令人发指。于是,敢作敢为、机变伶俐等强人的性格竟然转化为一种恶德,即阴险、狠毒、妒忌、不择手段、无所不用其极⋯⋯接下来的两条人命又跟她有着直接和间接的关系。当然,这也为她一生罪恶的命运,增添了更多的血腥味。

宋惠莲一死,潘金莲和李瓶儿的矛盾完全凸显出来了。潘金莲深知自己不如李瓶儿有钱,小厮和丫环们都受过李瓶儿的好处,她因此颇得人心,甚至潘金莲的母亲也接受过李瓶儿的礼品,乃至经常在女儿面前称赞李瓶儿。物质方面的东西既然无法跟李瓶儿相比,那么美色就会成为较量的本钱和条件了。尽管潘金莲拥有妖娆的体态、风骚的情致、高超的枕上风月,但在翡翠轩窃听到西门庆夸赞李瓶儿皮肤白以后,在自我挫败的心态下,她更加妒忌李瓶儿,并且不惜花很多时间研制增白剂,以便在"白"肤色上争个高下。与此同时,挫败感激发疯狂性的规律也在她的内心和行动上一一显现出来,醉闹葡萄架和兰汤午战都是潘金莲内心压抑不住的妒忌催化成的纵欲活动。

更使潘金莲难堪的是,在众妻妾中,李瓶儿竟然第一个给西门庆生了一个儿子。李瓶儿的地位也因之又升一级。从此她眼睁睁地看着"西门庆常在他房宿歇"，这就更刺中了她的神经末梢。为了理顺潘金莲的心理流变，让我们清清楚楚地看看她由妒生恨的三部曲。

开始，李瓶儿怀孕闹肚子疼，全家人都来问候，只有潘金莲拉着孟玉楼在旁边冷眼相看，并说风凉话："也不是养孩子，都看着下象胆哩！"后来真的有了孩子，又说这是李瓶儿的"杂种"。孩子快生下来了，潘金莲自我解嘲地说："俺每是买了个母鸡不下蛋，莫不杀了我不成！"李瓶儿终于顺利地生下一个白净娃娃，这时潘金莲竟一反常态，全然没有了嘲讽和诅咒，却"自闭门户，向床上哭去了"。这种从妒忌到无奈的心理流程写得真是入木三分。但是令人毛骨悚然的是潘金莲即将实施的阴谋就此也开始了。

在潘金莲看来，李瓶儿"生了这个孩子把汉子调唆的生根也似的"。于是按照她的推理，要想整垮李瓶儿，就要从西门庆与李瓶儿的命根子上开刀！

官哥儿满月时，潘金莲就找了个机会摆弄孩子，那么点娃娃，她竟然把他高高举起，结果孩子受了惊吓，发起寒潮热来。有时潘金莲故意打丫头秋菊，使丫头杀猪也似地号叫，吓得娃娃根本无法入睡。更有甚者，一次李瓶儿让潘金莲暂时看管一会儿孩子，而潘金莲急于和女婿陈经济去调情，就把孩子单独放在了席上，不料一只大黑猫跑到孩子身边，又把孩子吓得连打寒战、口卷白沫。岂料，这件事竟启发了潘金莲罪恶计划的进一步实施。

潘金莲精心喂养着一只"雪狮子"猫，每天不吃鱼肝一类，只吃生肉，雪狮子训练有素，潘金莲对它是呼之即来、挥之即去。上次大黑猫吓着了官哥，潘金莲也深知孩子特怕猫，同时还知道官哥喜穿红色衣服。因此，潘金莲平日就"用红绢裹肉，令猫扑而挝食"，对它进行反复训练。一天，官哥病情好转，李瓶儿给孩子穿上红缎衫儿，放在外间炕上，"动动的顽耍"。没想到雪狮子正巧蹲在护炕上，看见官哥儿穿着红衫儿在炕上玩，"只当平日哄喂他的肉食一般，猛然望下一跳，扑将官哥儿身上，皆抓破了"。官哥当场被吓得"倒咽一口气，就不言语了，手脚俱被风搐起来"，不久就一命呜呼了。

一岁多一点的孩子竟然在争宠斗争中做了牺牲品。而孩子的离世，对李瓶儿本来已很脆弱的神经不啻是致命性的打击。潘金莲在初战告捷后，乘胜追击，千方百计地折磨李瓶儿，想一举彻底击垮这个她心中的最强的对手。

此前，潘金莲已经使尽浑身解数，无事生非地和李瓶儿斗气。李瓶儿又没有潘金莲那一副伶牙俐齿，所以经常气得"半日说不出话来"。忍气吞声更给潘金莲猛攻的机会，一旦官哥儿死了，她更是肆无忌惮地用恶言毒语刺激李瓶儿，她得意忘形地、连珠炮式地、指桑骂槐地说："贼淫妇！我只说你日头常晌午，却怎的今日也有错了的时节！你斑鸠跌了弹，也嘴答谷了！春凳折了靠背儿，没的倚了，王婆子卖了磨，推不的了！老鸨子死了粉头，没指望了！却怎的也和我一般！"着了"暗气暗恼"的李瓶儿病上加病，终于断送了年轻的生命。可悲的是李瓶儿只是在咽气之前才有所悟，她对吴月娘说得十分沉痛："休要似奴心粗，吃人暗算了。"

潘金莲似乎胜利了，但与此同时，她也就永远地被钉在了耻辱柱上。《金瓶梅》这部小说之所以伟大，就在于作者对人性幽暗面的洞察之深，这不能不使人深感震撼。潘金莲一直要通过各种手段证明自己的"存在"，她不惜用毁灭别人来证明自己的"存在"，然而，她的所有行为都是用罪恶证明了自己的"存在"。那一桩桩一件件为毁灭他人所用的极端手段，都在向公认的善恶标准、是非标准挑战，也即对人性禁忌的底线挑战。在妻妾成群的大家庭进行争宠并不存在"成王败寇"的结局，妻妾的生死博弈、女人的真正悲剧，往往是两败俱伤。

关于潘金莲这一人物形象，评论界一直有悲剧人物论和"淫妇"论的研讨。我在上面的剖析，已说明我是不赞成潘金莲是一个悲剧人物的。理由并不复杂。潘金莲为了给自己的生命留下一些印记（一直想出人头地），不是要用结束自己的生命作为代价，相反，她是让其他人为她的生命付出代价，她生命中一个一个的血腥记录是为证明，这是一。第二，潘金莲是一个有勇气弯下腰去拾取满足情欲的人，但也可以制造血案，用杀死一个又一个她不喜欢的人的方法，来证明自己是最可爱的。而这里用得着俄罗斯心灵雕刻大师陀思妥耶夫斯基在《罪与罚》中所说的话："只消有胆量！"对，潘金莲制造的一个个血案都源于她有胆量，为了满足自己的一己私欲，她什么都敢干，这怎能是一个悲剧人物呢？她每害死一个人都没有过良心的谴责。

关于"淫妇"论，我的所有分析，从没把潘金莲称为"淫妇"。请问何谓"淫妇"？从《水浒传》开始，她因为和西门庆私通，所以被作者和读者称为"淫妇"，此后又被列为四大"淫妇"之首。是因为她是"肉欲狂"？是她随时随地有着"情欲冲动"？是她的不可遏制的"性亢奋"？是她的"枕上风月"令男人销魂？是她"色胆包天"？是她的"性妒忌"？还是她的无休止的"放纵"？……应当说这一切潘金莲都具有，可以毫不含糊地说，她有太强烈的性要求。但是，人们随之要问：女性的性要求的强烈程度是否有一个固定尺度可以来衡量？我们只能说，因人而异。这在现代性学书籍中早已说得很明白。我们必须看清"情欲"是个灰色的东西，它作为自在之物时，没有黑白之分、对错之分。如果情欲疯狂地冲击了人性禁忌的底线，那就是罪恶，才是应该给予否定的。再有一点，潘金莲被人称为"淫妇"，大多是从男人的视角审视和感受的结果，对于性能力强的男人来说，他们不会把同样性欲强的女人称为"淫妇"，只有性能力低弱的男人才惧怕性亢奋性欲太强的女人。总之，情欲强弱和性能力的高下似没有科学的尺度。潘金莲的罪恶是那些血腥的命案以及人性中最可怕的嫉妒，嫉妒才是万恶之源。性欲的强弱，我看倒也不是万恶之源吧！当然，古代小说中在男女"床笫之私"时把女方称为"小淫妇"，则不是昵称就是调侃了。

最后我想引用意大利伟大诗人、《神曲》作者但丁的一句很流行的话：

骄傲、嫉妒、贪婪是三个火星，它们使人心爆炸。

这是对贪婪、情欲、嫉妒的巨大危害最准确的描绘，它给予我们的启示更是多方面的。

渴望走出阴影，却始终走不进阳光的李瓶儿

20世纪60年代初，一部权威性的中国文学史著作在介绍《金瓶梅》时，提到小说文本在塑造李瓶儿的形象时"性格前后判若两人，而又丝毫看不出来她的性格发展变化的轨迹"。这里所说的"性格前后判若两人"，就是说李瓶儿对待花子虚和蒋竹山是凶悍而狠毒的，但是在做了西门庆的第六妾之后却变得善良和懦弱起来。对

这一观点直到 80 年代初才有研究者提出质疑。这样的研讨虽然只是对李瓶儿性格的逻辑发展的真实性各自表述自己的意见，但是就我的理解，它还涉及对这部小说中心人物之一的李瓶儿社会的、心理的、特别是审美的准确把握的问题。

事实胜于雄辩。还是让我们回归小说文本，一块儿考察李瓶儿命运和性格的发展轨迹吧！

李瓶儿长得漂亮，五短身材，肌肤白净，瓜子面皮，"细弯弯两道眉儿"，"身软如棉花"。在她还没正式登场时，作者就介绍了她的部分身世。她原是大名府梁中书的小妾，但"夫人性甚嫉妒"，婢妾多被她打死。李瓶儿在梁夫人的监视下"只在外边书房内住"，总算没被埋进后花园中。政和三年正月上元之夜，梁山英雄攻打大名府，梁中书与夫人仓皇出逃，李瓶儿趁机带了一百颗西洋大珠、二两重一对鸦青宝石，随养娘逃到东京，被花太监纳为侄儿媳妇。她名义上嫁给了花子虚，但实际上"和他另一间房里睡着"，而被其叔公花太监霸占。

花子虚是个习性浮浪、醉生梦死的纨绔子弟，他对李瓶儿这样如花似玉的妻子并不在意，却贪恋于嫖娼狎妓、眠花宿柳、撒漫用钱，时常三五夜不回家。可以想见李瓶儿内心的孤寂，生活的无聊。就在这当口儿，西门庆乘虚而入。她背着花子虚同西门庆偷情，而西门庆的"狂风骤雨"又给予她迟迟得不到的情欲以充分的满足。于是她迷恋于、也想委身于他，甚至一而再再而三地倾其所有来倒贴他。就在这时，事情发生了戏剧性的变化，花子虚因房族中争家产而吃了官司，此时的李瓶儿并未落井下石，在惶惑矛盾的复杂的心情下，她去求西门庆帮助搭救自己的丈夫，跪着向西门庆哀告：

> 大官人没奈何，不看僧面看佛面。……我一个女妇人，没脚蟹，那里寻那人情去！发狠起将来，想着他恁不依说，拿到东京打的他烂烂的不亏！只是难为过世老公公的名字。奴没奈何，请将大官人来，央及大官人，把他不要题起罢。千万只看奴之薄面，有人情，好歹寻一个儿，只休教他吃凌逼便了。

这里正是写出了李瓶儿为人妻的一面，也应了俗语所说"一日夫妻百日恩"了。然而人性的复杂还在于，她确实没做落井下石的勾当，更没有幸灾乐祸，她真心诚意想把丈夫救出来。然而她对花子虚再没什么更多的感情了。即在情感的层面上，她认为自己属于西门庆了。比如她拿三千两银子求西门庆打点官府，西门庆认为无须这么多银子，她还是强要西门庆收下，这说明她除了身体、情感以外，在钱财上已经和西门庆不分彼此了。从情感的逻辑发展来看，早先李瓶儿还多次请西门庆劝说花子虚少在妓院中胡行，早早回家，确有盼望花子虚回心转意的心愿。然而花子虚处处不争气，真的让李瓶儿心灰意冷了，情感意向倒向西门庆，不能说花子虚的软弱无能、不成器以及卧花宿柳的堕落与此无关。

设身处地地想，一个有血有肉而且有过独特命运遭际、又有着本能追求的李瓶儿，此时此刻的心理和行为产生诸多矛盾不是不可理解的，甚至我们可以说在这个时间段上，李瓶儿的行为和意念有其合理性，只是后来事情发生了变化。

花子虚经历了一场官司，从东京回到家里，房地产已分成四份，三千两银子也没了，甚至想买一所房子安身都遭到李瓶儿的拒绝。无能孱弱的花子虚整天在李瓶儿的羞辱、嘲骂声中生活，很快着了重气，人财两空，又雪上加霜，得了伤寒，李瓶儿竟然断医停药，不久花子虚就气断身亡了。这确实是李瓶儿人性异化的开始。她对未来生活的选择没有错，她想越过花子虚这层障碍也没有错，错就错在花子虚病重期间李瓶儿从冷漠到坐视他挨延而死。有人说这是"情迷心窍"，当然很有道理，但花子虚令她失望何尝不是一个原因呢？我感到李瓶儿在内心深处实际上是希望有一个可以依托的男人。不然的话，她不会幻想花子虚可能改邪归正，不再过那荒唐的生活；也不会以厚金求西门庆救助花子虚。这一切都或多或少透露出一个女人起码的需求和不失为善良的心地。不容否认，性、情欲成了西门庆和李瓶儿的强力胶黏剂，但那首先是因为花子虚没在意过她，当然也就有了不能满足其情欲的缺失。花子虚在方方面面使她失望以后，才让她产生又一个幻想，希望西门庆真的在意她，所以才一步紧一步靠拢西门庆。

没想到，"好事多磨"，风云突变。朝廷内部政治斗争，杨提督被治罪下狱，西门庆深知这是危及身家性命的大祸，而且他更清楚自己民愤甚大，很怕"拔树寻根"，于是忙不迭地龟缩避祸，潜踪敛迹。李瓶儿对这场祸事毫无所知，而且对西门庆突然从生活中蒸发也不知底细，好端端的一件事就这样被搁置下来了。这以后才有了"李瓶儿招赘蒋竹山"的故事。与其说李瓶儿轻率招赘只是因为欲火中烧，没有男人不成，不如说她的头脑过分简单，完全没考虑到后果。后来她和蒋竹山产生情感裂痕也不仅仅是蒋竹山的性无能以及性格软弱，主要是因为她心中一直有着一个"伟丈夫"西门庆的影子在缠绕着她的情感。李瓶儿何尝不像大部分妇女一样，希望有一个在意她的男人陪伴，她之所以放下身段嫁给蒋竹山，难道不能证明她的一种朴素的愿望吗？我们真的不能再简单化地把一个人的所有行为都看作是受情欲的驱使了，李瓶儿的招赘不是她的"迫不及待"，而是后面有着太多太多主客观的原因。西门庆的突然失踪，确实让她大惑不解。进一步说，她虽然对西门庆存有一份强烈的痴情，但是她难道真的不了解西门庆到底是怎样一个人、西门家族到底是怎样一个家庭吗？

上层的内斗稍一平息，西门庆也躲过了一劫，化险为夷，重新趾高气扬地走上了街市，当然很快也就知道了李瓶儿招赘蒋竹山的事，他现在已无所顾忌，立即腾出手来去惩罚蒋竹山和李瓶儿了，于是就上演了一场"草里蛇逻打蒋竹山"的闹剧。其实，此刻李瓶儿已对蒋竹山产生了厌恶之意。而西门庆的恼羞成怒，主要原因却是后来责问李瓶儿的话：

> 你嫁了别人，我倒也不恼，那矮王八有甚么起解？你把他倒踏进门去，拿本钱与他开铺子，在我眼皮子跟前开铺子，要撑我的买卖！

这就再清楚不过了，西门庆雇人打蒋竹山，砸了生药铺，还要告蒋竹山欠账不还。这绝非单纯的吃醋，而是他绝不允许别人在他眼皮子底下开铺子，夺他的买卖。

李瓶儿的可悲是在这场闹剧的中心，她只能是哑巴吃黄连有苦说不出。她开始先是拿蒋竹山撒气，舀了一盆水赶着泼去，撵走了蒋竹山。接着厚着面皮拉来玳安吃酒，请玳安转告西门庆求娶之意。西门庆拿腔作势，最后一顶轿子把李瓶儿抬了过来，然而"轿子落在大门首半日，没有人出去迎接"，好容易进了西门府第，西门庆一连三日都不到她房里去，她大哭了一场之后只得含羞负气自尽，被救了下来，西门庆又给她劈头来了个下马威。到了第四天晚上，西门庆提着马鞭子，气势汹汹进了李瓶儿的房间，要她脱衣跪下。

虽然李瓶儿的软语柔情感动了西门庆，但她受辱的所有情节已为府里上下都知道了，甚至那些有点身份的丫鬟也敢当面拿她打趣。直到西门庆全家一次聚会，论尊卑列序坐下，她才算有了正式的名分。刁钻的潘金莲还在李瓶儿脚跟尚未站稳之时压她一头，给她难堪。总之，从此以后，李瓶儿对西门庆俯首帖耳，死心塌地，甚至对其他妻妾也显得十分谦恭，比如一进门见到吴月娘就"插烛也（似）磕了四个头"，见了李娇儿、孟玉楼、潘金莲也是磕头礼拜，一口一声叫"姐姐"，甚至见到不受待见的孙雪娥，也慌忙起身行礼。见到被西门庆宠幸的春梅，立即送她"一副金三事儿"。即便对小厮玳安也是宽厚体贴。至于对西门庆更是曲意逢迎，并说："休要嫌奴丑陋，奴情愿与官人铺床叠被，与众位娘子做个姊妹，随问把我做第几个的也罢。"李瓶儿只要一面对西门庆，性格就会变得被动，就会逆来顺受，智商也不高了。当然，这种甘愿屈居人下的心态，真的不是仅仅指望西门庆满足她的情欲（事实上，小说文本在写西门庆和李瓶儿的性活动时，几乎没有写李瓶儿过分不堪的举动，这是和作者写潘金莲和王六儿截然不同的地方），而是经过三番两次的大大小小的折腾，李瓶儿有一种安生过日子的念头。无论是甘于屈居人下也好，或是忍辱负重也好，李瓶儿确实看开了很多。她自个儿有财富可以自由支配，她经常拿出钱物进行公关，唯一的愿望就是求得上下左右能认可她。也许不是贪图她的钱物，而是她没像别人的刁钻，也不像有些人的吝啬，她在这个家口碑越来越好，这一切从性格发展以及规定情境中的具体表现，应该说是非常合乎逻辑的。我们看不到她在性格上的判若两人，我们只是体会到作家在塑造这个独特的女性时在艺术辩证法运用上的高妙。笑笑生作为小说创作大师，正如我在前面所说，他不是一个艺匠，他是一个心底有生活的人,他能准确地把握人的心灵辩证法。他坚持用自己的视角去选择那些有说服力的细节,用人的命运来记录这个特定环境,又通过这个环境来解读这个人物内心和他(她)的精神气质。于是作者笔下的人物,特别是像李瓶儿等重要人物都是"标本性"的人物,我想这才能称之为典型环境中的典型人物吧!其实后面的故事和李瓶儿的性格表现,更可深一层次地证明这个人物塑造上的成功。

  李瓶儿进了西门府,她曾有过的稍许的清醒头脑,只因西门庆对她的一点宠爱,不仅忘记了蒋竹山对他讲的西门庆是打老婆的班头、降女人的领袖等真心话,而且完全错误地低估了西门府内上上下下对她存有的戒心、嫉妒乃至敌视。她虽然讨好吴月娘,但她第一个得罪的恰恰是吴月娘,这中间虽和潘金莲的挑拨有关,但吴月娘嫉妒她漂亮、有钱,因此早就为李瓶儿进门和西门庆闹翻过,后来虽有所缓和,但也是面和心不和。她又特没头脑,竟然把她的第一对手潘金莲视为知己,还要求把自己的房子盖在潘金莲旁边,说"奴舍不得她,好个人儿",这简直是一大笑话!一个一心把拦汉子的人,一个把任何女人都可以当作眼中钉、肉中刺的女人,怎么可能和她的情敌坐上一条船呢?果然,李瓶儿虽然处处忍让潘金莲,但无济于事,一场李瓶儿意料不到的残酷斗争就此开始。李瓶儿完全不能认识到她越是得宠,她在潘金莲的眼中就越是一个必须置之死地而后快的敌人。显然,李瓶儿就在阴险毒辣、步步紧逼的潘金莲一系列有计划的阴谋行动中败下阵来。这就又一次证明了一条颠扑不破的真理:在以男权为中心的一夫多妻制度下,妻妾之间的争宠是必然的,谁要是最受丈夫的爱怜,就会成为众矢之的,就会成为集中打击的对象,其对抗的形式又多半是你死我活的,这里面没有丝毫温良恭俭让。李瓶儿的悲剧下场是必然的。

心灵投影

我在分析潘金莲的形象时已经提到，命运又安排李瓶儿生了一个儿子，这几乎使潘金莲疯狂，就在官哥儿呱呱落地时，潘金莲竟跑到自家房中失声痛哭，也就是在这种全然失控、失态的情况下，一系列阴毒计划实施了。她让官哥儿不是受凉就是受惊，最后终于放出"雪狮子"吓死无辜的小生命。本来李瓶儿已经逐渐了解到潘金莲和助纣为虐的孟玉楼对她不怀好意，但是从性格上来说，李瓶儿的懦弱和"禀性柔婉"，以及见事则迷、头脑简单也使她在乌眼鸡似的环境中失去自我保护的意识。再加上她自认为西门庆对她很宠爱，现在又为他生个儿子，于是总是抱有幻想，觉得西门庆会保护她，因此很长时间里所受的委屈和一些真相都没有告诉西门庆。直到官哥儿死了，她的精神崩溃了，而身体在西门庆的另一种形式的糟蹋下也彻底毁了，血崩症已无药可治，再加上潘金莲整天价的叫骂，使李瓶儿再也没有精神和力量与死神争斗了，她对继续生存下去已经彻底绝望了！

小说文本写得最深刻的地方是对李瓶儿在心灵冲撞下的梦境和幻觉的精彩描绘。这些梦境和幻觉的共同特点是，它出现的人物都是她的前夫花子虚，梦幻的内容又几乎都是花子虚发誓绝不宽容她。在梦幻之中，花子虚拿刀动杖找她厮闹、算账，这一切在梦境中反复出现。第五十九回写李瓶儿做梦，"见花子虚从前门外来，身穿白衣，恰活时一般……厉声骂道：'泼贼淫妇，你如何抵盗我财物与西门庆！如今我告你去也！'"李瓶儿一手扯住他衣袖，央告他："好哥哥，你饶恕我则个！"这场梦境真实地反映了她心中的痛苦。小说第六十二回，李瓶儿曾先后四次向西门庆叙述这些梦境的内容。李瓶儿的梦境和幻觉无疑是一种生前的恐惧感，但也是一种罪孽感、负疚感的表现，甚至我们可以说是李瓶儿的良心发现。

如果把她此时的心态和潘金莲相比较,潘金莲亲手害死了那么多人,小说从来没有提到过一次,说她受良心的谴责。而对李瓶儿的这种罪孽感和恐惧感,无论如何我们都应当看作是她的自我谴责,乃至有着忏悔的意味。然而,潘金莲从未陷入良心的惩罚之中,她只知道用罪恶证明自己的"存在",而在对李瓶儿的这种心灵冲突的展开中,作者揭示了人性的复杂性。这里我们不得不引用一句名人的经典文字来加以说明,俄国文艺批评家车尔尼雪夫斯基在对托尔斯泰的小说进行评论时说:

> 心理分析可以采取不同的方向:有的诗人最感兴趣的是性格的勾描;另一个则是社会关系和日常生活冲突对性格的影响;第三个诗人是感情和行动的联系;第四个诗人则是激情的分析;而托尔斯泰伯爵最感兴趣的是心理过程本身,它的形式,它的规律,用特定的术语来说,就是心灵的辩证法。[1]

我认为,兰陵笑笑生不仅是一位对性格勾描有着浓厚兴趣的小说家,同时也是关注他笔下人物的心理过程本身,它的形式,它的规律,他同样是深谙心灵辩证法的大师。

以上的文字我几乎都是一边分析一边叙述,目的只是要申明一点,李瓶儿的性格真的不是前后判若两人。因为在李瓶儿的性格中原本就存在悍厉和柔婉的两面,而因时间和环境以及对象的不同,她性格的其中一面可以而且必然凸现出来,因此在李瓶儿身上完全证实了性格组合论中的矛盾统一的规律。

故事的继续发展是李瓶儿生命的终结。

---

[1]《古典文艺理论译丛》第5册,人民文学出版社第1版,第161页。

心灵投影

　　李瓶儿获得西门庆的宠爱经历了一波三折，而一旦获得了西门庆的宠爱，随之而来的就是灾祸。实事求是地说，李瓶儿进到西门府以后，似乎没有太大的奢望，她指望和西门庆"团圆几年"，"做夫妻一场"。但是好景不长，潘金莲像幽灵一样纠缠着她，明里暗里折磨着她。甚至西门庆到她屋里，她都不敢收留，硬是把西门庆推到潘金莲那边去睡，事后又忍不住哭了起来。一个从来把西门庆视为"医奴的药"的李瓶儿竟然怕到这种程度，不敢让西门庆在自己屋里待上一夜，冥冥中，她知道自己的生命已走到了尽头。

　　人们在读小说文本时，一个重要场景恐怕是任何人都不会忘却甚至被感动的吧。

　　在弥留之际，她躺在龌龊的床上，西门庆要来陪她，但她还是拒绝了，她不愿脏了西门庆。在生命最后一刻，她还双手搂抱着西门庆的脖子，有太多的话要倾诉，也有太多的叮嘱：

> 我的哥哥，奴承望和你并头相守，谁知奴家今日死去也。趁奴不闭眼，我和你说几句话儿：你家事大，孤身无靠，又没帮手，凡事斟酌，休要那一冲性儿。大娘等，你也少要亏了他的。他身上不方便，早晚替你生下个根绊儿，庶不散了你家事。你又居着个官，今后也少要往那里去吃酒，早些儿来家，你家事要紧。比不的有奴在，还早晚劝你。奴若死了，谁肯只顾的苦口说你？

　　人们读到这里，如果还熟悉《红楼梦》的话，那么《红楼梦》第十三回秦可卿给王熙凤托梦，你会感到一切都太相似了。秦可卿语重心长，而李瓶儿的这番肺腑之言，可能更令你动容！难怪连西门庆也被感动得悲痛欲绝。是的，李瓶儿跟西门庆的其他所有妻妾都不同，临死都撇不下西门庆，那眷恋之情，那种撕心裂肺地倾诉，是对西门庆最后的体贴、最后的关心！

写到这儿，我认为我们可以大致了解了李瓶儿的性格和她更内在的精神世界了。在此基础上，我们也可以试着商榷一个在《金瓶梅》评论界太流行的说法，即李瓶儿是情欲害了她，甚至也有评论者说她"情迷心窍"。前面我们已经指出李瓶儿不同于潘金莲。潘金莲害死人也不会受到自己良心的谴责，李瓶儿却一直被花子虚的阴影萦绕着。至于情欲、性欲等，也如前文所言，这是没有标准尺度可以衡量的。李瓶儿虽然说西门庆"一经你手，教奴没日没夜只是想你"，这也只能说李瓶儿对西门庆的痴情，似乎还不是对西门庆的性崇拜。

我认为，生活中的任何一个人的行为、心态绝不能归结为一种内驱力。如果说李瓶儿的一切行为都是来自于她的情欲旺盛，这就把一个人物看得太简单了。进一步说，李瓶儿的悲剧性的死亡，既有痴情，也有头脑的过分简单；既有外界的逼压和陷害，也有内心的恐惧；她既有人不可能没有的情欲，也有苦苦想获得真正的爱的愿望……对花子虚和蒋竹山的寡情其实也不单是李瓶儿一方的罪过。因此，把一个活生生的人物的所有行为都归结为"情欲"，不仅失之于简单化，而且也不符合人物内心世界的复杂性。事实是，一个人的行为的内驱力只能是各种因素的合力。"情欲"绝不是决定人的行为的唯一动因。

我对李瓶儿的评价之所以不同于潘金莲，就在于她不是不渴望走出阴影，而是她走不进阳光。那个社会的女人的尴尬正在于此。

临下骄、事上谄的庞春梅

　　春梅本来是一个丫头，但在"金瓶梅世界"中，却是第三号女主人公，从《金瓶梅》的小说命名的第一层面来看，她也是三分天下有其一。而在小说的后十五回中，春梅不仅成了主子，更是扮演着主角的地位，"戏份"很重。无论从作者的创作构思来看，还是从我们读者的阅读行为来看，这是一个很值得玩味的现象，而春梅形象的塑造也有不少可圈可点之处，笑笑生是很认真地把他对生活、人和艺术的理念贯彻到这个人物上了。

　　如果看得仔细，《金瓶梅》还是交代了她的身世。小说讲北宋政和二年黄河下游发大水，当时只有十五岁的庞春梅，原是庞员外的四侄女，可是很不幸，周岁死了娘，三岁死了爹。庞员外从洪水中救出了春梅，可是自己却被洪水冲走了。幸好春梅被好人救出沧州地界，过南皮，上运河，到临清，进入清河县城，后被薛嫂用十六两银子卖给西门家，原为吴月娘房中丫环，后被派到潘金莲房中侍候。在月娘的房里，她不是"大丫头"，小说第一回交待得十分明白，大丫头是玉箫，所以春梅肯定是个普通丫头。被派到潘金莲房中后，先是得到这个新主子的喜爱，后来又被西门庆"收用"了。据笑笑生介绍，春梅"性聪慧，喜谑浪，善应对，生的有几分颜色"。对这些特点，小说并没有一一给予展现，然而，见女人即不放，且又是潘金莲房中的丫环，西门庆"收用"可能既有春梅的姿色、聪明、谑浪等原因，肯定又和潘金莲为了笼络西门庆、强化自己房里的力量，有着太多的关系。因为西门庆刚刚流露有意"收用"春梅，潘金莲就顺水推舟，二话没说，痛痛快快答应了，并讨好西门庆说："既然如此，明日我往后边坐，一面腾个空儿，你自在房中叫他来，收他便了。"（第十回）这对于一个妒忌成性、绝不肯任何同性分其一杯羹的女人来说，是不可思议的。而潘金莲却和西门庆也和春梅达成了默契，当然也是一笔交易。

值得注意的是，作者在写西门庆"收用"春梅的过程中，并没有一笔描写二人的性活动，只用了十四个字稍作点染："春点杏桃红绽蕊，风欺杨柳绿翻腰。"而且以后从未过多说明和渲染西门庆和春梅的性活动，即用的是隐笔和简笔，而这又和小说"以淫说法"，大肆描写春梅与陈经济、周义的性行为截然不同了。我想，可能是笑笑生有意腾出笔墨在春梅出场后先集中地刻画她的性格特色吧！

春梅被西门庆"收用"后，潘金莲对她更是另眼相看，极力抬举，"不令他上锅抹灶，只叫他在房中铺床叠被，递茶水，衣服首饰拣心爱的与他"。至于西门庆就更不用说了，一直把她"当心肝肺肠儿一般看待，说一句听一句，要一奉十……"，这虽然是潘金莲吃醋说的话，但还是很逼真地反映出西门庆对春梅的宠爱。事实是，"收用"前后真的是春梅"气性"不同的分水岭。"收用"前，春梅颇懂得韬晦，不显山不露水，充分显示出她是一个很有心计的人。因为我们起码没有看到作者铺陈她怎么谑浪、聪慧和善应对的性格优势。然而一旦被"收用"，春梅的自我感觉显然更好了，因为她知道自己已经是一个"准"妾了，同时她内心潜藏着的心比天高，自傲和阴狠的品格也得到了异乎寻常的膨胀。她甚至懂得该出手时就出手，为了显示自己的地位变化，为了满足自己的虚荣心，她首先瞄准了孙雪娥作为打击和报复的对象，这也是她第一次扮演潘金莲的马前卒。

一天早晨，西门庆要到庙里去给潘金莲买珠，叫春梅到厨房告知孙雪娥操办早餐，潘金莲便阴阳怪气地调唆：

> 你休使他,有人说我纵容他,教你收了,俏成一帮儿哄汉子。百般指猪骂狗,欺负俺娘儿们。你又使他后边做甚么去!

这里的"有人说"当然指孙雪娥背后说的话,一是挑起西门庆对孙雪娥的不满和厌弃,另一方面就是提示她和春梅二人与孙雪娥的旧恨新怨。想当年春梅在吴月娘屋里时,孙雪娥曾在灶上用刀背打过春梅。可是,现在的情况发生了根本的变化,没心没肺的孙雪娥在厨房看到春梅气不顺,"捶台拍盘",于是故意戏弄她一句:"怪行货子,想汉子便别处去想,怎的在这里硬气。"春梅听了立刻暴跳起来。孙雪娥见她气不顺,再不敢开口。这次为了给西门庆做早点,孙雪娥因对潘金莲和春梅不满,心怀抵触有意拖延,在西门庆"暴跳"之下,潘金莲打发春梅去催促。春梅大吵一通后,"一只手拧着秋菊的耳朵","脸气得黄黄的",回到房里,有枝添叶地对潘金莲和西门庆诉说了一遍。西门庆在两个人的挑拨下,使孙雪娥惨遭怒骂痛打而告终。从此孙雪娥算是清醒地认识到了春梅"可可今日轮他手里,便娇贵的这等的了"!

一场以潘金莲和春梅取得胜利、占了上风的风波虽然过去了,但是春梅阴狠、恶毒的心机还留在后面。

春梅的专横跋扈还表现在对秋菊的欺凌压迫上。著名的"醉闹葡萄架"后,潘金莲丢了一只鞋,于是让秋菊去找,找不到,潘金莲就让春梅掇了块大石头顶在秋菊头上,跪在院子里,后来又叫春梅拉倒打了十下。本来这种行为已经够狠毒的了,春梅竟然还觉得不过瘾,对潘金莲说:"娘惜情儿,还打的你少。若是我,外边叫个小厮,辣辣的打上二三十板,看这奴才怎么样的?"从身份上说,本来都是买来的丫头,但是只因为春梅受宠,就立即失去人性,残害同样受苦的人，成了恶人的帮凶。

春梅的地位不断上升，不但潘金莲让她三分，甚至西门庆对她也是言听计从。比如潘金莲因与琴童私通，被孙雪娥和李娇儿告发，西门庆怒火万丈，拿着皮鞭拷问潘金莲。唯一在场的只有春梅，她坐在西门庆怀里说了一番让西门庆心动的话：

这个爹，你好没的说！和娘成日唇不离腮，娘肯与那奴才？这个都是人气不愤俺娘儿们，作做出这样事来。爹，你也要个主张，好把丑名儿顶在头上，传出外边去好听？

真是伶牙俐齿，几句话把西门庆说得心服口服。而我们这些读者也是从这样不小的事件中，第一次领略春梅"性聪慧"和"善应对"的才能。当然这件事也反映了春梅和潘金莲非同一般的亲密关系。她没趁机落井下石，而是保护潘金莲安全过关，化险为夷。春梅潜意识里何尝没有一损皆损、一荣俱荣的认知，这就是为什么潘金莲的母亲也说春梅和她女儿是穿一条裤子的。春梅的"聪慧"就在于该韬晦即隐而不发，该出击就绝不心慈手软，该制服对手就会狼狈为奸，在西门氏家族中，春梅的角色是绝对不可小觑的。

春梅的春风得意是慢慢显现出来的，但是心比天高、身为下贱又往往使她感到郁闷。为了化解这种郁闷，更为了证明她的地位"今非昔比"，她千方百计寻找机会说明她高人一等。明明是西门庆的掌上玩物、泄欲工具，也要装腔作势，显出她的非同一般。小说第二十二回写春梅骂李铭的一场戏，充分说明了这个有心计的女人是怎样抬高自己的身价的。

乐工李铭是李娇儿的弟弟，西门庆请他来教春梅、迎春、玉箫、兰香四个丫鬟学琵琶、筝、弦子、月琴。一天，迎春等三个丫鬟正与李铭打情骂俏，一起厮混，"你推我，我打你，顽在一块"，"狂的有些褶儿"，她们几个出去玩闹了，屋里只剩下春梅，李铭教她弹琵琶时，把她手拿起，略微按重了一些，假装正经的春梅立刻怪叫起来，把李铭骂得个狗血喷头：

> 好贼王八！你怎的捻我的手？调戏我？贼少死的王八，你还不知道我是谁哩！一日好酒好肉，越发养活的那王八灵圣儿出来了！平白捻我手的来了。贼王八，你错下这个锹撅了！你问声儿去，我手里你来弄鬼？等来家等我说了，把你这贼王八一条棍撺的离门离户。没你这王八，学不成唱了？愁本司三院寻不出王八了来？撅臭了你这王八！

这一通千王八、万王八的臭骂，实在是小题大做、大造声势，不外是要显示她的尊贵，她在西门家的不同寻常的地位，从而把她和其他几个丫鬟区别开来。可笑的是，春梅这出假撇清的小闹剧，还要在潘金莲、孟玉楼、李瓶儿、宋惠莲等人面前再搬演一番。正是这一闹，达到了一石三鸟的作用：一是骂走了她不喜欢的李铭；二是打击了玉箫、迎春、兰香等三个丫鬟；三是再次自抬身价，表明"我春梅不是那不三不四的邪皮行货"。

春梅的这些行为，实际上潜隐着一种想改变自己地位的心态。她聪明、好逞强、又泼辣，而且在西门庆与潘金莲的宠爱下，已经逐步形成了对和其地位相同或相似的人的轻蔑，甚至歇斯底里地发泄她的淫威，残忍地欺凌地位更为低下的丫鬟，这就为春梅后来越趋丧失人性埋下了伏笔。笑笑生即使写这样一个人物也不敢稍有懈怠，而是苦苦经营，就是想写出一个圆形的人，一个绝非单色调的人，春梅后来的行径，更可以看出这位小说家的笔底春秋。

西门庆的暴卒，没能来得及满足她的虚荣心，潘金莲与陈经济的肮脏勾当东窗事发，春梅也被遣送出去。她在被卖到周守备家后，命运之神却把她推上了"夫人"的位置。

　　解读小说八十五回后的春梅，有两个极为重要的关键词，不可不注意。一个是她在教育秋菊要懂得上下尊卑时说的话："做奴才，里言不出，外言不入"，绝不能"骗口张舌，葬送主子"。另一句话就是在西门家族树倒猢狲散后，她似乎若有所悟："人生在世，且风流了一日是一日。"这两个关键词都是她亲口说的，她也的的确确这样做了。这两个关键词大大帮助了我们更好更准确地把握春梅"这一个"典型的真实心态的底蕴。

　　春梅先是做了周守备的妾，后来因生子得宠扶了正。而潘金莲被逐后，又"荒唐"短短一段时间，就遭到武松的凶杀。春梅听了这个消息以后整整哭了三天，茶饭不进。潘金莲死后没人收尸，她给春梅托梦。春梅拿出十两银子、两匹大布，打发家人张胜、李安将其装殓下葬，埋至永福寺的白杨树下，并且逢年过节去烧纸上坟。春梅对潘金莲这一系列行动，基于旧情是十分合乎逻辑的。但是对旧时主子潘金莲的忠义之心是不是也是左右她行为的一种原因呢？春梅就曾对吴大妗子说过："好奶奶，想着他怎生抬举我来！"这说明春梅自知是一个地位卑下的丫头，但她又不甘人下，那种强烈要求改变自己地位的心态与日俱增，真正略微满足她的这种愿望的只有潘金莲和西门庆。潘金莲被杀前，春梅曾哭泣地请求周守备把金莲娶来，并表示"他若来，奴情愿做第三的也罢"。所以春梅和潘金莲既有同病相怜、恩义不绝的一面，也始终有着主尊奴卑的思想观念在支配着她的行动，不能说春梅的态度和感情是虚伪的。

　　我们承认，春梅对潘金莲的感情是符合情理的。但是根据春梅的性格，特别是她那种阴毒、报复性极强乃至动不动就撒泼的性格，为什么却对吴月娘有了匪夷所思的行为呢？是她的大度，使她能以恩报怨，还是另有原因？

想当初，吴月娘打发薛嫂发卖春梅时态度极为坚决，春梅想在西门庆家再住一夜也不被允许，而且原价卖掉，甚至"教他罄身儿出去"，不准带衣服。当时的情景很让潘金莲大大难受了一番。可是春梅在跟潘金莲说了"自古好男不吃分时饭，好女不穿嫁时衣"后，竟"跟定薛嫂，头也不回，扬长决裂，出大门去了"。春梅倔强的性格包孕着很复杂的感情。就一个底层出身的丫头来说，人们是不能否认春梅的这份骨气的。当然被逐的愤怒、气恼以及对潘金莲下场的丝丝担心，肯定会对吴月娘构成一种强烈的怨恨。

无巧不成书。西门庆死后第二年的清明节，吴月娘等"一簇男女"到五里原给西门庆上坟，路过永福寺，而春梅也恰至永福寺，这真是狭路相逢。出乎吴月娘等人意料的是，春梅"花枝招飐磕下头去"，明确表示"尊卑上下，自然之理"，拜了大妗子，又向月娘、孟玉楼"插烛也似磕下头去"。这说明，天经地义的封建等级观念，已深入春梅之骨髓，并左右其言行。事实是，被月娘逐出家门，出自自我人格价值的本能，她可以义无反顾，"头也不回，扬长决裂"。一旦地位变化、压力减轻，其情感化的对主尊奴卑礼数的反拨和冲击就又会逐步消失，她永远记住的是"奴那里出身，岂敢说怪"，出身卑贱者就要永远对出身高贵者表示谦恭。春梅以主奴之礼拜见，声明自己"不是那样人"，就是要遵守"做奴才，里言不出，外言不入"，春梅的人身依附意识、等级观念和奴才性是很鲜明的。

其实，对春梅的"出身论"和奴才性又可以从对孙雪娥猛下毒手看得更加分明。因为她深深了解孙雪娥的出身也不过是个丫头，为了除掉孙雪娥这个"眼前疮",她寻死觅活,大耍无赖,硬是把孙雪娥褪下小衣,打得皮开肉绽,再卖给妓院。这里不仅可见春梅报复心之重,也可见她小人得志、奴才逞威的丑陋面目和肮脏的灵魂。于是我们得到了这样的启迪:奴才一旦做了主子,比主子还更生猛更凶残更阴毒。鲁迅在他的《坟·论照相之类》中说:"中国常语常说,临下骄者,事上必谄。"我们也可以反过来说,事上谄者,临下必骄。对于奴性和奴才,鲁迅恨得最切、揭得最深。而我们也正是从春梅的形象中看得分明:奴才都有两重人格。对上是奴,对下是主。学会了当奴才也就学会了当主子,学会了服从也就学会了统治,学会了治于人也就学会了治人。

从艺术创作角度来看,通过春梅的形象,我们又一次认知到笑笑生以性格雕刻大师的笔法,在心灵冲突和性格冲突中,揭示了人性和性格的复杂性。笑笑生突破了前人类型化、脸谱化的写作模式。就春梅对吴月娘和孙雪娥两个地位不同的人的态度,充分显示了性格多重组合的艺术力量以及那追魂摄魄、传神写照的审美效果——人性中的恶是何等可怕!

第二个关键词就是"人生在世,且风流了一日是一日"。这是春梅的人生观的表述。这种人生观不可谓不超前,时至今日不是也有不少人持这种风流一日是一日的人生态度吗!

对于春梅来说,当她还是一个丫头时,她的"风流"应当说是在主子面前的百依百顺,似还没有怎样主动追逐过。比如,西门庆有意要"收用"她,她二话没说就被主子"收用"了;到了后来潘金莲与陈经济私通,被她撞见,潘金莲为了不被张扬出去,拉她入伙,叫她"和你姐夫睡一睡",她也顺从地脱下湘裙,让陈经济"受用"了。虽然春梅不断声言"我不是那不三不四的邪皮行货",暗示他人不要将自己同那些卑贱的奴婢辈一视同仁，但在主子面前，她的灵魂深处隐藏的仍然是自卑自轻自贱的心态。

小说写到第八十五回，从情节上来看，春梅虽然又被卖了出来，但好运却也随之而来。然而，春梅不仅仅因为地位发生了变化而无限制地放纵自己；在我看来，春梅人生态度的变化，其实更与她亲眼目睹西门家族的败亡毁灭有关。西门庆的暴卒对她打击很大，起码她失去了靠山，而面对西门家中的各色人等，她内心更有太多的不平，至于最后皆作鸟兽散，这种人世变迁，这种烈火烹油后的惨淡，不可能不对春梅的人生态度有着太大的影响，所以在第八十五回里，她就感慨系之地说了"人生在世，且风流了一日是一日"。

春梅嫁给周守备时，守备已是四十开外的年纪，所以小说写守备"在她房中一连歇了三夜"之后，从此再无一处提及他们之间的性生活。从小说描写来看，春梅虽然"每日珍馐百味，绫锦衣衫，头上黄的金，白的银，圆的珠，光照的无般不有"，但是"晚夕难禁孤眠独枕，欲火烧心"。于是，她下狠手清除了孙雪娥，紧跟着又把她的老情人陈经济引进家中，重温旧梦。在疯狂做爱时却被周府家人张胜发现，陈经济为张胜所杀。陈经济死后，春梅又与老家人周忠十九岁的儿子周义滥交。终因纵欲过度，得了骨蒸痨症，最后死在周义身上。春梅之死是作者借以表达这部小说"惩淫"的主旨。正如黄霖先生所说，她的死象征着金、瓶、梅一类的淫妇们死了，西门庆死了，以淫为首的万恶社会必将趋向死亡。[1]

如果我们再进一步思考，仍有很多可玩味的思想内涵。

小说前八十回极写西门庆的暴发，后二十回又极写作为奴婢的

---

[1] 参见《黄霖说金瓶梅》，中华书局2005年9月版，第59页。

春梅的奇遇和暴发。然而他们都是在生命之旅上因纵欲而迅速走向死亡。西门庆死时仅三十三岁,而春梅则只是一个二十九岁的少妇,就这样以极荒唐的形式结束了自以为很风流的生命。罗德荣教授早在1992年出版的《金瓶梅三女性透视》一书中就深刻地指出:

> 人类对于情欲的本能冲动,属于生命的主观方面,是无限的;而生命的载体,即客观方面的七尺之躯,从时间和空间来说,则都是有限的。以有限的客观来负载无限的主观,就会失去平衡,造成崩溃。人类如不通过自律的办法来自我调节,便会如无限自我扩张的暴发户商人西门庆和婢作夫人庞春梅一样,导致生命内在平衡的破裂,酿成亡身败家的人生悲剧!

信哉斯言!

符合封建规范的贤德女人——吴月娘

吴月娘是西门庆续娶的正妻,在封建大家庭的特殊结构中是大妇主母,同时在"金瓶梅世界"里是贯穿全书的重要人物。吴月娘的结局是除孟玉楼以外最好的了,"寿年七十岁,善终而亡"。但她的性格和活动显然含有另外的意义,主要的已经不是表现"以淫说法"和强调"戒淫"的主旨了。

对于吴月娘这个人物,读过《金瓶梅》的人都是不会忘记的。但在我们的生活里,她的名字远远不像金、瓶、梅那样流行,这或许是这个人物的性格特点不像金、瓶、梅那样突出。因此,对她的看法是曾经有争论、而且现在也仍然可能有争论的。

比如崇祯本批评她具"圣人之心",是一位"贤德之妇"。可是到了清代，那个把《金瓶梅》做了仔细、翔实评点的张竹坡，却指责吴月娘是一个愚顽贪婪、奸诈以及纵容西门庆做坏事的婆娘。当今研究《金瓶梅》的一些学者也还是把她看作是一个有心计、很阴险的人物，"只是披了一张假正经的画皮而已"。当然也有人对吴月娘持基本肯定的态度。

而我对于小说中的人物和作家的倾向以及读者的态度，始终坚持一种理念，即：建立在细读文本的基础上，从作家创造的艺术世界来认识小说人物的性格特性，又从作家对人物情感世界带来的艺术启示去评定人物在作家艺术创造中的地位，最终落脚到作家比前人做出了什么新的贡献。如果这一理念和方法尚能成立的话，那么我们可以说，对吴月娘的这种截然不同的道德判断，虽然带有批评者强烈的主观性，却从客观上反映出这一形象内涵的复杂性。

吴月娘是左卫吴千户的女儿，家庭的出身，使她深受封建道德的教养，"举止温柔，持重寡言"，事事处处以三从四德约束自己。小说借吴神仙之口称赞她："面如满月，家道兴隆"，"声响神清，必益夫而发福"，"干姜之手，女人必善持家"，"照人之鬓，坤道定须秀气"。这虽然是相面，而且又是出于吴神仙之口，夸大其词是显而易见的，但是，这些话也隐含着作者对她的褒扬。因为在西门庆这个被人称为"淫窝子"的家庭，吴月娘以顺为正，恪尽妇道，实属不易。

然而，也有一些研究者和读者认为吴月娘"虚伪"、"自私"、"奸险"、"盲目自大"，等等。当我看到说吴月娘"奸险"时，我立即想到20世纪50年代何其芳先生为《红楼梦》写的那篇长序，[1]

【1】即《论〈红楼梦〉》，人民文学出版社1958年9月版。

他在分析薛宝钗这一人物的复杂性时，即针对有的人说薛宝钗"奸险"说道：

> 曹雪芹如果要把薛宝钗写成个女曹操，为什么不明白写她的奸险，却让我们来猜谜呢？

紧跟着他又指出：

> 是有那样一些读者，他们把小说当作谜语来猜。他们认为书上明白写的都没有研究的价值，必须习钻古怪地去幻想出一些书上没有写的东西出来，而且认为意义正在那里。

这些话已经过去了整整半个世纪了，然而我至今还认为它有很重要的现实意义。我们是不是也应从小说中明白的形象描写看清楚吴月娘的思想、性格和行为呢？

现在我们先不妨选一则典型的事例，看看笑笑生是怎样写吴月娘的。

由于潘金莲的挑拨，吴月娘同西门庆两人连话都不说了。吴月娘的哥哥来劝她说：

> 你若这等，把你从前一场好都没了！自古痴人畏妇，贤女畏夫，三从四德，乃妇道之常，今后姐姐，他行的事，你休拦他……才显出你贤德来。

我们可以肯定，除了她受着家庭的教育以及信奉的三从四德外，仅从身份来说，她作为西门庆正式娶过来的妻子，在那个社会，她必然要顺从丈夫乃至忠诚于丈夫，只有这样才符合"贤德"的标准。进一步说，在西门庆这样的家庭里，她能洁身自好，在西门庆死后又不受物欲与情欲的引诱，保持清清白白到最后，这就与西门庆的几个妾形成鲜明对比，即使和孟玉楼也很不同。

按照书中的描写，吴月娘主要是一个忠实地信奉封建正统思想，特别是信奉封建正统思想给妇女们所规定的那些奴隶道德，并且以她的言行来符合它们的要求和标准的人，因而她好像是自然地做到了"四德"俱备。如果我们不喜欢在她身上的虚伪，那也主要是由于封建主义本身的虚伪。她受到西门家庭上上下下的敬重，主要是她这种性格和环境相适应的自然的结果，而不是她的虚伪与"奸险"。认为吴月娘的一切活动都是有意识地实施她的奸险的计划，不符合小说中的描写，又缩小了这个人物的思想意义。当然，她的言行也不可能完全没有矫揉造作、妄自尊大和虚伪之处，但这和奸险还是有程度上的差别。

当然，最为读者诟病的是她帮助西门庆出主意如何拐骗李瓶儿的财物，她提出：

> 那箱笼东西，若从大门里来，教两边街坊看着不惹眼？必须如此如此：夜晚打墙上过来，方隐密些。

后来西门庆果然就是按照吴月娘这个法儿办的。而且吴月娘领头并且亲自接运，运来的箱笼财物又藏在她的房里。这件事，吴月娘有助纣为虐之嫌，但是西门庆与李瓶儿关系的发展，吴月娘事先对西门庆是有过提醒的，可是作为西门庆的妻子，她的"贤德"的"忠诚"，只能让她和西门庆一块儿坑人。对这一类事无须为她辩解。

作为西门庆这个大家庭的大妇主母，我看她主要做了两件大事：一是在经济上助夫理财；二是协调各房的关系。在理财上不用多说，吴月娘一直掌控西门庆的家财，西门庆送件衣服，也得先向吴月娘打招呼。一次潘金莲向西门庆要皮袄没有事先告知吴月娘，结果惹她老大的不高兴。不过西门庆每遇大事都是要和她商量，李瓶儿财产转移一事处处是按照她的主意办的，而蔡京府中的大管家翟谦要西门庆帮助买妾，也都是吴月娘出主意，妥善地解决的，尽管余波未尽，但还是显示出吴月娘的心计，应当说她是个有头脑的人。在那个社会，那样的家庭，让她这样的主妇大公无私是不可能的，她只能做到为西门庆这个家的财产"自私自利"。她的人生哲学也如一般管家之人和当妻子的人一样，"逢人且说三分话，未可全抛一片心。老婆还有个里外心儿，休说世人"。听了这些话，你也许很不喜欢这样的女人，但是西门家族后来还能坚持一段时间，和吴月娘的治家有方不无关系。

关于协调各房的关系，这可是门大艺术。西门庆可算是妻妾成群了，可是他仍不满足。包占妓女李桂姐，一下就花五十两银子，他又一个接一个地迎娶新妾，吴月娘也只能睁一眼闭一眼，有时加以规劝，提醒他要保重身子。与五妾相处，"亲亲哒哒说话儿"，也算够大度了。对于李瓶儿，原来她反对西门庆把她迎娶家中，后来娶进来了，还怀上了西门庆的孩子，后来又生了下来，吴月娘真是关怀备至，如同己出；她对潘金莲的态度矛盾，也是因为潘金莲常给她下绊子，弄得她非常生气，西门庆死后，潘金莲越发不堪，吴月娘忍无可忍，才把她打发出去；而孙雪娥受了潘金莲的气以后，也是向吴月娘哭诉。这都证明吴月娘在协调几个妾的关系上还是很有办法的：后来西门庆和奶妈如意儿通奸，潘金莲又去告发，她下定决心不闻不问，至于西门庆和林太太的臭事她竟浑然不知！总之，你无须把"正面人物"的桂冠戴在吴月娘头上，但也无须把她看成是个品质很坏的人，我们看到了吴月娘有心机，从她身上也看到了封建主义的虚伪，但她在那样的时代、那样的家庭，在多重复杂的关系里，保清白于最后，也算不容易了。作者对她的宽容，更让我们看到这位符合封建道德规范的贤德的女人，是一个很真实的、有说服力的现实"存在"！

列夫·托尔斯泰为了总结自己对生活的思考，并把这一思考传达给众人，写了一本非常有趣的书——《生活之路》，其中有一段话很值得我们玩味：

> 任何一个人都有自己的思想和自己的话语。在一个人看来是不好的，在另一个人看来就是好的；对你来说是毒药，而对另一个人来说则是甘甜的蜂蜜。话这样说无所谓。我看的是那找我来的人的心。[1]

《生活之路》是托尔斯泰的绝笔之作。生命经验和人生体验是他创作智慧的基石。他言简意赅的话语让我们感到太多的文化蕴含、哲理。上引的话，我觉得对我们理解人生、艺术和人物形象大有裨益，对一部始终有争议的小说包括其中的人物，我们有必要思考他的话。

社会的毒瘤，人性的腐蚀剂，前无古人的帮闲
——应伯爵

笑笑生在他的小说里最不齿的一个人就是应伯爵。也许出于他的深刻的人生体验，他对应伯爵之流的讽刺之尖刻简直不留丝毫情面。应伯爵式的人物，千百年来在社会生活中真是不绝如缕，时至

---

[1]《生活之路》，王志耕译，中国人民大学出版社2006年版，第49页。

今日仍然可以看到此类人物的面影。

笑笑生的《金瓶梅》，对中国小说史的贡献是多方面的，而在人物塑造上，应伯爵这一典型的创造在明代小说之林中是首屈一指的，说"前无古人"绝非夸张之语。也许熟悉文艺理论的读者认为作者对此类人物的批判不应由作者直接出面，而应是自然流露的"倾向性"。然而我们还是看到作者那溢于言表的愤激之情，也许应伯爵这样的人伤害过作者？但是，我想作者绝不会如此心胸狭窄，而是看到应伯爵式的人物或是应伯爵之流，乃是社会的毒瘤。"帮闲"这一特殊称谓和他们的行径，其危害性也许不仅仅限于对某一个人、某一个小集团的腐蚀，其实，它对整个社会有着太大的破坏力，这一点，具体到《金瓶梅》还不可能全面表现出来。但一经把这种应伯爵现象延伸、延续地来看，他真的是生活和人性的腐蚀剂。

应伯爵在小说中确实没有自己独立的故事，这不是因为他不是小说中的主角，而是因为他扮演的角色不可能构成自己独立的故事。

帮闲就是帮主子消闲。主子要吃喝玩乐，主子要显摆自己的富有、权势，就不可能没有帮闲分子去"打托儿"。应伯爵是一个把一份家财都嫖没了的家伙，为了生存他很自然地追随有权有势有钱的子弟帮嫖贴食，"在院子中顽耍"，这个破落户就获得了一个"雅号"——应花子。一般地说，帮闲人物多不是蠢材，而是往往有不可小觑的聪明劲儿，且奇技淫巧样样皆通。但是，帮闲必须具备一种品性，就是厚颜无耻。正是在这一点上，笑笑生把应伯爵的丑行勾画得淋漓尽致。

既然应伯爵没有自己独立的故事，我们就不妨取其片段，看看这位帮闲人物是何等模样。

应伯爵傍西门庆，主要是在妓院，他既可打诨凑趣，也可以揸油抽头。他第一次亮相就是随西门庆到丽春院去梳笼李桂姐。第二次是元宵夜,和西门庆逛灯后又到丽春院。西门庆出钱摆酒,应伯爵则摇那如簧之舌营造欢笑气氛,他临场发挥,讲了一个关于老鸨的笑话,逗得大家哄堂大笑。这段情节之所以重要,是因为应伯爵第二次出场就把一个帮闲的复杂心情表现出来了。他既嘲讽了老鸨的趋炎附势以映衬自己家势败落后人情冷暖带给他的心酸,同时也透露了笑笑生对他的讽刺只因为他不过是为有钱有势的主子插科凑趣,为他们堕落的生活再添加点佐料。帮闲的哲学就如应伯爵所说:"如今时年尚个奉承。"这是认识他的关键词。"奉承"乃是时尚。应伯爵的全部聪明才智就是为西门庆寻欢作乐服务的,而他竟也在这一场场逢场作戏中求得一点点满足。在陶醉于自己的小聪明发挥得很成功时,也要揩点油,补偿一下他可鄙可悲的无聊付出。

应伯爵的帮闲生涯,还有一个很突出的特点,即为了谄媚求生而不惜糟蹋自己。最典型的例子是他在妓女郑爱月面前的表演。一天他跟随西门庆到郑爱月处,倒上酒后请郑爱月喝,而郑爱月故意刁难他:"你跪着月姨儿,教我打个嘴巴儿,我才吃。"应伯爵几经周折还是"直撅儿跪在地下"。而郑爱月却乘胜追击说:"贼花子,再敢无礼伤犯月姨儿?……你不答应,我也不吃。"最后应伯爵彻底投降,挨了郑爱月两个嘴巴,还要连声说:"再不敢伤犯月姨了。"这虽然是帮闲与妓女打情骂俏的小小闹剧,但应伯爵真是丑态百出。从中我们深切了解到一切帮闲都是为了博得主子的欢心而自轻自贱,这种为了精神和物质揩点油的行为,只能付出作为人的最后一点点尊严。

帮闲之流更让人不齿的可能是他们的背叛意识和背叛行为,这也许是他们从事这类行当的必然性格。因为"地位决定性格"(培根语），从事帮闲这份"职业"的几乎没有不懂"背叛经"的。以奉承、拍马、揩油等为生的人，一旦失去旧主子必然千方百计投靠新主子，这是符合帮闲的人生逻辑的。不同的是，在"金瓶梅世界"里，应伯爵是众帮闲的带头人，出谋划策的是他，下手最狠的是他，当然最无耻的也是他。

西门庆死了，到了"二七光景"，就以应伯爵为首，纠集了西门庆的生前好友，为西门庆搞了一次别开生面的祭奠活动。他们每人出一钱银子，经仔细核算，仍可以从死鬼身上揩出一点油水，而且深表遗憾的是西门大官人怎么只"没了"一次！这些讽刺虽失之油滑，但勾勒应伯爵之流的无耻倒也入木三分。

西门庆尸骨未寒，应伯爵就投奔了张二官，"无日不在他那边趋奉，把西门庆家中大小之事，尽告诉他"。他知道李娇儿又回到妓院，立刻告诉张二官，一手促使张二官花了三百两银子，把李娇儿娶到家中，做了二房娘子。紧跟着，他又重点介绍潘金莲生得如何标致，如何多才多艺，如何好风月，把个张二官忽悠得想马上把潘金莲娶到家中，为自己受用。想当初，他在西门庆面前"百计趋承"，而今却是"谋妾伴人眠"、帮助新主子挖旧主子墙脚的奴才。

应伯爵卑劣的背叛行径其实更重要的是坑害西门家庭中的弱妇寡女，这就是民间指斥的那种缺德行为了。

事情是这样的：西门庆死前，经李三、黄四两个人牵线，做一笔古董生意，由家人春鸿、来爵和李三到兖州察院找宋御史讨批文。可是在带回批文的路上，他们就听说西门庆已死。李三顿生歹意，他和来爵、春鸿商议，想隐下批文去投张二官。如来爵、春鸿不去，就给他们十两银子，让他们回去后隐瞒实情。来爵见钱眼开，同意了。而春鸿则不肯欺心，但迫于形势，含糊地应承下来。到家后，春鸿把真情告之吴大舅。吴大舅和吴月娘也告诉了应伯爵,提到李三、黄四在西门庆死前尚欠本利六百五十两银子,准备通过何千户告李三、黄四的状。应伯爵得知这个情报后,先稳住了吴大舅,回过头来找到了李三、黄四,通风报信,并出谋划策,巧施诡计,提议先收买吴大舅,孤立吴月娘。应伯爵的这个"一举两得"、"不失了人情,又有个终结"的主意让人听后真是不寒而栗。本来投奔张二官,既是应伯爵的自由,也是他的身份、性格的必然,然而,一旦反过来成为一种破坏力量,那就真真是人们所说的"中山狼"了。

作者笑笑生似乎还是压不住他的义愤以及对帮闲者的厌恶,终于发表了一大段议论,表达他对帮闲者的认知:

> 看官听说:但凡世上帮闲子弟,极是势利小人。见他家豪富,希图衣食,便竭力承奉,称功诵德。或肯撒漫使用,说是疏财仗义,慷慨丈夫。胁肩谄笑,献子出妻,无所不至。一见那门庭冷落,便唇讥腹诽……就是平日深恩,视如陌路。当初西门庆待应伯爵,如胶似漆,赛过同胞弟兄,那一日不吃他的,穿他的,受用他的?身死未几,骨肉尚热,便做出许多不义之事。正是:画虎画皮难画骨,知人知面不知心。

笑笑生这番话,说不上多深刻,但正如前面我所说,似乎作者有一种切肤之痛!本来,世态炎凉并不仅仅见于帮闲小人;本来"火里火去,水里水去,不求同日生,只求同日死"的誓言还在耳边回响,然而一转眼就会视若陌路之人。难怪有人感慨万端地说:只要天下还存在财富、权势、地位之悬殊,就免不了大大小小的应伯爵式的人物滋生蔓延,并在社会上成为最活跃的角色。

[附]

史里寻诗到俗世咀味[1]
——明代小说审美意识的演变

从宏观小说诗学角度来观照，史诗性小说是一个民族为自己建造的纪念碑，它真实地描绘了民族的盛衰强弱荣辱兴亡，因此鲁迅把它称之为时代精神所居之大宫阙。墨写的审美化心灵史册比任何花岗岩建筑更加永久而辉煌，因此劳伦斯称其为最高典范，莫里亚克称之为艺术之首。明代长篇小说在中国古代文学整体发展中占有的重要位置就充分证明了这一点。而明代长篇小说的发展态势又启示我们，小说的文体研究，特别是小说审美意识的研究，应当得到更加深入的把握和探讨。

关于小说审美意识的内涵，我认为有以下四点：

第一，小说审美意识是小说家对小说这种艺术形式的总体看法，包括小说家的哲学、美学思想，对小说社会功能的认识，所恪守的艺术方法、创作原则等；

第二，小说审美意识是小说家和读者（听众）审美思想交互作用的结果，它在创作中无所不在，渗透在作品的思想、形式、风格，

---

[1] 本文收入《新华文摘·精华本》（文艺评论卷），人民出版社2009年10月版，第57—66页。

特别是意象之中；

第三，小说审美意识具有鲜明的时代色彩，各个历史时代都具有其代表性的小说审美意识，而这种鲜明的时代色彩又不否认各个时代各种小说审美意识之间存在着沿革关系；

第四，小说审美意识的更新、演变像一切艺术观念的变革一样，一般说都是迂回的、或快或慢的，有时甚至出现了巨大的反复和异化。

基于这样的认识，纵观明代小说艺术发展史不难发现，它的演进轨迹是波浪式前进和螺旋式上升的形式。

一

元末明初以降，中国古代小说经历了三次小说审美意识的重大更新：《三国演义》《水浒传》是第一次；《金瓶梅》是第二次；清代的《儒林外史》《红楼梦》是第三次。中国古代小说艺术发展史已经证明：每一次小说审美意识的更新，都对小说发展起着极大的推动作用。[1]

作为中国长篇小说的经典性巨著，《三国演义》《水浒传》是在这样一个社会背景下诞生的：千疮百孔的元王朝倒塌了，废墟上另一个崭新的、统一的、生气勃勃的明王朝在崛起。许多杰出人物曾为摧毁腐朽的元王朝作出过史诗般的贡献，这是一个没有人能否认的英雄如云的时代。于是，小说家很自然地产生了一种富有时代感的小说观念，即有效地塑造和歌颂民众心中的英雄形象，以表达

---

[1] 因论述和体例的关系，关于神魔小说系统本文暂不探讨。

对以往历尽艰辛、壮美伟丽的斗争生活的深挚怀念。他们要从战争的"史"里找到诗。而"史"里确实有诗。英雄的历史决定了小说的英雄主义和豪迈的诗情。我们说,明代初年横空出世的两部杰作——《三国演义》和《水浒传》,标志着一种时代的风尚;这是一种洋溢着巨大的胜利喜悦和坚定信念的英雄风尚。这种英雄文学最有价值的魅力就在于它的传奇性。他们选择的题材和人物本身,通常就是富有传奇色彩的。我们谁能忘却刘备、关羽、张飞、赵云、马超、黄忠和李逵、武松、鲁智深、林冲这些叱咤风云的传奇英雄人物?通过他们,我们看到的是一个刚毅、蛮勇、有力量、有血性的世界。这些主人公当然不是文化上的巨人,但他们是性格上的巨人。这些刚毅果敢的人,富于个性,敏于行动,无论为善还是为恶,都是无所顾忌,勇往直前,至死方休。在这些传奇演义的故事里,人物多是不怕流血,蔑视死亡,有非凡的自制力,甚至残忍的行动都成了力的表现。他们几乎都是气势磅礴、恢宏雄健,给人以力的感召。这表现了作家们的一种气度,即对力的崇拜,对勇的追求,对激情的礼赞。它使你看到的是刚性的雄风,是男性的严峻的美。这美,就是意志、热情和不断的追求。

《三国演义》《水浒传》反映了时代的风貌,也铸造了独特的艺术风格。它们线条粗犷,不事雕琢,甚至略有仓促,但让人读后心在跳、血在流,透出一股迫人的热气,这就是它们共同具有的豪放美、粗犷美。这些作品没有丝毫脂粉气、绮靡气,而独具雄伟劲直的阳刚之美和气势。作者手中的笔如一把凿子,他们的小说是凿出来的石刻,明快而雄劲。它们美的形态的共同特点是气势。这种美的形态是从宏伟的力量、崇高的精神中显现出来的。它引起人们十分强烈的情感:或能促人奋发昂扬,或能迫人扼腕悲愤,或能令人仰天长啸、慷慨悲歌，或能使人刚毅沉郁、壮怀激烈。在西方美学论述中，与美相并列的崇高和伟大，同我们表述的气势有相似之处："静观伟大之时，我们所感到的或是畏惧，或是惊叹，或是对自己的力量和人的尊严的自豪感，或是严肃拜倒于伟大之前，承认自己的渺小和脆弱。"[1] 不同之处是，我们是将气势置于美的范畴之中。《三国演义》《水浒传》的气势美，就在于它们显现了人类精神面貌的气势，而小说作者之所以表达了这种气势美，正是由于他们对生活的气势美的独到领略能力，并能将它变形为小说的气势美。

可是，在这种气势磅礴、摧枯拉朽的英雄主义力量的背后，却又不似当时作者想象得那么单纯。因为构成这个时代的背景即现实的深层结构并非如此浪漫。于是，随着人们在经济、政治以及意识形态的各个领域的实践向纵深发展，这种小说审美意识就出现了极大的矛盾，小说审美意识更新的需要已经提到日程上来了。

明代中后期，长篇小说又有了重大进展，其表现特征之一是小说审美意识的加强，或者说是小说文体意识又出现了新的觉醒，小说的潜能被进一步发掘出来。这就是以《金瓶梅》为代表的世情小说的出现。《金瓶梅》的出现，在最深刻的意义上是对《三国演义》和《水浒传》所体现的理想主义和浪漫主义洪流的反动。它的出现也就拦腰截断了浪漫的精神传统和英雄主义的风尚。然而，《金瓶梅》的作者却又萌生了新的小说审美意识，小说正在追求生活原汁形态的写实美学思潮，具体表现在：小说进一步开拓新的题材领域，

---

[1] 车尔尼雪夫斯基著、缪灵珠译《美学论文选》，人民文学出版社1957年版，第98页。

趋于像生活本身那样开阔和绚丽多姿，而且更加切近现实生活；小说再不是按类型化的配方演绎形象，而是在性格上丰富了多色素，打破了单一色彩，出现了多色调的人物形象；在艺术上也更加考究新颖，比较符合生活的本来面貌，从而更加贴近读者的真情实感。他为小说写作开辟了全新的道路，不断地模糊与消解着文学与现实的界限。更为重要的是他以清醒的冷峻的审美态度直面现实，在理性审视的背后，是无情的暴露和批判。

《金瓶梅》是一部人物辐辏、场景开阔、布局繁杂的巨幅写真。腕底春秋，展示出明代社会的横断面和纵剖面。《金瓶梅》不像它以前的《三国演义》《水浒传》那样，以历史人物、传奇英雄为表现对象，而是以一个带有浓厚的市井色彩、从而同传统的官僚地主有别的豪绅西门庆一家的兴衰荣枯的罪恶史为主轴，借宋之名写明之实，直斥时事，真实地暴露了明代后期中上层社会的黑暗、腐朽和不可救药。作者勇于把生活中的负面人物作为主人公，直接把丑恶的事物细细剖析来给人看，展示出严肃而冷峻的真实。《金瓶梅》正是以这种敏锐的捕捉力及时地反映出明末现实生活中的新矛盾，从而体现出小说新观念觉醒的征兆。

兰陵笑笑生发展了传统的小说学。他把现实的丑引进了小说世界，从而引发了小说审美意识的又一次变革。

首先是小说艺术的空间因"丑"的发现被大大拓宽了。晚出于笑笑生三百年的伟大的法国雕塑家罗丹才自觉地悟到：

> 在艺术里人们必须克服某一点。人须有勇气，丑的也须创造，因没有这一勇气，人们仍然停留在墙的这一边。只有少数

心灵投影

越过墙，到另一边去。[1]

罗丹破除了古希腊那条"不准表现丑"的清规戒律，所以他的艺术倾向才发生了质变。而笑笑生也因推倒了那堵人为垒在美与丑之间的墙壁，才大大开拓了自己的艺术视野。他从现实出发，开掘出现实中全部的丑，并让丑自我呈现、自我否定，从而使人们在心理上获得一种升华、一种对美的渴望和追求。于是一种新的美学原则随之诞生。

但是，小说审美意识的变革一般来说总是迂回的，有时甚至出现了巨大的反复和回流。因此，纵观小说艺术发展史，不难发现它的轨迹是波浪式前进、螺旋式上升的形式。《金瓶梅》小说审美意识的突破，没有使小说径直地发展下去，事实却是大批效颦之作蜂起，才子佳人模式化小说的出现，以及等而下之的艳情"秽书"的泛滥。而正是《儒林外史》和《红楼梦》的出现，才在作者的如椽巨笔之下，总结前辈的艺术经验和教训以后，把小说创作推到了一个新的阶段，又一次使小说审美意识有了进一步的觉醒。

从中国小说经典性作品《三国演义》《水浒传》发展到《金瓶梅》，我们可以明显地发现小说审美意识的变动和更新。往日的激情逐渐变为冷峻，浪漫的热情变为现实的理性，形成了一股与以往不同的小说艺术的新潮流。当然，有不少作家继续沿着塑造英雄、歌颂英雄主义的道路走下去，但是我们不难发现，他们所塑造的英雄人物，已经没有英雄时代那种质朴、单纯和童话般的天真。因为社会生活的多样化和复杂化，已经悄悄地渗入到艺术创作的心理之

---

[1]《罗丹在谈话和信札中》，上海文艺出版社编《文艺论丛》第10辑，第404页。

中。社会生活本身的那种实在性，使后期长篇小说中的普通人物形象，一开始就具有了世俗化的心理、性格，人性被扭曲的痛苦以及要求获得解脱的渴望。这里，小说的艺术哲学中的一个重要范畴——悲剧——的涵义，也发生了具有实质意义的改变：传统中只有那种英雄人物才有可能成为悲剧人物，而到后来，一切小人物都有可能成为真正的悲剧人物了。

　　小说艺术的发展历史，也往往有惊人的相似之处。一位当代作家曾说：文学上的英雄主义发展到顶点的时候就需要一种补充，要求表现平凡，表现非常普通、非常不起眼的人……这就是说，当代小说有一个从英雄到普通人的文学观念的转变。而明代小说也有一个从英雄到普通人的小说观念的转变。事实是，中国小说经历了漫长的发展过程，而在最后，即小说创作高峰期，出现了《儒林外史》和《红楼梦》这种具有总体倾向的巨著。它们开始自觉地探索人的心灵世界，揭示人的灵魂奥秘，表现人的意识和潜意识，把小说的视野拓展到内宇宙。当然这种对内在世界的表现，基本上还是在故事情节发展过程中、在人物形象塑造中，加强心理描写的。这当然不是像某些现代小说那样，基本没有完整的情节，对内心世界的揭示突破了情节的框架。但是，对内心世界的探求、描写和表现，不仅在内容上给小说带来了新的认识对象，给人物形象的塑造带来了深层性的材料，而且对小说艺术形式本身，也发生了极大的影响。这就是中国古代小说从低级形态发展到高级形态的真实轨迹。而在这条明晰的轨迹上，鲜明地刻印着《三国演义》《水浒传》和《金瓶梅》的名字。

二

14世纪到16世纪在中国诞生的"四大奇书"无疑是世界小说史上的奇迹,无论是把它们放在中国文学发展的纵坐标上还是世界格局同类文体的横坐标上去认识和观照,它们都不失为一种辉煌的典范。它们或是过于早熟或是逸出常轨,都堪称是世界小说史上的精品。阅读这些文本,你不能不惊讶于这些伟大作家的小说智慧。这种小说的智慧是由其在小说史上的原创性和划时代意义所体现的。《三国》《水浒》《西游》通常被说成是世代累积型建构的巨制伟作。但是不可否认,最后显示其定型了的文本的不可重复性和不可代替性的,毕竟是一位小说天才的完成品。它们自成体系,形成了自己的空间,在自己的空间中容纳一切又"排斥"一切,正像米开朗基罗的那句名言:"他们的天才有可能造成无数的蠢材。"如前所述,他们以后的各种效颦之作不都是遭到了这种可悲的命运吗?因此小说文本从来不可以"古""今"论高下,而以价值主沉浮。正是在这个意义上说,明代四大奇书是永远说不尽的。这里我们不妨从广义的历史小说和世情小说这两种小说类型,来分别谈谈明代小说审美意识的特征。

中国传统的历史小说创作的大格局,历来是历史故事化的格局。中国源远流长的历史小说审美意识的定规是:历史小说——故事化的历史。历史故事化的第一形式,也是传统历史小说中发育最成熟的形式,是历史演义。历史演义式的历史小说,大抵是以历史朝代为背景,以历史事件为主线,以历史人物为中心,演绎有关历史记载和传说,或博考文献,言必有据;或本之史传,有实有虚。其代表性作品当属《三国演义》。历史小说的第二种形式,是写历史故事。历史故事式的历史小说，以故事为中心为主线加以组织，历史背景、历史事件、历史人物实际上被淡化、虚化了，《水浒传》是为代表。历史故事化具有史诗性质，《三国演义》的社会的审美的价值，正在于它不仅仅是一个民族一段时间的历史的叙述，而且它的叙述成为对这个民族的超越历史整体性的构建和展示（即概括和熔铸了漫长的古代社会的历史）。这就是为什么后来有那么多重写民族史诗的原因。

  与《三国演义》史诗化写作相反，《水浒传》走的其实是一条景观化历史的道路，它有些站在"历史"之外的味道，几乎是为了一种"观念"，写出了传奇英雄人物的历史：一个人物就是一个景观。比如林冲的故事、武松的故事、鲁智深的故事，一经串联就是一部"史"。它把社会风俗画的素材或原料作为必要的资源，从而把历史的天然联系有意割断，使历史回忆转化成眼中的一段纯粹风景，于是历史被转换成可以随着自己的审美理想进行想象力充沛的塑造和捏合的意象，随各自的需要剪裁、编制。在这种历史叙事悖论中，历史作为一个对于我们有意义的整体，离我们实际上越来越远。无论是历史的史诗化还是历史的景观化，都把历史挪用和转化为宋元以来瓦舍勾栏中的文化消费品。消费历史，严格地说，是写作者、演说者和文化市场合谋制作的一个引人注目的文化景观，在这个景观中，个人也好群体也好，都在享受着历史快餐，因而也就远离了历史。

  其实这绝非中国历史小说创作的失败，恰恰相反，从一开始，中国的历史故事和历史演义就富有了真正的文学意味。如从时间来说，小说审美意识至迟在元末明初已趋成熟。事实上，以《三国演义》为代表的众多历史小说家无论面对何种形态的历史生活，一旦进入文学的审美领域,就为其精神创造活动的表现提供一种契机。尽管这种契机具备选择的多样性,但绝不成为严格意义上的历史,历史就是历史,而文学就是文学,文学可以体现历史,却无法替代历史。一部《三国演义》虽然以艺术形象的方式体现了三国时期的政治、军事战略思想,但它毕竟不是一部史籍意味上的著作,它仅仅是小说,一部政治史的战争风俗画。

证之以文本内涵,你不能不承认,罗贯中和施耐庵的理念中都发现和意识到了文学的宗旨并不在于再现历史,而在于表现历史,在于重新创造一个关于逝去岁月的新的世界。从一定意义上说,对于一位小说家来说,依据一定的历史哲学对某些历史现象作出理性的阐释,并不构成小说家的主要任务,即他不是为了充当历史学家,而是为了经由历史生活而获得一种体验,一种关于人与人类的认知,一种富有完整性的情智启迪,一种完全可能沟通现在与未来、因而也完全可能与当代精神产生共鸣的大彻大悟,一种从回忆的漫游中实现的不断显示新的阐释信息的思情寓意……毋庸置疑,像罗贯中这样的小说大师,他对历史生活的追溯与探究,正是为了一个民族的自我发现,但无论是颂扬还是鞭笞,归根结底仍然是为了从一种历史文化形态中向读者和听众提供一点儿精神历程方面的东西。因此《三国演义》虽有史家眼光,但文学的审美总是把作者的兴趣放在表现历史的魂魄之上,从而传出特有的光彩和神采。可以说,史里寻诗,已经明确了文学与非文学的关系,文学就是文学,不是史学,同时又使文学具有了质的规定性,即深刻的文学发现和浓郁的诗情,必须到历史的深处去找。基于这种审美意识,《三国演义》等所揭示的深度,就是把历史心灵化、审美化。

谈到历史心灵化、审美化这一审美意识,乃是一种面对遥远的或不太遥远的历史生活所产生的心灵感应的袒露,所以历史演义是一种充满了历史感与现代感的弹性极强的精神意识行为,一种体现了当时人们的感知方式的审美过程,又是种种精神领会与情智发现的意蕴性的审美积聚。这种对描写素材与文学表现之间的微妙关系的思考与理解,是不是对于今天作家创作历史小说还有着启示意义呢?我的答案是肯定的。

三

中国的小说发展史有它自己繁荣的季节、自己的风景,有自己的起伏波动的节奏。明代小说无疑是中国小说史上的高峰期、成熟期,是一个出大家的时期。要研究这段历史上的小说审美意识,除视野必须开阔、资料储备充分以外,最主要的是如何把握中国传统文化的命脉和中国小说自身的内在逻辑。比如从一个时段来看小说创作很繁荣,其实是小说观念显得陈旧而且浮在表层,有时看似萧条、不景气,也可能地火在运行,一种新"写法"在酝酿着,所谓蓄势待发也。如果从《三国演义》最早刊本的嘉靖壬午年(1522)算起,到《金瓶梅》最早刊本的万历四十五年(1617)止,这近一百年的时间里,小说的变革与其说是观念、趣味、形式、手法的变迁,不如说这个时期"人群"发生了巨大的变化。而"人群"的差异是根本的差异,它会带动一系列的变革。这里的人群,当然就是城镇市民阶层的激增及其势力的进一步扩大,市民的审美趣味大异于以往英雄时代的审美趣味。而世代累积型的写作在逐渐地消歇,随着人群和审美意识的变化,小说领域越来越趋向于个人化写作。而个人化写作恰恰是在失去意识形态性的宏伟叙事功能以后,积极关注个人生存方式的结果。在已经显得多元的明中后期的历史语境中，笑笑生特异的审美体验应属于一种超前的意识。

这里所说的"超前意识"全然不是从技术层面考虑，而是指《金瓶梅》颇富现代小说思维的意味。比如作者为小说写作开辟了一条全新的道路；它不断地在模糊着文学与现实的界限；它不求助于既定的符号秩序；它关注有质感的生活。这是一种什么样的生活？这种追问已经无法从道德上加以直接的判断，因为这种生活的道德意义不是唯一重要的，更重要的倒是那个仿真时代的有质感的生活。于是它给中国长篇小说带来了一股从未有过的原始冲动力，一种从未有过的审美体验。这就是《金瓶梅》特殊的文化价值。

任何文学潮流，其中总是有极少数的先行者，《金瓶梅》就是最早使人感受到了非传统的异样。它没有复杂的情节，甚至连一般章回小说的悬念都很少，充其量写的是二十几个重点人物和这些人物的一些生活片段，但每一个人物、每一个片段都有棱有角，因为《金瓶梅》最突出的叙事就是要保持原始的粗糙特征。至于这些人物，在最准确的意义上说，几乎没有一个是正面性的，不是什么"好人"，但也并非个个都是"坏人"。他们就是一些活的生命个体，凭着欲念和本能生活，这些生活就是一些日常性的，没有惊天动地的事迹，没有令人崇敬的行为，这些生活都是个人生活的支离破碎的片段，但这里的生活和人物却给人以深刻的印象。在作者毫不掩饰的叙述中，这些没有多少精神追求的人，他们的灵魂并没有隐蔽在一个不可知的深度，而是完全呈现出来。所以，如果你一个个地分析书里面的人物，反而是困难的，而且很难分析出他们的深刻，你的阐释也很难深刻。因为他们的生活就没有深刻性，只有一些最本真的事实和过程，要理解这些人和这些生活，不是阐释、分析，只能是"阅读"和阅读后对俗世况味的咀嚼。

《金瓶梅》的叙事学不是靠故事来制造氛围，它更不像明代其他三部经典奇书那样具有极纯度的浪漫情怀。对于叙述人来说，生活是一些随意涌现又可以随意消失的片段，然而一个个日常生活中最常见的和最微小的元素，被自由地安排在一切可以想象的生活轨迹中。这些元素的聚合体，对我们产生了强烈的心理影响：它使我们悲，使我们忧，使我们愤，也使我们笑，更使我们沉思与品味。这就是笑笑生为我们创造的另一种特异的境界。于是这里显现出小说美学的一条极重要的规律：孤立的生活元素可能是毫无意义的，但系列的元素所产生的聚合体被用来解释生活，便产生了审美价值。《金瓶梅》正是通过西门庆、潘金莲、李瓶儿、应伯爵等人物，揭示了生活中注定要发生的那些事件，也揭示了那些俗世故事产生的原因。笑笑生的腕底功力就在于他能"贴着"自己的人物，逼真地刻画出他们的性格、心理，又始终与他们保持着根本的审美距离。细致的观察与精致的描绘，都体现着传统美学中"静观"的审美态度，这些都说明《金瓶梅》的创作精神、旨趣和艺术立场的确发生了一种转捩。

《金瓶梅》审美意识的早熟还表现在事实意义上的反讽模式的运用，请注意，笔者是说作者事实意义上的反讽而不是有意识地运用反讽形式。反讽乃是现代文学观念给小说的审美与叙事带来的一种新色素（我从来反对流行于中国的"古已有之"的说法），但是我们又不能否认在艺术实践上的反讽的可能，虽然它还不可能在艺术理论上提出和有意识地运用。事实上一个时期以来，《金瓶梅》研究界很看重它的讽刺艺术，并认为作为一种艺术传统，它对《儒林外史》有着明显的影响。但依笔者的浅见，与其说《金瓶梅》有着成功的讽刺笔法，不如说笑笑生在《金瓶梅》中有了事实意义上的反讽。一般说来，讽刺主要是一种言语方式和修辞方法，它把不合理的事象通过曲折、隐蔽的方式（利用反语、双关、变形等手法）暴露突出出来，让明眼人看见表象与本质的差异。而反讽则体现了一种变化了的小说思维方式：叙述者并不把自己搁在明确的权威地位上，虽然他也发现了认识上的差异、矛盾，并把它们呈现出来，然而在常规认识背景与框架中还显得合情合理的事象，一旦认识背景扩大，观念集合体瓦解而且重组了，原来秩序中确定的因果联系便显出了令人不愉快的悖逆或漏洞。因此反讽的意义不是由叙事者讲出来的，而是由文本的内在结构呈现，是自我意识出现矛盾的产物。或者可以更明快地说，反讽乃是在小说的叙事结构中出现了自身解构、瓦解的因素。

事实上，当我们阅读《金瓶梅》时，已经能觉察出几分反讽意味，所以对《金瓶梅》的意蕴似应报之以反讽的玩味。在小说中，种种俗人俗事既逍遥又挣扎着，表面上看小说是在陈述一种事实，表现一种世态，自身却又在随着行动的展开而转向一种向往、一种解脱，这里面似乎包含了作者对认识处境的自我解嘲，以庄子的"知止乎（其）所不（能）知"的态度掩盖与填补着思考与现实间的鸿沟。实际上，我们不妨从反讽的角度去解释《金瓶梅》中那种入世近俗、与物推移、随物赋形的思维形态，与作者对审美材料的关心和欣赏。其中存在着自身知与不知的双向运动，由此构成了这部小说反讽式的差异和亦庄亦谐的调子，使人品味到人类文化的矛盾情境。

面对人生的乖戾与悖论，承受着由人及己的震动，这种用生命咀嚼出的人生况味，不要求作者居高临下地裁决生活，而是以一颗心灵去体察人们生活中的各种滋味。于是，《金瓶梅》不再简单地注重人生的社会意义和是非善恶的简单评判，而是倾心于人生的生命况味的执着品尝。在作品中作者倾心于展示的，是他们的主人公和各色人等人生道路行进中的感受和体验。我们研究者千万不要忽视并小看了这个视角和视位的重新把握与精彩的选择的价值。小说从写历史、写社会、写风俗到执意品尝人生的况味，这就在更宽广、更深邃的意义上表现了人性和人的心灵，这就是《金瓶梅》迥异于它以前的小说的地方。

《金瓶梅》中的反讽好像一面棱镜，可以在新的水平上扩展我们的视界与视度。当然，《金瓶梅》反讽形式的艺术把握也有待于进一步思考与评说。

《金瓶梅》在中国小说史上的地位，归结一句话，就是它突破了过去小说的审美意识和一般的写作风格，绽露出近代小说的胚芽，它影响了两三个世纪几代人的小说创作，它预告着近代小说的诞生！

结语 中国小说，从志怪志人，经唐宋传奇、宋元话本一直到明清章回小说，说明小说是一种应变能力极强又极具张力的叙事文体，它的形态可以多姿多彩，它的美学内涵可以常变常新，它的发展更不易被理论所固化。对小说审美意识的研究，将是一个长期的生动的广泛的课题。

艺术与道德并存
——读《聊斋志异·西湖主》随想

一位作家的生活经历、人生态度、道德观念乃至游移不定的心态，总是对创作起着极为重要的作用。德国伟大作家歌德在谈到自己作品时曾说："我所有的作品，都不过是一个伟大告白的片断。"《聊斋志异》从整体来看，在一定意义上也是一个伟大的"告白"。这"告白"就表现在作品中始终贯穿着蒲松龄的个人性格和人生哲学；而其中的每一篇代表作又都不过是他伟大告白中的一个片断。这就是这部短篇小说集统一性中所包罗的多样性。因此，不论作者采用什么样的题材，也不论他变换什么样的手法，他所写的作品都是他所体验的丰满人生的一个方面。所以我们读《聊斋志异》，往往能从统一性中见到多样性；又能从多样性中领略到它的统一性，这正是蒲松龄这位大师的天才所在。

从一定的人生感悟出发，蒲松龄在他的作品所反映的人生世相中，渗透着强烈的爱憎。他一面以厌恶的、颤栗的心，展示着这个黑暗社会给他的种种噩梦，一面用热情、迷醉的歌喉，唱出对生活美的追求，这一正一反两个方面互为经纬，交织在蒲松龄的全部创作中。诚然，如很多研究者所论，《聊斋志异》是作者一生血泪之结晶，一腔块垒之倾泻。他时而将那可诅咒的时代尽情地诅咒，时

艺术与道德并存——读《聊斋志异·西湖主》随想

而在谐谑嘲讽中对丑类痛加鞭笞，又时而借幻化的鬼狐来控诉那人间的不平。但是，不能否认，在《聊斋志异》中，爱，尤其是爱人，与人为善，恻隐之心，却是它的另一部分代表作的基本主题和中心思想。在作者笔下，爱的神经是那样灵活敏锐，爱的触角又是那样无所不至。对双亲，对朋友，对兄弟，对山山水水，自然无所不爱，爱得深沉，甚至对一株株花草、一只只虫鸟，也往往以爱的眼光去观察、去体味，并以此来回顾人生，默察社会。因之，笔触所及，也就充满情趣、温馨、甜美。尽管作者笔下涌现的往往只是他个人独有的感触，然而却触发了读者以各自的经历和眼光去做不同的体会和联想，从而获得艺术享受。要说这个天地不如前者那样广袤，那也许是对的，然而却不能说它是苍白的。它所激发的是向上的进取的勇气，它所展现的仍然是一个丰满完美的感情世界。正是在这种爱中，我们感觉到了导人向善求真、去丑求美的一种动力。

你不妨翻开《聊斋志异》浏览一番，作者为我们塑造了多少助人为乐的花妖狐魅的动人形象啊！《红玉》中的红玉主动帮助贫士冯相如娶了妻子卫氏，并在以后帮助冯生重整破碎了的家园；《封三娘》里的封三娘热情帮助好友范十一娘择婿；《小翠》中的小翠为了报恩，不仅治好了王太常儿子王元丰的呆痴，而且帮助王太常在险恶的官场倾轧中渡过了难关。对于这种无条件做好事的人物，作者都给予了很高的褒奖，也为他们安排了美好的结局。至于《聊斋志异》中许多禽兽助人和报恩的故事，更是举不胜举。像《赵城虎》写老虎代人养老送终；《象》写大象掘象牙赠恩人；《义犬》写狗泅水救活落难之人，并代为找到仇人等等。此外，像《宦娘》《章阿瑞》等是写女鬼助人。总之，在这些故事里，人物多是些小人物，形象大多是花妖狐魅、飞禽走兽，但是，作者却让我们从他们身上看到了美好的灵魂、美的道德、美的感情,让人深深感受到了那种净化精神世界的力量。

　　我们这里要谈的《西湖主》,在《聊斋志异》那些导人向善求真的精品中也是具有代表性的。小说写穷书生陈弼教在洞庭湖救了一条猪婆龙,后来遇大风覆舟,漂至一处,误入西湖主园亭,先被问罪,后被鱼婢传词,与西湖主结为良缘。原来公主的母亲就是陈生曾搭救过的猪婆龙。从表面看来,这篇小说的题旨不外是说人有恻隐之心,必有好报。但是,对于它的立意、旨趣还不好过早地就判定为"平庸"。尽管这则故事纯粹是虚构,然而作品本身却说明:作者发现了人民中间蕴藏着的精神道德的美的矿藏。作者不仅是抓住了恻隐之心、助人为乐和与人为善这个动人的主题,更难得的是,他发现了又写出了人们心灵上的美。作者似乎感觉到,这种美德具有很大的改造社会和改造人的潜化力量。为此,在《西湖主》这则幻想故事里,他只写善,不写恶。作者这样处理,是从正面寄托渴望人与人关系改善的社会理想。因为只有对现实认识的深化,才能通达于幻想。所以《西湖主》与其说是幻想化的社会生活的写照,不如说是作者审美理想的艺术象征,他是从特异的世界里去探索真善美,因此,它隐喻着更广大得多的人生内容和心灵蕴含。

　　为了进一步了解《西湖主》的这一写作要旨,我们不妨参之以小说以外的作者的论著,也许这样会更清晰地领会蒲松龄写作这篇小说的旨趣所在。

　　在《放生池碑记》中,蒲松龄提出了"爱者仁之始,仁者爱之推"。他认为,有无恻隐之心、爱人之心,这是人和禽兽区别的根本标志。在《为人要则》的十二项立身处世之道中,有许多条目,也都是倡导"爱人"、要"与人为善"的。他指出,劝人做坏事易,

艺术与道德并存——读《聊斋志异·西湖主》随想

而劝人做好事难。惟其难，所以更应竭尽全力去做。他还认为，在帮助他人渡过危难、克服险境时，应该"生死以之，劳何辞，怨何避焉"。一个人如果达不到这种精神境界，必然会与人为恶，"甚至骨肉之间，亦用机械，家庭之内，亦蓄戈矛"。于是，他高声呼吁人们要扬仁爱精神，做到"与人为善，不亦乐乎"。[1]

蒲松龄尊奉儒学，这些思想观点仍然没有离开儒学轨迹。但是，如果把蒲松龄在书中写的这种"爱人"和"与人为善"的要则放到当时特定环境中去考察，那么它就有了另一种意义。鲁迅先生在《我们现在怎样做父亲》一文中就曾经说过："中国的社会，虽说'道德好'，实际却太缺乏相爱相助的心思，便是'孝''烈'这类道德，也都是旁人毫不负责，一味收拾幼者弱者的方法。在这样的社会中，不独老者难于生活，即解放的幼者，也难于生活。"蒲松龄从充斥冷酷和仇恨的社会现实生活中，深切地感到了这一点，所以他格外热情地描写了一批助人为乐的故事，用艺术的强光照出潜藏于普通人民内在的心底的美情感、美道德，在阴冷的现实中投下一点光明和温暖。试想，当民族道德在封建专制主义统治下受到严重摧残，不断沉沦，出现了崩溃的危机时，作者却用"爱人"的甘露来浇灌那些干涸了的心田，用小说透视出人们美好的灵魂，并把他们移到纸上，又移到千百万人民的心中，这将具有怎样的意义啊！

当然，艺术不应是道德的说教，但它却是"人的一种道德活动"。[2] 由此，我想到《西湖主》这篇小说的立意虽然在于宣扬人有恻隐之心，必有好报，强调了有德必报，感恩报德，乍看似乎

【1】《磨难曲》。
【2】车尔尼雪夫斯基语。

心灵投影

"平庸",但在那恶俗浇漓的社会,尔虞我诈像梦魇似地压在人们心头时,这样的道德一经蒲松龄赋予美的形象和新的意义,并且作为一种理想境界来抒发,展现出普通人的情操美,于是就使这篇小说在题旨上具有了一种精神道德的力量。不过,人们也不难看到,蒲松龄恪守的所谓"爱人"、"与人为善"的"为人要则",真正要挽回浇薄的世风,纯粹是一种空想。正是由于时代、世界观使然,作者无法找到人性复归的科学途径,看不到欲达复归,必须首先进行彻底的社会变革,根除导致人性异化的整个旧社会的基础。他只能寄希望于所谓的"审美教育",即从文学的感化、感染入手,使人们普遍懂得区分美丑善恶,从而倾心美与善,摈弃丑与恶,实现人性复归。蒲松龄的思想、创作,正是停留在这个阶段。当然,这只是一种无从实现的善良愿望,从一定意义上说,也是蒲松龄的精神悲剧。

话说回来了,文艺毕竟不应成为道德原则的图解,人物形象不应成为道德精神的传声筒。如果说《聊斋志异》中确有不少篇什充满了封建说教或图解概念的毛病,那么,《西湖主》这则生动隽永的小说却把善和美水乳交融地结合起来,并塑造出活生生的有血有肉的人物形象,于是这篇小说的认识意义、审美价值和道德影响三者紧密地联成一体,构成了真善美的结晶。

蒲松龄对普通人的道德形态的探索,并没有局限在爱情婚姻范围内,而是还表现在对下层人民诚实、淳厚、爱美等道德元素的发掘上。《西湖主》一个很值得注意的特色是:它不像《聊斋志异》的很多作品那样,通过美与丑的对峙、交锋和善与恶的对照来塑造人物,而是径直地从对生活中美好事物的提炼中获得表现真善美的动力,集中力量刻画小说中的人物。

艺术与道德并存——读《聊斋志异·西湖主》随想

陈弼教是一位忠厚、诚笃和善良的穷书生，当我们开始接触到这个人物时，感觉到他确实有一股书呆子的"痴"劲儿。你看，当他的上司贾绾射中了猪婆龙，"锁置桅间，奄存气息；而龙吻张翕，似求援拯"时，就立即触发了他的恻隐之心，他不仅请求贾绾释放了猪婆龙和衔龙尾的小鱼，而且用金创药"戏敷患处，纵之水中"。短短一段破题，就把这个善良、充满同情心和憨态可掬的书生形象勾画出来。后来，他再经洞庭湖，险遭灭顶之灾，方才脱险，看到童仆的尸体漂来，就又"力引出之"。紧跟着写他在慌乱之中，因为急不择路，误入西湖主禁苑，偶拾西湖主红巾，诗兴大发，竟然不顾处境的险恶，情不自禁地在公主的红巾上题了一首情诗。在接连触犯宫禁被查获后，又毫不掩饰，坦白承认是自己拾到并玷染了红巾。这一连串的行动，表现出这位贫苦出身的书生总是待人以诚，存心与人为善，他信守着灵魂的天真，像是一片未被仇和恨污染的世界。他比世俗中的一般少爷公子们保留着思想上更多的童蒙状态，保持着那个社会里最难能可贵的品质——"无邪"之心。蒲松龄从这种原始民风里找到了渴望的人情美，在他看来，只有这种向善的情感和道德才是人的本来面目。故事几经跌宕起伏，最后陈生终于因祸得福。作者让这个善良、诚实和好心的书生分身为二，一个享尽人间富贵，一个过着神仙生活。陈生何以获得这样理想、美好而奇异的结局呢？作者回答说："皆恻隐之一念所通也。"应当说，陈生这个人物向我们多少揭示了一些人生的真谛，给当时和现在的人们的心灵投来了闪亮的光束。

蒲松龄以艺术家特有的敏感，钻探、开掘着人的德性美，细腻地描绘了人物的行为与性格，致使他的作品迸射出一种耐人寻味的理性火花，引导人们探索理想之路。陈生的形象，好像是作家的眼睛，带着作家挚爱的感情，也带着作家的憧憬，既蕴藉着作家对生活的审美评价，又有着作家的心灵探索的沉思。而作家的人道主义精神正在这里得到了充分的显现。

情节是由性格决定的，又是为塑造形象、表现主题服务的，这是叙事性文艺创作的共同规律。"文似看山不喜平"，故事情节的曲折而富有变化向来是我国古代小说的突出的艺术特色之一。我国古代不少文论家在总结文艺创作经验时指出："凡作人贵直，而作诗文贵曲。"【1】"文章要有曲折，不可做直头布袋。"【2】金圣叹在总结戏曲小说情节艺术创作规律时更加强调："文章之妙无过曲折，诚得百曲千曲万曲，百折千折万折之文，我纵心寻其起尽，以自容与其间，斯真天下之至乐也。"他对《水浒》的评点中，也一再称赞《水浒》行文"有波折"，"千曲百折"，"处处不作直笔"。毛宗岗曾经对《三国演义》的故事情节的曲折性也大加赞扬，他在评点中，称赞书中对吕布与董卓之间矛盾纠葛的描写是"波澜倏起倏落，大有层次"；称赞书中刘备与徐庶相遇一段文字是"何其纡徐而曲折也"。

有前人的多方面的开拓和经验的总结，蒲松龄更是逞其雄长，他的小说极尽曲折之能事，波谲云诡，蔚为大观。这位善于编织故事的作家，在艺术上经常采用曲折翻腾法，熟练地运用欲歙故张、欲擒先纵的手法，把读者引导到一个未知的境界，时时有所期待，有所蠡测，有所担心，因此《聊斋志异》的故事多能使读者兴趣盎然，具有吸引人的魅力。《西湖主》这篇小说构思的特点就在于情

【1】袁枚《随园诗话》。
【2】元遗山语，见林纾《春觉斋论文》。

艺术与道德并存——读《聊斋志异·西湖主》随想

节离奇，变化莫测，委曲婉转，引人入胜。

蒲松龄的笔底波澜总是以人物为中心来组织故事安排情节的。《西湖主》一开头就对主人公做了概括介绍，并且揭示出他性格的一个重要侧面，构成了故事展开的基础，然后抓住他的主要性格特征，迅速把矛盾铺开，并推向高潮。这样就把人物刻画和故事情节结合在一起，既通过故事情节的发展刻画人物，又通过人物性格的展示反过来加强了小说的故事性。小说写因陈生迷路误入西湖主禁苑，被婢女发现，先是惊问："何得来此？"又问他："拾得红巾否？"

> 生曰："有之。然已玷染，如何？"因出之。女大惊曰："汝死无所矣！此公主所常御，涂鸦若此，何能为地？"生失色，哀求脱免。女曰："窃窥宫仪，罪已不赦。念汝儒冠蕴藉，欲以私意相全；今孽乃自作，将何为计！"遂皇皇持巾去。生心悸肌栗，恨无翅翎，惟延颈俟死。迁久，女复来，潜贺曰："子有生望矣！公主看巾三四遍，辗然无怒容，或当放君去。宜姑耐守，勿得攀树钻垣，发觉不宥矣。"

文势一起一落，时而雷震霆击，阴霾满天；时而凤管鹍弦，光风霁月；山穷水尽之时，却又异峰突起；正觉险阻难通，忽而豁然开朗，往往微澜似平而大波即起，把读者的关注完全吸引到主人公的命运变化里去。

正当陈生等待公主发落，"眺望方殷"之际，"女子奎息急奔而入，曰'殆矣！'"原来是"多言者泄其事于王妃，妃展巾抵地，大骂狂伧"。陈生当听说"祸不远矣"时直吓得面如死灰，一霎时人声嘈杂，数人持索，气势汹汹地前来捉拿陈生。正值危难之时，一婢女认出了陈生，说是等禀报王妃以后再作处置。"少间来，曰'王妃请陈郎入'。生战惕从之。"小说的整个情节就是这样几经顿挫，笔底波澜既大且多，险象频起，真是惊和喜交替出现，祸和福互相转化，一波未平，一波又生。情节的这种曲折变化，速度急，力度强，起伏陡峭，确实显示出蒲松龄讲究布局的艺术技巧。清人但明伦在对这篇小说总评中就极力称赞蒲松龄的"奇思别想"，他说：

> 前半幅生香设色，绘景传神，令人悦目赏心，如山阴道上行，几至应接不暇。其妙处尤在层层布设疑阵，极力反振，至于再至于三，然后落入正面，不肯使一直笔。时而逆流撑舟，愈推愈远；时而蜻蜓点水，若即若离。处处为惊魂骇魄之心，却笔笔作流风回云之势。

但是，应当看到，这样的写法虽然是作者匠心独运，却又绝非有意炫耀技巧，而是紧紧扣住主人公命运的变化这一条主线来进行。蒲松龄经营建构的特色也正在这里。

蒲松龄不愧是一位写故事的能手。当然一味编故事是写不出感人肺腑的好作品的，不过缺乏戏剧性的小说也是生气索然的。正是这种戏剧性，使得《西湖主》这篇小说生气盎然。因此要谈这篇小说戏剧性的构成，就不能不谈到蒲松龄善于设置戏剧性悬念的高超的艺术手法。

戏剧性产生于悬而未决的冲突，更确切地说，戏剧性的悬念产生于矛盾冲突的错综复杂的发展过程。蒲松龄通过陈生翻船落水，漂泊到湖君的禁区，私游花园，深入宫殿，偷窥公主射猎和荡秋千，并在公主红巾上题下情诗等一系列触犯宫禁的情节，置陈生于矛盾冲突的焦点，从而围绕着陈生的命运形成一个强烈的总悬念——是祸还是福？而在高潮出现之前，作者又设置了若干局部悬念相配合，

艺术与道德并存——读《聊斋志异·西湖主》随想

在情节进行过程中,连续打上几个小结,在解决一个危机的同时,又制造出另一个危机,使进展性的紧张感逐步加强,使情节在冲突的顶点上腾挪跌宕。你看,作者驱使婢女四次来向陈生透露公主捉摸不定的情绪和王妃的喜怒变化:先是"一女掩入,惊问",又是"女复来,潜贺曰",再是"无何,女子挑灯至",后来是"女子奎息急奔而入",通过婢女这几次特异的行动,揭示了福祸全系于公主的一念和王妃的片言,使六神无主的陈生祸福环生,安危莫测。在这里,总悬念和局部悬念有机配合和相互作用,造成一环扣一环、一浪高一浪的艺术效果,最后把高潮写得笔酣墨饱。

总之,蒲松龄设置悬念是吸引读者的一个绝妙手法,不论是布置疑团眩人耳目,也不论是用惊人之笔点明其中奥妙,都是为了激起读者的好奇心。但是这毕竟是手段,真正的目的,还是通过悬而不决的情节的进展,充分显示面对这些事体,同时也是造成这些事件的陈生的心理、态度和思想感情的起伏,以及人物之间关系的变化。而这正是蒲松龄笔底波澜的高明杰出之所在。

一位古代小说家的文化反思
——吴敬梓对中国小说美学的拓展

吴敬梓的《儒林外史》为什么是一部伟大的小说？我认为其中很重要的一个因素，是吴敬梓把他直接感知的封建时代人文知识分子的生活和情感写进了他的作品，而且感知的程度是如此深刻。

如果考察吴敬梓的小说创作，不能不看到我国古典长篇白话小说如下的发展轨迹——

从纵向看，随着封建社会的逐渐走向解体和进入末世，文艺的基本主题也逐渐由功利的政治文化的外显层次发展到宏观的民族文化的深隐层次。小说家们纷纷开始注意由于经济生活方式的转变而牵动的社会心理、社会伦理、社会风气等多种社会层次的文化冲突，并且自觉地把民俗风情引进作品，以此透视出人们的心灵轨迹，传导出时代演变的动律。这就不仅增添了小说的美学色素，而且使作品负载了更深沉的社会内容，反映出历史变动的部分风貌。《儒林外史》正是这种审美思潮的产物。

从横向看，《儒林外史》在当时小说界也是别具一格，从思想到艺术都使人耳目一新。吴敬梓在小说中，强劲地呼唤人们在民族文化的择取中觅取活力不断的源头，即通过知识分子群体的、批判的自我意识，来掌握和发扬我们民族传统的人文精神，另一方面，把沉淀于中国知识界的文化—心理结构中没有任何生命力的政治、社会和文化形态—八股制艺和举业至上主义——特别是那些在下意识层还起作用的价值观念加以扬弃，从而笑着和过去告别。

小说视野的拓展

我国古代长篇白话小说在几百年的发展过程中，就小说观念更新的速度来考察，应当说并非迟缓。事实是，从《三国演义》《水浒传》奠定了稳定的长篇小说格局，就给文坛和说部带来过欣喜和活跃。这是小说机体内部和外部的一切动因同愿望所使然。小说历史在不断演进，这是客观存在的事实，小说观念必变，这是艺术发展的必然规律。而我国古代小说发展变化的突破口，是小说视野的拓展。视野作为小说内在的一种气度的表现，作为小说自身潜能的表现，是逐渐被认识的。这表现在小说观察、认识、反映领域的拓展和开垦等方面。

有的学者对小说文体演进的历史曾做过轮廓式的描述，认为：如果对小说发展的历史进行整体直观，就会发现无论在中国还是世界，小说发展都经历了三大阶段：一、生活故事化的展示阶段；二、人物性格化的展示阶段；三、以人物内心世界审美化为主要特征的多元的展示阶段。作为一种轮廓式的概括，我对此没有异议。然而，若作为一种理论框架，企望把一切小说纳入进去，则难免捉襟见肘。"三阶段"之间的关系是什么呢？三者能够完全割裂和对立起来吗？且不说最早的平话、传奇故事是不是也写了人物的性格和命运，也不说"性格"和"命运"是不是须以"情节"为发展史，只就审美化的心理历程而言，就可以发现，中国长篇白话小说发展到《儒林外史》《红楼梦》时期,就已经得到了较为充分的展示,不好说它们还停留在第二阶段的小说形态上。

事实是《儒林外史》《红楼梦》已经从对现实客观世界的描述,逐渐转入了对人物内心世界的刻画,而且这种刻画具有了多元的色素。只是中国小说内心世界的心灵审美化的展示,有其固有的民族特色而已。《儒林外史》和《红楼梦》一样,都是一经出现就打破了传统的思想和手法,从而把小说这种文类推进到一个崭新阶段。

《儒林外史》像《红楼梦》一样,它已经从功利的、政治文化的外显层次,发展到宏观的、民族文化的深隐层次。从小说视野的更新的角度看,吴敬梓注意到了因社会的演进和转变而牵动的知识分子的心理、伦理、风习等多种生活层次的文化冲突,并以此透视出人文知识分子的心灵轨迹,传导出时代变革的动律。吴敬梓的《儒林外史》对形形色色知识分子的悲喜剧,实质上是做了一次哲学巡礼。他的《儒林外史》的小说美学特色,不是粗犷的美、豪放的美,更不是英雄主义的交响诗。他的小说从不写激烈,但我们却能觉察到一种激烈,这是蕴藏在知识分子心底的激烈,因而也传递给了能够感受到它的读者。因此,《儒林外史》的小说美学品格,有一种耐人咀嚼的深沉的意蕴。这表现为小说中有两个相互交错的声部:科举制度和八股制艺对于知识分子来说,无论贫富,无论其生活和政治生涯如何,它总是正剧性的——这是第一声部,作者把这一声部处理成原位和弦;作者将科举以外的内容,即周进、范进、马二先生等人的悲歌,作为第二声部,把它处理为变和弦,具有讽刺喜剧旋律。变和弦在这里常有创作者的主观色彩。作者在把握人物时,并不强调性格色彩的多变,而是深入地揭示更多层次的情感区域,

一位古代小说家的文化反思——吴敬梓对中国小说美学的拓展

研究那种非常性的、不合理的、不合逻辑的、甚至是变态的心理。人的情感在最深挚时常常呈现出上面诸种反常，人的感情发展或感情积蓄，也往往不是直线上升，而是表现为无规则的、弯弯曲曲的、甚至重又绕回的现象。吴敬梓对科举制度的批判，正是通过这种对人性的开拓、对人的内在精神世界的开拓达到其目的。

还应看到，在你读《儒林外史》时，总有一种难以言传的味道。我想，这是吴敬梓对小说美学的另一种贡献，即他在写实的严谨与写意的空灵交织成的优美文字里，隐匿着一种深厚的意蕴：一种并无实体，却又无处不在、无时不有，贯注着人物性格故事情节、挈领着整体的美学风格并形成其基本格调的意蕴。我以为那该是沉入艺术境界之中的哲学意识，是作者熔人生的丰富经验，对社会的自觉责任感与对未来美好的期望于一炉、锻炼而成的整体观念，以及由此产生的审美态度。他能贴着自己的人物，逼真地刻画出他们的性格心理，又始终与他们保持着根本的审美距离，细致的观察与冷静的描述以及含蓄的语气，都体现着传统美学中静观的审美态度。

对于艺术感情的表达，席勒说过这样的话：一个新手就会把惊心动魄的雷电，一撒手，全部朝人们心里扔去，结果毫无所获。而艺术家则不断放出小型的霹雳，一步一步向目的走去，正好这样完全穿透到别人的灵魂。只有逐步打进、层层加深，才能感动别人的灵魂。吴敬梓写《儒林外史》正是采用了这种不断放出小霹雳、逐步打进、层层加深的艺术手法，通过形象的并列和延续，逐渐增强感情的力度和穿透力。

一幅幅平和的、不带任何编织痕迹的画面，给我们留下了深刻印象：它恬淡，同时也有苦涩、艰辛、愚昧。一个个日常生活中最常见和最微小的元素，被自由地安排在一切可以想象的生活轨迹中。

这些元素的聚合体，对我们产生了强烈的甚至是主要的影响：它使我们笑，使我们忧，使我们思考，使我们久久不能平静。这就是吴敬梓在《儒林外史》这部小说中为我们创造的意境。这里显现出一个小说美学的规律——孤立的生活元素可能是毫无意义的，但是系列的元素所产生的聚合体被用来解释生活，便产生了认识价值。《儒林外史》正是通过这种生活元素的聚合过程，使我们认识了周进、范进，认识了牛布衣、匡超人，认识了杜少卿，认识了生活中注定要发生的那些事件，也认识了那些悲喜剧产生的原因。对于《儒林外史》这样一部近四十万字的长篇小说，这样一部没有多少戏剧冲突的近乎速写的小说，就是全凭作者独特的视角，借助于生活的内蕴，而显示出它的不朽魅力的。

从我国小说中经典性作品《三国演义》和《水浒传》发展到《红楼梦》和《儒林外史》时期，我们可以明显地发现小说视野的拓展和更新。往日的激情逐渐变为冷峻，浪漫的热情变为现实的理性，形成了一股与以往全然不同的小说艺术的新潮流。当然，有不少作家继续沿着塑造英雄、歌颂英雄主义的道路走下去，但是我们不难发现，他们所塑造的英雄人物，已经没有英雄时代那种质朴、单纯和童话般的天真，因为社会生活的多样化和复杂性，已经悄悄地渗入到艺术创作的心理之中。社会生活本身的那种实在性，使后期长篇小说的普通人物形象，一开始就具有了世俗化的心理、性格以及人性被扭曲的痛苦和要求获得解脱的渴望。这里，小说艺术哲学中的一个重要范畴——悲剧——的含义，也发生了具有实质意义的改变：传统中，只有那种英雄人物才有可能成为悲剧人物；而到后来，一切小人物都有可能成为真正的悲剧人物。

小说艺术的发展历史，也往往有惊人的相似之处。我曾提到一位当代作家的感觉:文学上的英雄主义发展到顶点的时候就需要一种补充。要求表现平凡,表现非常普通、非常不起眼的人……这就是说,当代小说有一个从英雄到普通人的小说观念的转变。事实是,在我国,小说经历了漫长的发展过程,而在最后,即小说创作高峰期,出现了《儒林外史》和《红楼梦》这样具有总体倾向的巨著。它们开始的自觉对人心灵世界的探索,对人的灵魂奥秘的揭示,对人的意识和潜意识的表现,把小说的视野拓展到内宇宙。当然这种对内在世界的表现,基本上还是在故事情节发展过程中,在人物形象塑造中来加强心理描写的。这当然不是像某些现代小说那样,基本上没有完整情节,对内心世界的揭示突破了情节的框架。但是,内心世界的探求、描写和表现,不仅在内容上给小说带来了新的认识对象,给人物形象的塑造带来了深层性的材料,而且对小说艺术形式本身,也产生了极大影响,这就是我国古代小说从低级形态发展到高级形态的真实轨迹,这才是《儒林外史》等杰作在小说视野本质上的拓展。从这个意义上说,中国古代小说的发展过程,也可以说是一步步向人自身挺进的过程,一步步深化对人的本体和人的实践的认识和感受的过程。

小说家的历史反思

列夫·托尔斯泰在《艺术论》一书中反复强调这样一个意思,即艺术的感染力最重要的是艺术家所要表达出的思想感情。他说:"艺术的印象(换言之,即感染)只有当作者自己以他独特的方式体验过某种感情而把它传达出来时才可能产生,而不是当他传达别

心灵投影

人所体验而由他转达的感情时所能产生。"【1】这段话对于一个小说家尤为重要，小说家对生活必须有自己的感知和体验。叔本华在他的《作为意志和表象的世界》一书中论及主体和客体关系时说：

> 假定一种自在的客体，不依赖于主体，那是一种完全不可想象的东西。因为（客体）在作为客体时，就已经是以主体为前提了，因而总是主体的表象。【2】

这种表述，对认识艺术家和他所描写的对象的关系，是有道理的，无论多么丰富的现实生活（客体），不为艺术家（主体）所感知，也就没有了艺术。18世纪中叶中国封建贵族的生活，不为曹雪芹所感知，便不会有《红楼梦》这样的艺术珍品。同样，漫长的封建科举制度和举业至上主义不为吴敬梓所深切感知，便不会有《儒林外史》这样的伟构佳作。

进一步说，我们初读吴敬梓的小说，常为他近乎淡泊的笔调所惊异，世态的炎凉冷暖、个人感情的重创、人格的屈辱、亲人的生死离散，都以极平常的语气道出。那巨大的悲苦，都在悠悠的文字间释然，真使人喟然而惶惑。然而这意蕴的产生，正是来源于吴敬梓亲自感知，即家庭中落、穷困潦倒的生活所引发的深沉的人生况味的体验和人的精义的思索。

然而吴敬梓之所以伟大，绝不是停留于他感喟举业中人的利欲熏心、名士的附庸风雅和清客们的招摇撞骗、官僚的营私舞弊、豪绅的武断乡曲，以及他们翻云覆雨的卑污灵魂和丑恶嘴脸。我之所

【1】见该书第107页，人民文学出版社1958年版。
【2】商务印书馆版，第48页。

一位古代小说家的文化反思——吴敬梓对中国小说美学的拓展

以认为吴敬梓并没有停留在这些社会表层的溃疡面的揭露，就在于作者在沉思一个巨大的哲学命题：即他要唤起民族的一种注意，要人们认识自己身上的愚昧性；因为当历史还处于这样一种愚昧的状态时，我们是不能获得民族的根本变化的。因此，吴敬梓做了一次认真的文化反思。他想到的不仅是知识分子的命运，而且是借助于他所熟悉的知识分子群体来考虑这个民族性格的素质。他以自己亲身感知的科举制度和举业至上主义为轴心，开始以一种哲学思考去观察自己的先辈们的民族文化—心理结构和政治生涯。所以吴敬梓在小说中提出的范进、周进、牛布衣、匡超人和杜少卿的命运，并非个别人的问题，而是他看到了历史的凝滞。而正是借助于对科举有着深刻的内心体验，他才极为容易地道破举业至上主义和八股制艺的各种病态形式。作者所写的社会俗相不仅是作为一种文化心理的思考，同时更多的是做了宏观性的哲学思辨，是灵魂站立起来以后对还未站起来的灵魂的调侃，由此我们也看到了吴敬梓小说的一个症结：思想大于性格。

黑格尔曾指出："本质自身中的映象是反思。"[1]又说："本质在它的这个自身运动中就是反思。"[2]在黑格尔看来，"反思"概念所显示的运动，不仅是本质的"自己运动"，而且是向本质自身内部深入的"无限运动"。这种运动，不是那种没有质变、没有转化、没有飞跃的机械重复的运动，而是经过辩证否定的环节，向着更加丰富和深刻的本质"变和过渡"的"无限运动"。反思其所以能在理性认识发展中完成一次次飞跃，就在于它是由被认识的本

---

[1]《逻辑学》下卷，第8页。
[2] 同上，第14页。

质自身的否定性决定的。用黑格尔的话来说就是"本质的否定性即是反思"。吴敬梓在他的小说中对举业至上主义和八股制艺的批判就如同剥笋一样，剥一层就是一次否定，也就是一次理性认识的飞跃，从而也就是向本质的一次深入，《儒林外史》思想内涵的深刻性首先在于此。

如果从第一个层面进行考察，众所周知，科举制度是隋唐以来封建统治集团培养官僚的主要途径。随着封建统治的日趋没落，科举制度已经异化，它的腐朽性暴露无遗。明代以后，封建朝廷又以八股取士，更是为了强化对人们思想的控制，把人们培养成恪守封建道德规范的精神奴才；而一些读书人，为了跻身于官吏行列，也把八股文当作猎取功名富贵的敲门砖。这种腐朽制度，必然孕育出大批社会蛆虫。吴敬梓本人曾既是科举制度的热衷者，又是它的受害者，所以他的感知来得分外深刻，不能不使他进行历史的反思。因此《儒林外史》一书的重要审美特色是它的反思性。吴敬梓创作《儒林外史》的总体构想，就是对中国封建科举制度和举业至上主义的反思。试看，作者笔下的人物大多具有八股取士造成的畸形变态的品格形式。因此，从政治文化的外显层次来看，吴敬梓出色地揭开了科举取士制的溃疡面，这就势必使那些孳生在腐肉上的蛆虫也连同暴露出来。那一批批拥拥挤挤向着仕途攀爬的家伙，正是封建官僚的后备军。吴敬梓揭露这些候补官吏的丑恶嘴脸，在客观上使人们看到封建吏治这株腐朽大树糜烂的根部，认识到它每况愈下的原因。仅就这一点来说，《儒林外史》的思想意义就已经使它不朽了。

然而更为重要的是，吴敬梓的笔触并没在科举制度上徘徊，因此《儒林外史》也没有停留在这种外显层次上，而是发展到宏观的民族文化的深隐层次。这就触及到了什么才是人——尤其是作为国家精英的知识分子——的真正的思想解放问题。这是问题的第二个层面,也是不易为人看透的层面。在我们的古代作家中,往往注意到了他的人物在经济和政治方面的解放的企求,而关于其他方面的解放,特别是对人的认识,对人的精神世界的问题,并没有引起众多作家的普遍注意。可是吴敬梓却考虑到了民族精神和民族性格的整个素质问题,并通过几个典型人物的活生生的心灵世界,展示了民族文化的实相,从而强劲地呼唤人们对民族文化的积极扬弃和择取,从而觅取到真正的活力不断的源头。这样,吴敬梓就为我们提出了一个民族精神如何获得解放的尺度问题。

在我们当代的《儒林外史》研究中始终有"丑史"和"痛史"之争。而我之所以长期认为《儒林外史》是一部历史的文化反思性的小说,乃因为在我看来,反思与批判略有不同,只有科举制发展到它的尽头,人们才有可能对自己进行这种反思。在吴敬梓时代,解决精神结构的问题已经提到历史日程上了。在我们的古代小说中,用精神的办法解决精神结构的问题,过去似未曾有人提出过。我们的小说史上还没有一部像《儒林外史》这样对中国民族文化中的糟粕——八股制艺所造成的精神悲剧,正面表示深沉抗议,并对此进行反思的长篇。

正是这种深邃的思想和他的小说的厚度,乃使鲁迅先生喟然而叹:伟大也要有人懂!《儒林外史》在一定程度上可以看成特定历史时期内我们民族的精神现象史。它并未过多着眼于代表经济、政治压迫的外部势力对知识界的迫害,而恰恰是集中写知识分子的自我表现和自我感觉,笔锋所向是知识分子在举业至上主义和八股制艺的牢笼下如何冲决精神罗网的问题,这是《儒林外史》高于以往批判诸作的地方。这一方面体现出准确的时代感，同时提供了反思的基础。且不说像《水浒》等作品中的人物还在被迫同外部势力作生死攸关的苦斗，无暇顾及自身的精神如何；就是像"三言"、"二拍"中的市民和文士，也还不过是在谋求经济、政治和婚姻的解放，尚未触及精神解放问题。《儒林外史》中的人物如周进、范进、牛布衣以至于杜少卿诸人，也仅限于提供反思的基础，人物本身还未能进行这种反思：即你对周进、范进等人的精神作何感想？感想当然是各式各样的。所以《儒林外史》的反思性的复杂，正反映了社会上对知识分子精神结构问题的复杂态度。这恰好表明对此进行反思的迫切的需要。

一般地说，一部小说不可能容纳两种相反的立意。但是，在《儒林外史》中可以明显地感觉出作者的情感是悲喜兼有。作家从来都是怀着复杂的感情去写他的人物的，正是《儒林外史》展示的悲喜剧中蕴含有复杂而深刻的感情内容，所以才具有艺术魅力，令读者动容。

在科举制和八股制艺的罗网里，知识分子是"没有自由意志的物体"，举业至上主义造成了心理变态和人性的异化。正由于此，我们在《儒林外史》中可以明显地看到吴敬梓笔下的众生相：凄惨和得意，失败和胜利形成强烈的对比；物质和精神，现实和幻想尖锐地冲突；悲剧和喜剧，眼泪和笑声高度地交融统一，它们形成了巨大的情感冲击波，冲击着读者的灵魂。作者由痛苦的沉思转为发笑；而读者则由发笑转入痛苦的沉思。

由此可见，吴敬梓不是要给一个个知识分子画像。他是历史地、具体地活画出掌握知识但却愚昧的知识分子的奴性心理。所以这部小说要唤起民族的一种注意，即作者要告诉自己的群体，如果我们不认识到自己身上的愚昧性,则我们的民族是不会有根本的改变的。吴敬梓是以一种深刻的历史哲学去考察自己先辈和同时代人的生活,尤其是他们的内心生活。他提出了这一群体的命运,因此他写的不是个别人的心灵历史,而是从总体上把握了知识分子的心理脉搏。

《儒林外史》作为小说文类,采用的手法应属今日小说理论中的所谓反讽模式(Irony Pattern):自嘲(自我嘲弄)和自虐(自我虐待)。反讽是赞美的反拨,是对异在于己的历史的清醒时的嘲弄、讽刺、幽默。它是一种否定,一种近乎残酷的否定:我们曾经追求过、挚爱过的,现在又不得不抛弃;然而在抛弃的同时,我们又不能不留恋曾经为此付出的努力、希望、热诚。正如黑格尔所说,反讽产生于这种情境:尽管那些自身毫无意义的微不足道的目的,看起来确实在以十分认真的态度和规模巨大的准备工作,力求实现。所以反讽就是对这样的东西进行嘲弄,人们所虔诚地、全心全意地从事的,恰恰是本身毫无意义的,甚至是与己相敌对的。应该看到《儒林外史》的伟大在于作者没有把反讽停留在第一个层面上,即以胜利者姿态,对对象进行居高临下的嘲弄。用我们现在的俗话,就是把自己也"摆进去"。小说中对对象的嘲弄已开始被自我嘲弄所取代,原来作为反讽主体的我,这时走到了对象的位置,他不再是胜利者而是失意者。他嘲弄了现实以后蓦然回首:"我"同这一现实一样是嘲弄的对象,真正需要和可以嘲弄的,恰恰是自己。由此看出,吴敬梓的感知是有质量的,而他的反讽更是深刻的,这一切使《儒林外史》的反思性有了更为巨大的历史感和当代性。

按照一般创作规律看,没有对于艺术形象的爱,作品就不会诞生。艺术家的职责是在作品中表明自己的思想倾向和感情前途。艺术形象固然体现着作家写实的客观态度，同时，毕竟也渗透着作者主观的审美评价，它表达作者对"世道人心"的主观好恶。这是带有一定普遍性的倾向，这也必然体现在吴敬梓、曹雪芹这样一些具有深度文化修养的作家的创作中。《儒林外史》中的杜少卿不管有没有作家自己的影子，作为一个艺术形象，他那耿介刚直的性格，他在困境中不失操守，宁可穷而不达，也不肯苟合于污浊的世态以及对友谊信念的诚挚等等，都集中地概括了传统人文知识分子的道德素质和精神风貌。这些朴素的道德理想，和儒家以伦理为核心的哲学思想有着密切的联系。重视人世间关系的协调，"以心理学和伦理学的结合统一为核心和基础"，把人们的情感"抒发和满足在日常心理—伦理的社会人生中"。[1] 这是儒家哲学的基本特征。吴敬梓以生动的艺术形象所表现的，都不是超世间的崇高精神，只是在否定儒家思想中强调等级秩序的偏见和轻视妇女的封建礼教的同时，把其"仁爱"观念中所包含的一般博爱思想、富于实践性精神等具有人民性的部分，艺术性地再现于知识分子的原始生活命运中，使传统的观念在艺术表现中获得时代感。他笔下的杜少卿等正直的有操守的人文知识分子几乎都带有这种思想特征：他们或淡于世事，不屑为浮名俗利而数数然；或甘于寂寞，在清贫的风雅中自得其乐；也有的性情放达，不求进取，飘逸中藏起对人生的严肃态度。这些精神特点正好与他们急公好义、耿介刚直、不苟合于污浊世态的道德风貌相补充。一方面是积极入世、注重实践、有所作为的道德理想；一方面则是消极出世无为清静的道家精神。二者相辅相成，形成了他们的人生哲学，"达则兼济天下"，施及旁人，穷

---

[1] 李泽厚《美的历程》。

一位古代小说家的文化反思——吴敬梓对中国小说美学的拓展

则独善其身,无所求而无所失,有所不为才能保持道德人格的完整。

从《儒林外史》所展示的两个层面我们发现,吴敬梓也具有中国人文知识阶层经常反复出现的"忧患意识"。这种"忧患意识"是台港学术界影响极大的徐复观先生提出的。他认为这种"忧患意识"的出现,和儒家特殊性格形成密切相关。美籍华人杜维明先生认为,中华民族早期,特别是儒学的出现,体现为一种"忧患意识"。这种"忧患意识"促使人们对人进行全面的反思,可以说,对人的反思,构成了轴心时代中华民族的哲学心态。[1]这一观念现已逐渐被大陆学者所接受,并有所发挥。实际上我们看吴敬梓也正是有这种积极正视现实的"忧患意识"。在他的小说中,这一"忧患意识"有两层内涵:一层即是肯定人类文明、文化的价值,因而对周代文化传统的崩溃,有一种不忍之情,想恢复过去的礼乐制度。这一点我们可以从吴敬梓小说中祭泰伯祠一节找到内证。但是这不是我们一般所认为的复古,而是对中华民族从殷商以来所建构的文明做了一个内在的肯定,希望这一文明能够延续下去。

然而我认为更重要的也是不易被人发现的那个潜隐的层次,即吴敬梓在资本主义生产关系萌芽出现以后,他对新思潮的敏感,他不知不觉地对八面来风的新鲜信息已有所吸收。他的当代意识极强,所以作为小说艺术家和诗人的吴敬梓就不可能不用其作品唤起民族精神的内省和更新,而这首先需要作者自身的内省和更新。正是由于吴敬梓的思想观念和艺术观念的不断更新,所以在审美判断上使他具有了那样深邃的透视力、洞察力和强烈的感受力。吴敬梓确实把史识、今识和诗识水乳交融在一起了,因此他的内省和反思才是

---

[1] 其文见《读书》1985 年第 10 期。

如此真诚和深刻。他的"忧患意识"正是对科举制度进行宏观的历史反思的结果。

歌德说：

> 一个伟大的戏剧诗人如果同时具有创造才能和内在强烈而高尚的思想感情，并把它渗透到他的全部作品里，就可以使他的剧本所表现的灵魂变成民族的灵魂。我相信这是值得辛苦经营的事业。[1]

我认为吴敬梓辛苦经营的正是这样一种"事业"。在他内心翻腾的一定是一种痛苦的感情。他看到了科举制度和八股制艺对人的灵魂的残害达到了何等酷烈的程度，因此他意在通过自己对民族文化和民族性格以及民族素质的宏观的历史文化反思，引导当时和以后的知识分子走向更高的精神境界、更高的理想、更高的品质，也就是他要通过自己作品中的历史文化反思，去影响民族的灵魂，这就充分说明了吴敬梓的睿智和见地。

总之，伟大的吴敬梓通过他的小说艺术的积极实践，给中国小说史增添了一个新品种，并促进了中国古代小说向着更深隐的文化层次拓展，这就是他对中国小说美学的贡献。

---

[1]《歌德谈话录》，第128页。

喜剧性和悲剧性的融合
——《儒林外史》的实践

在中外文艺史上，每个有成就的作家都有自己认识生活、反映社会现实的独特角度，也有表达自己心灵世界的独特方式，总有他特别敏感和注意的人物，并由此形成他自己独特的形象体系。因此对一个作家进行科学的研究和评价，必须抓住他创作的独特性，就是这个独特性成为其在文艺史上地位的最重要的标志。那么，什么是《儒林外史》的独创性呢？笔者认为，应该在喜剧性和悲剧性的融合之中去寻找。正是伟大作家从社会悲剧出发，创造了自己的喜剧体系。正是在他的杰作《儒林外史》中把喜与悲、美与丑、崇高与滑稽融合无间，构成了一个浑然一体、别具一格的艺术世界。

一

喜剧性和悲剧性的融合在《儒林外史》中的实现，一方面是吴敬梓才能最突出最鲜明的表现，另一方面也是我国小说艺术发展到成熟阶段的成果。

好恶染乎世情，美丑因时而变。审美意识和审美活动的衍化、凝练和质变，因时代、环境和民族特性而殊异。作为一种审美理想，喜剧性和悲剧性的融合，是在人类审美意识史进入全面综合阶段的时代背景中兴起的。这已为中外文艺实践和文艺思想的演变所证实。为了充分认识《儒林外史》悲喜融合的意义，有必要把它放置在世界文艺发展历史中进行考察。

古希腊文艺中，悲剧和喜剧有严格的界限，各自作为一种独立样式而存在和发展。到了文艺复兴时期，资产阶级人文主义强调普通人的价值，在艺术上也要求全面地反映现实生活，于是提出要打破悲剧和喜剧的界限。意大利戏剧家瓜里尼（1538—1612）首先发难，创造了悲喜混杂剧这一新剧体，并写了《悲喜混杂剧体诗的纲领》（1601），提出"悲剧的和喜剧的两种快感糅合在一起，不至于使听众落入过分的悲剧的忧伤和过分的喜剧的放肆"。[1]与此同时，莎士比亚和很多造型艺术家都曾大胆地把悲与喜、现实与幻想、崇高与卑下、严肃与滑稽糅合在一起，并在这种糅合中塑造了现实主义的真实性格。18世纪德国伪古典主义重新捡起了悲剧和喜剧不可逾越的僵死教条，而严重束缚了文艺的发展。狄德罗起而反对伪古典主义的清规戒律，认为把戏剧分割为悲剧和喜剧两种截然不同的剧体不符合客观现实。他主张把悲剧和喜剧统一起来成为悲喜剧，即严肃的喜剧，并且自己身体力行。此后，雨果和别林斯基从不同角度提出了"美丑对照"和"悲喜交织"的美学原则。雨果在他那篇被视为"浪漫主义宣言"、"讨伐伪古典主义的檄文"的《克伦威尔·序》（1827）中提出：在现实生活中，并非一切都伟大、一切都崇高优美，世界万物是复杂、多面的，一切事物有正面也有背面，再伟大的人也有其渺小可笑的一面，"丑就在美的旁边，畸形靠近

---

[1]《西方美学家论美与美感》，商务印书馆1980年版，第75页。

喜剧性和悲剧性的融合——《儒林外史》的实践

着优美,丑怪藏在崇高背后,美与恶并存,光明与黑暗相共"。[1]雨果的"美丑对照"原则,大大开拓了文学的题材范围和表现手法,使广阔的社会生活和复杂的现实人生得以进入文学领域。别林斯基是在评论果戈理的小说《塔拉斯·布尔巴》时阐述了他的悲喜交融的美学理想的。他认为塔拉斯·布尔巴"充满着喜剧性,正像他充满着悲剧的壮伟性一样;这两种矛盾的因素在他身上,不可分割地、完整地融合成一个统一的、锁闭在自身里面的个性;你对他又是惊奇,又是害怕又是好笑"。[2]他还赞扬果戈理的《旧式的地主》是一部名副其实的"含泪的喜剧"。[3]但不久,法国戏剧评论权威弗朗西斯科·萨赛(1827—1899)在他的《戏剧美学初探》中,针对雨果《克伦威尔》的序言进行了驳难,提出"笑与泪的任何混合"都有破坏审美感受的危险,因此提出"喜剧与悲剧、滑稽与崇高之间绝对区别,再合理不过"[4]的倒退理论。到了20世纪卓别林的悲喜剧的出现,特别是以后的综合美学的崛起,悲喜融合又提到日程上来,并取得了辉煌的成果。到这里达到了一个经历了正反合总体全程的最高度。

在我国,审美意识和审美活动的衍化和质变,与西方同中有异。我们民族美学中没有严格的截然对立的悲剧和喜剧的范畴,如同我国很多优秀的作品很难用现实主义和浪漫主义来归类一样,我国很

---

[1] 《雨果论文学》,上海译文出版社1980年版,第80页。
[2] 《答"莫斯科人"》,见满涛译《别林斯基选集》第2卷,时代出版社1953年版,第340页。
[3] 《论俄国中篇小说和果戈里君的中篇小说》,见《别林斯基选集》第1卷,人民文学出版社1958年版,第189页。
[4] 《古典文艺理论译丛》第11册,人民文学出版社1965年版,第273页。

多作品的情调也很难用悲剧和喜剧来归类。笔者见闻有限，所知最早提出悲喜观念的是西汉淮南王刘安。他在《淮南鸿烈》中提出："夫载哀者闻歌而泣，载乐者见哭者而笑。哀可乐者，笑可哀者，载使然也。"这是提出人们主观感情上的差异对悲喜有不同的审美感受。关于中国传统的喜剧理论，似乎着重于批判的功能。梁代刘勰《文心雕龙》强调"会义适时，颇益讽诫。空戏滑稽，德音大坏"。至于柳宗元提出的"嬉笑之怒，甚于裂眦"，算得上是传统中对于喜剧的美学理解了；而"长歌之哀，过于恸哭"，[1]也算得上是传统中对悲剧的美学理解了。但是悲喜交融的审美理想和悲喜对照的艺术手法，却大量地存在于我们各时代的文艺创作中。《诗经》名篇《东山》诗，悲喜形成了鲜明对照，它给欢乐注入了辛酸，又在哀愁和痛楚中插进了乐观的想象，从而达到感人肺腑的力量。杜甫的《闻官军收河南河北》中含泪的笑和含笑的泪水乳交融。"剑外忽传收蓟北，初闻涕泪满衣裳。却看妻子愁何在，漫卷诗书喜欲狂。……"这种达到"狂"的极度欢乐情绪是以"涕泪满衣裳"的形式表现的。明末思想家王夫之在诗学名著中把这些概括成一条带有规律性的审美经验，即"以乐景写哀，以哀景写乐，一倍增其哀乐"。[2]

与西方早期戏剧中悲剧和喜剧壁垒森严不同，我国传统戏曲，悲喜从来是混杂的，讲究"庄谐并写"、"苦乐相错"，[3]纯粹的悲剧和喜剧较为少见。即使像元代大戏剧家关汉卿的典型的大悲剧《窦娥冤》也有丑的插入，桃杌太守的打诨不仅没有破坏悲剧气

---

[1] 柳宗元《对贺者》。
[2] 《薑斋诗话》卷一"诗译"，人民文学出版社1962年版，第140页。
[3] 明·吕天成《曲品》，见《中国古典戏曲论著集成》第6册，第211、224页。

氛，而且让观众在鄙笑中建立不妙的预感和批判的态度。无名氏的公案世态喜剧《陈州粜米》用了一整折写张憋古被打死的惨剧。王实甫的爱情剧《西厢记》交织着多种因素，有悲剧的，有喜剧的，有庄严的，也有轻松的，它们相互作用，相互消长。明代汤显祖的《牡丹亭》不乏悲喜剧式的人物和情节。《梁山伯与祝英台》更是通过喜与悲的交替发展构成了对比和反衬。根据我国戏曲中悲喜交织以及喜剧性的行动中隐藏着深刻的悲剧因素的现象，明代的祁彪佳在《远山堂剧品》中提出了"于歌笑中见哭泣"的说法。清代戏曲理论家李渔则提出了"寓哭于笑"【1】的观点，认为这是和道学家们的"板腐"、"板实"、"道学气"相悖的"机趣"。他所说的"我本无心说笑话，谁知笑话逼人来"【2】的科诨妙境，就是指悲剧和正剧中插入喜剧人物和喜剧情节，构成了戏剧情境的丰富多彩。

在我国浩如烟海的说部里，有许多杰出的单纯悲剧小说和喜剧小说。但是同戏曲一样，属于悲喜剧性的小说则显得格外出色。那些描写广阔生活的史诗性的长篇小说，当然同时存在着悲喜剧人物和悲喜剧的情节，就是那些精致的短篇如《金玉奴棒打薄情郎》《卖油郎独占花魁》《玉堂春落难逢夫》等，完全可以说是人生悲喜剧的真实写照。它们都是把悲与喜、善与恶、美与丑、崇高与粗俗相对照，从而展示出一幅幅社会风俗画。

通过上面的粗略考察，不难看出，由于时代不同，民族生活和文化传统不同，文艺思潮的流变和审美活动也不同。但是艺术家们却不谋而合地把悲喜融合看作是艺术美的极致，是他们殚精竭虑企

【1】《李笠翁曲话》，陈多注释，湖南人民出版社1980年版，第42页。
【2】同上，第96页。

望奔赴的美的高峰。他们当中的杰出人物似乎都发现了一条规律：悲和喜的对比映衬，相反相成，能激发出比单纯的悲和喜更深刻更丰富的审美感情，更能真实完美地反映充满矛盾的复杂生活。

吴敬梓在他生活的时代，当然还不可能借鉴西方小说创作的经验，形成他创作的特色的，仍然是中国传统文艺的影响。他的思想和作品无不浸润着中国民族的长久的优秀的传统和人民的审美理想。我国传统的诗歌、戏曲、小说等艺术样式中悲喜因素往往是混杂的，但是它们的基本构成大致有三种类型：一种是悲喜映照和衬托；一种是一悲一喜交替发展，各自向自己的方向伸展；第三种则是前悲后喜，或前喜后悲，悲剧性和喜剧性两种美学元素还没有完全达到水乳交融、浑然一体的境界。吴敬梓不满足于悲与喜的并存，而是探索如何把二者融合在一起。

《儒林外史》终于取得了艺术上的一次重要突破，它不仅把可悲的、滑稽的、抒情的、哀怨的互相穿插，而且把喜剧的、悲剧的、正剧的、闹剧的各种审美元素糅合在一起，把人们看来似乎对立的艺术因素兼收并蓄，不仅没有带来风格上的杂乱，而是给他的小说带来了艺术上的绚丽多彩，带来了更大的生活真实，带来了哲学的概括和诗意的潜流。《儒林外史》是继17世纪诞生的《堂·吉诃德》之后，19世纪诞生的果戈理、契诃夫作品之前，将喜剧性和悲剧性融合得最好的艺术品。这些辉煌的不朽的巨著虽然走过的是不同的美的历程，但最后都攀登上了悲喜融合的美的巅峰。

二

讽刺大师吴敬梓是用饱蘸辛酸泪水的笔来写喜剧、来描绘封建主义世界那幅变形的图画的。他有广阔的历史视角，有敏锐的社会观察的眼光，因此，在他的讽刺人物的喜剧行动背后几乎都隐藏着内在的悲剧性的潜流。这就是说，他透过喜剧性形象，直接逼视到了悲剧性的社会本质。这是《儒林外史》喜剧性和悲剧性融合的重要特点之一。

讽刺效果最揪动人的心灵的是那些原本出身下层、然而在挣扎着向上爬的人物的悲喜剧。这里的几个人物，堪称吴敬梓讽刺典型的精品。

周进和范进都是在八股制艺取士的舞台上扮演着悲喜剧的角色。一个是考了几十年，连最低的功名也混不到，感到绝望，因而痛不欲生；一个是几十年的梦想突然实现，结果喜出望外，疯狂失态。他们并不是天生怀有变态心理，而恰恰是功名富贵把他们诱骗到科举道路上，弄得终日发疯发痴、神魂颠倒，最后走向堕落的道路。吴敬梓在这里送给读者的不是轻率的戏谑和廉价的笑剧，而是那喜剧中的庄严的含义。当周进刚一出考场，作者就点染了那个世风日下、恶俗浇漓的社会环境。在这样的环境气氛中，这个考到胡子花白还是童生的主人翁的内心感受应该怎样？梅玖的凌辱，王举人的气势压人，最后连一个每年十二两银子束脩的馆也丢了。从这些描写里，无不深切入微地揭示了他积压在内心的辛酸、屈辱和绝望之情。因此一旦进了号，看见两块号板，"不觉眼睛里酸酸的，长叹一声"，一头撞上去，昏厥于地，就成为事所必至、理有固然了。范进中举发疯，这是因为时时热切盼望这一日，但又从来没有料到会有这一天，这猛然的大惊喜，使他长久郁结之情顿时大开，神经竟不能承受。那发疯的状态和过程，无不使人发笑，又无不令人惨然。始而怜悯，继而大笑，最后是深深的悲愤。读者的这种心理过程,正是对周进、范进的悲喜剧的艺术感受的过程。正因为吴敬梓给可笑注入了辛酸,给滑稽注入了哀愁和痛苦,因而更能撩人心绪,发人深省,这喜剧中的悲剧因素,包含着深邃的社会批判性。

但是,对于吴敬梓这种直接的现实写照背后具有的那股深深的悲剧性的潜流,并不是容易一目了然的。有的研究者就曾认为范进只是一个可笑的人物,而不是一个可悲的人物,把可悲和可笑截然分开。一位美学研究者就持此观点,指出:

> 范进和孔乙己可以说都是封建科举制度的牺牲品,但前者是喜剧的,后者却具有悲剧的成分和因素。因为范进仅仅是一个封建功名利禄的狂热追求者,甚至因中举而喜得发疯了的人物,在性格上没有正面因素的成分。……所以我们说,如果范进是一个十足可笑的喜剧人物,那么孔乙己虽然也是可笑的人物,但同时也是为人所同情的可悲的人物。[1]

这里我们且不论鲁迅笔下的孔乙己是周进和范进一类人物典型的延伸,他们同属于一个"家族"(这关系到人物形象的历史积累与典型人物之间的继承和发展诸问题)。仅就范进这一典型来说,他完全不同于吴敬梓笔下的彻底否定的反面典型严监生兄弟和牛浦郎等,那样的人物确无悲剧性可言。然而范进和周进一类讽刺人物却带有浓厚的悲剧色彩,在一定意义上说,他们本质上是悲剧性的。著名剧作家李健吾先生有个高论:喜剧往深里挖就是悲剧。信然,在喜剧性和悲剧性之间并没有什么不可逾越的鸿沟。如果我们把原来社会地位卑下,生活无着以及精神上的空虚、颟顸和绝望看作是

---

[1] 见施昌东《"美"的探索》,上海文艺出版社1980年版,第391—392页。

范进的悲剧性，那未免是皮相之谈。在我看来，范进的悲剧性不是命运和性格的原因，也不是有没有"正面因素的成分"的问题，而是罪恶的科举制度，是举业至上主义把一个原本忠厚老实的人、生活中的可怜虫的精神彻底戕害了。因此，他后来中举时痰迷心窍、发狂失态的带有闹剧色彩的场面是接近于悲剧的。在这里悲剧不是浮在喜剧之上，而是两者熔为一炉，浑然一体，最惹人发笑的疯狂的片断恰恰是内在的悲剧性最强烈的地方。当吴敬梓在揭示范进形象的内容时，他像一位高级艺术摄影师那样，"拍"下了形象的喜剧脸谱，"观众"在脸谱后面看到的，不是被笑所扭歪的人的脸，而是被痛苦所扭曲的脸。

是的，吴敬梓喜剧中的悲剧笔触不像一般悲剧中那样浓烈，哀恸欲绝、慷慨悲歌，而是一种辛酸的、悲怆的哀怨之情。鲁迅先生所说的"戚而能谐，婉而多讽"，就近似这样的意思，所谓"含泪的喜剧"正是这种色调。

悲剧的因素常常蕴藏在生活的深处，在作品情节构思的背后，就如前面分析的那些悲剧契机，常常是不能够一目了然、一语道破的。这一点在《儒林外史》的其他人物活动中同样表现出来，比如马二先生，实际上也是一个青春被科举制度所牺牲、思想被八股教条所僵化的老学究的典型。他不同于周进、范进之处，就在于他最终也没爬入官场。

在《儒林外史》的讽刺人物画廊里，马二先生不失为一个善良的读书人。他虽然迂阔，可是对人诚恳，做人朴实，又慷慨好义。然而他的可笑和可悲却在于他丧失了现实感。二十多年科场失利，他仍然是一个虔诚的举业至上主义的信徒；为宣传时文奔走一生，最终仍一无所得。他既看不清周围的现实，又丝毫不知道自己的真实处境，内心中始终燃烧着炽热的功名欲望，弥久不衰。马二先生的全部喜剧性，就在于这个人物性格中的主观逻辑和生活的客观逻辑发生了矛盾。正是这个社会性的矛盾，才构成了马二先生喜剧性形象的基础。

但是马二先生又是一个具有双重悲剧的人物，他的悲剧正是通过喜剧性格的发展而构成的。马二先生是八股制艺的受害者，这已够可悲的了，然而在屡屡碰壁之后，仍无一星半点的觉醒，这是更大的悲剧。最可悲的是，他是那么真诚地执着地引导别人去走自己已由实践证明了走不通的老路，于是他变成了一个用"好心"帮助他人演出悲剧的悲剧人物。匡超人的堕落是一明证，而且匡超人后来对他忘恩负义，何尝不是对他的"好心"的一种惩罚呢？吴敬梓对马二先生并没有采取抨击性的和愤怒的讥笑，而是采取了无伤大雅的戏谑和幽默，作者好像和我们读者一道在一种感情默契中共同陷入对人生哲理的深长思索。

在《儒林外史》中，我们从吴敬梓所写的众多人物的每一个富有喜剧性的行动中，几乎都可以挖掘出隐藏在深处的悲剧性潜流。即使着墨不多的范进的老娘、严监生的妾赵氏，都有值得品味的社会性的内涵。范老娘演出的是一场大欢喜的悲剧，而赵氏演出的则是一场空欢喜的悲剧。至于那位鲁编修的女儿鲁小姐更是畸形社会的特殊产儿。在鲁编修熏陶下，她在晚妆台畔，刺绣床前，摆满了一部部八股文，"每日丹黄烂然，蝇头细批"。当她发现自己的夫婿不长于此道时，在痛苦之余，又寄希望于自己的儿女，每天拘着刚满四岁的儿子"在房里讲《四书》读文章"，每晚"课子到三四更鼓"，简直是八股之祸被及幼童了。这里作者虽然用的仍然是不动声色的幽默的笔调，但悲愤的感情已经冲破喜剧的外壳，溢出纸面,读后怎么能不使人长叹息呢!

鲁迅说:"泪和笑只隔一张纸,恐怕只有尝过泪的深味的人,才真正懂得人生的笑。"吴敬梓一生饱尝了人间的艰辛困厄,因而对一切不幸的人总是怀着一颗纯真、仁爱、宽厚的同情心。在他刻画非统治集团的讽刺人物时,似乎越来越笑不起来了,他笔下的人物呈现出更多的悲剧性,甚至讽刺形象的悲剧色彩压倒了喜剧色彩,单纯的喜剧形象让位给大量的悲剧的性格。在这些"失掉了笑"的讽刺形象中,关于王玉辉的一束精彩的速写,更令人欷歔不已。

王玉辉的女儿自杀殉夫的故事本来是一出人间惨剧,王玉辉本质上也是个悲剧性的人物,但作者却偏偏让他扮演喜剧角色。吴敬梓对王玉辉身上那腐朽的、野蛮的、荒唐的一面,给予酣畅淋漓的揭露和讽刺。谁能忘怀王玉辉鼓励女儿自杀殉夫的那一番高论,谁又能忘怀当女儿真的绝食殉夫以后,他那"仰天大笑"的反常行动?然而这里的一"言"一"行",实际上都是他自己做出来的。借用卓别林《舞台生涯》的一句台词:"人硬是做出可笑的样子,该是一件多么可悲的事",来作为对王玉辉这个穷困潦倒、被社会遗弃的灰色知识分子的人生写照是再合适不过了。吴敬梓对于王玉辉这个喜剧典型是抱着深沉哀怜的,他的笔锋所指,在于深入地剖析了造成这种乖谬可笑现象的社会根源。在笑的后景上是严酷的令人忧郁的现实。

《儒林外史》在一定意义上说是吴敬梓的一部"心史"。作者对于人物的挖苦、嘲笑,并非是对个人的人身攻击,相反却是怀着一种深切的同情。作者好像坚决相信:人多是一些善良的,他们只是受了政治和社会制度的作弄,以致迷失了本性,陷入了这样堕落无耻、愚妄无知的不堪的地步。因此,我们读《儒林外史》总是觉得作者"是用胆汁,而不是用稀薄的盐",[1]写出他笔底的可悲又可笑的人物的。

匡超人是吴敬梓用最深沉的感情写出的一个血肉饱满的人物。他用他那柄犀利、明快的解剖刀,毫不留情地挑开科举制度下一个丑陋、颤栗的灵魂,并发出冷峭的笑。但是,吴敬梓要告诉人们的,却是一个人的精神生命的毁灭,一出真正人性沦丧的悲剧。

匡超人本来是一个多么纯朴善良的农村青年啊!他用自己的辛勤的汗水来养活父母,这样的人在正常的社会,理应具有正常的美好的人性,可是在一切都颠倒了的世界里,他的心灵受到了严重的污染,举业至上主义的毒菌、恶俗浇漓的世风,使他的正常的人性完全被扭曲了,学会了一套吹牛拍马、坑蒙拐骗的本领。他可以任意诋毁曾经在危难时救济过他的马二先生,他无耻地伙同市井恶棍假刻印信、短截公文、代做枪手、选时文、充名士、攀高结贵、奔竞权门,最后竟然停妻再娶,这已经不仅仅是劳动者美好人性的异化,而是人性的泯灭。匡超人的正常人性的质变和精神毁灭的悲剧,是"圣人"和圣人之徒戕害的结果。吴敬梓以现实主义的清醒的目光,含着讽刺家的忧伤的嘲笑,通过匡超人的堕落历史,既把那无价值的撕破给人看,又将那人生有价值的东西毁灭给人看,嬉笑中带有严肃、深长的思索。这种冷中有热,冷中含愤,笑中有悲,笑中有恨,正是《儒林外史》悲喜融合的独特色调。

吴敬梓是笑的大师。他的喜剧激发着各种各样的笑,嘲讽的、戏谑的、幽默的、欢乐的,有爱的笑,也有恨的笑。但是作为基调的笑声,则是浸透着泪水的、含泪的笑,是发人深省的笑,是令人

---

[1]《别林斯基选集》第1卷,人民文学出版社1958年版,第47页。

难以忘怀的笑。正是在这悲喜融合中,包含着作者深邃的社会批判力。笔者非常同意如下的论断:

> 混合着痛苦的憎恶和明朗的笑,这是《儒林外史》作为讽刺小说来看,达到了很高的成就的标志。在我国的文学史上,《儒林外史》是第一部显著地具有这种标志的小说。【1】

值得我们重视的是,吴敬梓并不仅把悲喜融合的美学原则用之于讽刺人物,而且还用之于肯定人物,何其芳先生曾提出过一个问题:"如果说吴敬梓所批判的事物是很好理解的,他的理想和他根据这种理想而写出的一些肯定人物却就比较复杂,比较不易说明。"【2】笔者对这个问题的理解是:作者没有从"好人"的概念中去衍化人物的感情和性格行为。清醒的现实主义态度,使他真实地写出人物的两重色彩,也就是说作者写这些人物时"爱而知其丑"。乔治·桑在同福楼拜讨论人物性格塑造时提出,真正的艺术大师笔下的典型人物应当"不是或好或坏,而是又好又坏",【3】说得既中肯又深刻。

关于杜少卿,这是向来被研究者看作是作者取他自己的影子而创作出来的一个肯定人物,在书中被称赞为"品行文章是当今第一人",傲然独立于儒林各色人等之外。他重孝道,又慷慨重义,经常把大捧的银子拿出来帮助别人,结果田产荡尽,靠"卖文为活",却依旧"心里淡然"。可是这个在贵族环境中成长起来的杜少卿却

【1】《论〈红楼梦〉》,人民文学出版社1958年版,第44页。
【2】同上,第37页。
【3】见乔治·桑致福楼拜的信,1857年12月18日。

又远离人民，几乎不知身边还有另外的生活，因此他不可能看到变革社会的力量和道路。结果热情消失，梦想破灭，只落得整天无所事事，沉溺于诗酒与遨游之中，以填补自己内心的空虚。他虽然蔑视功名富贵，鄙弃举业，但又无力与这个社会决裂。他对社会有一定清醒的认识，但乏于实际的行动，这就是他最终成为悲剧性人物的根本原因。但是富于讽刺意味的是，这位颇为淡雅清高的贵公子，在家乡却又与市井恶棍张俊民和儒林败类臧荼结为知己。一方面他可以嘲骂臧荼"你这匪类，下流无耻极矣"，另一方面又拿出三百两银子为这个"匪类"买来一个廪生，而他又明明知道臧荼买廪生是为以后"穿螺蛳结底的靴，坐堂、洒签、打人"。杜少卿只顾自己的"慷慨好义"，实际上却是鼓励别人作恶，难怪娄焕文临去时批评他"不会相与朋友"，"贤否不明"。这种昧于知人，和娄三娄四公子一类人物又有何不同呢？这样美丑不分、贤否不明，简直是对"品行文章当今第一"的讽喻。杜少卿行为引发人们的笑，是由于不协调产生的，因为外表与内心、意图与效果、现象与本质、行为与环境……之间的不协调，都可以引起人们的笑。杜少卿的悲喜剧都来源于这个"不协调"，而这正是作者对小说反讽模式的一种探索。

　　《儒林外史》既不是莎士比亚式的穿插着喜剧因素的悲剧，也不是我国传统戏曲小说中那种悲喜混杂和对比映衬，而是悲和喜的融合，具有新的含义的新元素。在艺术史中，当然有许多非常杰出的单纯的喜剧和单纯的悲剧，然而真正含泪的笑或含笑的泪，则往往是对生活的深刻揭示和对人物心灵深入开掘才可能产生的美学效果。悲和喜的相反相成与彼此渗透，能激发比单纯的悲和喜更深刻更丰富的审美感情，这是由《儒林外史》的艺术实践所证明了的。

喜剧性和悲剧性的融合——《儒林外史》的实践

三

悲剧性和喜剧性融合的美学原则，归根结底是一个如何更真实更完整地反映复杂的社会生活，更真实更完整地揭示人物的"心灵的辩证法"的问题。

一般地说，传统的喜剧性格往往单纯突出性格的某一方面，如悭吝、贪婪、伪善、吹牛、拍马、好色等等，以此作为喜剧性的基础。但是，忠实于生活的吴敬梓却看到了社会和心理因素的丰富意义产生了具有生活中的多样性、复杂性和矛盾性的喜剧性格，而且在喜剧性格中注入了辛酸的、哀怨的、痛苦的、愤激的悲剧因素，于是人物开始超越了固定的角色类型的框框。因此，在吴敬梓笔下的那些成功的喜剧形象往往不是单一的，而是具有两重色彩，这就是后来雨果提出来的"双重的动因"说。

雨果在《克伦威尔·序》中论到"美丑对照"原则时说：

> 在戏剧里，就如同在现实中一样，一切都互相关连，互相推演。这一点人们即使不能表现出来，至少也能设想。在戏剧里，形体和心灵都在起作用，人物和情节都被这双重的动因所推动，忽而滑稽突梯，忽而惊心动魄，有时则滑稽突梯与惊心动魄俱来并至，例如，法官说："处以死刑！嗨，我们现在吃饭去吧！"……例如，苏格拉底一边喝毒药，一边谈论不朽的灵魂和惟一的上帝，中间还停下来吩咐宰只雄鸡去祭医药之神。例如，伊丽莎白女皇连骂人和闲聊也非用拉丁文不可。……[1]

---

[1] 见《雨果论文学》，第46页。

雨果的"双重动因"说，实际上是接触到了把人要当作一个复杂的矛盾体来把握。在特定的情势下，人物的行动方式同时具有两种或几种可能，甚至采取了迥然相反的行动方式。这就要求作家能够"设身处地，伐隐攻微"，[1]进入到人物的内心世界里去分析它、解剖它，发掘出人们复杂的心灵世界，把人物性格的内在诸因素加以比照。雨果所举的一系列例证，几乎都是要说明这些人物性格内部滑稽与崇高、粗俗与高雅的两种因素同时并存并相互对比。

吴敬梓似乎也"发现"了这种"双重动因"。在《儒林外史》中，众多人物的行动和情节的发展都是被这双重的动因所推动，小说中许多悲喜剧场面就是通过性格中诸因素之间的交织、渗透、转化和对比，使人物内在的性格特征得到更加鲜明的显现。

杜少卿不能说是一个写得非常成功的理想人物，但是简单地把他说成是一个概念化的人物也绝难使人信服。从"双重动因"的角度看，他想超脱庸俗而偏偏陷在污秽之中，这就是相反的"动因"相互撞击的具体表现。卧闲草堂本第三十三回评点者就指出："衡山之迂，少卿之狂，皆如宝玉之有瑕。美玉以无瑕为贵，而有瑕正见其为真玉。"这话是很有见地的。杜少卿之所以写得真实，就是因为作者没有把他写成一个善和美的标本，而是伐隐攻微，写出一个实实在在的活生生的人。匡超人、王玉辉、周进、范进、马二先生以及娄三娄四公子等等都是在这种"双重动因"支配下活动着的人物，他们都具有悲剧性和喜剧性的两重色彩。

看来根据"双重动因"的规律进行人物塑造，却可以在丰富中见完整，矛盾中求统一，它们互为补充，相互渗透，浑为一体，相

---

[1]《李笠翁曲话》，第33页。

得益彰。吴敬梓创造性地把悲剧性和喜剧性、喜剧性和正剧性、正剧性和抒情性交织在一起，符合性格多样统一的辩证法则。吴敬梓典型人物的悲喜的两重色彩，为开掘人物丰富的性格美，为揭示人物的心灵辩证法提供了很好的经验。

由于《儒林外史》的特定题材和结构，他的众多人物都是速写式和剪影式的。他所写的人物大多不从一生经历下手，兴趣也不放在曲折的故事情节上，而是把他的视点集中在人的性格中最刺目的特征和外现的形态上，从而深入细致地表现相对静止的一个个人生相。这如同从人物漫长的性格发展中截取一个片断，再让它在人们面前转上一圈，把此时此地的"这一个"放大给人看。这是勾画讽刺人物的一个很出色的手法，它使人物形象色彩明净，情节流动迅速，好像人物脸相一旦勾勒成，这段故事便告结束。但是，必须看到，这种速写式手法，给悲喜两种因素的融合也带来困难。因为它提供的生活流程过分短促狭窄，这样必然会影响对人物的两重色彩进行深入细致的描绘。不过，作者似乎感到了这种不足，他用以弥补的方法是，抓住被讽刺对象身上的矛盾性，采用集中、夸张的手法，写出他们性格和品质的急速转变，从而达到悲喜交织的审美效果。匡超人从美转向丑，范进从悲戚陡然变为狂喜，严监生的妾赵氏从成功翻向败北等等，都是在极短的时间内放大了人物性格、命运的激变，这是夸张的，又是真实可信的，它使人物的喜剧性和悲剧性两种因素获得迅速集中显现的机会。另一种手法就是多用小特点来触及大性格，抓住人物最富特征的细节来写出人物本相的某些方面。

通过人物自己的行动，而不借助于作者的说明，进行人物性格的塑造，这是我国小说人物描写的传统特色。吴敬梓根据悲喜融合的美学原则的要求,更加注意发挥人物自身的行动性,以展示悲喜剧式人物的性格特征。在《儒林外史》以前不乏揭露地主贪婪、悭吝本性的名篇,如话本小说《宋四公大闹禁魂张》是这样描写吝啬鬼张富的:

> 这员外有件毛病,要去那虱子背上抽筋,鹭鸶腿上割股,古佛脸上剥金,黑豆皮上刮漆,痰唾留着点灯,捋松将来炒菜。
> 这个员外平日发下四条大愿:一愿衣裳不破,二愿吃食不消,三愿拾得物事,四愿夜梦鬼交。

元代杂剧作家郑廷玉的《看钱奴买冤家债主》也写了一个看钱奴贾仁的形象。他想烧鸭子吃,却舍不得买,于是推说买鸭子,揩了五个指头鸭油来,舐一个指头下一碗饭,四碗饭舐了四个指头,留下一个指头未舐,在他睡觉时,被狗舐了去,他心疼不过,竟一病不起。临死时,舍不得买棺材,要用喂马槽来发送他,而他的身子长装不下,就叫儿子把他的身子拦腰砍成两截。还特意嘱咐借别人的斧头来砍,因为他的骨头硬,砍缺了刀口,又得花几文钱。这对剥削者的吝啬、刻薄可以说刻画得淋漓尽致了。吴敬梓写作《儒林外史》很可能受到过这些作品的启迪。但是,上面的例子都是作者代言和叙述,而不是人物自身的行动,因此,读后给人以一览无余的感觉,毫无潜台词可挖,而《儒林外史》则是一切通过人物的行动。胡三公子买鸭子前先拔下耳挖子,戳戳脯子上的肉看看肥不肥;严监生临死前伸着两个手指不肯闭眼;杜慎卿公开表示对天下女人深恶痛绝,但却在暗里托人找妾;至于范进在居丧期间吃大虾丸子的细节更是人所共知的。作家似乎是漫不经心、不动声色地顺笔写下了人物的这些言行,然而人物性格特征毕现。这种"直书其事,不加断语","令

喜剧性和悲剧性的融合——《儒林外史》的实践

阅者不繁言而已解"[1]的手法,为欣赏者提供了再创造的广阔空间。故事情节和人物行动的内在的喜剧性和悲剧性会自然而然地流露出来,这正是吴敬梓对读者审美心理和审美力的理解和尊重。

《红楼梦》和《儒林外史》素称中国小说史上的"双璧"。《儒林外史》是世所公认的讽刺喜剧小说,然而它却包含着悲剧性因素,这种悲剧性因素同整个作品的喜剧性熔为一炉,统一于作者严肃的人生态度。《红楼梦》则是世所公认的大悲剧,然而它却又包孕着许多喜剧性的因素,这种喜剧性同整个作品的悲剧性互相映照,统一于作者严肃的人生态度。它们都标志着中国小说已发展到成熟阶段,呈现出近代小说美学的特色,值得我们进一步探索和研究。

---

[1]《儒林外史》卧闲草堂本第四回评语。

寂寞的吴敬梓【1】
——鲁迅"伟大也要有人懂"心解

我没有做过细的调查，只是从身边的青年朋友中了解到，现今读文学专业的学生认真读《儒林外史》的并不多，硕士论文以它为主题的更少，那么一般读者特别是青年读者读它的可能就更少了。当然，其原因多多，不能做简单的判断。不过有一条我是坚信的，那就是鲁迅先生在提及《儒林外史》时所感喟的"伟大也要有人懂"。【2】我并不认为我和不少教小说的人都读懂了这部厚重的书，而且更感到它的伟大至今还未被我和我们的青年所理解，即真正地读懂。通常我们一提《儒林外史》，很容易就会说它是一部伟大的讽刺小说，"范进中举"被选入中学课本以后，它的讽刺力量就更深入了人心。然而，为什么鲁迅独独地感喟《儒林外史》的伟大也要有人懂，而没有用这句话衡之以其他几部巨著呢？难道《红楼梦》的伟大就被人读懂了吗？这是什么原因呢？

对我来说，首先感觉非常强烈的是，再没比其他作品能更使鲁

【1】2001 年 11 月 27 日，文化部和中国社科院文学研究所为吴敬梓诞生三百周年召开了纪念大会，本文是会上的发言提纲。11 月 29 日，中国互联网新闻中心·中国网发表此文。

【2】语出《叶紫作〈丰收〉序》，见《且介亭杂文二集》。

寂寞的吴敬梓——鲁迅"伟大也要有人懂"心解

迅的心和吴敬梓的心相通的了。鲁迅有两句大家很熟悉的相似的话："我的确时时解剖别人，然而更多的是更无情面地解剖我自己。"【1】"我解剖我自己并不比解剖别人留情面。"【2】我为什么看重这两句话，因为这涉及了《儒林外史》和《阿Q正传》以及鲁迅其他写知识分子的短篇小说的心灵纽带，事实是，鲁迅就是常常以自己的灵魂为原型进行创作。我认为，鲁迅对《儒林外史》的理解，以及从中得到的警示，并不仅仅在于他的讽刺，而在于叙事中的反讽。这就是说他们都把对自己的灵魂的解剖带进了他们自己的小说。对于反讽有那么多理论阐释它，我则认为反讽不完全同于讽刺，最重要的就在于它的自嘲与自讽，它敢于把自己介入进去，是"蓦然回首"我也在其中的深刻自嘲，即强烈的灵魂自审意识。它不单单站在权威地位俯视卑劣灵魂进行揶揄、鞭笞，也不是那种已经站起来的灵魂对还没有站起来的灵魂的讽喻。正是"我也在其中"的这种心态的相通，才有鲁迅对《儒林外史》的婉而能讽的评价。因为吴敬梓所采取的态度不是"金刚怒目"，而是含泪的笑，而含泪的笑往往就有着自怜自审的内蕴。所以我认为要了解《儒林外史》，是不是可以试着跳出过去通常所说的"讽刺小说"，而更要看中它的内核是"反讽"呢？虽然一字之差，但我觉得这对《儒林外史》意蕴的把握会有极大的好处，也许会更能感知到《儒林外史》一书与吴敬梓其人的深刻。我不是说讽刺与反讽有高下之分，而是觉得只有鲁迅所说的更无情地解剖自己的灵魂，才会有反讽。所以把自己介入进去是一种真诚的态度，一种实实在在的反思，即"本质的

【1】《坟·写在〈坟〉后面》。
【2】《而已集·答有恒先生》。

否定性即是反思"【1】的实证。吴敬梓在他的小说中对举业至上主义和八股制艺的批判就如同剥笋一样，剥一层就是一次否定，也就是一次理性认识的飞跃。同样，鲁迅的《阿Q正传》通过阿Q形象概括出的生活世界和人性中的荒谬性，又何尝不是这样呢？正是这一点，鲁迅与吴敬梓的心灵契合了，因为他们都是在自己的作品中托出一个个真实的灵魂。

　　是不是这也算是对鲁迅的"伟大也要有人懂"的一种"心解"呢？

【1】参看黑格尔《逻辑学》下卷第8页、14页的有关论述。

心灵的绝唱[1]
——《红楼梦》论痕

《红楼梦》在中国小说艺术发展史上，既结束了一个时代，也开创了一个时代。它的作者曹雪芹比托尔斯泰、巴尔扎克、狄更斯等世界性的艺术巨擘，要早一个世纪就登上了全球文学的高峰。同时，《红楼梦》还是与整个中国民族文化紧紧联系在一起的，人们一提起《红楼梦》，就自然想到了中国民族文化，而一提起中国民族文化，就自然想到了《红楼梦》。

然而，把我国古代小说发展推向顶峰的曹雪芹，在其生前与身后并不是都获得了人们应有的认识，尽管他的《红楼梦》从一问世就受到读者的喜爱，以高价争购这部令人入迷的小说，达到了"开谈不说《红楼梦》，读尽诗书是枉然"（《京都竹枝词》）的程度，但有关作者的真实情况却很少有人记述。直到本世纪20年代初，胡适考订《红楼梦》的作者为曹雪芹，又经过半个多世纪学者们的考索，才使我们对《红楼梦》作者有了一些并不详尽的了解。

曹雪芹名霑，字梦阮，号雪芹，又号芹圃、芹溪，生于清代康

---

[1] 本文是为人民文学出版社《世界文学名著文库》中《红楼梦》（2000年5月版）一书所写的"前言"。

熙末年（1715？）。先世原是汉族，大约在明代后期被编入满洲正白旗，身份是"包衣"。这种"包衣"的家庭，对皇帝，他们是奴才；而论其地位，则又属贵族。曹雪芹的曾祖曹玺任江宁织造，曾祖母孙氏是康熙的保姆，祖父曹寅做过康熙的伴读和御前侍卫，后任江宁织造兼两淮巡盐御史，极受康熙帝宠信。曹寅死后，其子曹颙、曹𫖯先后继任江宁织造。祖孙四人担任此职达六十年之久。曹雪芹自幼就是在这"秦淮风月"之地的"繁华"生活中长大的。

雍正登位后，曹家即卷入了皇室激烈斗争的旋涡之中，并遭受一系列打击。雍正五年（1727）曹颙获罪革职，第二年被查抄，后曹雪芹随全家迁回北京。曹家从此一蹶不振，至迟到1756年曹雪芹移居北京西郊，陷入了"举家食粥酒常赊"【1】的贫困境地。至乾隆二十七年（1762），雪芹幼子夭亡，他陷于过度的忧伤和悲痛中。到了这一年的除夕（1763年2月12日），终因贫病无医而逝世。

据其友人的描绘，雪芹"身胖，头广而色黑"。【2】他性格傲岸，豪放不羁，嗜酒，才气纵横，善谈吐，能诗善画。同时代的敦诚说他"诗笔有奇气"，"诗胆昔如铁"，【3】把他比作唐代诗人李贺。但他的诗仅存题敦诚《琵琶行传奇》两句："白傅诗灵应喜甚，定教蛮素鬼排场。"

曹雪芹喜绘突兀奇峭的石头。敦敏《题芹圃画石》说："傲骨如君世已奇，嶙峋更见此支离。醉余奋扫如椽笔，写出胸中块垒时。"可见他喜画石头乃是寄托胸中郁积不平之气。这些都从某一个角度

【1】敦诚《四松堂集·赠曹芹圃》。

【2】裕瑞《枣窗闲笔》。

【3】同【1】。

勾勒了曹雪芹的才情风貌和性格素养。

曹雪芹由锦衣玉食坠入绳床瓦灶，个人遭遇的不幸促使他对生活有了更深切的感悟，人生况味的咀嚼以及自身的文化反思，对其创作的推动更为巨大。所以，在一定意义上我们可以把《红楼梦》看作是曹雪芹的心灵自传。

《红楼梦》原名《石头记》。在1754年脂砚斋重评的《石头记》中已经有了"十年辛苦不寻常"和"披阅十载，增删五次"的说法。据此推断，大约在1744年前后，曹雪芹即饱蘸着生命的血泪开始创作《红楼梦》。但是直到他"泪尽而逝"时，也未能完成全篇，仅以并不完整的八十回传世。现在看到的《红楼梦》后四十回，一般认为是高鹗续补的。高鹗，字兰墅，别号红楼外史，1795年中进士，做过内阁中书等官。他续补《红楼梦》是在1791年以前。后四十回可能根据原作者残存的某些片段，追踪原书情节，完成了宝黛爱情悲剧，使全书故事首尾完成。尽管后四十回的续书有不少不尽如人意的地方，但原作八十回强大严密的诗意逻辑和美学趋势，还是被高鹗不同程度地继承了下来。因此，从二百余年的《红楼梦》的传播史和接受史上来观照，仍然可以证明它是比任何续书都更具有特点和更为差强人意的续补。

《红楼梦》的艺术世界异常迷人，它的思想文化底蕴极其深邃，它对许多读者的精神生活曾经发生并仍在发生着强烈的影响。在中国小说史上，还没有像《红楼梦》这样能够细致深微然而又是如此气魄阔大地从整个社会的结构上反映生活的复杂性和广阔性的作品。可以毫不夸张地说，《红楼梦》正是当时整个社会（尤其是上层社会）面貌的缩影，也是当时社会整个精神文化（尤其是贵族和知识分子阶层的精神文化）的缩影。难怪人们发出这样的感喟：《红

心灵投影

楼梦》里凝聚着一部二十四史。是的,《红楼梦》本身就是一个丰富的、相当完整的人间世界,一个绝妙的艺术天地!然而,《红楼梦》又是一部很难读懂的小说。事实上,作者在写作缘起中有诗曰:

满纸荒唐言,一把辛酸泪。
都云作者痴,谁解其中味?

这首诗不仅成了这本书自身命运的预言,同时也提示读者作品中寄寓着极为深邃的意味。

如果把《红楼梦》当作人类审美智慧的伟大的独创性体系对待,而不是简单地从中寻找社会政治史料和作家个人的传记材料,就需要回到《红楼梦》的文本深层,因为只有面对小说文本,才能看到作者把主要笔力用之于写一部社会历史悲剧和一部爱情悲剧。这幕悲剧的中心舞台就设置在贾府尤其是大观园中,因此,它对社会历史的反映既是形象的,又是折射式的。而作品主人公贾宝玉、林黛玉、薛宝钗、王熙凤等绝慧一时的人物及其命运,尤其是他们爱情婚姻的纠葛,以及围绕这些纠葛出现的一系列各种层次的人物面貌及其际遇,则始终居于这个悲剧舞台的中心。其中令读者最为动容的是宝黛的爱情悲剧。因为他们不仅在恋爱上是叛逆者,而且还因为他们是一对叛逆者的恋爱。这就决定了宝玉和黛玉的悲剧是双重的悲剧:封建礼教和封建婚姻制度所不能容许的爱情悲剧,和上流社会以及贵族家庭所不容许的叛逆者的悲剧。作者正是把这双重悲剧融合在一起着笔,它的意义就更为深广了。

《红楼梦》的深刻之处还在于它使家庭矛盾和社会矛盾结合起来,并赋予家庭矛盾以深刻的社会矛盾的内容,因而《红楼梦》所描写的贾府中的种种矛盾,以及宝玉、黛玉、宝钗等诸多人物的爱情、婚姻的冲突，在一定意义上就是当时社会各种矛盾的反映。既然如此，小说的视野一旦投向了全社会，那么，政治的黑暗、官场的腐败、世风的浇漓、人心的衰萎，便不可避免地会在作品中得到反映。书中所着力描写的荣国府，就像一面透视镜似的，凝聚着当时社会的缩影。这个封建大家族，也正像它所寄生的那个将由盛转衰的清王朝一样，虽然表面上还维持着烜赫的豪华场面，但那"忽喇喇如大厦倾"的趋势，却已从各方面掩饰不住地暴露出来。而这一切也正符合全书的以盛写衰的创作构思的特点。

《红楼梦》一经出现，就打破了传统的思想和手法，从而把长篇小说这种文体推进到一个崭新的阶段。如果从小说美学色素和典型意绪加以观照，曹雪芹是偏重于感觉型的小说家，甚至可以说，曹雪芹作为小说家的主要魅力，非常清晰地表明，他是凭借对活泼泼流动的生活，以惊人准确绝妙的艺术感觉进行写作的。或者说，曹雪芹小说中的思想精灵，是在他灵动的艺术感觉中，在生活的激流中，做急速炫目的旋转的。在《红楼梦》中，让你看到的是幽光狂慧，看到天纵之神思，看到机锋、顿悟、妙谛，感到如飞瀑、如电光般的情绪速度。可以这么说，出于一种天性和气质，从审美选择开始，曹雪芹就自觉偏重于对美的发现和表现，他愿意更含诗意地看待生活，这就开始形成了他自己的特色和优势。而就小说的主调来说，《红楼梦》既是一支绚丽的燃烧着理想的青春浪漫曲，又是一首充满悲凉慷慨之音的挽诗。《红楼梦》写得婉约含蓄，弥漫着一种多指向的诗意朦胧，这里面有那么多的困惑。那种既爱又恨的心理情感辐射，确实常使人陷入两难的茫然迷雾。但小说同时又有那么一股潜流，对于美好的人性和生活方式，如泣如诉的憧憬，激荡着要突破覆盖着它的人生水平面。其中执着于对美的人性和人情的追求，特别是对那些不含杂质的少女的人性美感，所焕发着和升华了的诗意，正是作者审美追求的诗化的美文学。比如能够进入"金陵十二钗"正册、副册、又副册者，据说将有六十人。这些进入薄命司册籍的妇女，都是具有鲜明个性的美的形象。作者正是以如椽之笔，将这样一大批红粉丽人一个一个地推到了读者的眼前，让她们在大观园那座人生大舞台上尽兴地表演了一番，然后又一个一个地给予了她们以合乎逻辑的归宿，这就为我们描绘出了令人动容的悲剧美和美的悲剧。

在具体的描绘上，正如许多红学家研究所得，小说作者往往把环境的描写紧紧地融合在人物的性格的刻画里，使人物的个性生命能显示一种独特的境界。环境不仅起着映照性格的作用，而且还具有强烈的感染力。作者善于把人物的个性特点、行动、心理活动和环境的色彩、声音融合在一起，构成一个个情景交融的活动着的整体。而最出色的，当然是环绕林黛玉的"境"与"物"的个性化的创造。可以说，中国古典小说的民族美学风格，发展到《红楼梦》，已经呈现为鲜明的个性、内在的意蕴与外部的环境，相互融合渗透为同一色调的艺术境界，得以滋养曹雪芹的文化母体，是中国传统丰富的古典文化。对他影响最深的，不仅是美学的、哲学的，而且首先是诗的。我们把《红楼梦》称之为诗小说或小说诗，或曰诗人的小说，它是当之无愧的。

《红楼梦》证明，曹雪芹创作态度极为严肃，构思缜密精心，章法有条不紊，语言字斟句酌。作者不以叙述一个故事并作出道德裁判为满足，甚至不十分注意他的读者的接受程度，他真正注重的是表现自我。而《红楼梦》恰恰是作者经历了人生的困境和内心的孤独后，对生命的感叹。他不仅仅注重人生的社会意义、是非善恶的评判，而是更加倾心于人生生命况味的执着品尝。他在作品中，倾心于展示的是他的主人公和各色人等坎坷的人生道路，他们的种种甜酸苦辣的感受和体验。我们的读者千万不可忽视和小看了这个视角和视位的重新把握，以及精彩选择的价值。从写历史、写社会、写人生，到执意品尝人生的况味，这就在更宽广、更深邃的意义上，表现了人性和人的心灵。

从《红楼梦》的接受史来观照，体验和体现人生况味，是这部伟大小说的艺术魅力所在，也是它和人们对话最易沟通、最具有广泛性的话题。读者面对小说中人生的乖戾和悖论，承受着由人及己的震动。这种心灵的颤栗和震动，无疑是《红楼梦》所追求的最佳效应。因为对广大读者来说，他们之所以要窥视不属于自己的心灵流程和社会体验，不只是出于好奇，更重要的是通过与书中的世界各种殊异的心灵相识，品尝人生的诸种况味。所以从小说发展史角度来看，小说从写历史、写人生到写人生的况味，绝不意味《红楼梦》价值的失落，而是增强了它的价值的普泛性。一部摆脱了狭隘功利性而具有全人类性的小说，即使在今天，仍有巨大的生命意义和魅力，这就是《红楼梦》迥异于它以前小说的地方。

人民文学出版社出版《红楼梦》校注本，最初在1953年（用作家出版社名义），以"程乙本"作底本，由俞平伯、华粹深、启功（后又加入李鼎芳）诸先生注释。六十年代和七十年代初，启功先生重新注释出版。今次出版，以俞平伯先生校点《红楼梦八十回校本》（附后四十回）为底本，仍用启功先生的注释，并略作修订。

《红楼梦》校注本出版付印之前，嘱余撰写《前言》，至为忻幸，试作如上，并祈读者指正。

面对大师的心灵史[1]
——走向世界的《红楼梦》

各位朋友：

全国《红楼梦》翻译研讨会邀请我参加此次盛会，今天又能荣幸地在大会上发言，在这里请允许我表示深深的感激之情，并预祝大会圆满成功！

如果让我为自己的这个发言立一个标题，我想应当是"永恒的困惑"。

因为面对《红楼梦》，我的阅读心态始终是永恒的困惑。事实是，在阐释和书写研究《红楼梦》的文字时，我不仅下笔艰涩，而且深感思路的板滞。这样一个事实，这样一种苦恼，既是阅读与研究对象的深邃意蕴所致，也往往是在大师和经典面前的一种说不出的无能为力。我无意把《红楼梦》神化而认为它是不可解之谜，也不认为它带有东方神秘主义的色彩而难以把握。我只是感觉到在它的面前，我们文学智慧的欠缺，我们审美思维力的贫困。然而，又有另外一面，那就是《红楼梦》在知识界，在经历了人生坎坷、具有了咀嚼人生况味的读书界和研究界，它的艺术魅力总是促人进行一次

---

[1] 本文是笔者2002年10月25日在全国《红楼梦》翻译研讨会上的大会发言。

次的探险。或是说,它一次次引发你去阅读和发表对它的理解的冲动,尽管你也许事先充满信心;也许你半途搁笔,掩卷沉思;也许你下笔万言,但又不知所云;也许你被一种解释所征服;但你也许接受不了任何人的诠释,而自认为是曹雪芹的知音,公然认为自己是深"解其中味"的能人;也许诸多理由的合力促使你有一种通脱的理解。于是在读书界、研究界给我们打开了《红楼梦》阅读史上的前所未有的景观。就是在一个多月前,《文汇读书周报》发表了华东师大中文系主任陈大康先生的大作,他用统计数字明确指出在共和国成立后,《红楼梦》在各个时期古典文学研究的所有论著中占有"半壁江山",即只要有两篇古典文学研究论文,就有一篇是研究《红楼梦》的。这样一份详尽的数字摆在你面前,是喜是忧?远的不说,20世纪一开头就有对《红楼梦》的各种说法,到了50年代的批俞批胡,《红楼梦》研究的悖论出现了:一是它走进了广大群众中间(其政治原因、动因是不言自明的);一是在拨乱反正以后,当人们真的想为《红楼梦》讨个公道,对其有个恰如其分的说法时,《红楼梦》又成为很多小说研究者的关注焦点,变成了所谓的"显学"。就是凤凰卫视的圣凯诺世纪大讲堂请来了北大艺术系主任叶朗先生,叶先生也没讲他的美学,而是讲的《红楼梦的意蕴》,这到底是怎么个原因?我想《红楼梦》的研究相似于英国对莎氏的研究、法国对巴尔扎克的研究、俄国对托氏的研究,它们似乎都一一证明《红楼梦》是说不尽的,这里用得着歌德论莎士比亚的一句话了:"人们已经说了那么多的话,以致看来好像再没有什么可说的了。可是,精神有一个特性,那就是永远对精神起着推动作用。"歌德评莎氏的话可以移用来看待《红楼梦》,因为作为一部伟大的精神产品的《红楼梦》,也必将对我们的精神和思维空间起着拓展的作用,回过头来,又是对它的新的解读。这是因为人类社会的发展和人类自身的思维发展存在着无限的可能性,于是一部经典对不断发展的人类社会和人类自身思维的发展就会有无限的阐释的可能性。

我今天要讲的有三个问题,想借此机会求教于在座的各位朋友:

一、文本主义者:我的学术立场;

二、面对心灵史:难度、困惑与误读;

三、审美结构的三个层次:谈谈《红楼梦》的不朽魅力,它的象征意蕴。

首先谈第一个问题。中国小说研究界熟悉我的都知道我对《红楼梦》没有做过深入研究,只是在学习红学专家诸多研究该书的论著后,确实觉得对《红楼梦》的解读"回归文本"并非是一个过时或不必再絮叨的策略。质而言之,我认为它起码是一个重要的研究策略。于是我才把自己对《红楼梦》的一贯的学术追求即文本实证和理论研究相互照应的思路作为自己的学术理念。因为,无论从宏观小说学角度看还是从微观小说学角度看,《红楼梦》文本都是一切读者关注的对象。因为,无论古今,小说家得以表现自己对人生、社会、心灵和艺术的理解的唯一手段就表现在文本之中,同时也是他可以从社会、人生、心灵和艺术中得到最高报偿的手段。因此,对于读者来说读懂文本这是最起码的基本功,至于对任何一个真诚的小说研究者来说,细读文本和尊重文本都是第一要义。

可以作为参照系的是西方文学史中的作家本位和文本本位之争。法国批评家圣伯夫是作家本位论者。他认为绝不能把人本和文本分开,必须收集一切有关作家的材料才能阐释作品。而文本本位者是稍后的普鲁斯特,他认为作家的真正自我仅仅表现在文本之中,而且只有排除了那个外在的自我,才能进入写作状态。据说更多的一流作家都本能地站在普鲁斯特一边,像海明威就明确地说:"只要是文学,就不用管谁是作家。"而福克纳更干脆地告诉他的传记作者:"我的雄心是退出历史舞台,死后除了发表的作品以外,不留下一点废物。"

我上面的话,不外要表达一个意思:无论文本主义还是作家本位以及其他主义,我们都可择善而从,这里既无高下之分,也无是非之别。事实上在面对《红楼梦》时,就像研究任何伟构一样,肯定有着省略些什么、遗忘些什么的可能。因此我有理由认为,《红楼梦》的研究在一定意义上就意味着有些"遗忘"。我相信这是我们可能对《红楼梦》这一时代巨著进行描述的大前提。这是第一层面的意思,即我为什么选择《红楼梦》的文本研究。

选择"回归小说文本"的策略的第二层面,是和我一直对于"心史",特别是知识分子、精英作家的审美化心灵史抱有浓厚的兴趣有关。我可以坦诚地告白,我从不满足"文学是人学"这一过分笼统的界定,而是更看中文学实质是人的性格学、灵魂学,是人的精神活动的主体学。因为是心灵使人告别了茹毛饮血的生存方式,是心灵使人懂得了创造,懂得了美和价值观,也是心灵才使人学会区分爱与恨、崇高与猥琐、思考与盲从。而一切伟大的作家最终关怀的恰恰也是人类的心灵的自由,他们的自救往往是回归心灵,走向清洁美善的心灵。曹雪芹不正是以他的纯真的心来写作的吗?事实上文学史上一切可称之为伟大的作家,哪一位不是做着"我心"的叙事?时至今日,不管对《红楼梦》有多少有分歧的说法,但都把《红楼梦》的文本看作是曹雪芹心灵独白的外化,而我更把它看作是曹雪芹心灵的绝唱，是他的心灵自传。因此，在文学创作和文学研究界，在一番"向内转"的趋势中，我们终于看到对《红楼梦》的阐释不只有"一种"，而"一种"阐释也逐渐从研究论著中消失。对《红楼梦》心灵文本的追寻，使这部旷世杰作的多义性成了它艺术文化内涵的常态，而对《红楼梦》任何单一的解析都成了它艺术内涵的非常态。事实上，正因为对《红楼梦》心灵文本的追寻，才极大地调动了读者思考的积极性。每一位读者都有可能根据自己的生活经验和审美体验，思考《红楼梦》文本提出的问题并得出完全属于自己的结论。基于此，我的审美追求才使我更愿与凝聚为文本的曹雪芹心灵进行对话和潜对话。因为我感觉到了这种对话和潜对话，其实也是对自己心灵、魂魄的传达——对人生、对心灵、对小说、对历史，当然也是对《红楼梦》的深一层次的思考。

　　长期以来，我不断思考一个问题，文化史曾被大师称作心理史，因此文化无疑散落在大量典章制度中、历史著作中，但是，它是不是更深刻地沉淀在小说家们的心灵中？所以，要寻找文化现场，是否应当到作家的心灵文本中去勘察？令我们最感痛心的和具有永恒遗憾意味的是，历史就像流沙，很多好东西都被淹没了，心灵的文化现场也被乌云遮蔽得太久了。但我们又是幸福的，我们毕竟拥有《红楼梦》这样难以超越的心灵文本。在追寻曹氏的足迹时，首先去追寻他的心灵文本不是每一个热爱《红楼梦》的读者的当务之急吗？然而曹氏又是一个例外，对于我这个文本主义者来说，他是唯一一个需要附加条件进行解读的作家。如果我们不读他的传记，不理解他的生平事迹，我们就不会知道他是一个用生命写作的作家。他的小说中，有他人生太多的泪水，有他人生真实的写照。生命的体验只能用生命进行写作。如果他没有对爱情那么深刻而又强烈的体验，没有那么执着而又美好的眷恋，他怎么可能把小说写得像神话一样美？一切美的东西都可以成为小说，一切美的小说都是神话。

现在我谈第二个问题，面对心灵史：难度、困惑、误读。

如果说文学大师的叙述，记录的是人类的灵魂史，经典是大师的精神遗嘱的话，那么《红楼梦》是为典型。《红楼梦》在最准确的意义上为我们记录了人类的灵魂史，曹雪芹的《红楼梦》是给予我们的精神遗嘱。正是基于此，解读曹雪芹和追寻《红楼梦》这部难以企及的心灵文本，人们可想而知，它的难度会有多大。问题是，当你面对心灵的时候，诸多困惑和摆在你面前的诸多难题是无法一一解读的，弄不好会陷入误读中，尽管我们是如此不情愿地当那个误读者，但是我们经常掉入误读的陷阱。

那么为什么我们在面对曹氏的心灵时有那么多的困惑呢？因为按照易卜生的说法：写作本身就是坐下来审视自我；而昆德拉在倡言小说是"欧洲的创造物"这个并非全面的说法时，他毕竟接受了奥地利作家布罗赫对小说的厘定，即"小说惟一存在的理由是发现惟有小说才能发现的东西"。因此对于曹雪芹的小说发现，他的小说智慧，我们是难以一一把握的。记得陈寅恪先生在谈到历史研究时，也是强调"发现"意识是一个历史研究者的必要品质。那么，我们会很快了解到曹氏的发现，恰恰需要我们的再发现，而再发现之难又在于，曹雪芹从来没在他的小说中扮演历史、生活、人生的教父，更不扮演社会生活的法官，更多的是，他总是成为人生、命运的叩问者，只做人生、命运发展的多种可能性的想象者。进一步说，对于别的经典作家来说，比如像孤独，仅仅是指一个作家的写作心态，但对于曹雪芹，则是一种生存状态了。于是在《红楼梦》中我们看到的真正属于小说本体的东西，比如《红楼梦》询问什么是个人的奇遇；他也在尽力探究心灵的内在事件，揭示隐秘而又说不清楚的情感，触摸鲜为人知的日常生活角落的斑痕，捕捉无法捕捉的过去时刻，缠绵于生活中的非理性情状，等等。这一切，作为当代人，即使有人生感悟和深刻的历史感以及审美体验，也不是一下子就能把握得了的。所以我过去就有一种慨叹：《红楼梦》的不可译、无法译，是因为它太难以传达了。对翻译我是外行，我不敢把这一问题延伸，但我可以在文学艺术改编中举上一两个人们常说的最浅俗的例子来说明《红楼梦》的心灵内蕴是何等的难以把握。

例子之一：黛玉刚进荣国府，小说有一段人人皆知的精彩描写。写凤姐看到黛玉，说了一段恭维的话，意思是：呀，这个妹妹真是出息得好，这么漂亮，这么出众，看起来不像是老太太的外孙女儿，倒像是嫡亲孙女儿。这段话内涵很深，不是凤姐的世故和一般恭维话。好了，现在我们看上海搞过的一部越剧，它把这段话编成一段唱词，意思是：林妹妹这么不同寻常，不像老太太的外孙女儿，却像是九天仙女下凡来。请看，都是恭维，可是恭维错了对象，这就首先犯了一个误读的错儿。为什么凤姐要说不像老太太的外孙女儿，倒像老太太的嫡亲孙女儿？因为外孙女儿是外系的，而孙女儿则是老太太的直系。凤姐说的话表面恭维林黛玉，内里则是恭维老太太，所以我们才说凤姐会说话嘛。这种细节在小说描写中比比皆是，我们即使准确翻译过去了，外国人也不见得能理解其中的意味，因为这是属于心灵层面的东西。

例子之二：一次紫鹃试探宝玉说，我们林家人终究是要回林家的祖籍，早晚要走的，于是宝玉来了一次歇斯底里的大发作，又是闹又是病，怎么也不让林黛玉走。这局面是相当难堪的，而且谁都能窥察出背后有违纲纪的隐衷。而这时候贾母也已经对林黛玉不怎么感兴趣了,她已经把兴趣转移到宝钗身上。当时的情景非常狼狈,这时候薛姨妈的劝慰就极其得体,把这个尴尬的局面给糊弄过去了。她的话大意是:他们两个人从小一起长大,突然地一下子要分手,别说是他这么个傻孩子、实心眼儿的,就是我们大人都受不了。她这几句话,是给贾母面子的,给了老太太一个大大的台阶下。为什么林黛玉始终是那么别扭,又要探宝玉的口风,又不让他把话直接说出,贾宝玉一旦把真情表露出来,林黛玉就觉得受了冒犯,大生其气,这是什么道理?这就是中国女性的含蓄和尊严。即使是对宝玉这样视女孩子为水、视男人为泥土的人,林黛玉也不得不防着一手。倘若她认可了她对宝玉的私情,她的价值就会一落千丈,所以她特别不能容忍贾宝玉露骨地向她吐露情感,将其视为轻薄,而内心又非常迫切地想要得到爱情的保证,心情表现得非常复杂。这些,一般读者不易把握,外国人更会觉得不可思议。我曾开玩笑地对我的研究生说过:把中国小说翻译过去不行,那要加很多注释啊。加多少注释也不行,真得用中国评点派的办法,一一评点才可以,不然很多象征性的、潜台词的东西不易理解。

  例子之三:宝玉挨打。宝玉为了艺人蒋玉涵挨了父亲的打。挨打之后,很多人去看宝玉,黛玉也去了,她面对宝玉伤心到了极点,就说了一句话:"你可都改了罢!"宝玉回答说:"你放心。别说这样话,我便为这些人死了,也是情愿的。"这话实际上是宝玉的一次真正的袒露心迹。他话中的"这些人",说的是蒋玉涵等人,指的却是包括与林黛玉的儿女私情在内的叛逆性情感。这话林黛玉也听懂了,从此之后便平静下来,再也没闹小心眼儿、别扭了。对这段情节,越剧《红楼梦》把这段探病的情节安排到前面去了,于是在贾宝玉说过此话之后,又连续发生了他和黛玉吵嘴的过节,艺术逻辑乱了。这件事曾让北大的已故老教授吴组缃先生很犯了一阵肝气，认为这是把曹雪芹大大地误读了。同时也大大地暴露出改编者缺乏对中国伦理文化的常识。这说明吴先生看得很清楚，《红楼梦》的写实情节的严格与缜密，不会有一丝一毫的疏漏，也就是说《红楼梦》的写实层面是如此严丝合缝，毫无漏洞，栩栩如生。但我们还是忽略了一件重要的事情，那就是我们忽略了这部作品的创造者的心灵世界，即那最不易发现的心海潜流。心灵文本中不易发现的潜流是心灵中最细微处、最微妙处，即心灵的最敏感处，也即是心态的变迁。作为一种精神流动体的心态，它更受个人遭际的影响，而不断变动游移。生活的变迁容易把握，而曹雪芹却总是深入底里，把握心态的变迁。因此，在我们认真观照《红楼梦》的心态时会发现，曹雪芹最了不起的是他从不把笔触放在"过去"就已经凝结的东西上，而是善于把"尚未"被规定的精神现象捕捉住，并用不动声色的笔触表现出来。所以曹雪芹小说中的每个人物每个情节乃至细节都是一直处在"制作"中，在"创造"之中。谈《红楼梦》这部心灵文本，让我们陡然想起了司汤达最喜欢说的话："重读自己。"我认为任何谈及心灵的写作都带有强烈的回忆与反思的色彩，它是一种对自己的"重读"，因为当一个人提起笔来进行叙事时，首先他需要面对的正是自己。他的观察、感悟、体验、想象，包括对人的评判、咀嚼，都包容在这个人生中的"自己"里面了，"自己"既是起点也是终点。正因为如此，这属于心灵写作的《红楼梦》，这"重读自己"的《红楼梦》，我们即使熟读以后，也还是有些"隔"，因为"不隔"是不可能的，因为《红楼梦》只能是属于曹雪芹心灵的叙写、回忆和反思，因此我认为谁也别说读懂了这部大书。读后困惑，有一大堆疑问、一大堆难题是正常的，而诸多误读也正发生于此。

曹氏永远不是一个纯粹的小说家，我们对他的认识始终是不全面的，或者说是在不恰当的意义上来理解曹雪芹，所以我说他是一个用生命写作的作家。巴尔扎克当年想用手中的笔征服欧洲，有人又说安徒生想用手中的笔征服世界，因为他征服世界的征途是从孩子开始的。而我们的曹雪芹征服世界的征途是从心灵开始的，所以他的宽容、仁慈、同情、善良、正义……的理念都蕴藏在其作品中。而这一切你似乎只能从一个角度把握和理解吧！

第三个问题是想谈谈读《红楼梦》时体悟到的审美结构的三个层面，重点谈谈象征意蕴，我想这是理解《红楼梦》的关键。

上个礼拜凤凰卫视的世纪大讲堂，叶朗先生讲《红楼梦》的意蕴，也是从三个层面分析的。他认为过去的解读只是从两个层面分析，一个层面是说《红楼梦》在反映社会生活广阔图景的广度和深度上是一部前所未有的作品。第二个层面是谈悲剧性，曹雪芹提出了一种审美理想，而最终表达的是美的毁灭。他说曹雪芹从汤显祖那儿继承了情的概念——大致谈情，寻求的是人间的春天。第三个层面，叶先生认为是别人没有谈及的，即《红楼梦》处处渗透着曹雪芹对整个人生的很深的感悟和哲理性的感叹，即人生感、历史感。作品的意蕴是形而上的层面，这是被人忽略的层面。他还说，《红楼梦》是对人生的终极追问、对命运的感叹——有限人生，于是使小说充满了忧郁——何处是归程。叶先生讲得很好，但我认为是否还可以补充一些呢？有没有可能拓宽新的阅读空间呢？因为叶先生所谈及的第三个层面，蒋和森先生、何其芳先生其实在20世纪50年代末已有所涉及。《红楼梦》和一切经典一样，都是作家心灵折射出来的历史之光，然而首先是因为它们具有美的形式，从而成为人们的审美对象。所以从审美结构来看，传世之作都包含三个层次：①表层是各种形式美因素及其所唤起的意象；②中间层次是意象所指示的社会、历史内容；③它的深层结构则是超越题材和超越时空的具有象征意味的深刻意蕴，即它提示了某种普遍性的哲理心理内涵时，这个作品就获得题材之外的象征意味。这种具有象征意味的哲理心理内涵，人们就叫它"象征意蕴"。根据我的理解：在第一个表层层面上，即形式美因素及其所唤起的意象是：曹雪芹凭借对活生生流动的生活，以惊人准确、绝妙的艺术感觉，在生活的激流中做急速炫目的旋转，让你在他的小说中看到的是幽光狂慧，看到天纵之神思，看到机锋、顿悟、妙谛，感到如飞瀑、如电光般的情绪速度。所以在第一层面，你被他的形式美所吸引，因为你看到了曹雪芹美的文笔以及对美的发现的能力，于是也愿意更诗意地看待生活，看待美文。第二层面是中间层面，即意象所指示的社会历史内容。对于这一点，我的阅读心态是极宽容的，因为事实早就证明，不同的读者、不同的年龄段、不同的时代、不同的心态、不同的立场、不同的视点，看到的重点就完全不同或同中有异、异中有同。所以我宁愿把《红楼梦》看成是一座有多个窗口的房间，不同的人从不同的窗口看到的会是不同的天地，有不同的人物在活动，这样我们面前就会出现一个完整的世界，比如从一个窗口望去，我们看到了一个大家族的兴衰史；从另一个窗口望去，是令人动容的宝黛爱情悲剧；从这个窗口望去，那是众多女性的悲剧命运；从下一个窗口望去，是处在底层的女奴的反抗；又从那个窗口望去，是妻妾的争风吃醋，帮闲的吃喝玩乐，一幅典型的朱门酒肉臭的图景；再换一个窗口，我们看到卖官鬻爵，贪赃枉法；还有一个窗口，我们不时看到一个独特人物，像王熙凤的身影，她是一个无所不在的人物。……

面对这些窗口，读者也许只站在一个窗口看，那没错；如果站在两个窗口再看看，可能更好些；如果在各个窗口前都浏览一番，那就是中间层次揭示的社会历史内容了。我们过去确实关注、了解、分析的是中间层次。然而，高级的审美和阅读活动则应该是进入审美的深层结构，即应努力把握《红楼梦》的象征意蕴。

在我看来，《红楼梦》绝不以叙述一个故事并做出道德裁判为目的，甚至不十分注意它的读者的接受程度，它真正注重的是表现自我。而《红楼梦》恰恰是作者经历了人生的困境和内心的孤独后，对生命的感叹。曹氏不注重人生的社会意义和是非善恶的评判，而是倾心于人生生命况味的执着品尝。他在小说中倾心于感悟他的主人公和各色人等坎坷的人生际遇及他们内心种种酸辣苦甜的感受和体验——生命的体验。我们读者千万不可忽视和小看了这个视角和视位的重新把握以及精彩选择的价值。从一般的写历史、写社会、写人生到执着地品尝人生的况味，这就在更宽广、更深邃的意义上表现了人性，表现了丰富的心灵世界。而这正是各个时代、各种人都具有的感受和体验。

从《红楼梦》的接受史来观照、体验和体现人生况味，是这部伟大小说的艺术魅力所在，也是它和人们对话最易沟通、最具有广泛性的话题。读者面对小说中人生的乖戾与悖论，承受由己及人的震动，这种心灵的颤栗和震动无疑是《红楼梦》所追求的最佳效应，因为对于广大读者来说，他们之所以要窥视不属于自己的生活流程和生命体验，不只是出于好奇，而更重要的是通过与书中的世界各种殊异的心灵相识，品尝人生的诸种况味。于是作者和读者在一个聚焦点上会合了，原来作者和高层次的读者都在追求人类心灵的自由。呼唤和渴望心灵的自由既是作品的真正主旨，也是读者的渴望，于是呼唤人类的心灵自由在作品和读者的阅读中契合了，这就是《红楼梦》的象征意蕴。象征意蕴成了《红楼梦》与各个时代的读者建立情感联系的中间环节，而象征意蕴的内涵正在于曹雪芹的小说揭示了人生普遍的哲理心理内涵。如果说鲁迅的《阿Q正传》的哲理心理内涵是通过阿Q的形象概括出了人类世界的荒谬性，那么各民族的读者也能从阿Q身上看到这种荒谬性，至于《红楼梦》则是通过"自我形象"、"自我情感"，概括了世界各族人民受到封建意识形态的禁锢，而要求、渴望、追寻心灵的自由。这样的哲理心理内涵既概括了中国人的民族精神，同时我们也会从世界各民族读者中听到这种对人类呼唤心灵自由的共同声音。于是《红楼梦》这种超越了国界的艺术魅力，随着全球的文化沟通，会有更多的人领会其意蕴，我想这可能是从一个侧面把握《红楼梦》心灵文本的内核吧。

总之，曹雪芹和他的《红楼梦》的伟大，在于他把自己的生命和小说联结在了一起；曹雪芹的天才，在于他利用小说这种文体展现了人生的多重层面（几乎没有一个作家可以与之媲美）。他给小说提供了一种无限的可能性，最大限度地诠释了小说的精神。我更愿意在哲学意义上膜拜曹雪芹。他的小说不断地暗示我们：曹氏是一个诗人、一个美学家、一个伦理学家、一个心理学家、一个哲学家、一个绝好的知己。无论在哪一个意义上，他都是不可取代、不可超越的。

谢谢各位朋友能听完我的发言，谢谢在座的朋友给我这个宝贵的时间，和大家进行这次有意味的交流。

戏曲篇

惊天动地的呐喊

——浅谈《窦娥冤》的悲剧精神

在群星灿烂的我国剧坛上，13世纪出现的伟大戏曲家关汉卿，是闪耀着夺目光芒的巨星之一。

这位活跃在七百多年前的剧作家，竭毕生的精力，以其辛勤的劳动和巨大的艺术胆略，为一代文学的"元曲"的繁荣和发展，做出了奠基性的卓越贡献，他不愧为中国戏曲家的开山祖。他创作的杂剧数量之多，为元代第一；[1]而更为重要的是他深知人民的疾苦和愿望，站在人民一边，以杂剧为武器，向封建统治者展开了猛烈的抨击。他以作品的强烈的人民性和高度的艺术性的和谐统一，开创了我国戏剧艺术的光辉传统。单以流传下来的《窦娥冤》《救风尘》《望江亭》《单刀会》《鲁斋郎》等名作而言，就经受住了历史的筛选，至今仍葆其不朽的艺术生命，为广大人民所深深喜爱。儒将陈毅生前曾对关汉卿有过高度评价，指出："关汉卿接近下层人民，熟悉人民的语言和民间艺术形式，也深知人民的疾苦和愿望，所以能成为元代杂剧的奠基人，使他在思想上、在艺术上能

【1】对于关汉卿一生到底创作了多少杂剧，说法不一，吴晓铃先生编《关汉卿杂剧全集》计六十七种，这数目比莎士比亚的戏剧多将近一倍。

发出炫耀百代的光彩。""关汉卿是一位现实主义的艺术家,也是一位伟大的民主主义人道主义的思想家,因此他不是爬行的现实主义者,而是有思想有理想的伟大的现实主义者,这值得我们纪念和学习!"[1]经过半个多世纪,他对关汉卿的评价还是很准确的。

关汉卿生活的时代,是一个充满悲剧的时代。蒙古贵族统治者在用武力统一中国的过程中,始终贯穿着民族压迫和民族歧视的政策,他们把当时的中国人分为四个等级,即蒙古人、色目人、汉人和南人。同时,传说统治者又把人分成十级,即:"一官二吏三僧四道五医六工七匠八妓九儒十丐"。这种划分的结果,进一步使广大人民深受民族压迫和阶级压迫之苦。关汉卿是个有思想有理想的伟大现实主义者,他面对着这黑暗的王国,不甘屈辱,宁愿冒着"妄撰词曲"、"犯上恶言"者有被充军和杀头的危险,高擎正义火炬,为人民呼出不平,为后世弹奏出一曲曲悲壮慷慨的剧诗。大悲剧《窦娥冤》就是他创作的众多剧目中最优秀的作品。在国外,这部作品远在百年前就有了拔尊(M.Bazin)的法译本;宫原民平又曾将这剧本译成日文。无疑,《窦娥冤》不仅是我国戏剧艺术中的一颗晶莹的明珠,同时也是世界文学宝库中的一块瑰宝。

《窦娥冤》是一部富有时代精神的伟大作品。它的题材是来源于元代的社会现实的。不容否认,《窦娥冤》确曾运用了《东海孝妇》[2]的典故,并受过某些历史传说的影响。但是,如果说《窦娥冤》就是取材于东海孝妇事,那是很难令人同意的。根据近年一些学者的考证,《窦娥冤》大约创作于元成宗大德年间(即

---

[1]见《关汉卿研究》第1辑,陈毅为关汉卿戏剧创作七百年纪念大会的题词。
[2]见刘向《说苑》和《汉书》卷七十一《于定国传》。

惊天动地的呐喊——浅谈《窦娥冤》的悲剧精神

1279—1307）。[1]这个时期，元代政治的黑暗、吏治的窳败已达到登峰造极的程度。在民间到处发生冤狱，光是大德七年（1303）一年发现的冤狱就有5176件。因为贪赃过度，实在无法掩盖，而被革免的官员就有18437人。总之，当时到处都是贪赃枉法的官吏，到处都是冤狱，这就是《窦娥冤》杂剧题材和主题提出的现实基础。由此可见，关汉卿在这个杂剧中提出了一个具有重大的社会意义的现实性很强的主题。这是因为真正的艺术家，总是敏锐地感觉到历史的脉搏。正像俄国革命民主主义者赫尔岑所说："一个伟大的人，生活在人类共同生活里，他无法对世界的命运，对巨大的情势表示冷淡；他不能不理解当代的事件——这些东西应对他有所影响，不管以什么形式出现。"[2]关汉卿正是抱着对人民的苦难生活和悲剧命运的深切关怀，使他不能不用这样鲜明的富于概括力的人物形象和场景，描绘出当时这个悲惨的历史现实；蒙古贵族统治的恐怖与黑暗，封建官僚制度的极度腐朽和人民负屈含冤的痛苦，揭示了元代统治者和被压迫人民之间的深刻的不可调和的矛盾冲突。总之，《窦娥冤》的题材是从现实生活中汲取出来的。因此，任何把《窦娥冤》看作东海孝妇或某些历史传说的简单翻版、拼凑，都是不正确的，也是难以说服人的。

《窦娥冤》在一定意义上说是一篇悲剧性传记。杂剧一方面通过主人公窦娥被无辜杀死的冤狱，愤怒地控诉了元代的黑暗残酷的现实。同时又通过窦娥悲剧的一生，展现了被压迫者如何从屈服于命运走向觉醒和反抗的过程。

【1】见刘世德先生的《〈窦娥冤〉的创作年代》，《光明日报》1962年9月30日。
【2】译文见《文汇报》1957年4月6日。

窦娥的一生都是可悲的。她三岁丧母，七岁又与唯一的亲人、自己的父亲分离，被送到靠放高利贷过活的蔡婆家做童养媳。她结婚不到两年，又死了丈夫。虽然她曾怀疑自己的悲惨遭遇可能是"前世里烧香不到头，今也波生招祸尤"。然而她对生活并没有失去信念，她发誓"将这婆侍养"，"将这孝服守"。但是，在那样的社会制度下，即使是这最起码的生活要求，老百姓也是难以得到的。泼皮流氓张驴儿父子突然闯入她们的生活，于是更大的不幸便倾注到了她的身上。

窦娥的反抗精神，开始于她对张驴儿逼婚的不屈服上。当张驴儿兴高采烈、嬉皮笑脸拉扯她拜堂时，她即勇敢地将张驴儿推跌在地。她虽然觉得受这种恶势力的欺侮"兀的不是俺没丈夫的妇女下场头"，然而窦娥毕竟是不甘受人欺的，蔡婆凭着多年和窦娥相处的经验，深知"我那媳妇儿气性最不好惹的"。但是窦娥的反抗锋芒也不过是初次流露，忠实于生活的关汉卿并没有随心所欲地驱使自己笔下的人物，他恰如其分地写出了窦娥在面临恶棍凌逼时作为一个正直善良人物的本能的自卫。

张驴儿想毒死蔡婆好进一步威逼窦娥成亲，结果反而毒死了自己的老子，于是他反咬一口，想用诬陷手段迫使窦娥就范。窦娥因为问心无愧，宁愿见官也不肯向罪恶势力屈服。她坚定地说："我又不曾药死你老子，情愿和你见官去来。"在她的心目中，官府是"明如镜，清如水"的，因此天真的也是不觉悟的窦娥在这时唯一的希冀是官府能为她撑腰，主持正义。然而昏官桃杌太守的皮鞭终于使她清醒了，那"挨千般拷打，万种凌逼，一杖下，一道血，一层皮"的惨不忍睹的事实，使窦娥真正认清了这个社会是那样黑暗，司法机构是那样是非颠倒，她开始从自己的切身遭遇中深切地感到了这个社会中有一些人是压迫迫害另一些人的。窦娥一旦看清她幻想中的"明如镜,清如水"的官府原来是张着血盆大口的豺狼,她开始从幻想走向了现实。

在桃杌的严刑拷打下,窦娥为了不使年迈的婆婆再遭受毒打,情愿招承"药死公公"的罪名。关汉卿为了进一步深化主题,造成更浓重的悲剧气氛,他又大大突出了窦娥自我牺牲的精神和善良的性格。在第二折的最后一支曲子【黄钟尾】里,窦娥唱道:

> 想人心不可欺,冤枉事天地知,争到头,竞到底,到如今待怎的;情愿认药杀公公,与了招罪,婆婆也,我若是不死呵,如何救得你!

窦娥虽然对贪官恶棍誓死不屈,但是为了救婆婆,她以最大的勇敢和自我牺牲的精神,担当了这个天外飞来的横祸。优秀的悲剧都是这样以高尚的感情去感动人,去净化人的灵魂,从而赢得人们的同情之泪。

窦娥被判处了死刑,但她不肯向既定命运低头,她从绝望中进一步看清了"衙门从古向南开,就中无个不冤哉"的残酷现实。她通过对世界的主宰者天和地发出了埋怨和呵骂,实际上也就是对现实世界的控诉,在这里窦娥的反抗性格已经升华到顶峰:

> 有日月朝暮悬,有鬼神掌着生死权。天地也,只合把清浊分辨,可怎生糊突了盗跖、颜渊!为善的受贫穷更命短,造恶的享富贵又寿延。天地也,做得个怕硬欺软,却原来也这般顺水推船。地也,你不分好歹何为地!天也,你错勘贤愚枉做天!哎,只落得两泪涟涟。

这是震动人心的怒吼，它充分写出了窦娥无辜受害、含冤难诉的心情。它对封建社会世俗观念中最公正无私的事物——天、地、日、月都彻底加以否定，实质上就是对现实人间最高统治者的否定。因此，它既是窦娥以及和窦娥同样命运的人们愤怒情绪的猛烈迸发，也是觉醒了的妇女的呼喊。这种对黑暗统治的彻底否定，这种觉醒了的意识，具有强大的进攻性精神武器的力量。在重重封建统治的枷锁下，一个年轻的寡妇能喊出这种声音，对统治者来说是不可估量的冲击。正如杜勃罗留波夫所说："以极端反抗极端，最后从最软弱和最忍耐的人们心中所提出来的抗议，也是最有力的。"【1】窦娥的呼声，正是一种对黑暗现实和罪恶统治的最有力的抗议。关汉卿富有生命力的语言为人民呼出了不平之气，表达了他对生活现实和残酷统治的决绝态度，从而显示了他那极可宝贵的剧作家的骨气。

　　窦娥绝不甘心不明不白地死去，她坚信正义是属于自己的，她更相信总有一天真理之光会照临人间，她的冤屈总会昭雪的。因此，她在临刑时发下三桩誓愿：一要刀过处头落，一腔热血飞溅悬挂在旗枪上的丈二白练上；二要在三伏天降下三尺瑞雪，以证其冤；三要楚州亢旱三年。窦娥之冤果然感天动地，三誓皆验，一切都证明着窦娥委实冤枉。在这个悲剧的高潮中，作者完成了主人公的光辉形象的雕塑。当然，三桩誓愿的实现，不过是作者的一种想象，是现实生活中所不能有的事，而且这里仍然说明天地还是有情的。可是，重要的是，作者凭借了这一生动宏伟的想象，充分表达了当时广大人民对封建统治者所造成的冤狱，不顾人民死活的愤慨，表达了广大人民对

【1】《黑暗王国的一线光明》。

惊天动地的呐喊——浅谈《窦娥冤》的悲剧精神

屈死的窦娥的无限同情,显示了真理的伟大力量。关汉卿正是通过这样的浪漫主义的幻想性情节的描写,创造了浓郁的悲剧气氛,使主题逐步深化,构成了全剧的高潮,充满了激动人心的艺术魅力。

紧接着作者又写了窦娥鬼魂复仇的情节。窦天章做了肃政廉访使,"体察滥官污吏",窦娥鬼魂告状,剖白了自己的冤枉,最后终于案情大白,张驴儿和赛卢医伏法,桃杌太守等永不叙用。这个喜剧式的结尾,反映了广大人民的心理和愿望。

关于窦娥鬼魂的出现历来有所争议,我的粗浅的看法是,在传统的优秀的戏曲中,鬼魂往往是作家用以表达他的思想感情、宣泄他的理想和主张而采取的一种手段而已。在《窦娥冤》中窦娥鬼魂的出现仍然是体现了美战胜丑,善打败恶,正义伸张,奸邪覆灭。所以关汉卿笔下的窦娥鬼魂是代表美、善和正义一方的。更何况窦娥鬼魂的出现还表现了她的冤屈之深与斗争心之强。所以在舞台上展现的窦娥的鬼魂是一位刚强的女性,复仇的美魂。这样写鬼,别具一格,有何不可?

法国19世纪末雕塑大师奥古斯特·罗丹曾说过这样一句话:"美,就是性格和表现。"[1]关汉卿塑造窦娥的典型性格的成功,就在于他敢于把自己的艺术触角向人的感情领域伸展、发掘、开拓,让舞台上的窦娥的性格核心——满腔悲愤,深深地激起观众的心灵的共鸣。人们不难看出,关汉卿极尽渲染之能事,他刻画了窦娥的刚毅、坚强而又善良的个性,展示出他对黑暗现实和罪恶势力的抗争,对正义、对真理的忠贞不渝、执着如一的情感波澜。关汉卿正是抓住了窦娥对官府、泼皮之间的不可调和的矛盾冲突,采取了层

---

[1]《罗丹艺术论》,第62页。

层递进的情节结构，一层一层地揭示了这个元代普通妇女心灵的美。她既不为酷刑所屈，又不为死亡所惧。而更为难能可贵的是，在死神面前，她还以一颗纯真善良的心去保护懦弱而又无所依靠的蔡婆。正是这样，我们的剧作家就把窦娥这一被压迫者的形象升华到崇高美的高度。与此同时，更加显示窦娥精神美的还在于，她从天真的幻想中终于挣脱了出来，走上了觉醒和反抗的道路。关汉卿的如椽之笔所以犀利而深刻，就在于他不是孤立地、静态地去描绘窦娥的反抗黑暗势力，而是紧紧扣住时代的、社会的、民族的矛盾，在动态的生活流程和感情流程中，揭示窦娥的善良和对丑恶现实的抗争，披露出人物性格的独特生命和独特光彩，显现出特定环境中窦娥性格的内涵，把激烈冲突的时代精神凝聚于"这一个"性格的血、肉、情之中。正因为如此，窦娥才是一个具有高度审美价值的艺术形象。

　　对于关汉卿的杰作《窦娥冤》应当着重研究的是它的独特的悲剧色调和悲剧精神。
　　自古以来，优秀的悲剧就是战斗的艺术。悲剧反映的是社会生活中悲剧性的矛盾，描写主人公的苦难和死亡。然而只有代表先进力量和维护人民利益的人物，在反抗黑暗统治的斗争中，由于历史等条件的局限，或敌对势力过于强大，因而遭受无可避免的苦难或者牺牲，从而造成真正的悲剧。恩格斯曾说："历史的必然要求和这个要求的实际上不可能实现"这种矛盾构成"悲剧性冲突"。恩格斯这句话虽然是针对他所批评的拉萨尔的悲剧《济金根》而发，却是科学地说明了悲剧冲突的实质。我们的鲁迅先生说得更是深入浅出：悲剧是把那有价值的毁灭给人看。有价值的就是珍贵的，就是真善美的。质言之，悲剧就是美的毁灭。在传统悲剧中，悲剧主角往往是具有巨大的精神力量、非凡的才能、执着地为其信念而奋斗的英雄人物。这样的人物，为着崇高的理想和正义的事业，向敌人作斗争，即使遭受苦难而斗志弥坚，纵然牺牲生命而英勇不屈；这样的人物，虽死犹生，具有强大的悲剧力量。

《窦娥冤》的悲剧特色具有我们民族悲剧美学的个性。这突出地表现在它的悲剧精神的实质是悲壮而不是悲惨，是悲愤而不是悲凉，是雄伟而不是哀婉，是鼓舞斗志而不是意气消沉。《窦娥冤》悲剧之美，属于崇高和阳刚之美。请看，窦娥为了真理，只身鏖战，喋血刑场，难道不就是玉碎的悲剧、美的毁灭吗？所以，全剧从始至终贯穿着一种高昂的正义的精神，表现出悲剧的壮烈美，又表现了壮烈的悲剧美。

正因为《窦娥冤》是写美的毁灭，所以感人心腑的悲总是和美水乳交融在一起。回味一下窦娥的悲剧，震撼我们的正是她的人格的力量。她对天地的控诉以及她的三桩誓愿，谁能不为之动容。在我们面前的悲剧主人公不是弱者，她已经从弱者走向了真正的强者的道路。在逆境中，她也是心向真善美；在昏暗中，她的晶莹的灵魂更是熠熠生辉。于是这个窦娥临刑前的场面，给予我们的感受绝不仅仅是个"悲"字，我们从中看到的是诗情的洋溢，人格的伟大，真理的不朽的光辉和力量。窦娥的鲜血挂在丈二白练上，它象征着悲和美的结晶，它是窦娥悲剧精神的升华。在戏剧美学领域，一切令人惊心动魄的奇美，都是激发人们精神振奋的壮美。

对于《窦娥冤》来说，悲剧不仅是个结局，而且是个过程，是窦娥"粉身碎骨全不顾，留得清白在人间"的过程，所以美的毁灭，同时也是美的长存，美的留芳。窦娥的命运令人泪下，令人长叹息，但窦娥的精神不论是当时还是现在仍然是催人向上，激人抗争的。

从这个意义上说,我们的传统悲剧确实有着"乐观的悲剧"的味道。

纵观世界文学史,悲剧里面出英雄。"悲剧之父"埃斯库罗斯写的《普罗米修斯》,马克思称之为"哲学历书上最高贵的圣者和殉教者"。[1] 19世纪俄国著名悲剧《大雷雨》的主人公卡杰林娜被杜勃罗留波夫颂之为"黑暗王国的一线光明"。[2] 我们的窦娥应当被看作是夜空中的一颗明星。作为一出典型的中国式的悲剧,《窦娥冤》列之于世界大悲剧之林是毫无愧色的。

窦娥的时代已经一去不复返了。但是,人们只有从悲剧中得到精神财富,才可以说悲剧已经过去,喜剧接着到来。历史的辩证法不是一直这样指引着我们吗?

总之,大悲剧《窦娥冤》是黑暗荒诞的元代社会的缩影,窦娥的悲剧性的遭遇实质上是元代广大人民的悲剧命运的集中反映。对于一个有正义感有良心的艺术家来说,《窦娥冤》又是关汉卿面对残酷的社会现实发出的一声呐喊。中国戏曲史上的这一声呐喊,惊天动地,启迪、激励着后代剧作家们的斗争精神:不管暴政如何肆虐,不管豺狼如何横行,只要真理受辱,人民蒙难,一个手无寸铁、只有一颗头颅一管笔的剧作家,可以而且应该表现出这种崇高的义愤和勇敢。关汉卿所以受到历代人民的怀念和景仰,主要原因就在于他是剧作家中勇于替人民说话的第一人。历史永远不会忘记我们的关汉卿和他的不朽杰作《窦娥冤》的。

---

[1] 马克思《〈博士论文〉序》,第3页。

[2] 参见辛未艾译《杜勃罗留波夫选集》第2卷。

歌颂强者的诗
——激赏《单刀会》

《关大王独赴单刀会》是关汉卿以他的盖世才华和诗人的激情为我们谱写的一支强者的颂歌。

关汉卿笔下的关羽[1]始终坚贞不渝地忠于自己的信念和理想，面对强敌，却一往无前，显示了英勇无畏的豪迈精神；处境险恶，却敢于深入虎穴，克敌制胜。这一大智大勇的强者形象给当时和现在的人们带来了崇高的审美感受，给历史和现实增添了鲜活的艺术光彩。

此剧构思巧妙，高标异彩，情趣盎然，意旨遥深，充满艺术辩证法，观之令人唏嘘感奋，遂生断想。

风格样式

中外戏剧文学史上为确定一个剧本的风格样式而发生激烈争论的事例，可以说史不绝书。

【1】对历史上的关羽如何评价，不是本文所要谈的。这里只就《单刀会》中的关羽形象进行一些艺术分析。

心灵投影

关于《单刀会》的风格样式,过去也曾有过不同的看法。一般认为,这是一本历史剧,另外也有的研究者把它称作颂剧。但是,说它是一本历史剧,其论据似不足,因为它的史实根据实在不充分,在《三国志·吴书·鲁肃传》中,关于关羽单刀赴会事,只有一句简略的记载:"肃邀羽相见,各驻兵马百步上,但请将军单刀俱会。"而戏中的绝大部分情节和人物之间的关系几乎都是虚构的,即使作者所根据的那一点史实(即"请将军单刀俱会"),也被大胆地改造成为关羽一人的"单刀会",因此很难称得上是严格意义的历史剧,充其量是一本非历史化的历史剧。说它是一本颂剧,这是可以首肯的。但是,如果一定要把它和关王会的"娱神"活动硬拉在一起,似乎同样很难找到确凿的根据。因为全剧既没有蒙上任何神秘的迷雾,也没染上什么特异的宗教色彩。那么,它到底是一种什么样式呢?如果需要给它"正名"的话,不妨啰唆地把它称之为"历史英雄颂剧"。这是因为,从全剧的调子来看,作者的美学追求并不在于由这一历史事件构成的故事情节(这部作品和关汉卿其他作品大异其趣之处,也恰恰在于它不以情节的曲折多变见长)。相反,值得我们给予重视的是:剧作者的意旨是要写出一种个性,一种激情。这就是那响彻在全剧的主旋律——对英雄人物的伟大历史业绩的向往和对英勇豪迈精神的礼赞。因此,它具有典型的历史英雄颂剧的品格。

人们要问,为什么要为一部剧作确定创作上的风格样式呢?我认为,它关系到对一部作品的主题思想、戏剧基调和艺术风格的准确评价,特别是关系到如何体味作家的美学追求和艺术匠心的问题。无数成功的名作证明,一部剧作的风格样式是剧作家主观意图的集中体现。确定和把握风格样式是理解"这一个"剧作家的思路和对

歌颂强者的诗——激赏《单刀会》

题材提炼的起点,同时也是我们理解"这一个"剧作个性的标尺之一。

关汉卿绝非轻材小慧的艺匠,而是一位心底有生活的独具只眼的艺术家,他的才艺也是多方面的,特别是他有一种敢于面对现实的创作精神。在元朝统治的黑暗王国里,他不甘屈辱,以崇高的义愤和勇气,为人民呼出不平,为人们弹奏出一曲曲悲壮慷慨的剧诗。同时,在他心底始终蕴蓄着作家动人的理想的温热,激荡着热情的激流。于是他又给我们展现了一部部美战胜丑,善战胜恶的智慧、乐观的战斗喜剧。关汉卿透过如磐夜色,看到了天边一角的曙光。

可贵的是,关汉卿不仅善于从现实和未来汲取自己的诗情,他还以其独具的史胆,从历史中汲取自己的诗情。强烈的历史感使他看中了民间流传着的英雄关羽单刀赴会的故事,发现了它蕴含的现实意义。于是在他的剧作里,以特有的选材角度和不落俗套的描写视点,着意渲染了关羽大无畏的英雄气概和坚贞不屈的精神。

歌德说得好:

> 一个伟大的戏剧体诗人如果同时具有创造才能和内在的强烈而高尚的思想感情,并把它渗透到他的全部作品里,就可以使他的剧本所表现的灵魂变成民族的灵魂。我相信这是值得辛苦经营的事业。[1]

我认为,关汉卿辛苦经营的正是这样一种"事业"。即在他内心中翻腾的正是一股浩然正气,一种大无畏的精神,一个真正生活中强者的激情。一句话,关汉卿意在通过关羽的精神去反映我们民族的精神火花,同时又把它作为精神的灯光,引导苦难的元代人民走向

---

[1]《歌德谈话录》,人民文学出版社1978年版,第128页。

更高的精神境界、更高的理想、更高的品质，也就是他要通过自己作品的灵魂去影响民族的灵魂。这充分说明关汉卿高昂的斗志和睿智的见地。

关汉卿只有《单刀会》这一本历史英雄颂剧传世。这样的颂剧，在我们所看到的元人杂剧中也是绝无仅有，这是很可宝贵的。它是关汉卿为我们开拓的一个新领域，同时也为我们树立了英雄颂剧的范本。

结构排场

结构，是构成文艺作品形式美的一个重要因素。作为形式因素的结构，凝固着艺术的内容。法国16世纪"七星诗社"文艺运动的领导人龙沙在《法语诗艺简编》一文中说得很好："不用怀疑，在相当高妙的创造之后，美丽的结构跟着就会出现，因为结构与作为一切事物之母的创造相随，有如影之随形。"[1]可见，结构之于文艺作品的内容不是无足轻重的因素。

结构之于戏剧更有着生命般的意义，有人说，戏剧是一种结构艺术，这是不过分的。结构艺术是否成功，直接影响作品的质量。明代小说戏曲家凌濛初在《谭曲杂札》中就说："戏曲搭架，亦是要事，不妥则全传可憎矣。"[2]

那么《单刀会》这本杂剧是怎样"布关串目"的呢？它在结构排场上有什么特色呢？《单刀会》的结构排场是为表现英雄主义主

---

[1]《文艺理论译丛》1958年第3期。
[2]《中国古典戏曲论著集成》第4册，第258页。

题服务的，同时它也是服从于这本杂剧独特的风格样式的，换句话说，它属于历史英雄颂剧式的结构排场。事实是，这本历史英雄颂剧的风格样式，最终是通过它的结构排场固定化、物质化而得以完美表现的。

《单刀会》的最高任务是要调动一切艺术手段来着意刻画和热烈颂扬英雄关羽的。凡是有助于突出关羽性格的，凡是有助于完成剧本的主题思想、符合英雄颂剧样式的，他就大胆放手去写，在他的笔锋前是没有任何遮拦的。关汉卿不顾杂剧体式上的一些通例，不采用当时通行的结构法。首先，剧作家把戏剧冲突设置在鲁肃阴谋设宴想捉拿关羽，而关羽则要击破鲁肃的阴谋，保住荆州这一关键时刻。要使关羽一亮相就能光彩照人，不同凡响，就需要在人物登场之前预施笔墨，为他立传造像。作者苦心孤诣，颇劳神思，精心安排了整整两折戏（请读者注意，元杂剧通常一本只有四折啊），为关羽登场反复铺垫，刻意渲染，从而使人物未上场已具有无比声势。

试看第一折，鲁肃想索还荆州，定下三条妙计，以为胜券在握，特请乔玄过府商议。可是这位东吴国戚却劈头指出："这荆州断然不可取。"且连连称赞关羽有万夫不当之勇，并把以前曹操灞陵桥上三条计全都失败重述了一遍，还警告鲁肃，你的三条妙计断然不会成功。鲁肃不以为然，竟说关云长若不归还荆州，他就要用武力解决，而乔玄的回答则是：

【金盏儿】他上阵处赤力力三绺美髯飘，雄赳赳一丈虎躯摇，恰便似六丁神簇捧定一个活神道。那敌军若是见了，唬的他七魄散、五魂消。

心灵投影

　　（云）你若是和他厮杀呵，（唱）你则索多披上几副甲，剩穿上几层袍。便有百万军，当不住他不剌剌千里追风骑；你便有千员将，闪过明明偃月三停刀。

这里，句句是长他人的威风，句句是灭自家的锐气，而句句恰又是向台下观众描述关云长勇猛威武、凛然不可犯的形象。

　　第二折和第一折的立意与布局极为相似，仍然是在关羽的身上反复着墨，借以深化人物的性格，增强人物形象的魅力，只是在折末为了调和戏的严肃气氛，特意加进了点喜剧情调。不过，这折戏的正末司马徽不是乔玄这样人物，而是个"傲杀人间万户侯"的世外隐士，他一听说鲁肃来请喝酒，很是高兴，可是一旦知晓主客是关云长，态度马上来了个突变，竭力推却说："若是关公，贫道风疾举发，去不的！去不的！"他列举了关羽杀车胄、刺颜良、斩文丑、诛蔡阳的事迹，说他如何"酒性躁，不中撩斗"，以此劝鲁肃千万打住收取荆州的幻想，并且特意提醒鲁肃："……他若是玉山低趄，你安排着走；他若是宝剑离匣，准备着头——枉送了你那八十一座军州。"

　　从这两折戏看，正末乔玄和司马徽两个人物，实际上是剧作家手里的两支彩笔，专门用来为关云长的形象添姿增色的。这是文章的虚写法，而乔玄和司马徽正是作为虚写手段的。在这里作者用了两副笔墨：直接的和间接的。所谓直接，就是经由乔玄、司马徽作褒扬之辞。所谓间接，就是以乔玄、司马徽和鲁肃作关羽的陪衬，明写前者，暗托后者。作者用多种笔法来凸显关羽的超群不俗和盖世威风；既有正写，又有映衬，还有烘托。然而无论是乔玄、司马徽，还是鲁肃，都不过是关羽的垫角。因此，直接反映在观众心理上的已经是如见其人、如闻其声了。

歌颂强者的诗——激赏《单刀会》

劳神于前，得力于后。由于作者在关羽出场之前做了如此精巧的布局，如此生动的渲染，因此关羽一经登场，就浑身是"戏"了。像这样不尽早让主要人物出场的，在我国古典小说中颇不乏例，像《三国演义》的"三顾茅庐"就和《单刀会》有异曲同工之妙，而戏曲剧本则很少见了。我们只是在17世纪法国的喜剧名作《伪君子》中看到过。莫里哀的达尔杜弗也是迟到第三幕露面，称得上是"千呼万唤始出来"，而一出来就是"戏"。当然，一个是颂剧，主要人物是英雄；而另一个是喜剧，主要人物是恶棍，不过布局的技巧是极为相似的。他们都懂得铺垫笔墨的重要，都懂得高潮有赖于充分蓄势才能形成。

第三折关羽一出场就立即进入了形象刻画，从各个角度映照出他的性格特征。在这里，人物出场的特点交融在他的性格的表现里。开头那沉雄亢爽、慷慨激昂而又字字本色的四支曲文，使人们形象地感受到他确实是"汉家邦"的忠臣，是"只愿同日死"的桃园义士。

在接受"请书"的一刹那间，关羽的态度表现得雍容镇定，而且一下子就看穿了鲁肃的阴谋。这个闯过大风大浪的硬汉子有一种明知山有虎偏向虎山行的"犟劲儿"。他明明知道对方为他安排下的是"杀人的战场"，而非"待客的筵席"，却敢于慨然许诺他的邀请；明明知道摆在面前的是"天罗地网"，"打凤的牢笼"，他却偏要单刀赴会；明明对方给他预备下了"巴豆、砒霜"，他却以看赛会般的轻松心情坦然对之。这一切，都因为在他身上有着一种出生入死的磊落精神和气贯长虹的浩然正气。请听：

【剔银灯】遮莫他雄赳赳排着战场，威凛凛兵屯虎帐，大将军智在孙、吴上，马如龙，人似金刚；不是我十分强，硬主张，

>但题起厮杀呵磨拳擦掌,排戈甲,列旗枪,各分战场。我是三国英雄汉云长,端的是豪气有三千丈。

面对强敌,却有一种压倒敌人的气势,这是何等雄伟的气魄!那富于动作性的曲文把这位有智谋、有勇略、有胆识的大将军关云长的光辉形象径直地推向了舞台最前沿。

第四折是从正面具体描写关云长和鲁肃的冲突。但是,在关羽会见鲁肃之前,聪明而又"狡黠"的剧作者却采用了戏曲剧本结构技巧中的延宕法,有意地让强烈的矛盾冲突即将揭开时,先来一个回旋,出现一个暂时的"停滞",抽出时间,再次展示主人公的内心活动,从而使矛盾顿宕前进。关羽在赴会途中,面对大江东去,发抒历史的感慨。【新水令】【驻马听】两支苍而劲、亢而正的曲文,就把关云长在惊心动魄的斗争即将出现时那种泰然、镇静、无畏和信心揭示得淋漓尽致。这一手法,可达一箭双雕的效果。如果说第一、二折是以虚写法为关云长塑像;那么第三折和第四折前部分就是用实写法从正面为关羽塑像,这是一。第二,急流中的一个回旋,奔逸时的一次颠踬,具有对观赏者心理产生一擒一纵的作用,人们在顿挫有致、大开大阖的情景中被吸引到剧作家早已设置好的激烈的冲突中来了。

经过这个过场再次渲染关羽的气冲霄汉的英雄气概,然后才转入惊险的单刀会,可见关汉卿是把戏剧冲突最尖锐部分摆在最后一折的一个正场上。关羽和鲁肃一经接触,矛盾立即展开,形势随即激化。始而舌战,继而剑拔弩张,最后关羽急中生智,一手捉住鲁肃,一手执剑相逼,直奔江边而来,东吴堂堂中大夫,充当了关羽横闯敌营的通行腰牌,关羽借此而最后脱险,观众为

歌颂强者的诗——激赏《单刀会》

此而衷心称快,戏到此便戛然而止。这一出色的结尾处理,既动人肺腑,又突出了题旨,既是整个情节动人的结尾,又是主题意义响亮的回声,使人沉吟不已,回味无穷。真是戏完意未完,剧终情未终。

编辑《元曲选》的臧晋叔在总结元剧创作得失成败的艺术经验时不无遗憾地指出:"马致远、乔梦符辈,至第四折,往往强弩之末。"[1]这就是说他们不善于处理第四折或者说是不善于处理戏的结尾。而关汉卿的《单刀会》却不然,他把全部重量都集中在结尾部分,以便像箭似的把它的箭头全力射出去,因此,戏的结尾,不是强弩之末,而是做好了一切准备,形成了万弩齐发的高潮。元人乔梦符提出制作乐府的六字诀:凤头、猪肚、豹尾,这是希望一出戏有一个隽美、响亮、有力的结尾。清人李渔在《闲情偶寄》中也提出结尾的重要,他说:"收场一出,即勾魂摄魄之具,使人看过数日而犹觉声音在耳,情形在目者,全亏此出撒娇,作'临去秋波那一转'。"关汉卿以他的创作实践实现了很多戏曲理论批评家的理想。

综观《单刀会》全剧的结构排场,显示出剧作家的美学追求和艺术匠心。一二两折有铺垫、有蓄势,造成一种类乎悬置的舞台气氛。乔玄、司马徽那两折戏的反复着墨,显然类似评书形式的介绍,写得好,"讲"得好,唱得也好,颇富装饰趣味,为下面紧接着的关羽的出场造成了必要的声势,目的性极明确。同时,由于关羽一登场就立即引爆出新的波澜,使之和情节的发展有机地统一起来,没有使它落空,这样就完成了预期的效果:关羽未出场前,便有声

---

[1] 见《元曲选·序》

势,既出场后,更有分量。

戏剧意境

　　《单刀会》的美感力究竟何在?除了它的独特的风格样式,新颖的结构排场以外,我以为关汉卿作品的主要特色是重视戏剧意境的创造,是意境抓住了人。

　　清末王国维在《宋元戏曲考·元剧之文章》中说:"然元剧最佳之处,不在其思想结构,而在其文章。其文章之妙,亦一言以蔽之,曰:有意境而已矣。何以谓之有意境?曰:写情则沁人心脾,写景则在人耳目,述事则如其口出是也。"有意境也称之为有境界。王国维在《人间词话》中还说过:"境非独谓景物也,喜怒哀乐亦人心中之一境界。故能写真景物、真感情者,谓之有境界。"早在王国维之前二百年的戏曲家李渔虽然没有使用"意境"这个审美概念,但是已经涉及戏曲中情与景的关系了。他认为只有情与景和谐统一,才能构成美的整体,那种单纯写景"止书所见不及中情者,有十分佳处,只好算得五分","妙在即景生情"。[1]王国维和李渔的见解都有偏颇之处,但是他们都涉及中国戏曲美学的一个重要特点:意境。

　　所谓戏曲中的意境,按照我们的一般理解,主要是指抒情、写景、叙事,达到出神入化、完美统一、熔为一炉的艺术化境。而与此相联系的,也包括神与形的统一,以及内容和形式的统一。因此,只有景中寓情,形足神传,形式充分地表现内容,两个方面契合无间,

---

[1]《中国古典戏曲论著集成》第7册,第27页。

歌颂强者的诗——激赏《单刀会》

创造出一种美得令人心驰神往的境界，才能产生强烈的审美力量。

《单刀会》的美感力首先就在于它不愧是诗之剧，是剧之诗，使剧具有诗的意境，诗的韵律，是诗与剧的完美的融合。从中国艺术发展史的角度来考察，自《诗经》《楚辞》而下，我国诗歌已有数千年的历史。其他文艺，无不得到诗的滋养，它的触角伸向各个艺术领域。戏曲得天独厚，它的发展过程中就使它和诗结下了不解之缘，成熟的戏曲文学剧本都是剧诗。关汉卿的《单刀会》就是以诗笔写剧。

下面两支脍炙人口的曲文是很典型的：

【双调新水令】大江东去浪千叠，引着这数十人，驾着这小舟一叶，又不比九重龙凤阙，可正是千丈虎狼穴，大丈夫心烈，我觑这单刀会似赛村社。（云）好一派江景也啊！（唱）

【驻马听】水涌山叠，年少周郎何处也？不觉的灰飞烟灭！可怜黄盖转伤嗟，破曹的樯橹一时绝，鏖兵的江水犹然热，好教我情惨切！（云）这也不是江水。（唱）二十年流不尽的英雄血！

从文词来说，这两支凭今吊古、慷慨苍劲的曲子，应当是从苏东坡的"大江东去，浪淘尽、千古风流人物"这首《念奴娇》蜕化出来的。但它的激情却绝不亚于原词，其中奥妙就在于，关汉卿从剧诗的特点出发，把人物性格的刻画完全融化在环境的描写里，形成一个情景交融的独特的艺术境界。

关云长的唱段一开头气派就很大。"大江东去浪千叠"，就是一幅十分壮美的画卷，那种波涛万顷、吞天浴月的大江景色，浩浩渺渺，流向东方，它气势磅礴，大笔勾勒，先声夺人，使我们的精神为之一振。接着是"水涌山叠，年少周郎何处也？"从不同角度、方位，以纵横自如的笔意，勾勒出赤壁遗迹：仰视是重峦叠嶂，俯视则惊涛拍岸，犹如一组蒙太奇镜头，冲击着我们的感官。而在这千古的历史长河里，该有多少可歌可泣的业绩！中华民族古往今来的风流人物又有多少！在无限广袤的时间、空间的背景下，在绚烂多姿的历史人物画廊里，凸现了剧中人所怀的主体——周瑜、黄盖等。这种怀古之情正是寄寓在一定的历史人物和历史事件之中的。整个自然环境与主人公精神的刻画完全交融在一起，构成了富有深意的境界。

这里剧作家意境创造的技法很值得我们探索。

我们知道，欧洲画的构图有一个显著的特点：画家的眼睛从画面上选取一个固定的透视角度（即视线定在画家眼睛等高的地平线的某一点），以这一"焦点"透视和构思画面上下左右远近的层次和轮廓，创造整幅画的思想意境。关汉卿戏剧意境的创造也是善于把握这种艺术表现的"焦点"。他以意境的"焦点"为中心和动力，由近及远，由远返近，把镜头慢慢缩小到一个聚光点上，着力刻画剧中主人公的历史感受。作者把语言形象的诗和视觉形象的画同活动着的人事融合一体，并借助于这一总体形象，抒写中华民族不屈不挠、英勇悲壮的历史，创造出一个情景交融、诗情蓊郁的艺术境界。

值得注意的是：剧作家不仅运用诗的语言，创造了丰富的诗的意境，而且把剧中的主人公也"诗化"了。关羽的魄力雄强、精神飞动的英雄气概同环抱的万山、汹涌的大江相辉映，自然的雄奇之美反衬人物内心之美。"大江东去浪千叠"，不仅介绍了戏剧环境，更重要的是把关羽"出龙潭，入虎穴"的英雄行为以及他那压倒敌人的气势刻画了出来。因此，在规定情景里，作为剧诗中的主人公关羽本身就是一首英雄豪迈的诗，一首强者的诗。试看，单刀赴会，

歌颂强者的诗——激赏《单刀会》

一路之上，不以面前的"千丈虎狼穴"为意，而以诗人般的情怀去欣赏江景，去缅怀叱咤风云的英雄岁月，去追忆二十年前的威武雄壮的战斗场面，去寄托自己的情思，这是何等豪迈英武的怀抱！面对滔滔江水，不是发出"人生如梦"的感叹，而是把它比作"二十年流不尽的英雄血"。这诗一般的语言，除了"千里独行觅二友，匹马单刀镇九州"的关云长，又何人能有此强大的意志力量！关汉卿以他清新、独到的写意之笔，把关羽对蜀汉的一片赤胆忠心和那光明磊落、坦荡无畏的胸怀，知难而进、百折不回的精神表现得酣畅淋漓。这种对"境"与"人"的高度概括性的描写，达到了生动地具现环境和突出人物性格的艺术效果。这是剧，也是诗。作者以诗笔写剧，是诗与剧的融合，而且融合得极自然，极美。

英国著名诗人雪莱说，诗即热情。以诗笔写剧，关键需要作者有情。一个戏如果有景无情，实实填词，呆呆度曲，怕会是味同嚼蜡。我国古代的戏曲家们早就发现了这条秘诀，李渔在《香草亭传奇·序》中认为一部传奇是否能流传，有三个条件："曰情，曰文，曰有裨风教。"他也是把情放在首位。

由此可见，面对生活，戏曲家若如太上之忘情，则戏就不用写了。从本质上说，戏曲确实是反映生活的艺术，但是，和其他文艺形式一样，戏曲也是抒情的艺术。它和其他文艺形式不同的只是表达感情的方式。任何作者写戏，对人物总是有所爱、有所憎的。有强烈的爱憎，人物才会鲜明，才会在笔下活起来。可以想见关汉卿写《单刀会》是很动感情的，剧本中那些落地作金石声的诗句，我认为是作者和笔下英雄人物共魂魄的最好写照。作者写作，总是有称快之笔，也一定有挥泪之笔。第四折最后一支曲子【离亭宴带歇指煞】的最后两句："说与你两件事，先生记者：百忙里趁不了老兄心,急切里倒不了俺汉家节。"明显的是剧作者通过对历史英雄关羽维护汉家事业的歌颂,流露了自己强烈的恋念故国江山、追慕前朝旧事的民族感情。

【驻马听】一曲同样寄寓遥深,把长江的奔流视为历史变化的象征,把流淌着的江水比作"二十年流不尽的英雄血",绝非一般抒发怀古之幽情,而是渗透着剧作家更为深沉的历史感受。这一切都既使人看到剧中人关羽的真情实感,又使人感受到关汉卿之情——剧作者分明把自己心头的话,巧妙而又艺术地通过关羽之口去向观众倾诉了。在这里,"情"虽然包括人物本身的情在内,但常常侧重于作者寄托在形象中的感情,这正是作者感情的客体化(成为人物形象的一部分了)。所以有时看起来作者是在客观地描写人物形象,其实情已融化其中了。

情景交融对戏剧意境的创造十分重要,而形神统一对意境的创造也十分重要。美的意境特别要做到传神,如果只是形似而没有神似,则如泥人土马,有生形而无生气。然而,"为神之故,则又不离乎形",[1]"神"的表现不能不借适当的"形"来表现。因此,以"形"写"神"、形神兼备同样是戏剧意境创造的理想境界。

关汉卿在《单刀会》中对关羽形象的创造,可以说达到了传神的境界。他极善于从特定情势和人物的精神境界里,深刻地揭示关羽英雄形象的内在威力。他也使用了两副笔墨:一副笔墨是通过当时的情势、氛围以及乔玄、司马徽的口中之言、眼中所见、耳中所闻烘托出他的英雄神威。这种传神的描写,有引人入胜的审美效果。另一副笔墨是在正面表现关羽英勇时,既无战斗行动,更不直接写

【1】清·沈宗骞《芥舟学画编》。

他的武艺高强，而是从他的神情气势中描绘其英武的形象和内在的威力。两副笔墨都是抓住对象的整个灵魂，表现对象的精神，传其神，写其心，反映他的内貌于毫端，不独摹写他的外形于纸上，因此尽管笔墨经济，而形象却非常丰满、逼真。总之，关汉卿塑造关羽的英雄形象，并不以"神化"、"猎奇"作为他追求的目标，而是一切从人的精神状态里发掘和把握他的性格特点，并把他的精神气质的特征融化在情节提炼、细节描写、氛围烘托里。《单刀会》传之今日仍然不失其艺术魅力的原因，正是由于它的形象创造的特色在这一方面达到了"气旺神完"[1]的艺术化境。

关汉卿的《关大王独赴单刀会》杂剧是一部富有独创性的艺术珍品。"独创性的作品是，而且应当是人们所喜爱的，因为它是人们的大恩人。它们扩大了文艺之国，给它的版图添加了新的省份。"[2]关汉卿在我国戏剧史上之所以能卓然自命，傲睨千古，正在于他的独创性。文学艺术发展史不断证明，越是有独创性的作家，也越是能够推动文艺历史的发展，并且能够经得起历史洪流的考验，历久弥新，日月常存。

【1】宋·陈造《江湖长翁集》。
【2】这是18世纪英国启蒙主义时期诗人杨格说的一段话，见《论独创性的写作》，《西方文论选》上册，第496页。

生活的潜流
——为关汉卿《玉镜台》杂剧一辩

同一部艺术品，在不同的欣赏者之间会产生内容不同的共鸣、默契与沟通，乃至截然不同的审美感受。究其原因，除了作品内容本身往往复杂和充满矛盾以外，还同欣赏者的经历、学养、阅历和审美趣味有关。正因为如此，鲁迅先生才说："看人生是因作者而不同，看作品又因读者而不同。"【1】

这一欣赏心理的经验对于戏剧作品来说就显得更加突出和有趣了。世界戏剧史上关于哈姆雷特形象的评论纷纭复杂，就跟哈姆雷特所描绘的那一片云彩的形状一样变幻不定。最早的哈姆雷特一般被理解为单纯的复仇者形象，可观众通过看演出，并未感到后世批评家指出的犹豫等种种性格矛盾，18世纪的哈姆雷特是理性的典范；到了19世纪浪漫派手里，哈姆雷特的形象方被赋予幻灭的、感伤的、忧郁的、犹豫的种种色调。难怪人们把这种形象称之为"说不尽的哈姆雷特"。

另外还有一种现象，即剧本作者对自己作品的理解竟同导演和演员的理解大相径庭。最有名的例证是关于契诃夫的《三姐妹》的

【1】见《鲁迅全集》第7卷，第78页。

生活的潜流——为关汉卿《玉镜台》杂剧一辩

争论：作者明白无误地在剧本的小标题上称它为正剧，但是，当导演按照正剧进行构思和艺术处理时，契诃夫却坚持不同意把这个剧本解释成沉重的正剧。他再三说服导演和演员：这个戏应当是快活的喜剧，甚至应当是一出通俗喜剧。[1]至于当代著名戏剧家曹禺先生的《北京人》，也是在他的解释下，一些评论者和导演、演员才接受这样一种说法：这是一出契诃夫式的喜剧。但是，这并没能终止对于这部名剧品种的争议。这是多么令人深思的事啊！

今天，我们要来品评鉴赏的关汉卿的《玉镜台》杂剧也是一本众说纷纭的作品，[2]见仁见智，完全可以从不同角度来评论。因为依我看来，一部作品愈是能让众多的读者从中寻觅到多样而又有某种联系的意蕴，愈是能让读者根据各自的想象来补充增加艺术家所提供的画面、性格、情感，它便愈是具有高度真实性的艺术，愈是真正的艺术。

当然，这里应当有一个前提，一个价值标准，这就是从生活和心灵出发的问题。

我们对待艺术作品的态度应该正像对待真实的生活现象一样，要以艺术作品本身提供的东西作为依据，然后研究这样的人物和事件在生活中是否可能产生，在生活中是否真实，从而努力阐明这样的人物、这样的事件在生活中产生的原因是什么，而绝不能从自己的好恶、自己的主观尺度出发。因此，像对待客观的一切事物一样，绝对需要对具体问题做具体分析，这是一方面。

另一方面，如果站在我们面前的是一位伟大的作家，在他那成

【1】参见丹钦科《回忆录》，以及契诃夫1903年9月15日给李丽娜的信。
【2】参见《关汉卿研究》第2辑。

熟的作品中,描写的即使是普通人的平淡的日常生活,往往也会在直接的现实写照的背后,具有一股"潜流"。所谓"潜流"就是生活的底蕴。这种生活的底蕴并不是一眼可以看清的,而且往往是不易被人发现的。高尔基在谈到契诃夫的剧作时说:"别人的戏不能够使人从现实性中抽象出来,达到哲学的概括——您的戏却做到了这点。"[1]根据笔者的理解,高尔基正是从契诃夫所描绘的平凡的日常生活中看出那深刻而广阔的哲学的概括;把握到了那些经典性剧作的深刻的诗意的潜流。因此要理解一部剧作的真正的审美意义,把握其内在的生活和心灵潜流,便是它的关键了。

一

《玉镜台》杂剧主要是通过温峤和刘倩英之间的婚姻冲突,展开了古代封建家庭生活中的一个重要方面,从而反映了一定历史条件下人们对家庭、婚姻、生活的看法和愿望。尽管这一杂剧随处都有惹人发笑的细节和语言,但它不只是为娱乐观众的笑剧,更不简单是"为承应官府和有钱人家"写作的闹剧。相反,在它那轻松的形式里包孕着相当严肃的社会内容。把艺术作品的《玉镜台》和它在生活中的原型对照一番,这对把握关汉卿的艺术构思是大有益处的。

关汉卿《玉镜台》的题材是历史上实有的事,温峤和刘氏也是两个实有的历史人物。(严格地说,这出儿女风情戏还是一出地道的历史剧呢。)据刘义庆《世说新语》第二十七篇"假谲"类载:

---

[1]见《高尔基契诃夫通信、论文、言论集》,第28页。

生活的潜流——为关汉卿《玉镜台》杂剧一辩

温公丧妇。从姑刘氏家值乱离散,唯有一女,甚有姿慧,姑以属公觅婚。公密有自婚意,答云:"佳婿难得,但如峤比如何?"姑云:"丧败之余,气粗存活,便足慰吾余年,何敢希汝比?"却后少日,公报姑云:"已觅得婚处,门第粗可,婿身名宦尽不减峤。"因下玉镜台一枚,姑大喜。既婚,交礼,女以手披纱扇,抚掌大笑曰:"我固疑是老奴,果如所卜。"

当我们看到关汉卿如何提炼他的这篇杰作的情节时,我们不能不钦佩这位天才的戏曲家敏锐的观察力和社会概括的广阔性。关汉卿在《世说新语》提供的事件中所看到的不仅仅是一般人看到的一出闹剧。他以现实主义的清醒目光,含着讽刺家的忧伤的嘲笑,看出他生活的时代,封建家庭中畸形的婚姻现象。关汉卿是在认识到封建社会家庭生活的底蕴的基础上开始他的《玉镜台》构思的。

关汉卿在构思杂剧的情节时,并不是单纯地复述一下《世说新语》中的故事。《玉镜台》的情节核心虽然是关汉卿从《世说新语》记载的一件逸闻中汲取来的,但是主人公的命运、事件的过程,都有了很大的改变,同时还增加了新的冲突,尽管情节的核心——一个老人用欺骗的手段谋娶了一个年轻的女孩子——在关汉卿的剧作中被保留了下来。这说明,关汉卿在过去文献材料的基础上进行了一番提炼,更准确地说是加以悲喜剧的提炼。

在艺术构思和情节形成的整个过程中,艺术概括是决定的因素。作为艺术家的关汉卿透过自己人生观的三棱镜,充分概括了现实婚姻中的众多现象。在冲突的选择里面,在登场人物的遭际里面和人物关系的发展里面,反映着现实的本质特征。

在《世说新语》中,温峤用的虽然是诡谲欺骗的手段娶了刘家的女儿，然而一切进行得都很顺利，结局也是充满喜剧性的。使人感到惊异的是，这位新娘并不以嫁给一个和自己年龄过分悬殊的老头子而感到可悲，相反，她却以游戏人生的态度，用笑声和掌声来接纳这反常的命运的安排。这样的人，这样的事，对于魏晋六朝时代高门贵族和一些"名士"的特定生活、特异的人生哲学和畸形的生活作风来说，无疑是有代表性的，这些在洒脱不羁、玩世不恭成为风气的魏晋时代传为美谈也是不足为怪的。但是，从漫长的封建社会来看，一个年轻的女孩子对于自己的终身大事却采取了一种玩世不恭的诙谐态度，毕竟是不典型的。即使在封建社会，绝大多数女孩子不可能不幻想着一段美满的婚姻，一个理想的家庭，尽管这种幻想和理想由于各自出身的不同而有着截然不同的要求。关汉卿在进行艺术构思时敏锐地感觉到历史上曾发生过的那件趣闻，那个顺利的愉快的结局是"虚假"的，是极其个别的，是没有充足的现实根据的。在一般人看了哈哈大笑中，关汉卿却深深地感到了封建上层社会中那些被抹杀了自主权的妇女们的悲剧命运。所以关汉卿在构思这个杂剧时，首先摒弃了刘氏原来的性格特点，而代之以我们所看到的杂剧中刘倩英的性格特点。在刘倩英这个艺术形象身上体现了更多的少女的特征。当别人把不合理的婚姻强加在身上时，她愤怒，她痛苦，用了一切她所能用的方式进行反抗。这样，杂剧中出现的刘倩英显然比原来历史故事中刘氏的形象更真实、更典型了。试想，当观众从舞台上看到这个家庭婚姻冲突时，必然会使人们逐渐发现深藏在生活潜流中那些被压抑了理想的人们同这个封建社会上层建筑的冲突。人们不难看出，这种冲突就像旋紧了以后突然放开的弹簧那样有力地展开了，深刻的具有浓厚的社会性的家庭婚姻冲突，通过刘倩英和温峤的形象，通过情节的发展被揭开了。

生活的潜流——为关汉卿《玉镜台》杂剧一辩

事实证明，只有善于看出并深刻地理解社会矛盾的天才作家，才能在一件趣闻、一种特异行径中看出那个成为封建婚姻制度牺牲品的少女的精神悲剧，并且把这个畸形的反常的制度和观念无情地加以暴露和嘲讽。

同样的情况，原来故事的发展结局也是充满偶然性的。一个老头子骗娶了一个少女，而少女却觉得这一切都很有趣，在笑声和掌声中手拉手地走进洞房，这种结局和那种荒谬的不合理的婚姻的形成令人很难找出必然的联系。如果说其中有什么联系，那也只是偶然的。现实的素材需要加以典型化，需要摆脱偶发的事件。当然这绝不是说，偶然的因素，就应该从情节中排除干净。显然不是，情节中的偶然因素往往是合理的。但是，冲突的基础，人与人之间关系的本质，却不能用纯粹的偶然事件构成。所以《玉镜台》杂剧的结尾部分随着情节深入到社会生活的深处，就彻底排除了偶然性的浮渣，在改变人物性格的同时也改变了事件的进程。当老夫少妻的不合理的反常的婚姻强加在刘倩英身上时，激起了刘倩英的坚决反对，情节上的这个改变富有尖锐的戏剧性，封建婚姻制度和封建婚姻观念的残酷性被大大突出出来了。正是情节中的这个关键环节引起了整个情节的根本改变。最富有独创性的是，在结尾部分，仿佛又要重复原来那件趣闻的结局——终于使刘倩英叫了温峤一声丈夫——关汉卿虽然借用了这个基调，但却给以辛辣的嘲讽，更准确地说是《玉镜台》一剧潜流中的讽刺因素被大大加强了。人们看到的是温峤由于毫无办法才由王府尹请天子设了水墨宴，以期结束不愉快的局面。关汉卿在这里明确地指出了，这种由最高统治者出面帮忙处理臣子的家庭问题乃进一步表明，在"有教养的""斯文的"统治者的黑暗王国里，隐藏着那样多的残忍的粗暴的行为。这个基调响彻整个杂剧的始终。关汉卿对题材的提炼,他出色的艺术构思,使老夫少妻这一反常的婚姻现象开始成为戏剧冲突中的焦点。杂剧正是通过这一焦点把封建社会生活中的一些本质方面折射了出来。关汉卿就是这样从现实生活中攫取了活生生的东西注入到题材中去,从而赋予《玉镜台》故事以更加广阔的社会意义。关汉卿在构思整个作品时并没有走捷径,而是知难而进。记得一位颇有鉴赏力的评论家曾经指出:一部出色的艺术品的产生,往往像一股流水,遇到石头拦阻,又有堤岸约束住,必须另觅途径,却又不能逃避阻碍,只好从石头缝中迸出,于是就激荡出波澜,冲溅出浪花来。《玉镜台》的作者描写这出婚姻冲突时,原来故事的束缚逼得他只好去开拓新的境地,同时又把他羁绊在一定范围以内,不容逃避困难。于是一本《玉镜台》杂剧,一方面突破了时代的限制,一方面仍然带着浓郁的时代色彩,这就造成作品独特的风格,异样的情味。在这个意义上,可以应用19世纪意大利评论家卡斯维特罗的名言:"欣赏艺术,就是欣赏困难的克服。"[1]

二

在《玉镜台》中,关汉卿的艺术构思,上节只是说了一个方面。为了要真正揭示这个广阔的社会性的主题,还需要具有典型意义的丰满的艺术形象来体现。关汉卿正是通过温峤形象表现了他的社会批判力量。因此,探讨杂剧主角温峤这个喜剧性形象,对理解关汉卿的艺术构思就变得十分重要了。

---

[1] 转引自吉尔伯、枯恩合编《美学史》修订本,第171页。

生活的潜流——为关汉卿《玉镜台》杂剧一辩

关汉卿在《玉镜台》中仍然保持了温峤在《世说新语》中所揭示的那个性格核心：狡黠、虚伪、自私。但是作者却大大强化了这个人物的性格特点。温峤出现在观众和读者面前时，已经是一个翰林学士了，并且得到最高统治者的宠遇，他深深满足于自己眼前所获得的功名富贵：

【寄生草】我正行功名运，我正在富贵乡。俺祖宗入世高名望，伯兄万人无诽谤，孩儿累代为卿相。俺帽檐相接御楼前，俺靴踪不离金阶上。

但是，当他对自己的政治地位感到非常满意，暂时没有什么更高企望时，他却深深感到：年事已高，却乏佳偶，为生活中一大憾事。请听他的内心自白：

【幺】不枉了开着金屋，空着画堂，酒醒梦觉无情况，好天良夜成疏旷，临风对月空惆怅。不见可情受锦屋凤凰衾，堪消在玉枕鸳鸯帐。

杂剧一开始，温峤就是处在这样一个特定情景中。因此，一旦他见到貌美多姿的表妹刘倩英时，就堕入狂热的状态，产生了占有刘倩英的情欲。当刘母请他教倩英写字弹琴时，他一面假意推辞，一面却想，在这里教小姐写字弹琴比到翰林院编书要强得多——一方面假装正经，一方面又控制不住自己已经放纵开来的情欲。为了能多接近刘倩英，他不辞辛苦，加班加点："白日短，无时晌，兼夜教，正更长，便误了翰林院编修有甚忙？"

正值温峤占有刘倩英的情欲发展到高峰时，刘母恰好向他提出为自己女儿招亲的事，温峤终于为了自私的目的和片面的感情，用偷梁换柱的卑劣手段谋娶了刘倩英。此时此地的温峤完全陶醉在一场虚幻的美梦中，他摇头摆尾地唱起了四季调、幻想曲，什么"到春来，曲阑干把臂行；到夏来，秋千院扇扑萤；到秋来，看银河拜月亭；到冬来，摘疏梅浸古瓶。那时节，趋心性，由他娇痴，任他索憎，善也偏宜，恶也相称，朝至暮不转我这眼睛，孜孜觑定"。美梦毕竟也是梦。温峤在谋娶刘倩英的全部过程中，几乎取得了所有的东西，但是，他恰恰没有得到刘倩英身上最珍贵的东西——爱情，他遭到了刘倩英的坚决反抗。温峤开始发现自己已经陷入了十分尴尬的境地，堕入了深深的痛苦之中。

现在我们回过头来看。温峤并非不了解刘倩英对他怀有强烈的反感，这在他教刘倩英弹琴写字时已经有所领教了，因而在他千方百计设法谋娶刘倩英时是抱着一种冒险心理的：

【贺新郎】似取水垂辘轳，用酒打猩猩。到这里惜甚廉耻，敢倾人命！休休休！做一头海来深不本分，便一场天来大昧前程。

就是用计骗了刘母，亲事快要成功时，他也是忐忑不安。但是，这一切丝毫没有减损他对刘倩英的占有欲。他虽然预感到结婚时会有些麻烦，可是他却深信自己已胜券在握。正是在这里，关汉卿通过温峤的形象让我们接触到隐藏在生活背后的一种支配人物行动的强有力的思想。这种思想当然不是温峤所特有的，而是封建社会长期形成的一种根深蒂固的思想——儿女婚姻问题一向被认为是由父母所决定的，婚姻的当事人的意志是完全不被重视的。这种封建思想最初是代表社会上层中的人的观点，随着他们的统治，这种观点取得了统治地位，并且渗透到上层建筑的许多意识形态领域。"父母

生活的潜流——为关汉卿《玉镜台》杂剧一辩

之命"成了天经地义,从深入人们头脑到支配人们行动,宋元时代的现实生活中已颇为流行的"指腹为婚"和"割衿为婚"就是很明显的例证。其次,就是众所周知的夫权思想。在封建社会丈夫对妻子有无上的权威,妻子是不允许有自己的独立意志的。所以支配温峤所有行动的就是长期以来流行于生活中的这种传统观念。因此,对于温峤来说,他首先考虑的只是刘母是否同意,刘倩英的态度是无须考虑的。所以杂剧给我们展示的正是一个饱受封建伦理观念腐蚀的灵魂。恰恰是封建观念的深入骨髓,才使温峤根本看不到也理解不了什么是追求真正合理婚姻的道路。在温峤看来,强制的婚姻和片面的感情并不是不合理,他甚至深信不疑地认为,这种片面的感情并不妨碍这种婚姻能给他带来幸福。于是,传统的婚姻观念加上对刘倩英片面的狂热的追求,以及一贯使用的狡诈手段,终于使温峤做出了荒唐透顶的勾当。

但是,严峻的生活终于站出来说话了,并且无情地击碎了温峤的美梦。温峤遭到了他意想不到的坚决反抗,温峤和刘倩英之间形成了难以调和的僵局。杂剧明确地告诉观众:温峤过去的一切幻想都是荒唐的、脱离实际的。当温峤用尽一切心计来挽救自身的失败命运,而又无法挽救时,观众就联想到在不久以前他那得意忘形的一切行动。当观众把"过去"和"现在"作一对照,会忍俊不禁而放声大笑了。正如车尔尼雪夫斯基所说:"只有在人身上,才发展了不安于其本分的倾向,发展了不适当的、不成功的、不像样的野心……那就是滑稽的。"[1] 温峤形象的全部喜剧性就在于这个人物性格中的主观逻辑和生活的客观逻辑发生了矛盾,正是这个社会

---

[1]《论崇高与滑稽》,《美学论文选》,第112页。

性的矛盾才构成了温峤喜剧性形象的基础。

是的,喜剧是以笑为武器来实现它的审美教育目的的。当人们看到温峤处于狼狈和尴尬的处境时,人们是嘲笑他的,而这嘲笑无疑是一种批判的力量。但是,伟大的剧作家关汉卿并没有让我们仅仅用嘲笑来结束对温峤荒唐行为的批判。关汉卿的伟大还在于他发现了温峤这一人物的行为在观众心理上引起逆反应以后,还引导观众去积极地认识真正生活的底蕴——潜流。关汉卿以其特有的清醒的现实主义精神,把温峤这一类人物的灵魂的各个侧面完全展示在我们面前。温峤不仅有可笑的一面,同时还有可悲的一面。温峤的可悲就在于他完全看不到任何合理的东西,相反,封建礼教和封建道德观念在驱使其行动。严格地说,他不过是一种腐朽的观念的俘虏。这是一个既可悲又可怕的灵魂,因为当封建道德观念的毒涎浸入到一个人的肌体以后,就会使这个人成为损害别人幸福的魔鬼。从这一意义上来说,温峤这个人物之所以被某些研究者误认为是作者所塑造的正面人物,可能正如别林斯基所说,这样的人物正处于"喜剧性和悲剧性交叉之点"[1]上,因此,他的否定性的品格不易为人所察觉。所以任何片面理解温峤这一人物都不能导致正确的结论。

三

故事的结局,是人物之间矛盾冲突的结果,是与整个情节有密

---

[1] 见《一八四三年的俄国文学》。别林斯基说:"群众只懂得外部的喜剧性;他们不懂得有一个喜剧性和悲剧性的交叉之点,所唤起的不是轻松的、欢快的,而是痛苦的、辛酸的笑声。"见满涛译《别林斯基选集》第2卷,时代出版社1953年版,第125页。

生活的潜流——为关汉卿《玉镜台》杂剧一辩

切勾连的一个环节，是主题的有力提示和深化，而这些又必须是人物思想性格的充分展示，是情节必然而又出人意料的变化，对主题是形象的有感染力的体现。理所当然地，对《玉镜台》的肯定或否定，都会聚集在有争议的结尾处理上。

《玉镜台》杂剧中刘倩英的最后妥协确实令人"不痛快"。但是这又有什么办法呢？在封建社会类似这样"不痛快"的事不是可以车载斗量吗？历史上一切伟大的艺术家，他们不仅描写了那些鼓舞人心的事件和人物，同时，他们更加正视那些使人"不痛快"乃至令人极其痛苦的事。关汉卿这位有理想的现实主义剧作家也没有为了理想而忘记现实。如果我们认真考察一下具体的历史生活过程而不是依凭着主观想象的话，类似王府尹设水墨宴强迫刘倩英就范，以及由最高统治者直接出面干预臣子家庭纠纷的事是不乏其例的，请看《郭子》"许允妇"条载：

> 许允妇是阮德如妹，奇丑，交礼竟，许永无复入理。桓范劝之曰："阮嫁丑女与卿，故当有意，宜察之。"许便入见，妇即出提裙裾待之，许谓妇曰："妇有四德，卿有几？"答曰："新妇所乏唯容，士有百行，君有其几？"许曰："皆备"。妇曰："君好色，不好德，何谓皆备？"许有惭色，遂雅相重。

唐人韩琬《御史台记》载任瑰事说：

> 唐管国公任瑰，酷怕妻，太宗以功赐二侍子，瑰拜谢，不敢以归。太宗召其妻，赐酒谓之曰："妇人妒忌，合当七出，若能改行无妒，则无饮此酒，不尔，可饮之。"曰："妾不能改妒，请饮酒。"遂饮之，比醉归，与其家死诀，其实非鸩也。

从这些记载来看，同《玉镜台》所描写的故事的区别主要是男的嫌女的丑、妻子怕丈夫另有所宠，但是统治者直接出面调停家庭纠纷则是颇为类似的。因此，当人们翻检一下历史上的记载，就不难发现王府尹请天子设水墨宴强迫刘倩英就范是有着浓厚的生活根据的，它既非关汉卿有意"捏造"，更不应和关汉卿"可能有过一段不快意的恋爱故事"硬扯到一块。

  当然，评论一部艺术作品，仅仅根据一般历史事实是远不能够说明一切问题的。如果要了解杂剧所描写的事件是否真实，是否具有社会意味，还要对作品中所展示的全部戏剧冲突和人物行动进行一番比较深入的考察。

  由于杂剧本身体例的限制，《玉镜台》没能对刘倩英作更多的描写，但是，我们仍然能够从刘倩英的行动中看出她是怎样一个女孩子。像一切少女一样，刘倩英也在追求着美好的婚姻。可是，在现实生活中，她碰到的却是这样一个年岁既大而又轻浮的温峤。因此，从她内心深处本能地对温峤产生一种强烈的反感。然而对于刘倩英来说，也仅止于反感和厌恶而已。至于如何抗拒温峤在婚姻问题上的步步进逼，她是无能为力的。问题十分清楚，决定刘倩英婚姻大权的显然不是她自己而是她母亲，当刘母已经同意这门婚事时，她没有任何力量来推翻这样的决定，而且在那样的时代，又是那样一个特定的家庭环境，她也没有任何可能去推翻这样的决定，她只好带着强烈的厌恶的感情和愤怒的心情嫁给温峤。原来刘倩英抱持的美好理想破灭了，摆在她面前的活生生的现实是，今后要和她极端厌恶的老头子终此一生，于是她陷入了深深的痛苦之中。内心的创伤激发出来的是对温峤更大程度的憎恶，于是洞房花烛夜，刘倩英的反目就成了必然。在这里，使人看到了生活理想的火花在年轻

生活的潜流——为关汉卿《玉镜台》杂剧一辩

的女孩子心灵深处暗暗地燃烧着，而且在刘倩英这样一个千金小姐的身上掀起一次激烈的反抗，在婚姻这样涉及人的一生幸福的大事上展开了一次颇为壮观的冲突。刘倩英形象的社会意义首先应是在这里，至于刘倩英最后妥协并不会掩盖和贬损她在以前所进行的反抗的重要意义。

对于刘倩英的最后妥协，我们也要从客观和主观上找出原因。这是因为每个人物都有他自己的身份、经历，处于特定的环境和历史背景之中，受一定时间、地点的限制。

首先在我们面前摆着一个尖锐的问题：在那样的历史时代和具体环境下，生活本身究竟给刘倩英的斗争安排了怎样的出路呢？事实是："在整个古代，婚姻的缔结都是由父母包办，当事人则安心顺从。"[1]在这样的婚姻制度的桎梏下，美满的婚姻到底有多少？当然，当事人如果有条件又有决心，可以逃出或利用别种方法进行反抗，但是，这样做却需要多少条件啊！事实上，在更多的场合，这种条件往往是不具备的，因而出路是有限的。而像刘倩英这样深居闺阁的小姐就更缺乏这种条件，在更多的时候，是让时间渐渐磨平她内心的悲怨，数不清的婚姻悲剧就是这样产生的。我们现在所看到的刘倩英所处的就是这样一个孤立无援的绝望的环境，她不屈从于封建礼教，也得屈从于巧计牢笼。在那样的社会制度下，她能走出这个"傀儡家庭"吗？19世纪的挪威，易卜生笔下的娜拉出走了以后怎样？鲁迅先生曾经回答过这个问题：娜拉的结局不是堕落就是回来。13世纪的中国，关汉卿笔下的刘倩英连家门也出不了，还能找到别的什么出路吗？刘倩英如果不自杀，就只能像快嘴李翠

---

[1]恩格斯《家庭、私有制和国家的起源》，《马克思恩格斯选集》第4卷，第72页。

莲那样出家当尼姑，否则总要向她丈夫妥协的。水墨宴的圈套只是留给她一个转弯的机会。就像秋胡戏妻的故事在《列女传》里本来是以节妇自杀为结局的，到了元代石君宝的《秋胡戏妻》杂剧里，也改成了团圆的结局，这不能不说是一定历史时期社会意识的反映。基于这种认识，我们还是认为：刘倩英反抗了，但客观生活丝毫没有提供给她任何胜利的可能。因此，她的反抗也只能是绝望的可怜的反抗，虽然我们承认，这种今天看来极其微弱的反抗也是可宝贵的。

现在再来看看刘倩英最后妥协的主观因素。杂剧交代得非常明确：刘倩英从小就受着一整套封建教育，父亲生前教她念书，父死，母亲还是四处寻找名师指点她写字弹琴，封建的诗书礼乐的熏陶，必然在她身上产生深远的影响。当温峤教她写字弹琴时，略微流露了一点点不本分，她立即声色俱厉地教训起温峤："男女七岁，不能同席。"杂剧最后一折还充分展示了刘倩英对于名位的爱慕以及强烈的虚荣心，这种虚荣心对于刘倩英的倔强性格来说并非不可调和。封建家庭对她实施的教育是她的名位思想和虚荣心的根源。也正是由于她自身思想和性格上的缺点，所以一当她的反抗难以取得胜利时，那些站在她对立面的人物就会利用她性格和思想上的弱点强迫她就范，刘倩英终于为了满足一时的虚荣心——金钟饮酒，插金凤冠，搽官定粉——和温峤同居了。这正是深寓在这个人物性格中的悲剧因素。刘倩英和温峤始而撕破面皮，终而成就了夫妻，前者为其斗争的表现，后者乃其性格之软弱所使然，这是完全符合刘倩英性格的发展逻辑的。总之，一切都是那么自然，这样的人就会有这样的结局。性格就是命运。作为一位清醒的现实主义戏剧大师，就是这样从生活出发，描写了这个人物怎样从反抗到妥协，并且以

生活的潜流——为关汉卿《玉镜台》杂剧一辩

其巨大的艺术说服力揭示了它的主客观原因。关汉卿没有把一些不可能有的品质硬塞给这个封建上层人物中的千金小姐。质言之,在这样的环境下,这样的人物,就会有这样的行动,因此,也就必然产生这样的结局。"人是戏剧的主人公,不是事件在戏剧中支配着人,而是人支配着事件,按自由的意志,给他们以这样或那样的收场,这样或那样的结局。"[1]因此,对刘倩英的妥协就不能以历史上或戏曲中曾有过的卓文君的私奔、莺莺的出走进行责难,问她个为什么不出走?至于像刘兰芝、祝英台式的反抗毕竟是少数,而且也只可能是悲剧的结局。关汉卿之所以伟大就在于他恰如其分地写了具有解放要求的女性,就在于他力求真实确切地从性格的实际矛盾出发对性格作了深刻的剖析,从而揭示出普通的日常生活中所包含的戏剧性。还是托尔斯泰老人说得好:"我小说中的人物所做的,完全……是现实生活中所应该做和现实生活中所存在而不是我希望的事。"[2]关汉卿也是这样做的。

总之,《玉镜台》不同于一般儿女风情剧之处,就在于它在直接的现实写照背后,具有一股缓缓流淌着的"潜流"。这样的生活底蕴往往不是一眼就可以被人看清的,因此,挖掘和掌握它,就成了理解该剧文学文本审美意义的关键。

必须指出,《玉镜台》不是毫无瑕疵的。最为突出的是,剧作者的倾向在第四折明显地倒向温峤。如果说第一折中的温峤有丑角意味,第二折中的温峤有些流氓气,第三折中的温峤有些无赖相,那么第四折中的温峤却一变而为赤诚的君子了,这里显露出作者对

---

[1] 引自《戏剧论丛》1957年第4辑,第43—44页。
[2] 转引自段宝林先生编《西方古典作家谈文艺创作》上册,第573页。

温峤的偏袒。刘倩英的妥协除了上述主观原因以外，另一个原因就是温峤有才华。如果不是温峤的才华，那么冲突的解决是很难想象的。现在剧本告诉人们的是，矛盾之所以得到解决，除了天子和王府尹的干预外，温峤的诗才起了非凡的作用，这无疑地掩盖了这个家庭冲突的社会实质。至于写刘倩英最后妥协，我们也应看到剧作家没有把转折过程写得更合理一些，这都应当说是关汉卿写《玉镜台》的不足。

在黑沉沉的封建王国的深渊中，一场喜剧的终场，激起的却是悲剧的回鸣，这就是戏剧的辩证法，当然，它更是历史的辩证法。

这些论断是耶？非耶？历史证明，严肃的论辩，不懈的探究，是通向真理的金桥。

鉴于关汉卿杂剧成就的巨大及其在世界戏剧史上地位的显赫，对关汉卿留下的十八个杂剧有必要逐一加以深入的探讨，只有这样才能对他全部杂剧的价值得出较为公正的论断，从而建立起我们自己的"关学"。

另一种精神世界的透视
——关汉卿《谢天香》杂剧别解

关汉卿是一位经得起全方位检验的伟大作家——从文学艺术史角度检验，他伟大；从文化思想史方面检验，他也伟大。可以说他的民主性要求很强烈，也可以说他的人道主义精神很突出，还可以说他的剧作整体是一部形象化的心史。

关汉卿一生都在探索——探索人生、探索艺术。他既写出了《窦娥冤》《望江亭》《救风尘》这样的作品，也写出了《单刀会》《西蜀梦》，更有意思的是，他还写了《玉镜台》《陈母教子》《谢天香》这样的作品。这说明，关汉卿的创作意识和风格不是单一的。

正因为关汉卿是一个伟大的作家，所以人们往往从正面看到他，而他的作品的丰富性和复杂性，往往使研究者眼花缭乱，误入歧途。研究对象的险峻，使研究者跋涉其中时产生晕眩，产生失误，这在科学史上可以说是极为寻常的事。笔者在对《谢天香》欣赏之余，却有另一种感触，和时贤的大作颇有抵牾。下面试把我的不成熟的想法提出来，希冀在融洽的共同探讨中加深对关汉卿及其作品的理解。我深信，评论失当之处是难免的，我得到的只能是警醒，而不会是过严的诋诃。

心灵投影

一

对罪恶的卖淫制度的深刻揭露,是关汉卿带给中国戏曲史的特异贡献。我们还没有看到元代哪一位剧作家这样尖锐地提出卖淫问题。[1]

关汉卿之所以伟大,就在于他总是面向严酷的生活,怀着一种神圣的道德感,深情地关心着被侮辱与被损害妇女的命运。剧作家从几个不同的视角,考察了妓女的悲剧性的生活和心灵轨迹。他对底层女性的强烈关注被分成若干触发点,分别呈现在不同的剧作中。因此,在我们对关剧进行整体性审美观照时,就看到了关汉卿面对生活思考的结晶体系列。

但是,令人十分遗憾的是,过分地被冷落的是关汉卿别具一格的妓女戏《钱大尹智宠谢天香》(以下简称《谢天香》)。而且似乎还被从妓女戏系列中抛割出去,并在道德法庭和审美法庭上得到了极不公正的判决。[2]是的,《赵盼儿风月救风尘》(以下简称《救风尘》)中的赵盼儿形象,无疑是剧作家美学发现的新大陆。长期的卖笑生涯,使赵盼儿在外观上失去了人的尊严,她可以和有钱的花台子弟们厮混,和花花公子打情骂俏。但是,在她失去人的尊严

---

[1] 现存十八种关汉卿剧作中,以妓女为主角的旦本戏有《救风尘》《金线池》《谢天香》,占关剧六分之一。如果进一步把《元曲选》《元曲选外编》的一百六十二个剧本都统计进来,以妓女为"正旦"的也只有七种,即马致远的《青衫泪》、石君宝的《曲江池》、戴善夫的《风光好》、张寿卿的《谢金莲》、李行道的《灰阑记》、贾仲明的《对玉梳》和无名氏的《云窗梦》。

[2] 笔者因见闻有限,所见关汉卿杂剧研究的论著多不论及《谢天香》,只有黄克先生的《关汉卿戏剧人物论》辟有专节进行较充分的评鉴,但他采取了基本否定的态度。笔者过去也曾这样看的,现在仔细想想,不是没有问题。

的外观下,却有着对非人生活的强烈抗议。尽管她自己历经屈辱,而对无知且又轻信的宋引章却诚挚地呈现出一颗亲姐姐似的圣洁的灵魂。在《杜蕊娘智赏金线池》(以下简称《金线池》)中,作者仍然发现了这"可怜的动物"身上的人的精神价值,在"社会的渣滓"中挖出了闪光的东西。赵盼儿也好,杜蕊娘也好,她们凌厉的锋芒始终指向她们的命运的嘲弄者。关汉卿确实从这些被歧视被践踏的人身上发现了她们金子般的善良和潜在的愤怒与抗议,这就恢复和发现了她们作为人的真正价值,这是极为可贵的。

然而,从关剧的整体审美意识来看,这样的作品只是萌动在关汉卿内心的逼真性审美理想的外现,而对人生思考的另一面,是他对现实中谢天香们的麻木灵魂的更加沉郁的忧虑。

《谢天香》与《救风尘》《金线池》似乎渊薮不一,呈现出迥然不同的艺术风貌。如果说《救风尘》和《金线池》是关汉卿以亢烈、凄切的高腔唱出卖淫制度下妓女的悲歌和战歌,那么《谢天香》则是以低吟浅唱的沉缓调子宣叙多少个岁月、多少个天香在麻木循环着的悲剧。这在当时是一个更加切近现实的严肃思考。

扩而大之,《谢天香》里确实没有关剧的一贯风貌:这里既没有刀光剑影的拼搏(如《单刀会》),也没有惊心动魄、壮烈激昂的牺牲(如《窦娥冤》),更没有崇高人格的献身(如《蝴蝶梦》),在这里展示的是那样琐屑、平庸和无聊的生活。然而正是在这样窒息的氛围内,人的理想渐渐熄灭,感情慢慢冷寂,精神悄悄僵死,心灵默默腐烂。关汉卿几乎是含着深情的泪花凝视着自己主人公的生活历程的,在他的笔触下,谢天香的精神世界,她的对自由的向往始终是作者着重描写的对象,谢天香不像杜蕊娘灵魂犹如一团火,她的性格也不如赵盼儿那样不屈不挠。但像她这样一个聪明、敏感、感情纤细、富于幻想的少女，被命运抛到那样一种环境，千百种的不公平，对她的敏感的神经尤其不能容忍。通过"改词"这一细节，我们不仅看到谢天香的聪慧机敏，更看到她那要迸发出来的郁愤简直如暴风雨前的滚滚乌云；有时在无可奈何之中她的幻想又凝结为人间难得见过的形态和色彩。然而她追求的唯一的人生目标从来未曾动摇："怎生勾除籍不做娼，弃贱得为良"，"做个自在人"（第二折）。毫无疑问，这是一个不甘沉沦的女性对自身解放的天然的起码要求。可是，谢天香的真正精神悲剧却在于她并不能清醒地认识到仅仅有跳出烟花火海的愿望和行动，并不就能"做个自在人"，在这二者之间并没有必然联系。因为生活早就昭示：在吃人的封建社会，对于一个妓女跳出烟花火海，并不意味就能取得人身自由，往往是"闪了他闷棍着他棒"，"出了孚篮入了筐"（第二折【煞尾】）。而更可悲的是，谢天香从始至终就未能摆脱人身依附的精神状态，而一天不摆脱人身依附关系，她就无"自在"可言。剧本所展示的正是这样：谢天香从来就没有获得过精神独立的幸福。

多才多艺而又绝顶聪明的谢天香，虽然自觉地意识到自己不过是"金笼内的鹦哥"（第一折【油葫芦】），但是却对自己的身陷风尘表现了一种无可奈何的情绪。为了结束卖笑生涯，她一开始就把跳出烟花火海的希望寄托在柳永身上，梦想柳永一旦高中，自己就可以"五花官诰"，"驷马香车"，做一个"夫人县君"。后来钱大尹担心柳永走后，她仍从事送旧迎新的勾当而玷污同堂故友、"一代文章"柳永的高才大名，遂以娶天香做小夫人为名，保护性地把她藏在自己家中。天香不知真相，竟自惭形秽，深怕尊卑悬殊，不敢高攀钱大尹。此后竟又因三年的小夫人生活的"有名无实"，而陷入了深深的痛苦之中。

另一种精神世界的透视——关汉卿《谢天香》杂剧别解

谢天香的这种自身不可逾越的精神局限性，被关剧研究者看作是作者为了肯定钱大尹，不惜歪曲了谢天香：她没有怨，没有恨，只是一味地摇尾乞怜，完全是一副卑躬屈膝、自轻自贱的奴才嘴脸。【1】这就言重了。如果不是对谢天香的苛求，就是对剧作家关汉卿的一大误解。

窃以为要真正理解谢天香的性格和关汉卿塑造这个典型的美学真谛，不能迷失了剧作家的创作意旨。而关汉卿的创作意旨却又是如此分明，即他仅仅是写了一个身陷风尘的妓女想跳出火坑的急切心理和愿望。关汉卿压根儿就没想把天香写成在内心燃烧着不熄的生命烈火、酷爱自由和敢于冲破一切桎梏、做困兽犹斗的战士。关汉卿压根儿没想把天香和柳永的关系写成由于爱情理想的驱使，从而点燃了天香热烈的情欲之火，酿成一段火烫灼人而又凄惨哀婉的情史。不，关汉卿在直面现实时，他瞩目的是谢天香的"这一个"悲剧性命运。他在构思这个杂剧时，着眼点无论是谢天香的生活观、爱情观，还是她心灵深处的隐秘感情，都围绕着一个主轴转动，这就是跳出娼门，跳出这以出卖肉体为生活的火坑！在谢天香看来，和柳永做伴也好，做钱大尹的小老婆也好，这一切都"强似那上厅的祗候"。

事实上，在天香的内心深处的最大隐痛，是对娼门生活的极度憎恶，因为那"匪妓"的处境太可悲了，名声太卑贱了。她何尝不知道钱大尹是"架海紫金梁"，自己是"临路金丝柳"，但一旦被纳为妾，她还是认为这是跳出火坑的一条路。很清楚，剧作者完全无意把谢天香描绘成一个具有清醒的反封建意识的女性，也没有着意去写她为了追求自己的自由爱情，而和特定的什么人物（一般来

【1】参见《关汉卿戏剧人物论》，人民文学出版社1984年版，第114页。

说，这种人物代表着某种横逆势力）去作针锋相对的斗争。关汉卿是如此严格地把谢天香的理想规范在争取跳出火坑的层面上，而且绝不为人物的每一行动确定价值的归宿，从而使整个剧作的一切都在不知不觉中发生着、推进着，一切又都在顺乎自然的形态下显现出浓烈和冷峻的色调。

谢天香为要跳出火坑而作的追求和挣扎，无疑是十分正当合理的，因为这毕竟说明谢天香绝不甘心沉沦，她企望的是过人的生活，或者说谢天香体现了民族文化心理中普遍的求生存求幸福的意识。恩格斯曾说："卖淫只是使妇女中间不幸成为受害者的人堕落，而且她们也远没有堕落到普通所想象的那种程度。"[1]谢天香是有人生追求的，但是，我们也发现，作为特定社会历史环境中的一个不幸者，谢天香的追求和挣扎不仅带有很明显的盲目性，而且在精神状态上还带有先天的软弱性。第二折【贺新郎】一曲出色地描绘了谢天香这种复杂的心态：

> 呀，想东坡一曲满庭芳，则道一个香霭雕盘，可又早祸从天降！当时嘲拨无拦当，乞相公宽洪海量，怎不的仔细参详！（钱大尹云：）怎生在我行打关节那？（正旦唱）小人便关节煞，怎生勾除籍不做娼、弃贱得为良。他则是一时间带酒闲支慌，量妾身本开封府阶下应承辈，怎做得柳耆卿心上谢天香！

在这里，谢天香同赵盼儿和杜蕊娘是全然不同的性格。赵盼儿面对带有无赖相的花台子弟周舍，杜蕊娘面对狠心的娘，都表现出气性高、脾气犟、大胆泼辣、敢说敢做、口齿锋利的反抗性品格。而天

---

[1]《马克思恩格斯选集》第4卷，第71页。

另一种精神世界的透视——关汉卿《谢天香》杂剧别解

香在同钱大尹首次对阵中，就显得信心不足、惶惶不安，感觉"祸从天降"，于是相对于钱大尹，她的那种"自卑情结"，就只有企望钱大尹的宽容、谅解和同情，甚至不敢承认自己是柳永的心上人。究其原因，不仅在于她的社会地位的低下，更在于她缺乏一种反抗的主体意识的武装。对自己所追求的理想缺乏一种自觉的意识，因而也就没有足够的精神力量。她绝不是一个主动的、自觉的叛逆者，而是在一个精神起点很低的位置上被动地推到改变既定命运的舞台上去的。由于在精神境界上没有真正的超越，所以在相当程度上，她仍然是依靠传统凝聚的妓女层的群体意识而生活，这就是说，要去改变她的身份和地位时，她非但没有表现出一种令人解放的欢欣，反而忧心忡忡，因为她企盼的只是别人"恩赐"给她幸福。这是对妓女中某一类人的灵魂达到了前所未有的新的文学透视。总之，站在我们面前的谢天香虽然有跳出火坑、追求"人"的生活的愿望，但却缺乏以自己的意志力量争取这种幸福的勇气，因为她始终就没有摆脱人身依附意识的束缚。如果从政治眼光看，天香的思想和行动是很难理解的，但从审美眼光看，天香的性格形象却是很真实的，因为形象内涵本来就是矛盾的，而人的情感态度也常常是矛盾的。正如马克思所说：任何个人，都是"在一定历史条件和关系中的个人，而不是思想家们所理解的'纯粹的'个人"。[1]

二

上面我们探讨了生活的严峻性，除了它的客观品性之外，更在

---

[1]《马克思恩格斯选集》第1卷，第84页。

于处于特定生活状态中的人的不自觉性。然而值得人们注意的是，伟大的人道主义者关汉卿以透彻的理解和同情，在幽暗、压抑、充满沉重感的色调里，为不幸的谢天香勾勒出她的无可违抗的人生轨迹。试看下面这支曲子：

【牧羊关】相公名誉传天下，妾身乐籍在教坊；量妾身则是个妓女排场，相公是当代名儒；妾身则好去待宾客，供些讴唱。妾身是临路金丝柳；相公是架海紫金梁；想你便意错见、心错爱，怎做的门厮敌，户厮当？

谢天香用了一连串的对照比喻，说明她和钱大尹并非门当户对，也就是说谢天香对社会地位的悬殊有清醒的认识。在她耳边不时鸣响着的是钱大尹亲口宣布的律令："歌妓女怎做的大臣姬妾！""品官不得娶娼女为妻！"（第四折）因此这支曲子所揭示的心理内涵，从表层看是说自己不配做你大尹的小夫人，但其深层的潜台词何尝不是提示：你大尹占有我不是违背你自己宣布的律令吗？所以钱大尹一旦命令张千把天香弄到宅中去时，谢天香立即感到自己已经变成了笼中鸟，也就在这时，她才感叹地说出了一句绝非对柳永绝情（实为万不得已）的话："杭州柳耆卿，早则绝念也！"

此时此刻的谢天香已经痛苦地感到很难再有出头之日了：

【二煞】则恁秀才每活计似鱼翻浪，大人家前程似狗探汤。则俺这侍妾每近帏房，止不过供手巾到他行，能勾见些模样。着护衣须是相亲傍，止不过梳头处俺胸前靠着脊梁，几时得儿女成双？

谢天香在这里抒发的感情可不像有的论者所言："原来她所不满足的只是钱大尹不能跟她'似鱼翻浪'样的亲近！反过来，如果钱大尹也能像柳耆卿那样跟她'似鱼翻浪'一样相处，她也是乐于相从的。"[1]这是对此时此地天香的尴尬处境和特定心理的误解。文学是一门探索人类心灵的艺术。我们应当看到谢天香心灵辩证法的轨迹：第一，谢天香在这里明确表示：跟柳秀才在一起如鱼得水，自在逍遥；做钱大尹的小老婆可没有这样的舒服和自由，侍妾的生活可不好过；第二，谢天香只是在刚刚听到宣布她为大尹的小夫人时做出的反应，此时此地的谢天香还没尝到那"有名无实"令人尴尬的三年小夫人的生活；第三，她明明悲叹"几时成双"，不就是感觉和意识到了一入虎口，做个自在人就完全成了泡影！评论者忘记的那一句台词是如此重要："指望嫁杭州柳耆卿，做个自在人，如今怎了也！"谢天香分明惦念着柳耆卿，只是事到如今，身不由己，她完全无能为力去改变自己的命运，她只能无可奈何地成为钱大尹掌上的玩物了。

关汉卿真是写情的圣手。他善于以情写戏，任手笔随情奔驰纸上，我们不妨吟咏、玩味那凄怨、悲愤的一曲：

【煞尾】罢、罢、罢！我正是闪了他闷棍着他棒，我正是出了苇篮入了筐。直着咱在罗网，休摘离，休指望，便似一百尺的石门教我怎生撞？便使尽些伎俩，乾愁断我肚肠，觅不的个脱壳金蝉这一个谎！

上引三支曲文是关汉卿剖析角色心理情感流程的范例。而【煞尾】一曲更是把谢天香在特殊环境中的悲剧心理点染得淋漓尽致。他把人物热烈与冰冷、明朗与阴暗、欢乐与抑郁、勇敢与怯懦、高尚与

---

[1] 参见《关汉卿戏剧人物论》，人民文学出版社1984年版，第114页。

渺小等多种心理因子动人地交织在一起，从而建构了一个非常真切而又富于魅力的活生生的人的心理谱系。同时又通过具有强烈震颤力的情感的涨潮和落潮，使人们深切地感受到人物内心痛楚的程度。一句"休指望，便似一百尺的石门教我怎生撞？"把个谢天香那种难逃钱大尹罗网的悲苦心情最准确地揭示了出来。这样一个弱女子，面对着的是封建专制制度的庞然大物，她又如何掌握自己命运啊！谢天香既是封建专制的牺牲品，又是封建传统的负载者，在她身上集中了封建专制重压下和封建意识毒害下的底层妇女的一切悲剧因素。因此，谢天香的悲剧性命运就带有很大的典型意义，它不光属于谢天香，也属于一切处于社会底层的每个谢天香。所以剧本对谢天香悲剧性命运的描绘，就有了某种形而上的认识含义。

三

应该看到，关汉卿对于谢天香的同情与爱，是对悲剧主人公深刻理解之后的同情与爱，而不是爱谢天香的自我否定的精神状态。对于谢天香的希冀跳出火坑的急切心理，剧作者是充分理解的：身处社会底层的谢天香对自己的非人生活不是茫无所知，犹如历代中国被压迫妇女在被迫不断做出大大小小的牺牲时每次都不会茫无所感一样。然而她们却往往为了否定自身存在的生活时，却又去否定自己的人格。她们自觉地压抑，从而确认依附关系，因此以其表层心态来观察，往往是"略有所感，复归平静"。在剧作中展示的谢天香的精神状态也往往是以"不该做如此非分之想"以自谴（如做钱大尹的小夫人），又以"幸而未曾如愿"来自我解嘲（终未做"有名有实"的小夫人）。为了改变自己原有的社会地位，取得人们的

另一种精神世界的透视——关汉卿《谢天香》杂剧别解

承认,天香是以牺牲自己的独立意志为代价的。人身依附性,对于天香来说不但是物质的,更是精神的,是精神惰性的表现。因此,天香的想跳出非人生活的火坑主要是求诸他人,而非求诸"己",她的人生目标并非是谋求自我的肯定与自我的解放,并通过自我的肯定而达到对人的本质的占有。因为她从一开始就确认了依附关系是她实现自我的唯一渠道,全然没有试图由依附性格走向独立不羁的蝉蜕过程。她总是陷入无法真正超越自我的痛苦之中,第三折有这样一段情节:谢天香和钱大尹的侍妾们一道掷骰子游戏,为了一点点输赢又动了肝火,偏偏这场面被钱大尹撞上,她只好乞求大尹的宽恕,钱大尹借机试探她的心思,便以骰盆中的骰子为题,要她赋诗一首,谢天香当即口占一绝:"一把低微骨,置君掌握中;料应嫌点涴,抛掷任东风!"这是谢天香自我否定精神的真实写照,也是谢天香真正精神悲剧之所在,她始终自贬自抑、自怨自艾,或者说她的精神状态始终是一元的,不是二元的。无论是在她自己还是在旁观者看来,她的精神生活不存在可以感知的重大矛盾。谢天香精神生活的这种线性性质揭示的规律性就是:自足的、闭锁的、循环的。她虽然意识到了自己命运的不幸,但缺乏悲剧感,没有彻底突破生活的要求。正是基于这一点,我们说谢天香这个形象只有一定的现实性,但绝不具有理想性。谢天香给我们的感受仍然是并只能是"哀其不幸,怒其不争"。尽管如此,我们却绝不能否定天香"这一个"形象的认识价值和审美价值。因为从观众和读者的角度说,对谢天香的精神状态——逆来顺受、思想麻木、视野短浅、胸无大志、随遇而安、以苦为乐——我们固然不能赞同,然而我们又不能不为之叹息。观者也是有心人,也有复杂的感情,我们毕竟不能超越时代去替代彼时彼地的谢天香去思考和行动;我们毕竟不能忽视，传统观念、社会地位和历史环境对她的强制力，特别是她自身潜意识中的惰性使她困惑、畏缩，这一切也构成了观者审美感受上的复杂性。我以为这是符合艺术创作与欣赏规律的。万不可把这一切归咎于剧作家对谢天香形象把握上的局限性所产生的消极作用。因为要求古代剧作家的感情达到化学的纯度，我们拿到的将是一套社会学图解。

从另一角度看，谢天香的形象更切近生活常态，具有更强烈的生活实感。因为性格的"不可爱"处是性格的缺陷，这种性格的缺陷反映着人的局限性，而真实的人性既有能动性又有局限性。由此我们可以得出这样初步的结论：《谢天香》之美，不是伦理美和道德美，即不是生活美，而是悲剧中的艺术美。由于谢天香自身不可逾越的精神局限性，延续了千余年的中国妇女的悲剧在她身上仍然继续着，铸成了谢天香性格和精神的悲剧，这就是谢天香形象闪光的美学原因。总之，她既体现出准确的时代感，同时又提供了反思的基础。

基于这样的认识，我们可以进一步说，在谢天香的个人命运里，我们最终看到了一幅远比单个人的具体命运更普遍更深刻的人生图景。这幅人生图景，是以人的与生俱来的权利要求与特定社会历史环境之间极端不协调作为标志，这种极端不协调性建构了《谢天香》一剧中推进情节发展的最根本的冲突。总之，正由于谢天香的形象是源于生活的，是典型的，是有现实意义的，那么它就有权成为文本。更由于《谢天香》一剧的艺术特色具有反思性——实质上剧作家涉及了精神解放这个主题，在客观上就有更多值得人们思考的东西。谢天香形象的任务仅限于提供反思的基础，人物本身还未能进行这种反思，这是符合我们古代社会生活中相当数量的妇女的思想实际的。我们过去习惯于一碗清水式的艺术形象太久了，长期缺乏关注特异性格的把握，殊不知，如果人为地把人塑成完美的人，便会造成文学艺术的一种病态，因为美对性格的要求，并非要求性格的完美。

至于结尾，关汉卿《谢天香》一剧中，他的审美意识也未能超越传统审美心理喜欢"大团圆"的倾向，这就把复杂的现实生活在相当程度上简单化了。喜欢"大团圆"是忧患意识派生出来的"乐观"情绪和精神。现实是残酷的，人生是惨淡的，可以到艺术中寻求安慰和解脱，生活本质是"缺"，可以到艺术中去求"圆"。这种忧患意识往往创造出"大团圆"的结局，关汉卿也没跳出这个心态模式，所以他在结尾处使剧本"定格"在生活的表层上，这是局限性的表现，但人们又怎能苛求七百多年前的古代戏剧家呢？

话又说回来了，对于观众来说，看这个戏时，是希望柳耆卿和谢天香团圆的，因为观众看得很清楚（只有戏中的谢天香蒙在鼓里），柳永是毫无二心地爱天香的，天香也是心中有这个"一代文章"的柳永的，而钱大尹的"智宠"只是玩弄了一个把戏，最终他是要完璧归赵的。反过来说，谢天香不和柳永团聚，那么，胜利者倒是在其中玩弄手段的钱大尹了，而不是柳永与谢天香的爱情，因为谢天香无论如何还是对柳永难以忘情的。

结尾似乎是个喜剧，但关汉卿昭告世人的是：隐藏在这部喜剧背后的，那是一个黑暗残酷的社会！在这反常的环境中，像谢天香这样要求过正常合理生活的女性，积压了多少沉重的苦闷啊！

关汉卿的创作特色是榛楛弗剪的深山大泽，而不是人工修饰的盆景。它蕴含着内在美，逗人寻味，启人遐想，令人产生一种散发性的多向思维。《谢天香》杂剧像关汉卿其他杂剧一样，都体现了他是剧坛的宿将、征服人类心灵的大师。

  伟人往往是一个复杂的多面体。关汉卿是一个伟人，人们往往只能从一个侧面看到他。我们只有把这些侧面加在一起，才能构成一个真正的本来面目的关汉卿。

  同时我们还要指出一点，关汉卿是一位勇于开拓的艺术家，他不是在自我封闭的心理状态中进行创作，而是在与外界"对话"的过程中不断摄取新的信息并调整自己的创作意识而进行创作的，这就构成了他的剧作的千姿百态的丰富性。歌德曾在他的谈话录中说："我所有的作品，都不过是一个伟大告白的片断。"从整体上看，关汉卿全部杂剧也是一个伟大的"告白"，这"告白"就表现在他的作品中始终贯穿着关汉卿的个人性格和人生哲学，而其中的每一本杂剧又都不过是他伟大告白中的一个片断，即都是关汉卿所体验的丰满人生的一个方面。《谢天香》的价值应当作为一个伟大"告白"的"片断"来理解，这是艺术鉴赏规律和文艺批评所要求于我们的。

《西厢记》：进入经典
——一个文本蜕变过程的文化考察

一

以崔莺莺和张生恋爱为题材的故事源出唐代诗人元稹（778—831）所写的传奇小说《莺莺传》（一名《会真记》）。小说写的是张生和莺莺恋爱，最后又把她遗弃的故事。小说的主角崔莺莺是一个具有一定叛逆性的贵族少女，她通过内心的重重矛盾，最后勇敢地冲破了封建礼教的牢笼，接受了张生对她的追求，这无疑是一个大胆的行动。但是，一旦莺莺落入情网，崔母也因木已成舟，准备许婚时，张生却为了要沿着科举的阶梯往上爬，而无情地抛弃了莺莺。不少研究者认为，封建思想指导下的作者在塑造莺莺的形象时，极力描绘她的"怨而不怒"，在张生遗弃了她以后，她竟自以为私相结合不合法，"有自献之羞"，于是，被遗弃后的莺莺的行动逻辑出现了某些前后似乎"矛盾"的现象。

至于张生这一人物，据前人考证，是有作者自己的影子的，[1]

【1】见宋人赵令畤《侯鲭录》卷五"辩传奇莺莺事"，陈寅恪先生亦持此说，见《元白诗笺证稿》第四章《艳诗及悼亡诗》附《读莺莺传》，鲁迅认为"元稹以张生自寓，述其亲历之境"，见《中国小说史略》第九篇《唐之传奇文》（下）。

因此，可以看出作者极力要把他处理成一个正面人物，为了这个目的，他竭力为张生遗弃崔莺莺的卑劣行为辩护，让张生振振有词地说明自己行为的理由，甚至不惜把他曾经如痴如狂地追求的人污蔑为"尤物"、"妖孽"和"不妖其身，必妖于人"的祸水，谁要粘上了她，便不能免于"殷之辛，周之幽"那样为"女色"亡国亡身的灾祸，因此，张生的"始乱之，终弃之"的行为不能被视为负心背义。他还假托舆论，说当时的人"多许张为善补过者"。但是，在我们面对作品中的形象时，我们却不顾作者的虚伪的说教，而构成了我们自己的道德评价。作品形象本身的行为逻辑把张生这一人物推到了反面的地位上，成为一个用情不专、言行不符、自私自利的封建士大夫的典型，这就使得浸透在形象结构中的思想感情，完全超出了作者的主观意图。

在莺莺故事流传期间以及写定问世以后，有许多诗人都来歌咏其事。[1]诗人们选择《莺莺传》而不选择其他更富独特色彩的作品，这是因为原传所写男女爱情更符合封建时代知识分子的理想和情趣。当然，它在写作上的委婉曲折，曲尽人情物态，也是一个原因。但是，这些诗篇，或者咏莺莺的美，或是歌咏张生和莺莺的爱情过程，而共同的特点是没有涉及"尤物"、"善补过"的荒唐议论，同《莺莺传》"篇末文过饰非，遂堕恶趣"[2]者不同。

到了北宋，莺莺的故事更加流行，士大夫们常常把崔、张故事

---

[1] 元稹同时代诗人杨巨源有《崔娘诗》一首，见《莺莺传》小说中所引。另外诗人李绅（公垂）有《莺莺歌》一首，原传提到，未引。近人戴望舒《李绅〈莺莺歌〉逸句》一文，据《董西厢》所引李绅《莺莺歌》凡四处，可参看。见《小说戏曲论集》，作家出版社1958年版，第2—3页。

[2] 鲁迅《中国小说史略》第九篇《唐之传奇文》（下）。

《西厢记》：进入经典——一个文本蜕变过程的文化考察

当作谈话资料，同时出现了许多歌咏这个故事的作品。其中有名的是词人秦观的《调笑令》和毛滂的《续调笑令》。【1】这两篇所采取的艺术形式是"转踏"。【2】秦观咏莺莺的《调笑转踏》只写到莺莺月下私期为止。毛滂咏莺莺的《调笑转踏》只写到她的答书寄环为止，内容都没有超过《莺莺传》的范围。而且由于"转踏"体裁上的限制，只能用一诗一词，选择《莺莺传》中的一段情节，用简练的语言加以吟咏，根本没有可能、也没有必要来完整地展开原传中的人物形象和情节，但是，值得注意的是毛滂咏莺莺的《调笑令》的诗情倾向。现节录毛滂《调笑令》和引诗如下：

> 春风户外花萧萧，绿窗绣屏阿母娇。
> 白玉郎君恃恩力，尊前心醉双翠翘。
> 西厢月冷蒙花雾，落霞零乱墙东树。
> 此夜灵犀已暗通，玉环寄恨人何处。
> 何处，长安路。不记墙东花拂树。瑶琴理罢霓裳谱。依旧月窗风户。薄情年少如飞絮，梦逐玉环西去。

这里诗人斥责张生为"薄情年少如飞絮"，对张生的爱情并非执着专一表示了愤慨，对莺莺表示了同情和惋惜，透露出对原传写法的不满。总之，毛滂按照自己对事件的理解和道德标准，表示了对于负心背义行为的否定。

莺莺故事在士大夫阶层中流传的同时，也开始在广大市民中流传。据北宋末年作家赵令畤在《侯鲭录》卷五中的记载，当时"倡

【1】见刘永济辑录《宋代歌舞剧曲录要》。
【2】"转踏"又名"传踏"、"缠达"，是宋代的一种歌舞曲。

优女子"对张生莺莺故事都能"调说大略"。又据宋末人罗烨《醉翁谈录》卷一"舌耕叙引·小说开辟"条记载,当时说话人在传奇小说一类,首列《莺莺传》,它和卓文君、李亚仙、惠娘魄偶、王魁负心、唐辅采莲等属于同一类型的故事。另外宋末人周密《武林旧事》卷十记载,当时的官本杂剧段数中有《莺莺六幺》,元人陶宗仪《辍耕录》卷廿五"诸杂大小院本"中记载有金院本《红娘子》。这说明,莺莺传故事在城市瓦舍中已普遍演出了,在广大市民阶层中有着广泛的影响,可惜这些话本和剧本都没能流传下来。

北宋年间,关于莺莺故事的话本和杂剧虽然散佚,但是有的文人却利用民间讲唱文学中的鼓子词的形式改编了《莺莺传》,这就是具有重要意义的赵令畤的《元微之崔莺莺商调蝶恋花词》。[1]

赵令畤的《元微之崔莺莺商调蝶恋花词》是根据元稹原作提炼概括而成的。作者在谈到自己的创作过程时说:

> 今于暇日,详观其文,略其烦亵,分之为十章。每章之下,属之以词。或全摭其文,或止取其意。又别为一曲,载之传前,先序全篇之意。调曰商调,曲名蝶恋花,句句言情,篇篇见意。[2]

这说明作者曾经细致深入地研究了原传,并在此基础上又根据自己的感情体验,重新提炼了主题,在合理地保存了小说的基本情节"内核"的同时,舍弃了原传中一些病态的东西甚至是主要的枝干,有效地用原作中的素材,又发展了原作的形象。这就构成了赵令畤自己的独特的艺术色调,使作品本身的意义超出了一般的复制品,而

---

[1] 鼓子词是宋代民间流行的一种曲艺形式。
[2] 见《侯鲭录》卷五。

《西厢记》：进入经典——一个文本蜕变过程的文化考察

成为一个独立的创作。

前面我们提到，当《莺莺传》流传到瓦舍勾栏中去的时候，人民群众有自己对故事中人物的道德评价。赵令畤在以民间的说唱形式改编这个故事时，不可能不受到民间艺术的影响，人民群众对《莺莺传》人物的有力的观点不可能不同时渗透到他的创作中去。所以，在赵令畤的鼓子词里坚决删去了原传结尾部分的伪善的辩解，摒弃了那种把遗弃看作是恋爱的圆满结束，把罪恶说成美德的反人民的观点，而是把崔张故事看作一个使人遗恨无穷的社会性的悲剧，所谓"地久天长终有尽，绵绵不似无穷恨"，从而把深厚的同情给予了莺莺这一封建社会被侮辱被损害的少女。

根据赵令畤的介绍，他的朋友何东白曾认为崔、张二人自己定情在前，各自婚娶在后，完全违背了"理"与"义"，这种论调是当时封建上流社会的典型看法。赵令畤反驳了这种观点，指出：莺莺"始相得而终至相失，岂得已哉！"明确了责任不应由莺莺来负。"最恨多才情太浅，等闲不念离人怨"，谴责了张生的薄情和残忍。"弃置前欢殊未忍，岂料盟言陡顿无凭准？"明白无误地批判了张生的背盟。作者还以自己的强烈的同情心，深入地刻画了崔莺莺被遗弃的痛苦，选择了那些能够充分展开人物性格的情节，细致入微地描绘了莺莺的精神世界，这不仅使莺莺的形象显得更加鲜明生动，而且也大大加强了对于张生背叛行为的有力谴责，于是《莺莺传》中原作者的封建说教和恶劣的辩解不复存在了。在赵令畤的鼓子词中，作者的理论信念和他设计的形象的内在意义，便达到了完全的和谐。

自然，赵令畤的《商调蝶恋花》鼓子词的成就也是有限度的，由于作品的基本骨架仍然没有跳出原传，也还只是写出了一个少女在恋爱中被遗弃的故事。作者虽然对莺莺表示了深切的同情，对张生的背盟给予了无情的谴责，但是对于崔莺莺的冲破封建礼教的樊篱和张生私自结合这件事实本身是否正确，是否正义，是否应当充分肯定，特别是怎样才是比较合理的主张？对于这一切关键性问题，赵令畤在作品中都没能给予明确的坚定的回答，作者的态度有时显得暧昧。这样，对于现实中像莺莺那种为爱情自由而和封建礼教斗争的青年男女就缺乏积极的鼓舞力量。另一方面，也由于可以发挥作者自己创造力的只是短短的十二首词，因此，对其中的人物形象进一步展开就有了很大局限，所有这些缺点，后来都由《董解元西厢记》加以弥补了。

二

相同的或类似的题材，在不同思想的作家笔下，可以写出意义截然不同的作品。恩格斯曾经作过如下一段精彩的论述："情节大致相同的同样的题材，在海涅的笔下会变成对德国人的极辛辣的讽刺；而在倍克那里仅仅成了对于把自己和无力地沉溺于幻想的青年人看作同一个人的诗人本身的讽刺。"从而，海涅所表现的主题是"以自己的大胆激起了市民的愤怒"，而倍克在同样题材中表现出来的主题却是"因自己和市民意气相投而使市民感到慰藉"。[1]这就是说，作者在处理题材时评价生活的立场不同，概括生活的准则不同，表现生活的方法和能力不同，其中最主要的，仍然是由于作者的人生观不同，因此，古今中外的作家常常从同一题材中提炼

【1】 恩格斯《诗歌和散文中的德国社会主义》，《马克思恩格斯全集》第4卷，第236页。

《西厢记》：进入经典——一个文本蜕变过程的文化考察

出不同的主题来。

金章宗时出现的《董解元西厢记》[1]证实了这点。《董西厢》承袭的仍然是崔张恋爱的题材，但是，它不仅在人物性格的塑造、社会典型环境的描写上有了大胆的创造，对于故事的主题，也进行了一次面目一新的改造。

如前所述，从元稹的《莺莺传》到赵令畤的《商调蝶恋花》鼓子词，关于崔张的恋爱悲剧，不管作者对于它的主观评价如何，但都无力正面回答这样三个问题：

第一，在封建社会，一个贵族少女私自去爱一个男人，是不是就应当受到遗弃的惩罚，就是造成一切不幸的原因？

第二，莺莺不顾一切地追求自己的幸福的婚姻，究竟是不是正义的，应当给以怎样的道德评价？

第三，究竟什么是合理的恋爱和婚姻的主张？

在董解元以前的作品中，由于故事的结局是莺莺最终被张生遗弃而成为此恨绵绵的社会性悲剧，就越发使得作品在回答这些问题上显得软弱无力了，这是不难理解的。因为这样的社会性问题，本来也不可能是站在封建立场上的作家所能正确回答的。从实践的观点来看，这是由于"当事人双方的相互爱慕应当高于其他一切而成为婚姻基础的事情，在统治阶级的实践中是自古以来都没有的"。[2]而《董西厢》却对以上的问题做了有力的形象的回答。《董西厢》从反对封建礼教和封建婚姻制度出发，提出了以爱情为婚姻基础的

---

[1]《董解元西厢记》又名《西厢记诸宫调》《弦索西厢》和《西厢挡弹词》，简称《董西厢》。诸宫调是一种有说有唱而以唱为主的文艺形式。
[2] 恩格斯《家庭、私有制和国家的起源》，《马克思恩格斯选集》第4卷，第75页。

要求，从而赋予了《莺莺传》故事以新的艺术生命，使这一故事具有了积极的现实意义。

董解元在他的《西厢记诸宫调》中表现的唯一信念和全部哲学就是，要求婚姻的最后决定权应属于爱情，应属于当事的男女双方，而不是属于封建礼教和维护封建礼教的家长的利益。但是，对于一个作家来说，要把这种社会倾向和信念变为艺术实际，需要谨慎地分辨莺莺故事中混杂着的许多极其矛盾的因素。《董西厢》出色地完成了三项工作。

首先是创造性地进行了主题提炼，重新确立了主题思想。提炼主题是艺术构思的中心环节，是构思的中枢神经，它支配着作家艺术构思的全部过程。董解元在构思西厢记故事时，并不是单纯地复述一下《莺莺传》的故事情节。《西厢记诸宫调》本身说明，董解元是从观察体验现实生活而来，又在认识社会现实的基础上对过去《莺莺传》这篇传奇小说做了一番再创造的工作。在原传里悲剧性冲突的焦点是：一个挣脱了封建礼教桎梏的少女，终于被一个薄幸、自私的封建文人所遗弃。这一社会性悲剧在封建社会无疑有它的典型意义。但是，由于故事的最终结局是莺莺遭到不幸，于是，这个恋爱悲剧在其发展过程中，就越来越显得缺乏激励人心的精神力量。尤其是对于那些处在封建礼教束缚下的青年男女就更缺乏积极的鼓舞力量。宋金时代，由于市民社会新思潮的兴起，也由于董解元这样具有丰富生活经验和观察力的作家，特别是对人民的思想情绪有着较为深刻理解的下层"书会才人"，他们能够认识到，作为讲唱文学的诸宫调是为自己生活的时代的人们演唱的，而不仅只是重述那历史上曾发生过的一件传奇事件。因此，董解元进行艺术构思时，试图回答当时人们正在思考的一些尖锐问题。他敏锐地感到："始乱之，终弃之"的消极性，从而扬弃了构成原作的那个悲剧性冲突的基础，重新组合了两组对立人物，这就是一方以老夫人和郑恒为代表的封建礼教和封建婚姻制度的维护者；一方是崔莺莺、张生和红娘为了追求美满的爱情生活而大胆向封建礼教挑战的人物。戏剧性冲突的基础，也从张生与崔莺莺之间，转到崔莺莺、张生同老夫人之间的冲突，[1]最后通过这两组人物的对立和冲突，表现了反封建礼教的婚姻观念的最终胜利。这一改动，不但从根本上排除了"始乱终弃"的悲剧性结局，而且也大大增强了作品主题的社会意味。这说明，题材与主题绝不是密不可分的，它们之间的联系仅仅在于题材从所包含的生活内容方面为提炼主题提供基础。但题材与主题是有区别的，不同的作家常常从同一题材中提炼出不同的主题来，这就是题材与主题不能合二为一的例证。

《董西厢》的第二个贡献是对原传中的人物进行了重新的设计，进行了再创作，同时还从主题需要出发，塑造了一些新的形象，藉以揭露封建礼法的罪恶，赞颂反封建礼法的斗争。

主题提炼，要求作家在生活事件中，深刻地提炼出生动又新颖的思想，并以它为作品的生命、脉络、焦点，来进行全部作品的艺

---

[1] 戴不凡先生在《论崔莺莺》一书中论证《董西厢》的基本冲突时说："这部作品所描写的矛盾和冲突，并不是直接地、正面地存在于崔张和老夫人之间，而是存在于他们自己身上，这样，它一方面既反映了封建社会生活中这一类人物的真实面貌；同时，合理、幸福的生活要求和维系封建秩序和礼法制度的矛盾，正是在这两个本身存在着矛盾的性格中，无比深刻地揭示了出来。"（见该书第22页）笔者对这一论点有不同看法。《董西厢》展示的并不仅仅是性格冲突，而是真正的社会性冲突。莺莺和张生内心的矛盾斗争以及莺莺和张生之间的矛盾，只是两种婚姻观念展开冲突时的一个侧面，或是说在他们心灵上的反映，并没有构成独立的主要冲突。

术构思。但主题的提炼绝不是孤立地抽象地进行的。文艺作品的主题提炼，总是通过形象、或与形象血肉相连地进行的，是和人物形象的塑造以及人物的典型化的过程，自始至终血肉相连地进行的，这就是我们常说的形象思维的过程。所以在构思的过程中，作家对作品的主题提炼的每一次深化，人物形象便会跟着变化，跟着成熟；反过来，作者对人物性格有了新认识、新体会、新创造，作品的主题思想也跟着发生改变和深刻化。

　　《董西厢》改动最大、也是最有决定意义的是张生的形象。这里仍不免要提到原传。小说中的张生是一个道德情操卑下的人物。他最初用尽心机去追求莺莺，但是当他骗取了莺莺纯洁的感情以后，却狠心地遗弃了她。不管作者怎样为他辩解，毕竟不能掩盖张生虚伪的灵魂。而在《董西厢》中，张生却被塑造成为忠于爱情、坚守信义的正面人物，作者赋予这个形象以热情诚挚，对爱情执着，对封建礼教采取叛逆行为的进攻性格，他为了获得自由的爱情和婚姻，勇敢地向封建婚姻制度进行了大胆的挑战。在事件的全部过程中，张生的内心也曾出现过动摇、踌躇和疑虑，但是这些动摇最终被他对莺莺的热烈的爱情涤荡干净。这样，《董西厢》中的张生就被表现为一个有情有义、始终不渝地热爱莺莺的人物了，这构成了张生性格的基调。在张生遇到莺莺，并热烈地追求莺莺时，作者这样描写他："自兹厥后，不以进取为荣，不以干禄为用，不以廉耻为心，不以是非为戒。"总之，封建卫道者认为的那些道德规范都被张生冲破或抛弃了，张生再不是原传中那个不顾信义的无行文人，也不再是为封建制度和封建礼教进行辩护的说教者了，而是一个用情专一，和封建伦理道德背道而驰的完全肯定的人物。董解元相当成功地塑造了一个具有叛逆精神的有血有肉的青年书生的生动形象。张

《西厢记》：进入经典——一个文本蜕变过程的文化考察

生形象的彻底改造，一方面使整个故事能以环绕崔、张婚姻问题展开了反封建的斗争，一方面使崔、张得以团圆终场，从而改变了原传中始乱终弃的结局。正是这最有决定意义的改变，才为后来王实甫的《西厢记》杂剧在思想内容上奠定了基础。

原传中的莺莺，虽然对封建礼教有一定的叛逆性，但是由于作者的落后妇女观作祟，这个人物在一些地方被处理成为弱者。《董西厢》的作者，一方面坚决剔除了莺莺身上那种难以避免的软弱的性格特点，另一方面作者保留和大大强调了原传中莺莺性格的"核心"，即她对封建礼教的叛逆性。作者在设计这个贵族家庭的叛逆女性时，在外在性格上还是赋予了她对自由爱情的炽热的执着的感情色调，但是从内在性格上已大大强化了她的不屈服于命运的特色。她敢于以封建礼法为"小行、小节"，敢于为着追求自由的爱情而和封建家庭决裂，最后还不避"淫奔"之名而和张生双双出走。比如，在她"赖简"以后，她深深感到赖简所造成的严重后果应由自己来负，于是不顾一切地去和张生相会，她说"如顾小行、小节，误兄之命，未为德也"，她出自内心深处迸发出来的"我寻思顾甚清白——救才郎"的呼声，是一曲反封建礼教的战歌，她意识到为了"顾小行、守小节"而断送张生的性命是不道德的，同时也是弱者的表现时，竟不顾那严峻的封建礼教，终于以自己的叛逆性，冲破了内在和外在的封建礼教的牢笼，做出了逸出封建正轨的行为。

值得注意的是，董解元借助于诸宫调这种长于抒情和表现丰富内心世界的艺术形式，为我们充分揭示了莺莺内心世界的丰富多彩。这种内心世界的丰富多彩，绝不是如有些研究者所说是为了表现莺莺内心的动摇和分裂。事实上，《董西厢》和原传之所以不同，就在于莺莺一旦爱上了张生，就从来没有动摇过。她内心中的重重矛盾，只是封建礼教的束缚和挣脱这种封建礼教束缚的矛盾冲突。因此，表现在莺莺和张生恋爱道路上的矛盾，并不是她对张生曾发生过什么动摇或是内心分裂，这二者是有根本区别的，也是不能混淆的。文艺作品中展示人物内心生活时，不在于内在的复杂与单纯，而在于有没有内在的激动，这种内在的激动，可以是由于人物的动摇与犹豫，也可以是为着既定的目的，而顽强坚韧地斗争，这种斗争形成了人物内在的紧张。不能设想人物可以在成败得失之间无动于衷，而听众竟能够关心人物的命运并受到感动。内在的激动是塑造形象的根本要素，因此，莺莺内心世界的展示，只是为主人公性格有层次地发展垫上一块块阶石，直到最后，莺莺自许婚事，并且以私奔的激烈行动反对了母亲的严命。这些描写都很富有意味，对于旧时代的妇女为了反抗封建礼教，打碎封建主义对于她们心灵的桎梏，争取婚姻自由有着巨大的艺术鼓动性。

如果说诸宫调中莺莺的性格，还保留了小说中形象积极性的菁华，经过艺术改造成为一个新的形象，那么诸宫调中红娘的形象，可以说完全是崭新的创造。原传中的红娘，纯属条件人物，除了传递一下书信和送莺莺到张生屋中去以外，几乎没有什么行动。她在原传中和鼓子词中的地位，也仅是作为这个悲剧性事件的目击者而存在。没有行动性的人物，对于诸宫调这种大型的叙事诗式的样式来说显得特别尴尬。这个作品需要创造富有行动性的人物，一则为了情节的需要，如果没有这个人物，斗争便会在莺莺、张生和老夫人之间拉锯似的进行，没有其他力量引进来，对促进戏剧性冲突的激化和刻画人物、组织情节都是非常不利的。更重要的还在于思想上的需要，否则，对于概括生活、揭示矛盾，将会留下很大的空隙。

《董西厢》赋予红娘以爱憎分明、见义勇为的品格，使她成为富有智慧，敢于为正义而斗争，体现劳动人民精神美的一个堪称艺术典型的形象了。红娘具有多方面的性格特征：机智、伶俐、俏皮、勇敢等等。但是，这只是构成了红娘性格的外在特征，还没有使红娘成为一个具有深刻社会内容的典型。红娘之所以成为具有典型性的艺术形象的最基本最主要的特点，在于她对崔张爱情的态度，在于她在崔张的婚姻中所起的积极作用，在于她在这场婚姻斗争中所显示出来的崭新的思想境界。

红娘不过是莺莺身边的一个小丫环，崔、张的婚姻问题本来和她毫不相干。但是，当她面对这场是维护封建礼教还是挣脱封建礼教的束缚的斗争时，基于她的强烈的是非观念，她逐步地站到崔、张一方来，并积极参与了他们对老夫人的斗争。她为崔张的痛苦而痛苦，为崔张的欢乐而欢乐，为崔、张的婚事，她一反主奴的关系，无情地指责老夫人是"老虔婆"，"心肠太狠毒"。正是这种正义感和强烈的是非观念，使她积极地为崔、张的婚事而热情奔走。可以说，崔、张婚姻事件中的任何一个困难的克服，都离不开红娘的帮助，甚至崔、张两次上吊自杀，也都是红娘把他们从死神面前救了回来，没有红娘，崔张的婚姻能得以胜利是无法设想的，这一切才是红娘形象的最根本的特征。这一形象无疑寄托了在封建婚姻制度桎梏下无数弱男少女的希望、追求和理想。

法聪这个"路见不平，拔刀相助"的侠肝义胆的人物，同样是《董西厢》的创造。他并没有超脱"红尘"，为了解普救寺之围，不惜赴汤蹈火，出生入死；对于崔、张的婚事不断给予帮助和鼓舞。他和红娘对崔张的反封建礼教的斗争起着支持和推动作用。

老夫人在原传中原是一个无足轻重的人物。在《董西厢》中，她是封建礼教的化身，是崔张的对立面。作者大大强调了她的冷酷、虚伪、欺诈的性格特征，这样就加强了主题的深刻性和戏剧性冲突的尖锐化。

郑恒为原传中所没有，《董西厢》塑造了这个从外貌到内心都极为丑恶的人物，让他和老夫人站在一起，而最后，他们都归于失败。作者以郑恒反衬张生，从而把丑与美、粗俗与崇高、恶与善并比，取得强烈的艺术效果。

《董西厢》的第三个贡献是对崔张故事结局的重新处理。故事的结局，是人物之间矛盾冲突的结果，是与整个情节有紧密勾连的一个环节，是主题的有力提示和深化；而这些又必须是人物思想性格的充分展示，是情节必然而又出人意料的变化，对主题是形象的有感染力的体现。《董西厢》改变了原传中的一个根本性情节，就是以张生和莺莺的相偕出走以至获得美满团圆代替了悲剧性的结局。这种结局的处理，当然首先是由于主题改变了，人物性格改变了，戏剧性冲突改变了，团圆的结局构成了崔、张反抗封建礼法斗争的必然结果。但是，是不是可以以悲剧作为结局呢？比如写强大的封建礼教最终摧毁了以爱情为基础的自主婚姻。正像有的研究者主张的那样，《西厢记》最好以悲剧结尾，因为这不是不合于历史真实的。但问题是，怎样才能给人以争取婚恋自由的精神力量呢？

在董解元生活的历史条件下，如果不是作者有着大胆而又先进的思想，是不可能做出这样的艺术处理的。我们知道，在中世纪的封建社会，仅仅是莺莺和张生的私相结合，已经被认为是大逆不道了，已经要受到难堪的非议甚至残酷的打击了，董解元不消说是深

《西厢记》：进入经典——一个文本蜕变过程的文化考察

深了解这种情况的，而他在自己的作品里却歌颂和肯定了崔、张的大胆行为，这不是董解元对于封建礼教的蔑视的反映吗？不仅如此，莺莺和张生的团圆还是被放在相偕出走这样的局面下取得的。这样性质的出走，"理"所当然地被称之为"淫奔"，是为人所不齿的，也是难以得到同情的，然而《董西厢》却用它来解决爱情与婚姻之间的矛盾。作者认为莺莺和张生要真正获得胜利，获得自由和幸福，就必须采取这一激烈的行动步骤。事情很明显，作者不止于蔑视封建礼法，他简直是用他的作品向封建礼法进行大胆的挑战了。从这个结局来看，《董西厢》的思想是高于以前一切有关崔、张爱情故事的作品的。从这一点上来说也是高于王实甫的《西厢记》杂剧的，因为王实甫毕竟还是写张生中了状元回来，通过"合法手续"结合的。这就是为什么后来有的作家在改编《西厢记》时采用了董本的结尾方法而未采取王本的一个原因吧。

　　《董西厢》结局的处理具有什么社会意义呢？在董解元生活的宋金时代，封建势力是很强大的，反封建礼教和反封建婚姻观念在斗争中往往处于劣势，甚至经常遭到失败（如话本小说《碾玉观音》《闹樊楼多情周胜仙》《志诚张主管》等）。但是，在现实生活中，那些为追求幸福的青年男女仍然是不甘心的。因此，如果按照生活本来面貌，只是写封建势力的强大，封建礼教是不可摇撼的，无疑会大大削弱在现实生活中为自由婚姻而进行斗争的青年男女的意志。而董解元却能够站在市民理想的高峰俯视现实社会中的婚姻关系，他终于写了崔、张的胜利。不难想象，这种处理，必然会对当时斗争着的青年男女起着鼓舞斗志的精神作用。作者明确地昭告世人，虽然斗争经常失败，但斗争不是没有前途的，胜利不是没有希望的，相反，新的理想的婚姻，必定战胜封建婚姻。从这里我们可以看到这位"书会才人"不是在消极地冷漠地摹写现实，而是积极地提醒人们：在当时的生活和现实之外，还有另一种生活，另一种"现实"。并且让听众深信，这种理想的生活和现实，只要进行不懈的斗争，就有可能实现。《董西厢》结局的思想意义就在于此。

由此可见，对崔、张的爱情是否正确的问题，对于以爱情为基础的婚姻是否合理的问题，这是一个从《莺莺传》到《商调蝶恋花》鼓子词都没有力量来解答的问题，《董西厢》却以它全部的艺术力量，富有说服力地给予了肯定的答复。

如同一切古代优秀作品一样，《董西厢》在思想上和艺术上也并非没有可以訾议之处。例如作者把张生的举止写得很轻佻，个别场合又把他写得醉心于功名，给人造成一种形象不够完整的感觉；在处理题材和结构故事情节时，也有轻重失宜的地方；一些不符合人物身份的粗鄙的词汇影响了语言风格的统一，这无疑会影响和削弱作品主题思想的积极意义。而这些瑕疵，大多为王实甫改编时所避免，有些还从反面或另一角度启迪了改编者的艺术构思，在一定意义上说，《董西厢》的缺点、纰漏和局限，恰恰为王实甫发挥艺术创造才能提供了广阔的天地。

总之，从《莺莺传》到《商调蝶恋花》鼓子词，一直到《董西厢》，在主题、人物和情节上都发生了巨大的变化。《董西厢》在进行艺术构思时，把新的生活内容、新的社会意识灌注到这个传统的爱情故事中去了，于是这个古老的题材开始和封建社会广大人民的意向与愿望契合了。

《西厢记》：进入经典——一个文本蜕变过程的文化考察

三

上述两节所作的粗浅分析，无非是要说明两点意思：一是由于改编者人生态度不同，所以同出一源的故事，每经一道改编，就是一次推陈出新的过程；二是人民群众在一定程度上曾经直接或间接参与了崔张故事的创作。人民群众以自己的眼光观察周围的现实生活，同时根据自己的生活经验，把这一传统的故事加上自己的想象和判断，就在各种艺术样式中创造了他们所向往、所喜爱的人物，最后以董解元为代表，出色地总结了长期以来这一艺术创造的成就，完全改变了原作的主题和人物的精神面貌，以诸宫调这种民间讲唱文学形式完成了西厢记故事的基本构思。

到了元代，杂剧艺术空前繁荣，现实生活迫切地产生了用杂剧形式来反映崔、张恋爱故事的要求，杰出的杂剧作家王实甫承担起这项历史使命，他在《董西厢》的基础上进行了再创造，出色地把崔张故事的口头文学搬上了戏曲舞台。[1] 如果把《董西厢》和《王西厢》比较一下，人们不难发现，《王西厢》只有个别情节和人物与《董西厢》有出入。在人物方面：只有惠明不见于《董西厢》，但是我们可以看出即使这一人物也仍然是根据《董西厢》中的法聪创造出来的；在情节方面：《王西厢》删去了《董西厢》中法聪和孙飞虎鏖战的一段，因为它竟以全书约六分之一的篇幅叙写对阵厮杀，不仅近于喧宾夺主，也不适宜杂剧艺术的演出；另外就是改写

---

[1] 戴不凡先生在《论崔莺莺》一书中说："我并不一定相信王实甫就是根据《董西厢》来改编《西厢记》的。"（见该书第1页）笔者不同意这一推测，因此作了如上几点说明。

了最后一段莺莺和张生深夜从普救寺的出走；在语言方面：《王西厢》几乎保存了《董西厢》主题、情节和人物的原貌。比如，主要人物的性格并没有根本性质的改变，故事情节的发展线索全部取自《董西厢》，特别明显的是，《王西厢》还煞费苦心地保留了《董西厢》里许多优美动人的语言（特别是人物的富有行动性的语言）。只是由于诸宫调改为杂剧，由于讲唱的第三身份的语言改为第一身份的人物自己的语言，因此不可能使原来的词句原封不动，尽管如此，王实甫还是尽量采用《董西厢》的精神加以改写。像一切出色的艺术家一样，王实甫利用了民间文学积累起来的巨大的艺术财富，富有独创性地改编，为我们创制出了具有反封建意义的杂剧《西厢记》。

  《王西厢》仍然是在《董西厢》的基础上捍卫了反封建婚姻的命题，但是，要把这一鲜明的思想目的变为艺术实际，这需要巨大的艺术魄力，也需要缜密的真正属于戏剧的艺术构思。王实甫充分理解这个创作活动的意义，一切都为了奔赴这个鲜明的境界：反封建婚姻，主张以自由爱情为基础的婚姻！这是王实甫编写这本杂剧的最高任务，也是全部艺术构思的基础。

  叙事性文学作品中的矛盾冲突是作品情节的骨干、核心。没有矛盾和冲突，情节的其他因素如场面、细节等便都黯然失色。小说、讲唱文学和戏曲是不同的艺术形式。冲突之于戏剧更具有生命般的意义，没有冲突就没有戏剧。

  首先，《王西厢》借鉴了《董西厢》的结构规模，从作为舞台艺术的戏剧出发，建立和规划他的独具特色的戏剧结构。根据故事情节发展的需要，突破了元杂剧一本四折的通例，以连续五本二十一折的宏大结构反映了这场反封建礼教的斗争。这里最能显示

《西厢记》：进入经典——一个文本蜕变过程的文化考察

作者杰出创造力的、也是他匠心独运之处，是他从主题要求出发对戏剧冲突的安排：在整个五本杂剧中有一条贯穿全剧的基本冲突，即自由婚姻和封建婚姻的冲突，具体的表现就是莺莺、张生和老夫人、郑恒的冲突。但是，这个贯穿在五本杂剧中的基本冲突，在一开始时并不是马上作为主要冲突出现的。在第一本中，从莺莺和张生初次会面并产生了相互爱慕之情以后，作为杂剧的基本冲突就已经存在了。但是这时的主要冲突并不表现在崔、张和老夫人之间，反而是在张生与执行"行监坐守"任务的红娘之间展开的。张生说得很清楚："则愿得红娘休劣，夫人休觉，犬儿休恶。"红娘的存在和可能出现的阻梗被张生看作是需要认真对付的首要一条。因此，第一本的主要冲突，就是张生如何千方百计突破红娘的"行监坐守"而和莺莺接近的问题。这一主要冲突在第四折中得到了解决，张生终于胜利地见到了莺莺。但是，第一本中这个主要冲突的解决，作为杂剧的基本冲突不仅依然存在，并且由于崔、张的爱情的增长，基本冲突反而随之加深了。那么，崔、张能否结合，这就是杂剧第二本戏剧冲突的基础。

在第二本里，由于孙飞虎围寺，白马将军解围，崔、张的结合有了希望。但随之而来的是老夫人的赖婚，崔、张的婚姻问题又出现了合而复分的态势。白马解围反而把崔、张同老夫人的矛盾即戏剧的基本冲突向前推进了一步。

第三本在基本冲突加深的基础上产生了新的主要矛盾，这表现在老夫人赖婚后，崔、张的婚姻已属无望。这时一个新的斗争形势产生了，老夫人控制下的红娘从思想到行动同张生和莺莺完全站在了一条战线。矛盾的双方出现了分化和重新组合，斗争形势完全是崭新的，红娘的转变，对于崔、张为了婚姻自由而斗争并且取得最后胜利是一个极其重要的因素。因此,第三本主要冲突是崔莺莺如何更进一步摆脱一切客观和主观的礼教束缚的问题。莺莺的寄简、赖简正表现了莺莺与自己头脑中的封建礼教的桎梏进行斗争的全部心路历程。杂剧第三本最后一折,莺莺寄诗张生约他相会,说明她终于战胜了头脑中的敌人,因为莺莺约张生相会,是对封建礼教的最后背叛。所以,第三本主要冲突的解决反而使全剧的基本冲突更加尖锐化了。

于是,第四本中贯穿全剧的基本冲突完全表面化了,上升为当时的主要矛盾。来自两方面的冲突都带有箭在弦上的紧张性,崔、张与老夫人的冲突以面对面的形式展开了,造成全剧的高潮。最初老夫人好像有所让步,承认崔、张的"不合法"的结合,但是,接下去是老夫人以"俺三辈儿不招白衣女婿"为名,逼迫张生进京赶考,崔、张被迫分离。这是基本冲突在内部激化的反映,反过来又揭示了基本冲突的尖锐对立和向前发展。

第五本由于郑恒的出现,崔、张一方与郑恒之间再度展开激烈斗争。斗争的结果是郑恒的跳阶而死,崔、张胜利结合,贯穿于五本杂剧的基本冲突得到最后解决,"愿普天下有情的都成了眷属"这一创作的最高任务完成了。

从以上的分析,我们可以看出《王西厢》戏剧冲突的特点:每一本杂剧都有自己的主要冲突,因而造成每本杂剧的强烈的戏剧性;而五本杂剧又具有一个完整的贯穿全剧的基本冲突。所以,每本杂剧在主要冲突解决以后,就给予基本冲突以影响,基本冲突不仅没有消失,反而采取逐步激化的形式,一步比一步尖锐,一层比一层强烈,这就是《王西厢》全部戏剧性的根基。

总之,《王西厢》五本二十一折前后勾连,上下承续,各个互

《西厢记》：进入经典——一个文本蜕变过程的文化考察

相衔接的矛盾都有必然的因果联系，戏剧的"系扣"和"解扣"[1]都有生活逻辑发展的必然性。因此，结构虽极宏大，但却极缜密精细，显得无懈可击，成为一个完整的有机的艺术整体，这个艺术整体紧紧服务于全剧的主题思想。每个矛盾的产生、发展和解决的过程，都体现了人物性格成长的历程，都在于阐释杂剧的主题思想。这就是《王西厢》以戏剧的艺术手段对主题的提炼，这就是大戏剧家王实甫对戏剧辩证法的真正的美学理解。

就具体改编来说，"戏剧的兴趣应当集中在主要人物身上，戏剧的基本思想，就是在这个主要人物的命运中表现出来的"[2]。《王西厢》中的主要人物实际上在《董西厢》中已经塑造成了，真正创造出这些典型形象的是民间艺人们和他们的杰出代表董解元，而并不是王实甫一个人。如果我们把创造这些典型形象完全归功于王实甫，那么我们不仅看不到民间的文学家在创造这些形象上的杰出的贡献，而且也很难看出真正属于王实甫自己的独创。评价一位作家的功绩首先不是看他重复了别人的一些什么，而是要看他对艺术做出了什么新的贡献，和他以前的人相比，和他同辈的人相比，他提供了什么新的东西。王实甫真正的贡献就在于：他把《董西厢》搬上舞台时，对其内容作了出色的发展，并在此基础上对《董西厢》

---

[1] "系扣"和"解扣"都是剧作法中的术语，最早见于亚里士多德的《诗学》。"系扣"的准确含义是："系起冲突纽结的那一个事件或那几个事件。"而"解扣"则是指"解开冲突的纽结的那一个事件或那几个事件"。由于它们是处在剧本基本冲突的两端，也有人称作"开端"和"收场"。但是我们发现"系扣"往往不在剧本刚一开始的部分，因此称之为"开端"并不很准确，另外"解扣"也往往不在剧本的最后，称之为"收场"和"结局"也有不妥之处。因此，这里用特定的剧作术语："系扣"和"解扣"。

[2] 见《别林斯基两卷集》卷二，第14页。

中的一些重要人物一一进行了加工，进行了我们通常所说的"刮垢磨光"的工作。这样，就使原来的主要人物的性格特征更加鲜明，人物的精神世界更加丰满。这样加工，就使崔、张的爱情生活事件得到升华，具有了充分的典型意义，这就是为什么《王西厢》在我们戏曲史上获得了"天下夺魁"[1]的崇高声誉的根本原因。

先让我们来看莺莺的形象。《王西厢》中的莺莺比《董西厢》中的莺莺有了明显的发展，这表现在《王西厢》进一步突出了莺莺的反封建的叛逆性格。在《董西厢》中，莺莺和张生的爱情一开始几乎是张生片面追求所造成的，看不到莺莺对于这个切身的问题有什么鲜明的态度，只是到孙飞虎围寺，白马解围，老夫人许亲又赖婚以后，读者才看到她对张生产生了爱情。于是莺莺给人们的印象似乎是这样：只有确定某一男性是她的丈夫时，她才会对他产生爱情。但是在《王西厢》中，出现了截然不同的艺术处理。剧情一展开就描写莺莺对张生的爱慕之情，当佛殿第一次相遇时，她对张生一见倾心，红娘见有人来，催促她回房时，王实甫给莺莺安排了一个"回顾觑生"的富有感情内涵的动作，"怎当他临去秋波那一转"，被敏感的张生立即捕捉到了。所以张生极其肯定地认为："昨日见那小姐，……那小姐倒有顾盼小生之意。"（这当然不是张生的神经过敏）。后来红娘带着讥讽的口气转述她眼中那个"傻角"张生有意于莺莺时，莺莺含笑静听，并嘱咐小红娘说："休对老夫人说。"很明显，当张生突然间排闼而入时，立即就引起了她内心

---

[1] 明代的贾仲明给《录鬼簿》里所记载的杂剧作家们写了不少吊词。在他吊王实甫的词的末了赞曰："新杂剧，旧传奇，《西厢记》天下夺魁。"见《录鬼簿》卷上，古典文学出版社1957年版，第13页。

《西厢记》：进入经典——一个文本蜕变过程的文化考察

的极大波动，而她却听任这股爱情的潮水汹涌流动，老夫人十几年来对莺莺的长期封建教育和建立起的层层堤坝在短短的几天里全部坍塌了，莺莺内心深处的叛逆的意念以她还不曾完全理解的迅猛速度开始发展成为叛逆的行动。到了第二本第一折，莺莺上场后的那段著名的内心抒情颇能说明问题，所谓"坐又不安，睡又不稳，我欲待登临，又不快，闲行又闷，每日价情思睡昏昏"，这就十分强烈地描画出了封建时代一个贵族少女在恋爱中的特定的内心思绪。总之，《王西厢》是有意强调莺莺对张生的爱慕之情，这种强调具有如下的意义：强调莺莺对张生的爱情，实际上就是强调他们的婚姻乃是建立在双方相互爱情的基础上的，因为这一爱情从一开始就并不是由于张生的片面追求，于是就使他们的婚姻和那种完全缺乏爱情基础的封建包办婚姻之间的对立显得格外鲜明。

另外，《王西厢》比《董西厢》更加着力刻画莺莺的复杂的内心世界：所表现的她那颗心灵的曲折历程更加淋漓尽致，概括了更为深广的社会生活内容，因此就更加动人心弦，扣人心扉。比如《董西厢》中既写了老夫人的赖婚，也写了莺莺的赖简，但写得都很简略，尤其是赖简应当说还未能充分揭示莺莺的内心冲突，但是在《王西厢》中莺莺性格和内心的丰富性就被揭示得既真实又深刻，更加符合这个出身于贵族的少女在重重封建礼教的束缚下而又要追求自由爱情时的内心矛盾。我们不妨以赖简前后的情节为例进行一些说明。

莺莺月夜听琴后的第二天，就派红娘到书房看望张生，谁知大胆的张生竟然求红娘带来了情书。聪颖出众而又十分精细的红娘这时已经完全了解到她日夜陪伴的小姐的重重心事了，而且深知她的小姐目前的所言所行都被一层"假意儿"的面纱掩饰着，所以红娘悄悄地把张生的书简放在化妆盒之下。莺莺发现了书简，心中自然高兴，这时红娘眼中的莺莺的一番举动真是传神之笔："拆开封皮孜孜看，颠来倒去不害心烦。"可是，她突然感到事情不妙，这不仅是由于接到一个男性的情书，对她来说还是生平第一次，而且充分意识到，这书肯定是红娘捎来的，红娘一旦泄露机密，事态将会朝着什么方向发展呢？所以她的"假意儿"在这里又以新的形式出现了，先是斥责红娘，而当红娘以要挟的口气公开表示"我将这简帖儿去夫人行出首去来"时，莺莺立即以"我逗你耍来"向红娘和稀泥。但她的内心的秘密仍不想也不敢明告红娘，所以虽然明明写了四句情诗约张生相会，却故意对红娘卖关子："虽然我家亏他，只是兄妹之情，焉有外事。红娘早是你口稳里，若别人知啊！甚么模样。""红娘，你将去说：'小姐看望张先生，相待兄妹之礼，如此非有他意，再一遭儿是这般啊，必告夫人知道。'和你个小贱人都有话说。"这当然不仅是对红娘的又拉又压，而且也还是透露她那复杂矛盾的内心世界。因此，一旦张生真的如约跳墙而来时，莺莺果然是手足无措，"心乱如麻"了。她出乎意外地感到张生的鲁莽，而且竟然鲁莽到当着红娘的面跳墙过来向她公开求爱。于是，莺莺陡然地"变了卦也"，居于她头脑中的封建意识又以她也意识不到的状态出来活动了。

"赖简"后，莺莺深知自己的"假意儿"很可能置张生于死地，所以当她完成了对红娘诚意的最后试探以后，再次写诗给张生。她在这副独特的"药方"中终于表白了对张生的深挚的爱情，同时也说明了赖简的部分原因——"完妾行"。可见，莺莺性格得以继续发展，不但必须坚持反抗老夫人为代表的封建势力，还必须不断克服自身的封建意识。"酬简"中的莺莺那种"语言虽是强，脚步儿

《西厢记》：进入经典——一个文本蜕变过程的文化考察

早先行"，十分准确地描绘了她的内心世界。这样，在我们面前出现的莺莺的形象，她的性格特点就表现为：单纯中寓有丰富，柔美中寓有坚韧。她由一个贵族少女而成为一个倔强的叛逆者的历程，是令人信服的，是那个时代出身于贵族家庭的青年人坎坷道路的合乎逻辑的发展。她走的道路是自己选择的，是她所独有的。一句话，是"崔莺莺式"的"这一个"。

王实甫不愧为一个心灵探索者。由于他使自己的人物回到了真实的生活环境、真实的生活状态和心理状态中来，所以他才能牢牢掌握住人物的"心灵的辩证法"。[1]可以看出，王实甫深深爱着他笔下的这个人物，但他却没有掩饰由于出身、教养、环境给莺莺带来的内心矛盾和性格弱点，他只是写出了一个相国家庭出身的叛逆女性，而不是一个英勇无畏的反封建战士；而且在爱情之外诸如生活道路等重大问题上，她也并没有叛逆封建主义的规范。所以王实甫真正杰出之处，正在于七百年前他能够敏锐地观察到和捕捉住出身于贵族家庭的少女在反抗封建婚姻制度和传统的旧教育时的全部内心的斗争过程，并加以典型地概括，这不能不说是王实甫的杰出贡献。

关于张生，《董西厢》已赋予这一人物以封建礼教的叛逆者的性格，但是，必须指出，在《董西厢》中有一些情节处理，大大削弱了张生叛逆性格的完整性。例如《董西厢》写到老夫人在不得已的情况下许婚了，但立即借口莺莺孝服未满，不能马上完婚，这时张生竟然表示："今蒙文调，将赴选闱，姑待来年，不为晚矣。"进京赶考是张生自己提出来的，并答应"三两日定行"。莺莺听说

---

[1] 车尔尼雪夫斯基语，见《古典文艺理论译丛》第5册，第161页。

张生要去赶考,"愁怨之容动于色",张生却大不以为然,并说:"烦为我言之:功名世所甚重,背而弃之,贱丈夫也。我当发策决科,策名仕版,谢原宪之圭窦,衣买臣之锦衣,待此取莺,惬予素愿,无惜一时孤闷,有妨万里前程。"这里把张生追求功名之心写得十分强烈,但是这种描写和张生的基本性格特征恰恰是矛盾的,而且在艺术上也显得极不统一。我们不妨回想一下,当张生刚刚爱上莺莺时,《董西厢》写得分明,张生是"不以进取为荣,不以干禄为用,不以廉耻为心,不以是非为戒",一切封建教义、功名富贵都被他抛弃了,为了自由的幸福和爱情,他作了艰苦的斗争,比起爱情来,功名利禄根本不在他的心上。这正是作为张生叛逆性格的核心。可是《董西厢》在上述的情节处理上却大大损害了这一核心,而且由于张生的赶考是自己提出来的,这样接下去的莺莺送别一场,也只能是一般的离别,而别离的悲痛也就失去了它应有的社会意义。但是,在《王西厢》中,张生的进京赶考是出于老夫人的逼迫,老夫人见木已成舟,勉强许婚后,同时就提出了苛刻的条件:"我如今将莺莺与你为妻,则是俺三辈儿不招白衣女婿,你明日便上朝取应去,我与你养着媳妇。得官啊,来见我,驳落啊,休来见我。"正是由于张生是被迫进京赶考,张生前后性格就没有任何矛盾,而显得完整了,后来莺莺和张生的离别就成为在封建主义压力下的被迫分离。他们离别的痛苦,便深刻地体现了当时封建主义的残酷无情,封建礼教和自由爱情之间的冲突便显得格外分明和尖锐。

又如,《董西厢》中,张生中了探花回来,闻知老夫人已把莺莺许配给郑恒,一面忧愁烦恼,一面却又想,郑恒之父"贤相也,稍蒙见知,吾与其子争一妇人,似涉非礼"。于是竟然对老夫人表示:莺莺既已许婚郑恒,那么就以兄妹之礼相见。这里的张生似乎

《西厢记》：进入经典——一个文本蜕变过程的文化考察

又是为了功名前途和性格的过分软弱，准备放弃经过曲折斗争才获得的爱情成果。这不免影响了反封建的主题思想的积极意义，而且对张生性格来讲也缺乏内在根据，实质上是对张生性格的损害。另外像《董西厢》里张生过多的轻狂和庸俗的表现，在《王西厢》中都被洗刷干净了，从而使张生性格中的积极的一面更加突出，新旧两种力量的冲突更加尖锐，杂剧的主题也得到了鲜明的体现。

红娘这一典型形象是出现于《王西厢》中的真正的奇迹。王实甫把《董西厢》中的法聪和红娘集中在后者一个人身上，她一出场几乎就喧宾夺主地吸引了观众的全部注意力。《王西厢》在红娘性格的再创造上的最大功绩，是更加深入地开掘出红娘作为出身底层的少女的精神美。《董西厢》在塑造红娘这一人物时无疑取得了很大的成功，但是同时也有损害人物精神品质的地方。在白马解围以后，老夫人请张生赴宴，当面赖婚，作者叙写张生回到书房，拿出一支金钗送给红娘，要求红娘为他向莺莺通消息，后来红娘替莺莺送诗约张生相会，张生又送红娘金钗一支，红娘谢张生而归。这种处理就使红娘那成人之美的热心肠和由正义感所驱使的行为，变成了贪图财物的行径了，这不能不说是《董西厢》的败笔。王实甫抛弃了这些有损红娘性格的地方，不仅如此，还进一步把红娘的行为的纯洁无私加以充分的强调。《王西厢》在写到莺莺月夜听琴以后，张生求红娘为之传递消息，并许愿："小生久后多以金帛拜酬小娘子。"红娘无情地嘲讽了张生，义正辞严地指出：

哎，你个馋穷酸俫没意儿，卖弄你有家私，我莫不图你东西来到此？先生的钱物，与红娘做赏赐，是我爱你的金资？

你看人似桃李春风墙外枝，又不比卖俏倚门儿。我虽是个

> 婆娘有志气。则说道："可怜见小子，只身独自！"恁的啊！颠倒有个寻思。

这真是千古绝唱，把红娘这个出身底层的"卑贱者"的精神世界升华到真正美的境界，她的心像水晶一样透明，她的行动完全是从正义感和对于被礼教迫害者的同情心出发的。她之所以积极主动地行动起来，那是因为她不满意"夫人失信"，更不愿见这对早已你有情我有意的青年男女从此陷入绝望的深渊。正是因为如此，促使她从冷眼旁观转到积极玉成其好事。王实甫全部美学的独到的特色，就在于他能够在平凡的人们的身上找到潜在的美，他从《董西厢》张生送金钗的细节里，挖掘出了相反的思想，一支金钗却启发了作者做了截然不同的处理，从而显示出了红娘性格的火花，那"不为人注意"的美。

值得注意的是，王实甫所写的红娘性格的发展是层次井然的。作者牢牢把握了红娘的内心贯穿线，在对待崔、张婚姻的态度上，红娘的性格越到后来越向前发展。在《董西厢》里，红娘是等张生一再请求，才为他设法与莺莺会面，而在《王西厢》中，在老夫人赖婚以后，出于强烈的正义感，红娘从思想上对崔、张的同情转变到积极的行动上的支持，是她冒着被"打下下半截"的危险，主动为张生设法，安排下月夜听琴的场面，而且此后一系列的晓夜奔走和传书递简，都说明她是以行动来促成这段好事的。这就表明，红娘越来越站在崔、张一边，也就是说，她越来越背叛了老夫人。"拷红"一折，红娘敢于在主人面前"据理直陈"，到了第五本，红娘的性格终于发展到一个新的高度，她以铿锵、锋利的语言，剔肤见骨地揭露了郑恒的无耻的霸道行径，伸张了正义。

《西厢记》：进入经典——一个文本蜕变过程的文化考察

你值一分，他值百十分，萤火焉能比月轮？

他凭师友君子务本，你倚父兄仗势欺人。斋盐日月不嫌贫、治百姓新民、传闻。

这厮乔议论，有向顺。你道是官人则合做官人，信口喷，不本分。你道穷民到老是穷民，却不道"将门出寒门"。

讪筋，发村，使狠。甚的是软款温存。硬打挨强为眷姻，不睹事强谐秦晋。

这几段"直抒胸臆"的唱词读来令人神旺。它说明：红娘终于突破了等级名分的界限，在主子面前，对崔、张的爱情和婚姻表示了充分的肯定和同情，对老夫人和郑恒的不义与无耻表示了极大的愤慨，做了无情的批判，这样加工和提炼的结果，红娘性格便放出新的光彩。王实甫通过红娘的形象有力地强调出真和美、美和善、美感和道德感的和谐统一。所以，在以后的生活中，人们常常把那些无私地为别人的爱情婚姻幸福而热情奔走，积极帮助别人克服婚姻中的困难的人称为红娘，也正因为如此，红娘的形象才成为古典作家们创造的最深入人心的典型之一，而长期地流行在生活之中。

《王西厢》在老夫人的形象上也有新的补充和创造。当我们对照《董西厢》中的老夫人就不难看出，王实甫是有意识地把老夫人同站在一条战线上的莺莺、张生、红娘当作对立的双方来描写的。王实甫分明看出了当时社会中"情"与"理"的尖锐冲突。但是作者在处理老夫人这个人物时并没有简单化，没有把她写成一个干巴巴的封建礼教的化身或是传声筒。作为母亲，老夫人是爱她的女儿的，所以孙飞虎围寺图谋进行掠夺婚时，她十分焦急，极度悲伤。

在崔、张事情败露后,她也没有深责莺莺,这些都说明她对莺莺的爱。但是,这样一个人物在整个戏剧冲突中能不能成为充分的否定人物呢?她的爱莺莺和作为否定人物之间究竟有没有矛盾呢?老夫人作为封建礼教的坚决维护者,反对自由婚姻和她对莺莺的爱正是对立的统一。唯其因为她爱女儿,所以才坚决反对女儿和张生相爱,她毫不怀疑封建礼教的规范,认为只有父母之命的婚姻才是最合理的,才能使她的女儿获得"幸福"。所以她认为莺莺和张生的恋爱是不道德的,她们的婚姻也是不会幸福的。因此,老夫人和张生、莺莺的对立是思想的对立,是两种婚姻观念的对立,而不是感情上、关系上的对立。在具体关系上、感情上,老夫人是莺莺的"慈母",但是,戏剧中人物的性格的社会本质,一定要在矛盾中显示,孤立地看老夫人的性格,那么老夫人似乎不是充分的否定人物,如果不是游离于戏剧冲突之外,而是从冲突中去看,即在戏剧冲突开展以后,当她坚决反对莺莺、张生的婚姻时,比如"赖婚"一折,以及她的逼迫崔、张分离,宣布崔家不招白衣女婿时,形象本身的逻辑,就把老夫人推向了负面人物的地位上去了,她的全部否定性被确立了。

　　从上面的分析来看,杂剧《西厢记》对传奇小说《莺莺传》和鼓子词《商调蝶恋花》以及诸宫调《董西厢》的改动是很大的。这种改动和重新处理,说明了一个重要的问题:作家对同一题材的任何取舍和虚构,不单纯是个艺术方法和艺术技术的问题,更重要的是作家思想水平的高度和认识生活的深度的问题,特别是心理体验的力度。作家思想水平高低深浅以及对人生认知的程度,对作品情节的处理和主题的提炼经常起主导的决定性的作用。因为情节不是吸引观众的手段,也不是叙述事件的方法,而是认识生活、表现生活的方法。作家之所以要呕心沥血地把情节加以提炼和典型化,其

《西厢记》：进入经典——一个文本蜕变过程的文化考察

目的是要揭示人物彼此之间的复杂关系，是要透过生活的表象展示它内在的具有本质特征的思想和情愫。一个作家，如果对生活有过真正的内心体验和研究，他对事件的起因和根据便会有超于一般的见解和认识，对人物间的复杂联系便会做出深刻独到的分析和解释。由于事件的发展和起因有了变化，人物之间的关系有了不同的分析和处理，故事情节的演变自然就会具有独特的运动规律，使人感到新奇可传。《王西厢》所以成为不朽名著，而《新西厢记》《东厢记》《后西厢》《竟西厢》等赝品之所以为人淡忘，其原因就在于此。恩格斯说得好："任何一个人在文学上的价值都不是由他自己决定的，而只是同整体的比较当中决定的。"[1]

另外，这种对原作的巨大改动和重新处理，算不算是忠实于原著？不忠实于原著的改编，符合改编的原则吗？

对于名著的改编，经常出现两种截然相反的情况。一种是极力抽去原作中积极的精华，仅仅保留其外壳，打着改编的幌子，利用名著的崇高声誉，或则引导人民远离现实，或则紧紧抓着作品中病态的一角，来和当时的腐朽哲学相呼应，从而为时尚和政治服务。与此相反，把忠实于原作视为不可动摇的铁的法则，对原作中的积极的因素和消极的因素一视同仁，唯恐动其毫发，这种貌似忠实的改编也非可取。因为把原作奉之若神明，忠实到媸妍不分、金沙不辨，在某种意义上说，是拙劣的临摹式的改编，充其量不过是文学作品的复制，而严格意义下的复制又是不可能的。因此，作为富有民主性和群众性的戏曲艺术，由于它的造型形式特别接近生活这一

---

[1] 恩格斯《评亚历山大荣克的〈德国现代文学讲义〉》，《马克思恩格斯全集》第1卷，第523页。

有别于其他艺术的特点，从它诞生之日起，就和时代生活、时代潮流、时代主题紧紧地联系着。所以用戏曲形式改编名作，必须从原作内部发掘它的现实意义，也只有这样，才能发挥戏剧作为武器的力量。有人说，文学作品的改编，既是原著的奴隶，同时又是它的竞争者，这话是有道理的。

悲剧的咏叹调
——感悟马致远《汉宫秋》第三、四折

第三折选段

【步步娇】您将那一曲阳关休轻放,俺咫尺如天样,慢慢的捧玉觞。朕本意待尊前挨些时光,且休问劣了宫商,您则与我半句儿俄延着唱。

【殿前欢】则甚么留下舞衣裳,被西风吹散旧时香。我委实怕宫车再过青苔巷,猛到椒房,那一会想菱花镜里妆,风流相,兜的又横心上。看今日昭君出塞,几时似苏武还乡?

【七弟兄】说甚么大王、不当、恋王嫱,兀良!怎禁他临去也回头望!那堪这散风雪旌节影悠扬,动关山鼓角声悲壮。

【梅花酒】呀!俺向着这迥野悲凉,草已添黄,兔早迎霜。犬褪得毛苍,人搦起缨枪,马负着行装,车运着糇粮,打猎起围场。他、他、他,伤心辞汉主;我、我、我,携手上河梁。他部从入穷荒,我銮舆返咸阳。返咸阳,过宫墙;过宫墙,绕回廊;绕回廊,近椒房;近椒房,月昏黄;月昏黄,夜生凉;夜生凉,泣寒螀;泣寒螀,绿纱窗;绿纱窗,不思量!

【收江南】呀!不思量除是铁心肠!铁心肠也愁泪滴千行。美人图今夜挂昭阳,我那里供养,便是我高烧银烛照红妆。

【鸳鸯煞】我索大臣行说一个推辞谎,又则怕笔尖儿那伙编修讲。不见他花朵儿精神,怎趁那草地里风光?唱道伫立多时,徘徊半晌,猛听的塞雁南翔,呀呀的声嘹亮,却原来满目牛羊,是兀那载离恨的毡车半坡里响。

《汉宫秋》没有那紧锣密鼓式的情节,没有那种扣人心弦的对白,它甚至也未让王昭君和她的对头毛延寿当场"撞击",然而,人们还是被它那抒情诗般的魅力所征服,这里的一段段唱词,实际上是一首首韵味深长的诗。这种魅力主要来自于作者重视戏剧意境的创造,是意境抓住了人。其中第三折元帝在灞桥上送别昭君的几支曲子尤为出色,历来为人们击节赞赏。它所创造的辽阔、深远、幽邃、苍凉而又粗犷的塞北风光以及在这画面中所渗透的怀念、忧伤之情,构成了唱词意境的独特美学风格。

马致远以诗笔写剧,他准确、细腻地揭示了汉元帝灞桥送别时的心理流程。剧作家集中用了【步步娇】【落梅风】【殿前欢】【雁儿落】【得胜令】【川拨棹】六支曲子让汉元帝直抒胸臆,尽情倾吐相思的痛苦,离别的哀伤,追忆往日的欢娱,嗟叹自己的无能。就在这黯然神伤之际,昭君要上路了,一句"怎禁他临去也回头望",写出了汉元帝被撕裂了的心灵。此时此刻,眼泪已模糊了他的视线。紧接着,作者用【七弟兄】【梅花酒】【收江南】三支曲子为我们展现出一幅元帝返咸阳的场景:昭君的车队已经越走越远,送行的汉元帝想到她在塞外旅途中的艰辛,他仿佛看见了旌旗的影子在漫天风雪中摇动,仿佛听到了那凄厉而悲壮的号角在荒漠的太空中回荡。那空旷的深秋原野在他想象中是如此悲凉,那褪了毛的狗儿,

悲剧的咏叹调——感悟马致远《汉宫秋》第三、四折

那扛着缨枪的猎户,还有那慢腾腾的负载着行装的车马,点缀着一望无际的衰草……当他回眸自视时,他面对的将是更加孤独寂寥的情景。宫墙之内那昏黄的月色,那令人伤怀的像哭泣一样的蟋蟀的鸣叫……王国维赞赏这两支曲子是"写景之工者",其实,这里写的景,并非实景,而是幻景,是剧作家采用幻觉的形式作间接抒情。汉元帝的幻觉恰恰出现在同王昭君分手诀别的刹那间,这时元帝内心中翻腾的是离恨未已、相思又继的思绪,将要面临的是人去楼空的凄凉景象。而睹物必然伤情,故而作者不以写实手法写景言情,而是深入描绘元帝心灵世界中的幻景:咸阳宫殿的宫墙、回廊、椒房以及黄色的月、凉夜、寒蛩、纱窗、美人图、孤灯……这是一幅即将出现而又令人惊惧的景象,而透过这些景物所创造的凄清、阴冷的朦胧氛围,深一层地展示了元帝与昭君诀别之际的相思之痛。在这里,人的意绪、情愫与物象、环境互相渗透转化,心灵外化为物象,物象流溢着思绪,来回往复,延伸拓展,臻至浑然无迹之化境,达到了人和自然的和谐统一,从而完成了对爱而不得其所爱、但又不能忘却所爱的痛苦的悲剧心灵历程的描绘。

昭君走远了,幻景也逐渐消失,作者在一段写实性的抒情独白之后,又进一步通过元帝的错觉展示他的悲剧心理和情感波澜。【鸳鸯煞】一曲写出形神凄怆的元帝对昭君思念之切,在凝神痴想中,错把北去的毡车的声音,当作了大雁南归,传来昭君的音信。透过这一错觉造成的心理意象,人们又深一层地透视了由对昭君的依依不舍的惜别之情而引发出的汉元帝心灵的震颤,宣叙了难以言状的情愫。

《汉宫秋》的意境美是和唱词的旋律美结合在一起的。它的音乐感突出表现在对仗手法的出色运用上,如"那堪这散风雪旌节影

343

悠扬，动关山鼓角声悲壮"。"散风雪"对"动关山"；"旌节影"对"鼓角声"；"悠扬"对"悲壮"，对仗工整且极熨帖。这是八字句三个音步的对仗，两句结尾都是双音节词，节奏感强，韵脚响亮。再看，"犬褪得毛苍，人搊起缨枪，马负着行装，车载着糇粮"。这四个五言句，也是对仗，每句都是三个音步，每个音步都是对应的："犬""人""马""车"都是名词作主语，"褪得""搊起""负着""载着"都是动词作谓语，除"毛苍"是词组作补语外，"缨枪""行装""糇粮"都是名词作宾语。这对仗工整的四句，虽然只有二十个字，却描绘出了一幅完整的秋狩图画。可见对仗句运用得巧妙，对于意境的创造能起很好的作用。

　　《汉宫秋》唱词的音乐感还和它运用短句顶真重复的手段有密切关系。比如："返咸阳，过宫墙；过宫墙，绕回廊；绕回廊，近椒房；近椒房，月昏黄；月昏黄，夜生凉；夜生凉，泣寒蛩；泣寒蛩，绿纱窗；绿纱窗，不思量！"这些短句，以顶真法，将后一个分句的第一个短句重复前一分句的第二个短句，既回肠荡气，又有鲜明的节奏感。动词"返""过""绕""近"的使用，又十分生动形象地表现了人物行动和心理的细致区别和不同环境不同建筑物的特点，急急地返回咸阳，穿过宫墙，绕过回廊，才接近那人去房空的椒宫，这时才感觉到月亮是昏黄的，夜是清凉的，蟋蟀在哭泣，而纱窗却仍然那样绿。可见，马致远不是单纯地追求词句的音乐感，而是让这种灵活的跳荡的句式服务于意境的创造。清代梁廷枬《藤花亭曲话》评《汉宫秋》曲词说："写景写情，当行出色，元曲中第一义也。"这个评价对于马致远来说是十分恰当的。

第四折选段

【剔银灯】恰才这搭儿单于王使命,呼唤俺那昭君名姓;偏寡人唤娘娘不肯灯前应,却原来是画上的丹青。猛听得仙音院凤管鸣,更说甚箫韶九成。

【蔓菁菜】白日里无承应,教寡人不曾一觉到天明,做的个团圆梦境。(雁叫科,唱)却原来雁叫长门两三声,怎知道更有个人孤另。

(雁叫科)(唱)

【白鹤子】多管是春秋高,筋力短;莫不是食水少,骨毛轻?待去后,愁江南网罗宽;待向前,怕塞北雕弓硬。

【幺篇】伤感似替昭君思汉主,哀怨似作《薤露》哭田横,凄怆似和半夜楚歌声,悲切似唱三叠《阳关》令。

(雁叫科)(云)则被那泼毛团叫的凄楚人也!(唱)

【上小楼】早是我神思不宁,又添个冤家缠定。他叫得慢一会儿,紧一声儿,和尽寒更。不争你打盘旋,这搭里同声相应,可不差讹了四时节令?

【幺篇】你却待寻子卿,觅李陵。对着银台,叫醒咱家,对影生情。则俺那远乡的汉明妃虽然薄命,不见你个泼毛团,也耳根清净。

(雁叫科)(云)这雁儿呵。(唱)

【满庭芳】又不是心中爱听,大古似林风瑟瑟,岩溜泠泠。我只见山长水远天如镜,又生怕误了你途程。见被你冷落了潇湘暮景,更打动我边塞离情。还说甚雁过留声,那堪更瑶阶夜永,嫌杀月儿明!

【十二月】休道是咱家动情,你宰相每也生憎。不比那雕梁燕语,不比那锦树莺鸣。汉昭君离乡背井,知他在何处愁听?
(雁叫科)(唱)

【尧民歌】呀呀的飞过蓼花汀,孤雁儿不离了凤凰城。画檐间铁马响丁丁,宝殿中御榻冷清清,寒也波更,萧萧落叶声,烛暗长门静。

【随煞】一声儿绕汉宫,一声儿寄渭城,暗添人白发成衰病,直恁的吾家可也劝不省。

从第三折中我们已经领略了马致远剧诗美学的风韵。诗人写剧,剧中有诗,诗中有剧,此已高常人一等。但出自诗人之手的剧诗还有别具一格的特质,即他的剧诗是内在生命与气韵的和谐一致:他发自内心,顺乎天籁,是美的追寻者,梦的呼唤者。因此,《汉宫秋》一线贯穿,充满着智性与玄思,在冰山表层下潜沉着厚重的文化层蕴,但跳跃出来的已是满载着历史郁结、忧国忧民和上下求索的不倦的航渡。把握到这一点就不会感到第三折已经完成了剧诗的主旨,第四折成了多余的赘疣。恰恰相反,只要我们深一层次地探寻第四折荡漾其中的心灵旋律,即不难发现,它不仅仅是主人公悲剧情愫的表层展现,而且是面对郁结与焦虑的心灵突围。作为形象符号的汉元帝的悲情,实质上正是马致远的历史的反思和心灵的叩问。

在这一折中,描述性意象是剧诗作家带着强烈的情感对物与景进行描绘、摹写而成的。这些意象都是主体情思与客观外景的结合物,即"因心造境"。因为内心的积存首先表现在记忆的积存上,而这种内心积存又表现为多重性积存,那些生活场景的、人物命运的、形象记忆的、心理刻痕的、心灵体验的，它们拂之不去，自然流露，结果，一个触媒，就是一次震动；一个闪念，就是一个启示；一句词语，也会像一点火星，引爆出心灵的火药，它一旦爆发，有力又有光焰。试想，在六宫人静之时，悲情与愁绪油然而生，难以排遣，挂起了昭君的画图，观望良久，引发出来的更是刻骨铭心的悔恨和悲怆。炉香燃尽而思绪难尽，进入梦境后却又是昭君的仓皇出逃和番卒紧追不舍的惨景和苦况。梦的飘忽不定，短暂虚幻，模糊无序，又一次证实了它的因情而生。这真符合荀子所说的，梦是想象的方式，也符合《淮南子》所言，梦是记忆的方式。

当然，第四折点题的核心手段，乃是马致远的拟情性意象的出色运用。所谓拟情性意象，就是用托物、拟物、比兴等手法，将抽象的、不可见的情感具象化而产生的意象，孤雁长鸣在《汉宫秋》中的运用正是托物寄情的典范。请听：

> 多管是春秋高，筋力短；莫不是食水少，骨毛轻？待去后，愁江南网罗宽；待向前，怕塞北雕弓硬。（【白鹤子】）

孤雁无力，南归愁罗网，北去惧雕弓，只落得在宫门外上空不住啼鸣：

> 他叫得慢一会儿，紧一声儿，和尽寒更。不争你打盘旋，这搭里同声相应，可不差讹了四时节令？（【上小楼】）

在这里，你不得不惊诧马致远剧诗艺术中的多向度的运用。昭君图像、惊心梦境和孤雁长鸣与悲情融合为一，它质朴而又明晰，平易而又亲切，令人心悸的单纯和生动，它把人类对情感的咀嚼、体验、感悟、喟叹提升到了一种诗的境界，而又不使其陷入狂热的情感旋涡中。他的忧伤、郁结是有距离感的，这是一种淡淡的哀愁，从从容容的痛苦。人物与动物、声音与画面、感觉与听觉，都进入了更高层次的混成交响。这一交响的基本张力与成为戏剧性高潮的张力交汇成第四折的绝唱。

谈到"绝唱"，那是因为在《汉宫秋》中就包孕着蚀骨销魂与肝胆俱裂这两种相反的感受。如果说前两折有"发现美"的意味，那么到第三、四折就完全是美的毁灭和毁灭后的深深失落感。这种写法在修辞学中被称为"矛盾形容法"。它形成了整部作品的总体张力，并散布到构成文本的各个重要因素上。

更体现气韵生动的是，马致远又把笔锋一转，由己及人：

你却待寻子卿，觅李陵。对着银台，叫醒咱家，对影生情。
则俺那远乡的汉明妃虽然薄命，不见你个泼毛团，也耳根清净。
（【幺篇】）
汉昭君离乡背井，知他在何处愁听？（【十二月】）

在悲凉的情调上，或回肠荡气，或高入云霄，都体现了哀歌的魅力。回顾第三折，在对尸位素餐的文武群臣的谴责批判后，这一折真不能不看作是激愤哀极的哭灵了：其声呜咽，其情苦涩，是典型的灵魂绝叫。

摆脱痛苦，倾诉往往是最有效的解决方式。可怜的男人需要慰藉，也就是需要倾诉的空间。正是在这里，我们读出了马致远心灵里的那份幽深的孤独。也是通过这一折，我们才更完整地领略到全剧呈现出的诗人更完整的生命与更真切的形象。

总之，《汉宫秋》对元帝这个形象符号的重点式的抒情处理，这就在感情上最大限度地贴近了普通人的生活状态，使观众和读者在体验亲情的同时感受到由此而带来的撕心裂肺的悲情。当然，它同时又令人获得一次感情上的审美化升华。

马致远的剧诗和他的散曲一样，"出语天然，风致嫣然"。他的作品以丰美的境象和优美的旋律著称，究其原因，原来马致远像以他那真诚的心感受世界那样，始终以一种孜孜不倦的态度撷取外部世界的光影、声音、色彩、旋律、质感来酿造诗化世界的多彩意象，以博得读者对自己诗心的共鸣。

马致远这位用生命写诗和把诗视为生命的伟大诗人，无论是他的散曲还是剧曲，无论是内容还是形式，都极具磁性。它使人在心灵悸动时，感受到了诗和生命的交响。于是我们再一次领悟到，《汉宫秋》既是一部历史故事剧，更是一部带有强烈个人化的情感戏。

胆识与才情
——睢景臣《高祖还乡》的象征意蕴

一

记得是1987年初春，我参加了江苏省扬州市主办的全国《金瓶梅》研讨会。会间曾结伴补游了几处名胜古迹。虽说已经将近四月，但这"淮左名都，竹西佳处"的春光仍较嫩弱，细柳飘萧，青濛中吹拂着丝丝凉意。站在平山堂前凭眺，不禁为之神往。这里曾经是印证过唐代贵族园林高度集中的繁华胜地。李白的一首《送孟浩然之广陵》，对"烟花三月下扬州"的密友的情意和祝福已溢于言表；杜牧的"春风十里扬州路，卷上珠帘总不如"（《赠别》），"二十四桥明月夜，玉人何处教吹箫"（《寄扬州韩绰判官》），偶傥风流的意绪，更显现了杜牧的才华横溢。然而不到三百年，宋词人张元干一句"十年一梦扬州路"（《贺新郎》），话虽寥寥，却显得有雷霆万钧之力。这里面包含着建炎元年（1127）宋高宗在南京称帝曾进驻扬州这一段十年前的往事，还寄寓了当时李纲为相，人民对他的引领在望之情，也包含着对当前扬州成为金兵焚毁后的劫后空城的痛心。就是这寥寥七个字，写尽了扬州的沧桑。而姜夔的一首《扬州慢》，则被人称为"震今烁古"的名词，又唱出了"黍

胆识与才情——睢景臣《高祖还乡》的象征意蕴

离之悲"的"余味",更卓越地表现了写今中寓有写昔、写昔之中寓有写今的艺术境界……这一连串的诗之意象的浮想,都曾使我沉浸到那时光早已流逝的佳地盛事中。然而两次扬州之行,真正久久萦回于脑际的,或者说在我心坎中始终浮现的更是那位可与青松千尺齐高的画像:"双眸红赤,不能远视。心性聪明,酷嗜音律",才比天高,桀骜不驯,悲辛中充满着无穷的愤慨,在嬉笑怒骂中显现出"制作新奇"[1]的元代扬州著名曲家睢景臣。

也许扬州出过太多的名人,以及太多的名人和扬州有太多的关系,以至最令我崇仰而又感美学趣味的元曲大家睢景臣的逸闻、轶事和他有关的遗存的古迹,在今日之扬州反而觉得过分地被冷落和少得可怜。对于本就孤陋寡闻而又对扬州不熟悉的我来说,几乎没能得到有关睢景臣的历史和现实社会给予他的新信息。这是令人非常遗憾的事。

实堪告慰的是,睢景臣的同时代人、著名剧曲作家、戏曲史家钟嗣成的旷世杰作《录鬼簿》,为我们留下了有关睢氏弥足珍贵的一束剪影。

在《录鬼簿》卷下"方今已亡名公才人,余相知者,为之作传,以'凌波曲'吊之"类下记载:

睢景臣:

景臣后字景贤。大德七年,公自维扬来杭州,余与之识。自幼读书,以水沃面,双眸红赤,不能远视。心性聪明,酷嗜

---

[1] 语见元·钟嗣成《录鬼簿》。本文所引钟嗣成《录鬼簿》皆见中国戏曲研究院勘校本。书见《中国古典戏曲论著集成》第二卷,中国戏剧出版社1959年7月版。因行文方便,个别文字参照天一阁藏贾仲明增补本。

音律。维扬诸公,俱作《高祖还乡》套数,惟公"哨遍"制作新奇,皆出其下。又有【南吕·一枝花】《题情》云:"人间燕子楼,被冷鸳鸯锦。酒空鹦鹉盏,钗折凤凰金。"亦为工巧,人所不及也。

《千里投人》《鸳鸯牡丹记》《楚大夫屈原投江》

吟髭撚断为诗魔,醉眼慵开为酒酡。半生才便作三闾,些叹番成《薤露歌》,等闲间苍鬓成皤。功名事,岁月过,又待如何?

这真是一幅精彩的印象素描。睢景臣的音容笑貌、个性风度,栩栩如生地呈现在我们的面前。从钟氏写的有关睢氏的小传到为传主所作的《凌波仙》吊词,大致可以了解到:大德七年(1003),景臣自扬州至杭州,与钟嗣成结识。钟氏熟悉他自幼读书勤奋,经常以冷水洗面,他还患有严重的"红眼病"(结膜炎?),乃至不能远看。他心性聪敏,酷爱音律,讲究造语工巧,他的【南吕·一枝花】四句连璧对即是一例。在维扬曲家一次以《高祖还乡》套数为题的创作竞赛中,他所作的【哨遍】因制作新奇,使诸曲家为之黯然失色。可见,他在当时自己的故乡已负盛名。至于吊词中的"半生才"云云,睢氏当属英年早逝,享年约五十岁左右。设若大德七年睢氏到杭州为三十岁上下,则其生年约在公元1275年左右,比钟氏稍大。

睢氏享年不长,且未能登仕,看来当属书会才人。平生所作杂剧《楚大夫屈原投江》等三种皆不传。可以略做补充的是:他还曾作有诗词若干,据《嘉庆扬州府志》卷六十二"艺文·集部·别集类"载,有《睢景臣词》一卷,均不传。后人曾将元散曲集中所录睢景臣曲作汇集而成新的《睢景臣词》。先有蔡伯雅辑、卢前校本,得套数三首,并附睢玄明套数二首,收入《元明曲萃》一书。又有1944年饮虹簃刻本,后收入《饮虹簃续刻曲》丛书中,由此可以看出睢景臣之所以名列元代优秀戏曲作家之列,主要是由于他创作了套曲《高祖还乡》。

二

若从名著重读、文学史重构的学术视野观照,任何信史,对我们研究一位作家及其作品,也只是一种参照系。窃以为,只有从作家自身创造的艺术世界中去认识作家,只有从作家对人类情感世界带来的艺术启示和贡献中给予作家以应有的艺术地位。所以我们还是要从文本来了解睢景臣及其伟大的贡献。

睢氏是以孤篇横绝于曲坛的大家。他的【般涉调·哨遍】《高祖还乡》在我国连中学生都非常熟悉,为了更好地把握睢氏其人其作,我们不妨共同重温一遍这篇散曲中的经典名作。

【般涉调·哨遍】高祖还乡

【哨遍】社长排门告示,但有的差使无推故。这差使不寻俗:一壁厢纳草也根,一边又要差夫,索应付。又言是车驾,都说是銮舆,今日还乡故。王乡老执定瓦台盘,赵忙郎抱着酒葫芦。新刷来的头巾,恰糨来的绸衫,畅好是妆幺大户。

【耍孩儿】瞎王留引定火乔男女,胡踢蹬吹笛擂鼓。见一彪人马到庄门,匹头里几面旗舒。一面旗白胡阑套住个迎霜兔,一面旗红曲连打着个毕月乌,一面旗鸡学舞,一面旗狗生双翅,一面旗蛇缠葫芦。

【五煞】红漆了叉,银铮了斧,甜瓜苦瓜黄金镀。明晃晃马镫枪尖上挑,白雪雪鹅毛扇上铺。这几个乔人物,拿着些不曾见的器仗,穿着些大作怪衣服。

【四煞】辕条上都是马,套顶上不见驴,黄罗伞柄天生曲。车前八个天曹判,车后若干递送夫。更几个多娇女,一般穿着,一样妆梳。

【三煞】那大汉下的车,众人施礼教。那大汉觑得人如无物。众乡老展脚舒腰拜,那大汉那身着手扶。猛可里抬头觑。觑多时认得,险气破我胸脯!

【二煞】你身须姓刘,你妻须姓吕,把你两家儿根脚从头数,你本身做亭长耽几盏酒,你丈人教村学读几卷书。曾在俺庄东住,也曾与我喂牛切草,拽坝(耙)扶锄。

【一煞】春采了桑,冬借了俺粟,零支了米麦无重数。换田契强秤了麻三秤,还酒债偷量了豆几斛。有甚胡涂处?明标着册历,见放着文书。

【尾声】少我的钱差发内旋拨还,欠我的粟税粮中私准除。只道刘三谁肯把你揪捽住?白甚么改了姓更了名、唤做汉高祖!

汉高祖还乡,在历史上实有其事,《史记》与《汉书》均有明确的记载。大意是说,汉高祖刘邦在做了皇帝后的第十二年冬日,曾趁平定淮南王英布叛乱的机会,回到故乡沛县,与父老兄弟饮酒庆贺,还作了一首《大风歌》,诗曰:"大风起兮云飞扬,威加海内兮归故乡,安得猛士兮守四方。"并召集一百二十名儿童,亲自击筑教唱。他在沛县逗留了十余天,临行,故乡人再三挽留,又倾城出送,刘邦才志得意满地返回首都。

胆识与才情——睢景臣《高祖还乡》的象征意蕴

作为元代的戏曲家，睢景臣完全可以根据《史记》《汉书》所提供的素材，浓墨重彩地描绘一番刘邦车驾荣归的隆重而又热烈的场面和他那踌躇满志的心情；作家也完全可以写他在兴奋之余产生一丝丝"游子悲故乡"、"魂魄犹思沛"的感慨，当然也可以突出他对故乡人民的恩德仁慈，如何免去了沛县百姓的赋税与徭役……这些都可能写得很生动，甚至很成功。但是，充其量那不过是《史记》《汉书》某些记载的形象图解，乃至成为一篇歌功颂德、粉饰太平之作。然而曲坛大家睢景臣的这一篇《高祖还乡》如与史书记载略加对照比较，就可看出它转换了一个全新的视角，创制出了一个截然不同的情景，而且出色地拍摄了一张哈哈镜中的"刘邦"的形象。并且创造性地选择了一位憨、侃、谐三位一体的村民作为叙述人，而事件发展演述的全过程又都是他亲眼看见的，亲口说出的。正是这样全新的视点，才对迎驾的队伍、皇帝的仪仗和扈从乃至皇帝本人，颇有意味地描绘出怪诞离奇而又效果强烈的漫画式的图景，从而进行了调侃、讽刺和鞭挞。于是这篇作品就以未见先例的讽刺性的思想艺术特色，达到了元散曲的高峰。钟嗣成称赞它"制作新奇"，诸公"皆出其下"，并非偶然。

套数一开头，那位村民就按自己的理解讲述了他见到的一切。先是讲村社中的头面人物准备接驾和如何接驾，因而讲社长摊派差役比平时更蛮横无理，讲王乡老、赵忙郎执盘拿酒，打扮得像"妆幺大户"，讲王留带领的乐队，则用"瞎"、"乔男女"、"胡踢蹬"之类的词语来形容。他又把那些神圣不可侵犯的月旗（房宿旗）、日旗（毕宿旗）、凤凰旗、飞虎旗、蟠龙旗，以及红叉、钺斧、金瓜锤、朝天镫、雉扇等等，统统按农村中常见的事物和农民们惯用的语言加以描绘，他的笔墨是如此干净，流水似的畅快、机智、俏皮，引人入胜，带给人的是一种否定神圣光圈变了形后的快感。

仪仗队过去了，接踵而来的是皇帝车驾前的"导驾官"及车后的侍从、嫔妃、宫娥。那位村民也弄不清他们的身份，便又按照他的理解，称之为"天曹判"、"递送夫"和"多娇女"。

皇帝下车了，那位村民"不知道"他就是君临天下、擅作威福的皇帝，所以称之为"那大汉"。众人慌忙向"那大汉"跪拜行礼，"那大汉"却十分拿大，"觑得人如无物"。村民细看"那大汉"，认准他就是当年熟识的大无赖刘三！这里绝无一丝一毫的剑拔弩张，而是充满了谐趣。激愤在这里被涂上一层浓郁的喜剧油彩，诗人的讽刺力度并未表现为感情的放纵，而是感情的潜藏，在不露声色中，却使人感觉到深层的心之跃动。

笔锋直下，本来村民一开头是以第一人称出现，省略了"我"。直到"气破我胸脯"一句，才自称"我"，而直呼刘三为"你"，面对面地揭露他的老底，历数他当年如何不务正业、好酒贪杯、借粟支米、抢麻偷豆，什么坏事都能干得出来。你如今既然阔了起来，早该把"少我的钱"马上拨还；"欠我的粟"马上从税粮中扣除，这也是可以的，谁还想把你揪住不放？却为什么今日你竟然平白无故地更名改姓"唤作汉高祖"？你再怎么把刘三改成"汉高祖"，你的"根脚"还是改不掉的，我认得你！这是睢景臣式的冷然的挖苦嘲弄。他仿佛告诉人们：这个挖空心思盘剥百姓的家伙，这个表面威严然而搜刮起来心毒手辣的"汉高祖"，他可是个泼皮流氓皇帝啊！这真有点像我们看到的丹麦童话大师安徒生笔下的那个一丝不挂的皇帝！不过，睢氏的《高祖还乡》却早于安徒生《皇帝的新衣》五百年。

总之，睢氏的《高祖还乡》艺术构思的特色是紧紧抓住讽刺对

胆识与才情——睢景臣《高祖还乡》的象征意蕴

象身上的矛盾性，并加以集中、夸张，借用现代小说家张天翼先生的一句话，就是把人物"突然翻一个身"，[1]露出其本相。这里讽刺语言的美学效果是强烈的，引人发笑的，同时又使读者在笑声中感受到一种对丑恶人物、丑恶道德彻底予以否定的快感。"笑是最有力的破坏工具之一。"[2]笑，是一种锋利的两刃刀，我们终于在睢氏的散套中的字里行间，深切地感受到了讽刺笑声的特殊质感：毁灭性的嘲弄、调侃。这种愤激的笑，如岩浆一样地在字句下面奔突、流动，它使我们终于发出了轻蔑的笑。

钟嗣成评睢氏《高祖还乡》"制作新奇"，我们也说作家采取了全新的视角，其实是包括睢氏的一个重要创造：一切都是通过一个村民看到的，一切都是通过村民叙述的。试想，如果由作者出面直接来叙述，怎么可能用调侃的语言来讲说皇帝的仪仗队呢？正是通过一位村民的叙述，就很贴切地把那些最高统治者用以"明制度，示威等"[3]的东西说成毫无神秘、并不威风的兔、乌、鸡、狗、蛇、斧、甜瓜、苦瓜和马镫，从而揭掉笼罩在它们上面的灵光。设想一下，如果由作者直接来叙述，揭穿皇帝的老底，确实难以措辞。现在作者以极聪明的方法，请一个本就熟悉刘邦根脚的老乡来做第一人称的叙述，就可以彻底暴露他的本相，让人看见貌似威严、做姿拿态的皇帝原来是什么东西！从深化讽刺主题的角度来看，村民的出现也是非常重要的，因为一个正面形象在一群反面人物当中出现，不仅像一道划破暗空的闪电，使人振奋又发人深思，从而加强了讽刺

---

[1] 张天翼《谈人物描写》，作家书屋1947年版。
[2] 俄国文学艺术批评家、著名启蒙思想家赫尔岑的名言，见《赫尔岑论文学》。
[3] 见《宋史·仪卫志》。

主题的内蕴；同时又像一块投入深潭的大石，搅乱了其中的浊泥与腐草，使它们更其使劲地表演一番不可。进一步说，睢氏塑造的这一村民形象，是因为睢氏看到了、认识到了处于野蛮统治下的一个个逐渐觉醒了的灵魂。过去有的研究者认为，睢氏套曲中的这位村民是一个富有的农户或小地主，"汉高祖"从前是他庄园中的长工，这不仅是当时流行的庸俗社会学或曰机械的简单的阶级分析方法，而且全然忽视了套曲中的村民乃是一个虚拟的或是写意化的形象。作者只是想通过"他"，说出眼前这个"汉高祖"行为不端、出身不显，不过是个道地的乡间无赖而已。因此，这里的村民绝非特指的、实在的、某一"成分"的化身。富农、地主也好，贫农、雇农也好，与套曲的思想底蕴了无关系。也许只是因为睢氏独具只眼，开掘出底层人物平凡而高贵的灵魂，才抒写了他心中的愤懑。而那种从麒麟皮下揭出了马脚的艺术方式和审美效应，即在短时间内放大了那位皇帝的虚浮威严的外表与伪善、鄙俗本质之间的矛盾，正显现了睢氏艺术腕力的不凡。至于在细节的刻画上，作者则通过这位憨、倔、谐于一体的村民的眼与嘴，"汉高祖"的一眼、一鼻、一嘴、一毛，才构成一个活生生的泼皮流氓的形象。其笔触无驳杂之弊，显得色彩明净流畅。而讽刺形象的各个侧面的塑造，流动迅速，就像一张张肖像摄影，很快叠印到你的脑际，待到人物嘴脸勾勒一成，套曲迅即戛然收煞。这当然非大手笔所不能为。试想，一瞬间集中那么长的人物性格史（尽管是速写式的），那么长的社会生活史，绝非易事。总之，睢氏总能几笔把一个人物写完，他和那种善于用油画的色彩，浓笔重描，在复杂多样的社会关系中，在多条线索交织的结点上写人的叙事文类有别，散曲只允许他用立雕式，而睢氏正是吃透了散曲样式的特点，写人物的脸相是凸起的，但线条简洁,具有一种"浮雕美"。仅此一点,说"维扬诸公皆出其下"绝非过誉之辞。

三

从审美主体结构来观照,以上的认识也许还停留在第一个层次上,或者说我们没有做出超出意象的阐释。那么意象所包孕和指示的历史的、社会的内容是什么,以及那超越时空的意蕴是什么?我们还没来得及开掘。而且这里还有两个极为明显的问题需要回答。一个是,到底是怎样的现实触发了睢氏的创作构思;一个是,历史题材的作品的历史真实问题。这两个问题是文艺批评中说滥了也俗透了的问题,然而你仍难回避。笔者试图合起来谈谈一些极不成熟的看法。

通常看来,一代人本身有怎样的历史,总是或多或少地影响这代人如何理解以往的历史。严格的历史研究要求客观,但谁也没能做到纯客观。人们走不出自己的历史,犹如走不出自己的皮肤。在这方面我始终相信克罗齐的"一切历史都是当代史"的名言。然而我想,一切历史都是思想史是不是更坦率,或者更诚实一些呢?因为诚实地坦言自己的主体性及主观局限,反而更显客观。当然克氏的观点万不可作实用主义解,以此放言无忌,任意曲解历史。它只不过公开承认一切历史著作的局限,以及历史写作者走不出自己皮肤的一份无奈。这个问题说得似乎远了些,但要说明艺术创作过程主体意识渗透的程度,特别是政治的、社会的、哲学意识的渗透的程度,以及古代的题材如没有现实的触发,其艺术构思是不可思议的问题,我认为实与虚的关系必是问题的焦点。

心灵投影

笔者的授业恩师许政扬先生在50年代就有一篇论《高祖还乡》的力作,[1]他把睢氏的这篇套数的研究推进到一个新的层次。政扬师认为:

> 作品本身说明,作者并不企图把他的作品的重心安放在历史上。从作品的总的精神来看,它事实上是面对着作者的自己的时代的。作者所描写的对象,主要是现实的生活,而不是历史。正惟如此,所以在作品中展示出来的农村,一望而知是一个元代的农村,所刻画的统治者,也俨然是元代统治者的面貌。

许师进行了大量的考证,从"社长"的"排门告示"到仪仗队的排场设置,他都从《元典章·户部·吏部》《元史·仪卫志·舆服志》和宋元大量笔记中找到了有力的根据,证明睢氏《高祖还乡》的一切描写完全是根据元制,亦即作者生活着的当时的制度,而并不以历史的情况为准则。故事虽在外表上悬挂着一个历史的幌子,而骨子里整个的精神,则是直接面向活生生的现实的。代替汉代的沛都,作者描绘了一个当时的农村;在刘邦的名义下,作者刻画了一个元代统治者出行的场面。"不了解这一点就会对这一作品的现实的斗争意义估计不足。"

许师在这里以充分的材料为根据,准确地把握住了触发睢氏创作构思的关键。据史载,元朝统治者每年都有往回于上都与大都之间的事实。上都即开平,是元世祖忽必烈早年未做皇帝时驻居之地。中统元年,忽必烈即在此自立为帝。其后建燕京(大都),开平府"以

---

[1]《论睢景臣的〈高祖还乡〉哨遍》,原载《南开大学学报》人文科学版1955年第1期,后收入中华书局1984年所编之《许政扬文存》一书中,本文所引之文字皆见该书。

胆识与才情——睢景臣《高祖还乡》的象征意蕴

阙庭所在，加号上都，岁一幸焉"。从此，元朝历代的皇帝照例每年于春天去上都，秋末还大都。元代的百姓，每年总可以看到一次统治者的往还。正由于这一事实的激发，才能触发睢氏创作《高祖还乡》的构思激情。可作旁证的是，据《录鬼簿》载，汉高祖还乡的故事，在元代是一个非常流行的题材。杂剧中有白朴的《高祖归庄》，张国宾的《高祖还乡》。在睢氏创作这一"哨遍"时，维扬的曲家也纷纷热烈地在编写《高祖还乡》的套曲，这一题材成为创作"热点"绝非偶然，他们当然有和睢氏相同或相似的心态，特别是"诸妄撰词曲诬人以犯上恶言者，处死"，[1] 杂剧家和曲家们唯一的办法只有让自己的作品披上一件历史外衣，他们以历史故事为烟幕，表现出对元蒙统治集团的憎恨与鄙视是可以理解的。对于许师的这些研究的成果，我们可以把它看作是社会—历史的思考和批评，而且是他把睢景臣《高祖还乡》的研究推进到审美结构的第二层次上来。根据我的了解，一个时期以来，《高祖还乡》的研究多认同许说，即散套虽写汉高祖，但真实意图却是针对元代统治者。

虽然睢氏的讽刺形象来自现实，并与时代斗争息息相关，已成为元曲研究者的共识，但是，随着学术界研究的深化，特别是方法论的不断更新，常常使我们感到：世界原来不是一种哲学可以完全解释的。著名的测不准定律说明，在描述一种现象时，需要一种理论一种方法；在测定另一种现象时，则需要另一种理论和方法。缘于此，窃以为，对睢氏《高祖还乡》的研究是否可以推进到它的深层结构中去，从其超越时空和超越其题材本身，进一步去把握它的富有象征意味的文化意蕴呢？

---

[1]《元史·刑法志》三"大恶"。

心灵投影

文艺理论界的深入研究，曾为我们提供了这样一种审美思维的新模式：文学史上许多传世之作都是超越题材的范例。优秀的文学作品是作家心灵折射出来的历史之光。因此，从审美结构来看，可以称之为不朽之作的都包含着三个层次：表层是各种形式美因素及其所唤起的意象；中间层次是意象所指示的历史的社会的内容；它的深层结构则是超越时空的具有象征意味的深刻意蕴。也就是说，当作家在作品中超越了题材自身的特定时空意义，揭示出某种普遍性的哲理内涵和心理内涵时，这个作品就获得了题材之外的某种象征意味。它的意味或典型形象就在世世代代读者心目中成为某种象征的形式而被吸收和改造，读者即以自己的不同心境和处境而代入不同的经验内容。这种具有象征意味的哲理内涵，理论家叫它"象征意蕴"。[1]能够长期流传的文学作品，必然具有某种程度超越时空的"象征意蕴"。

文学作品具有两重性，这就是，一方面它是一种具体的意识形态，另一方面它又是超意识形态的抽象形式，即一种符号。文艺作品的艺术魅力之生成，其秘密正在于审美欣赏过程中做出的观念性向符号性转化的运动。睢氏《高祖还乡》中的刘邦是一个艺术典型。作者通过这个艺术典型，调侃、讽刺了汉代的刘邦，又鞭挞了元代的皇帝们。但在我们欣赏这一意象过程中，它又一步步激发我们展开经验的联想，从而，"这一个"刘邦形象，或借助这一个刘邦形

---

[1] 笔者过去在研读黑格尔《美学》时留意到了象征和意蕴（按朱光潜先生译法）的问题，并曾力图把这一理论范式用于文学研究中。近年林兴宅先生有大作发表和出版，其中对文艺作品的象征意蕴有精辟的阐释，较之笔者所论完善深刻得多。此处征引林作意见，以示不敢掠美。参见其《艺术生命的秘密》，海峡文艺出版社1986年版。

胆识与才情——睢景臣《高祖还乡》的象征意蕴

象,我们开始了悟到一种情感表现的符号。正是这种符号的媒介重新创造我们观念中的新的审美意象,于是"刘邦"的形象的"这一个",成为了历代累朝帝王的象征,而不再简单的是哪一个皇帝。于是,睢氏蔑视皇权主义的思想就渗透于具体意象之中,具有了超越时空的不朽的生命力,即进入了"象征意蕴"的境界。"他所讽刺的是社会,社会不变,这讽刺就跟着存在。"【1】《高祖还乡》的永恒正在这里,它的象征意蕴也正在这里。

说《高祖还乡》所讽刺的是社会,社会不变,这讽刺就跟着存在,还有另一层的意思。因为睢氏在作品中接触到了一个古代普遍存在而又十分敏感的问题:皇权主义或是忠君思想。

在数千年的中国宗法社会中,"吾皇圣明"这是一条公理。秦王言法,于是天下人皆言法;汉帝言孝,于是天下人皆言孝;梁武帝言佛,于是国人皆言佛;唐天子好言道,于是天下人就拜老子李耳。正是这种帝王思维,曾以"奉天承运"的至尊意识,带着至高无上的神圣灵光,封闭了全社会的思维天地,以其特有的"子民"观念否定了臣民的主体意识,使他们普遍失落了自我,以其"中央大国"的一统观念,封锁了全社会的视野,使全社会的思维在一潭死水中迅速沉淀而凝固。正是这种帝王思维,以"天子"的角色实行着对"天"的最高模拟。这种原始的愚昧的直觉,完全钝化了国人的思维的锋芒,梦幻般地皈依于富于神秘色彩的"天子"的思维。正是这种帝王思维,以帝王的意志否定了天下人的意志,以帝王的独断取代了天下人的思考,于是所有的臣民都做了"愚民"。当然,中国人也有的骂皇帝,抑或也有一两个揭竿而起、取而代之者,然而,"昏"了一个又一个,

---

【1】鲁迅《伪自由书·从讽刺到幽默》。着重点为引者所加。

便期盼着下一个又下一个。圣明和权威永远属于那一个。这便是历史上中国人思维的悲剧之所在，也是中国人思维的痛苦之所在。[1]

好了，现在竟有一位处身底层的书会才人，却通过"这一个"刘邦，蔑视了传统的皇权主义，否定了忠君思想，把由于被剥夺了受教育的权利而缺乏文化知识的村民作为正面人物，让他出面来剥掉皇帝的神圣外衣，于是，整个散套闪现出锋利的政治讽刺的锋芒，而且潜台词丰富。读睢氏的这篇杰作，你会有一种看冰山在海面上稳稳浮动的感觉，借用美国作家海明威的比喻：这是因为它只有八分之一露在水面上，"八分之七是在水面以下的"。[2]

像一切事物的发展都有其内在和外在的原因一样，睢氏的带有启蒙意义的反皇权思想也自有其内在和外在的原因。

在元朝特定的政治氛围中，士阶层尤其是江南文人普遍存在着一种心理上的压抑感和失落感，而进取无门的文士尤易滋生厌世和逃世的情绪，比如以周德清为例，他的散曲凡言"志情"大都回旋着一种压抑的心理情绪，而较少有超旷豪放的逸兴，这与元后期很多南籍曲家的情调基本一致。然而在政治和思想的高压下，知识分子也不会是铁板一块，而是在不断分化：一类投靠权贵，进入庙堂；一类消极颓废，高蹈出世；一类则不屑仕进，自觉或被迫地参加了各式各样的反抗斗争。"愤怒出诗人"，生于压抑必有忧患意识，过于"自由"则反而会丧失使命感，消解创作中必要的激情。作家的感受一般都很敏锐，而在元代，由于人生道路的险巇，更增强了

---

[1] 参见周毅之、米寿江、严翅君三先生合著之《帝王思维》一书，上海人民出版社1993年3月版。

[2] 见《"冰山"理论：对话与潜对话》上册，工人出版社1987年4月版，第79页。

作家们的敏感而沉浸于国家兴衰以及民族命运的思索中，也助长了他们思辨的深邃。而民族的矛盾、社会冲突的激化，必然会在觉醒了的成员身上，在知识精英的伟大作家身上，激起罕见的热情和勇气，必然会涌现出成百上千的群众喉舌，他们必然把人民之爱与恨、愿望与理想最鲜明地表达出来。因此在元曲中杰作的纸底，大多蕴含着人民群众的郁勃的心灵，蕴藏着他们对于极端专制主义暴政的反抗之音，表现出他们对于当权者摧残文化、压抑人才、颠倒善恶美丑的深沉愤慨，并进而发出某些离经叛道的呼声。因此人们在综观有元一代的文学艺术的杰作时，几乎都感受到了作家们感情的喷薄和气质的涵茹。当然这一切又都是时代狂飙带来的社会意识在杰出作家身上的结晶。彭·琼生曾精辟地称莎士比亚的作品为"本世纪的灵魂"，那么我们也完全可以说睢景臣等等也是他们所处时代的灵魂。

事实上，睢氏既未高蹈出世，更没有同流合污，作为时代感应的神经，他以一个诗人的心灵良知和文化良知，以文学为武器，对元朝统治集团予以狠狠的一击，而且以离经叛道的无畏精神对皇权主义进行了挑战。睢氏没有辜负他的时代，而时代也没有遗忘睢景臣，他的作品所发出的回声一直响彻至今。一曲《高祖还乡》是留给后人的禹鼎，使后世的魑魅在它面前而无所逃其形。

四

钟嗣成评赞睢氏《高祖还乡》"制作新奇"，诸公"皆在其下"，当然既有思想内容的创新，也有艺术技巧上的创新。在笔者看来，睢氏艺术思维的重点是创造散曲中的讽刺体裁，是致力于对传统散曲历史体裁的改造。当然这种"改造"是自有其本身的特殊的"改造"方式，即变已有的历史体裁为新型的讽刺作品体裁，它既不是完全彻底抛掉历史材料，也不是任意毁弃历史形态，如果完全不要历史的东西，那就不是睢氏的变革和创造了。睢氏的这种新型讽刺散套体裁，正是对于历史散曲体裁予以特殊方式的哲学意义上的"否定"，也就是说，是在旧体裁里孕育新体裁，又在新体裁要求下改造旧体裁的结果。在《高祖还乡》这样杰出的讽刺作品中，或者装点历史的假象，或者构造讽喻的新图，许多地方是涂着一层淡淡的历史色彩的漫画化的现实，而有些地方则又是服从整体需要的装饰性的历史。正是这样的一种变革，才能在历史的外壳中容纳了现实的内容，在历史的掩体后发出战斗火力。由此足见睢氏是通过特殊的否定方式，才使新体裁从旧体裁中诞生，而我们对于该作品的整体和局部的探讨，也必须根据体裁革新的特殊否定方式和特殊处理手法，才能更明白讽刺作品反映现实的方式。

　　睢景臣眼光远大，感情深沉，幽默中带有严肃、深长的思索，化神奇为平淡，冷中显热，冷中含愤，所以他在展开对于带有历史装饰的现实生活的讽刺描写时，显得驾轻就熟，挥洒自如。他不仅对于艺术形象加以讽喻性的处理，而且经常以漫画式的表现来加强讽刺力量；漫画式的表现和讽喻性的处理相结合，既使整个图景燃烧着讽刺烈火，而又显得意味深长。比如，在汉高祖銮驾回归故里，那讽喻场面展开之前，作者借助社长与王乡老、赵忙郎之类村中有头有脸的人物提壶捧盘，吆喝张罗的那些怪诞的嘲弄和漫画式的描绘，迅速地把人们带到本质认识的境界中去。

　　下面在描写那些继之而来的浩浩荡荡的旗仗的时候，作者更巧妙地通过村民的观感的折光，对统治者视为神圣不可侵犯的仪仗以毁灭性的嘲弄。被统治者精心制定的"卤簿"，亦即为了吓唬老百姓而采取的排场,则完全失去了应有的效果,它们被还原为鸡、狗、雀、蛇。当我们看到统治者的一切庄严、神圣的伪装被拆穿而显出其可笑荒唐的原形时,都会情不自禁地哈哈大笑了。这是一种"还神奇为臭腐"的讽刺手法,正是这种手法,才鲜明而又突出地暴露了统治者的本质特征。由此,可以看到睢氏这种运用怪诞的、嘲弄的漫画式的描绘,正是他的讽刺作品中极其重要、也是他用以抨击统治者的主要表现方法。也许正是这种滑稽而又不可思议的现象,加强了我们对于"汉高祖"和那一群奴才的丑态的认识,也正是从这种艺术的幽默感中,唤起了我们认识历史、认识社会、认识政治的真实感。

毋庸赘言,《高祖还乡》的幽默风格和新颖的表现手法,带给读者的快感是强烈的,人们好像听了一场精彩的相声,看了一幕新奇的戏剧。你因它的风格幽默犀利而笑也好,你因它的表现新奇而惊讶也好,这都不能妨碍你在它心灵的音乐中陶醉流连。

以上我们试着从内容与形式的统一上运用综合—分析—综合的方法,入乎其内感受作品的精妙;然后出乎其外,从历史和哲学的视角进行观照,从而领会其象征意味,从而对《高祖还乡》的美学精要进行初步的探索,从而对它传世的秘密做一试验性的阐释。领悟《高祖还乡》的过程,也正是感受其启示力的过程,所以《高祖还乡》是属于那一类永远解释不完的诗。

《圣经》上说,"你要做世上的盐"比"你要做世上的光"更好,因为光还为自己留下形迹,而盐却将自己消融到人们的幸福中了。睢景臣既是光,因为他有《高祖还乡》为我们留下了形迹,但他更是盐,因为《高祖还乡》已经溶于我们的心田中了。历史是在不断地阐释中呈现于"当下"的,历史中的人如睢景臣这样杰出的诗人和他的作品,同样是在不断地阅读、接受中展开在每一个"今天"。

重新接上传统的慧命
——说不尽的《牡丹亭》及其他

白先勇先生的青春版《牡丹亭》在国际上获得了盛誉，于是很多评论都试图解读这种成功背后的含义。我的这篇不成熟的小文，就是为了参与这种解读活动而撰写的。

一

可能我们早就感受到了中国好的遗存，是作为史学大国的标志——廿五史，甚至有人说，历史就是中国人的宗教。但是，我们是不是也应看到中国最好的遗存，是那更加闳富的文学艺术遗产和那么多"另类"的野史杂记？王国维、梁启超、胡适、鲁迅、闻一多、钱穆、陈寅恪、钱锺书等等文化巨擘，不就是从失意与得意的文人的文字里发现了几近泯灭的性灵吗？于是我们又一次印证了一个真理：文学艺术是一个民族一个国家的灵魂。反过来说，一种美好的精神产品的消失，是最大的哀痛，而保留不下祖先曾有过的思想闪光和艺术智慧，比毁弃无数个古城更使我们感到痛惜。于是，一代又一代有识之士才用毕生之心血去试着重新接上传统的慧命，其中当然包括作为人类口头和非物质文化遗产的昆剧艺术的慧命。

重新接上传统的慧命——说不尽的《牡丹亭》及其他

20世纪50年代，面对早已式微的昆剧艺术，部分具有远见卓识和高度审美力的文艺工作者抱着一份雄心，一份使命感，希望重新接上昆曲的慧命。于是经过半个多世纪不遗余力的精神劳动和智慧创造，曾不同程度地掀起过几次整理、改编和演出的高潮。受我过分狭小的观赏与阅读空间的局限，我个人感受最深的有三次：第一次是1956年以浙江省《十五贯》整理小组根据清初朱㿥同名传奇改编、陈静执笔，浙江昆苏剧团演出的《十五贯》作为标志。这是昆剧艺术在艰难的文化困境中的新生和突破。它的上演引起了当时最高领导人的重视，为此《人民日报》特意发表了一篇社论——《一出戏救活了一个剧种》。然而，它的命运却很快被遗憾地定格在政治含义和政策需要之下，在"古为今用"实则是实用主义的思想指导下，成为反对主观主义的活教材。而昆剧艺术的审美价值、剧作的更深层次的内涵以及表演艺术的出类拔萃，皆未能彰显，反而一一被政治化的评说所消解。第二次是1986—1987年以上海昆剧院唐葆祥、李晓改编的《长生殿》的上演作为标志。对上昆版我情有独钟，而且就是在1987年，我们正聚集在中山大学由王季思先生领衔对《长生殿》进行了热烈讨论，后经文化艺术出版社出版了《长生殿讨论集》一书。这次研讨会对上昆版《长生殿》后来的演出是起了促进作用的，一时间好评如潮。但受地域性的局限，剧作本身内涵张力的局限，它的影响力也并不尽如人意。第三次高潮就是以白先勇的青春版《牡丹亭》的上演为标志。青春版《牡丹亭》的轰动效应源于白先勇的个人魅力，即他与《牡丹亭》共魂魄的精神，他对昆曲的痴迷、热爱以及特有的审美感受；源于苏昆团队的艺术创造，两股精神的合力使青春版达到了心灵的诗性与剧诗形式美的高度契合，这才诞生了具有划时代意义的青春版，这才使《牡丹亭》享誉国际舞台，昆剧艺术终于走向了世界。今天，它得以代表昆剧艺术的最高水平走进刚刚建成的国家大剧院就是明证。而我则又把青春版《牡丹亭》，看作是在多元文化语境中能以特异的姿态重新接上传统昆剧艺术慧命的标志。

二

　　历史的《牡丹亭》和《牡丹亭》的历史是一幅绵长的斑驳陆离的图景，在众说纷纭中我们看到了它的"说不尽"，这就应了歌德在谈到莎士比亚的不朽时所说的："……我们已经说了那么多话，以至看来好像再没有什么可说的了；可是精神有一个特性，就是它永远对精神起着推动的作用……"【1】以此来观照《牡丹亭》，一方面是，作为戏曲艺术的本体特征是由于它是由血肉之躯来和观众直接面对和交流的，在传播过程中具有直观性；另一方面，也是极为重要的一方面，那就是《牡丹亭》所具有的特殊的心灵史内涵，而心灵的力量是很难言说的。因为剧作本身的潜质和艺术张力给它的观众和改编者都提供了丰富的想象空间。事实是，《牡丹亭》的一切都是虚构的，一切又都不是虚构的；是故事，可也不只是故事。在《牡丹亭》中，"真实的"世界是在幻象涌动中被创造出来的。它的独创性在于，其关目推进的方式是生死两界中杜丽娘和柳梦梅的灵魂与躯体始终在俗人无法攀登的高峰中穿行，这是一次异乎寻常的精神历险。也许是这部惊世骇俗之作帮着人们寻求到生活中的另一部分，才促使一代代青年男女和心灵丰富的人对自身心灵进行

【1】见《莎士比亚评论汇编》上册，中国社会科学出版社1979年12月版，第297页。

反思，为爱情、青春而思考着如何把自己的理想坚持到底。至于它的审美格调、它的美质与大气，是爱意里展现了袅娜，在灵动中洋溢着春光，这种审美感受几乎是每一位观众和读者都能认同的。正因为《牡丹亭》的魅力，所以对于一切处于青春期或从青春期走过来的人，都不能否认《牡丹亭》曾是他们隐形的精神摇篮。

正是基于诸多心理因素和昆剧艺术自身的审美力，《牡丹亭》才能对中国戏曲艺术的整个天地进行一次激情的超越。

《牡丹亭》的生命力，从昆剧传播史和接受史的角度观照，它始终被评论与改编两翼给予特殊的关注。从评论角度来说，前面已提到，它是在"说不尽"中流动，无论是肯定还是否定，抑或激烈的争议，但从品评到戏曲史都无法迈过《牡丹亭》而进行研究，时至上世纪80年代初，钱锺书先生在《管锥编》中还是要提到《牡丹亭》。钱锺书引沈起凤《谐铎》卷二《笔头减寿》语云："世上演《牡丹亭》一日，汤显祖在地狱受苦一日。"而西方也扬言："世上纪念莎士比亚生辰，地狱中莎士比亚正在受罪。"[1] 钱先生引卫道士的言论，是要告之公道的后人，这恰恰是对经典的赞扬，于是钱先生感慨系之地说："宁与所欢同入地狱，不愿随老僧升天；地狱中皆可与才子、英雄、美妇，得为伴侣。"诚哉斯言！

至于对《牡丹亭》的改编，由于我知识积累的欠缺，所知甚少，但有一则还未被普遍了解的《牡丹亭》改编史上的故实，我想借此机会略做介绍。

我的授业恩师华粹深先生在1956年为了次年纪念汤显祖逝世340周年，整理改编了《牡丹亭》，再由华先生的业师俞平伯先生

---

[1] 见《管锥编》二下卷，三联书店版，第504页。

亲自校订。这个改编本收入中国戏剧出版社1982年出版的《华粹深剧作选》中。关于华粹深先生改编本的意义，1981年第11期《人民戏剧》上有陈朗先生写的一篇谈到北方昆曲剧院新排《牡丹亭》的文章，其中就公正地提到了这样的事实：

> 把《牡丹亭》压缩成为一个晚会演出，解放后并不始于今天的北昆剧院。1957年北京昆曲研习社就曾排演过，本子是经华粹深先生整理和该社社长俞平伯先生校订的。当时还特地从上海请来了朱传茗、张传芳、沈传芷、华传浩四位老师，来为社友们排戏。参加演出的有袁敏宣、周铨厂（庵）、张允和、范崇实等。那次是为了纪念汤显祖逝世三百四十周年而演出，也可以说是一次盛举。当时只作为内部观摩，曾在文联礼堂等处所先后演出过好几场。1959年为建国十周年献礼时，又在长安戏院公演过两场，接着，上海戏校由俞振飞、言慧珠两位校长率领师生们到北京也演出过，所演的即是部分参考了华、俞整理本。

引用陈朗先生的这段记述，意在说明，《牡丹亭》在过去舞台上的演出多是选择几出精彩片段，而"游园·惊梦"也就成了经典中的经典，至于能够在一个晚会上演绎一段爱情故事，领略杜、柳生死恋情的全貌，华、俞二位先生的整理改编本还是功不可没的。时至今天，整整过去了五十年，而恩师华粹深先生已谢世二十六年，俞平伯先生也于十多年前仙逝。现在重提此事，我想，在《牡丹亭》的改编史上，还是不能忽略前人走过的探索的道路，现在还是应当为他们的开创性的功绩记上一笔的。

石破天惊！新世纪之初，白先勇先生的青春版《牡丹亭》辉煌面世，这更是《牡丹亭》传播史和接受史上的大事。青春版《牡丹亭》正是准确地把握到了古典版《牡丹亭》固有的潜质，独具慧眼地发现了《牡丹亭》的心灵诗性和精神内涵，并从原作内部艺术地提炼出传统同现代、历史同现实相契合的生命精神与情志的内核，以及关于青春与生命的思考。在面对当下的观众群的特定文化语境里，清晰明快地体现出青春无悔、拒绝既定命运的安排和追求心灵自由的命题，这才使《牡丹亭》进入到了一个新的思想境界，也才使青春版获得了"美到无法抗拒"和"曲高和众"的审美价值。

三

事实证明，作家的生命在于作品，也在于后人反复地观赏、阅读、阐释，乃至于改编、整理，从而赋予作品以新的质素，让宝贵的精神遗产得到激活。《牡丹亭》和《长生殿》《桃花扇》都是昆剧艺术中的经典，而且应归属"核心经典"的范畴，即经典中之经典。然而要想真正进入经典的精神和思想世界是很困难的，而艺术，包括整理、改编的艺术，恰恰就是对困难的克服。这里需要的是思想、情志、灵性、技巧以及对经典艺术的特有的感悟力和百倍的坚韧，同时更加需要一种说不清的那种灵犀相通的缘分。用当代作家刘震云最近一次谈话节目中说的一句话：一个作家的创作，对于他写的人物，那是需要一种缘分的；没有这种缘分，你是写不好这个人物的。从中我领会到一位作家改编一部作品，也是需要一种缘分的。

如果说汤显祖是用心灵写作，那么白先勇则是用心灵去感悟。

白先勇改编《牡丹亭》在意境上审美上是有一套完整的构思与设计的，是长期酝酿、思考，是烂熟于心的结果，而且他不断地更新、反思他的改编进程,因此他的青春版《牡丹亭》才完美地体现出他对人生的独特观察,也体现了他对人生审慎的乐观,在理想主义的光照下让这个世界融合于每一天的阳光和月光中,尽管这一切是那么艰难。事实上,在改编过程中,白先勇把他的才情、情怀、气质、审美如此自然如此和谐地潜入笔墨间和舞台上,那是他生命精神的一次大投入。这种诗意的灵性,这种献身于自己酷爱的艺术的心智,很值得我们一步一深入地玩味。

为了探索如何更好地接续上昆剧艺术之慧命,我想把自己接触过的上昆版《长生殿》和青春版《牡丹亭》做一粗疏比较。

上昆版《长生殿》大约诞生于1986年至1987年改革开放的语境中;而青春版《牡丹亭》似诞生于新世纪初多元文化冲突与抉择的语境中。它们给我的共同印象是:都忠实于原著,都紧紧依托于第一文本的内蕴,都不改变第一文本的主旨,尊重文本的情节逻辑和人物的心灵历程。但在二度创作时,即在人们看到第二文本时,我们会发现,从剧情到人物再到视觉效应,却都不同程度地变革了昆曲的语态,并积极地尝试一种新的叙述方式。人们从一贯典雅精致乃至过分程式化的舞台上,看到了民众可以理解、把握的话语的鲜活(不仅仅是借助于字幕),看到了冲突的故事和人物的命运,而故事与命运似又与我们的心态息息相关。这种语态和舞台意象的转变,具体表现是:在表层上都是采用传统的结构法,注意立主脑,剪头绪,有头有尾、情节跌宕多姿、明快清新等等,但主要人物之间的矛盾、悬念和戏剧性冲突却大大加强了,且更富于节奏感。但在深层文化—心理结构上,却不露痕迹地关注现代性的转换,它们都在原作内部发掘、提炼出历史与现实、传统与现代相契合的生命精神和情态。这种深层透视与思考,对改编者来说,必然有一个精神世俗化的过程,

重新接上传统的慧命——说不尽的《牡丹亭》及其他

即必然地考虑戏曲本体的过程。这是一个无须回避的价值普及化的过程，当然也是精英文化走向大众化的过程。因为任何人无法否认，只要是改编，就必然是面对当下的观众群，就必然地朝着"曲高和众"的境界去努力。而青春版这种着意的特殊的题名本身，就是面对青年以及富有人生活力、尊重生命精神的人群的。

具体到上昆版《长生殿》，它所传达的是人生的永恒遗憾。人生的永恒遗憾是我国戏曲艺术中经常出现的一个母题：即爱而不得其所爱，然而又不能忘却这种爱的悲哀与痛苦。这是人间的一种不朽的恋情，也是人间一种不可摧毁的精神力量。它昭示着人的肉体可以分离，但心灵的追求可以得到更高意义上的契合。是的，原著中的"弛了朝纲，占了情场"是作家命意所在，然而又不尽然，因为改编者钩稽出了使我永难忘记的那场"雨梦"。结尾处〔幕后合唱〕："天长地久有时尽，此恨绵绵永难偿，永难偿！"好一个"永难偿"！"卒章显其志"，改编者宣叙的正是一种永恒的遗憾的情志和情思。至于"情缘总归虚幻"也是多层面的，而上昆版则是凸显其"沧桑之感"。如果说"弛了朝纲，占了情场"的政治意味在尽量消解中，那么这里是尽可能地摒弃原作中过分虚幻的色彩，留给人们的是此恨绵绵的人生的永恒遗憾，这是一种悲剧心理和悲剧意识的升华。于是上昆版《长生殿》获得了一种象征意蕴，它的超越就在于它把政治意味的东西和虚幻的东西转换成为人性的东西，是一种普遍的人性美。于是它才有了新意，有品头，有回味！

白先勇的青春版《牡丹亭》更没有因为尊重原著而被古典版的手束缚住自己的性灵。三台晚会观赏下来，你会清晰地看出，青春版不是简单地复制原著，而是一次重新地感知；它不是删繁就简，搞一个缩写本，而是重新安排关目，所以它绝非原地踏步；它的主观命意,我认为是作者对天地奥妙与人间玄机的参悟并展现其过程,这也许才是它的魅力所在。因为自由、天然、青春是上苍恩赐给人类,特别是青年的,而把握青春的鲜活应是人的本能,但又常常被人轻易放过,所以改编者才警示人们必须对青春、天然与自由给予深深的感激,必须理解她总是轻轻地来,悄悄地走,再回首,才知道她来过,所以,把握这美好的时机是最关键的。这就是我们通常所说的,故事虽然是虚构的,但精神则是真实的吧!

  基于这种认识,我们再回过头来观照青春版的突出贡献。白先勇的功力在于他从古典版中深刻地提炼出生动而又新颖的思想和情志,并以它为作品的生命、脉络、焦点来进行艺术构思,在这种再创造的过程中,作者赋予作品的是时代的亮点,而这亮点又是人类的普遍感情,所以从潜隐层次观照,青春版不仅仅是如过去人们面对汤显祖经典版《牡丹亭》所解读的那样,是对宋代理学"存天理,灭人欲"的反拨,青春版则强化的是青春无悔,是抗拒既定命运,是呼唤心灵自由。这是一种生命价值观的根本转换。所以我说,白先勇的青春版如临帖与读帖之别一样,临帖只能取其形,而读帖则是取其神。白先勇是属于"读帖派",青春版正是对古典版的神韵给予了精辟的阐释与彰显。因此它是汤显祖的,又是白先勇的。

  白先勇智慧地感悟到,愈是灵魂不安的时代,愈需要文学艺术的安慰,因为他深刻认识到艺术是捍卫人性的,因此在观照原剧时,他紧紧把握和凸显的两个关键词正是天然、自由。白先勇那直视心灵的勇气,让我们体验到真正的爱必然从心灵开端。一颗勇敢的心,一个勇于坚持的自我,胜过一切说滥了的教条。我想,改编者内心翻腾的和关注的就是人的心灵自由,以及自己掌握自己命运的命题。我说这是一种情怀,一种人间情怀,所以他能神交古人,又能为天地立心。至于青春版在形式美上的冲击力、穿透力以及优美而又强烈的视觉效果，则明显比上昆版《长生殿》技高一筹，一言以蔽之，青春版没有复制同一种视觉美，它的视觉美是白先勇和苏昆团队的诗性、哲思和妙想的综合体现。所以，它真的是"美到无法抗拒"了！

总之，把青春版《牡丹亭》和上昆版《长生殿》综合地观照，它们都体现了改编者直视心灵的勇气，都有一份宝贵的人间情怀，都体现了心灵的诗性，都体现了剧诗的内涵。然而，从生命价值观和视觉效果来看，青春版《牡丹亭》的当代性更具有文化诗学的意味。如果像人们所说，青春版是一首青春颂的话，那么上昆版《长生殿》则是成人在步入晚景时对永恒遗憾的人生况味的反复咀嚼和低沉叹息。一个是通体回旋着青春、自由的天籁，一个则是沧桑之感或曰感伤成了主旋律。两者相互映照、比对，我们会看清青春版《牡丹亭》那活力无穷的更为积极的贡献：它的精神力量正像我们仰望苍穹时心中不再怅然，因为人们知道黑夜有了繁星和月亮，所以才美丽。青春需要心灵的创造和体会才能灿烂、无悔。于是我们也从昆剧剧坛上认知到创作题材上已经完美地构成了那刻骨铭心的形象的爱情谱系；而在生命精神的价值系统上，我们又看到了人性发展的经络和心律的脉动。

结　语

戏曲的演变史是人的精神成长的象征，也是人自身存在的证明。在昆剧艺术走向世界的时候，让我们共同努力，重新接上它的慧命，让最美的艺术更富于魅力，让我们的生命精神更加富有！

《长生殿》的悲剧意识
——敬致改编者

葆祥、李晓先生：

十多年前我曾就历史上改编戏曲名著的经验教训说过这样一段话：在古代和近代戏曲史上，对于名著的改编，经常出现两种截然相反的情况，一种是极力抽去原作中积极的精华，仅仅保留其外壳，打着改编的幌子，利用名著的声誉，或则引导读者、观众远离现实，或则紧紧抓住作品中病态的一角，来和当时形形色色的哲学相呼应，从而为某一种政治服务。与此相反，把忠实于原作视为不可动摇的铁的法则，对原作中的积极因素和消极因素一视同仁，唯恐动其毫毛，这种貌似忠实的改编也非可取。因为把原作奉之若神明，忠实到媸妍不分，金沙不辨，在某种意义上说，是拙劣的临摹式的改编，充其量不过是文学作品的复制，而严格意义下的复制又是不可能的。因为，作为富有民主性和群众性的戏曲艺术，从它诞生之日起，就和时代生活、时代潮流、时代主题紧紧地联系着。所以，用戏曲形式改编名作，必须从原作内部发掘它的现实意义。也只有这样，才能发挥戏剧净化人心灵的作用。有人说，文学作品的改编既是原著的奴隶，同时又是它的竞争者，我认为这话是很有道理的。

从白居易的《长恨歌》经白朴的《梧桐雨》杂剧到洪昇的《长

《长生殿》的悲剧意识——敬致改编者

生殿》传奇的演变，使我们看到了什么是真正的艺术家的勇气，也看到了不以某一作家意志为转移的时代生活、时代思潮和人民的力量之于艺术家的作用。由这里我就联想到你们二位对《长生殿》的改编。

这次借中山大学举办《长生殿》学术讨论会的机会，我有幸观摩了上海昆剧院的《长生殿》的录像，观看过程我就激动不已，而且浮想联翩。我觉得剧中有一种什么力量始终牵动着我心灵的一角，我骨鲠在喉，而又难以言传。看后，我想把这种艺术的感知如实地告诉你们，但我刹住了自己惯于不假思索发表意见的老毛病，觉得还是想一想再说。后来咱们见面时，我又觉得远不是三言两语能说得清楚的，因为我既不想客套式地恭维改编者一两句，又不想不负责任地轻浮地或吹毛求疵地以作高深之态，因为那不是朋友之间应有的诚实的态度。说句实话，准确地深入地体味改编者的旨趣谈何容易！理论家可以哇啦哇啦地说上两个小时，但是作家却可能听不懂一句话，而且还常常令作家哭笑不得。俄国文学批评家杜勃罗留波夫和《奥勃洛莫夫》作者的那种心灵的契合是很高层次的共同的艺术创造。他们的契合不仅仅是他们心有灵犀一点通，而是因为杜氏首先体味到了冈察洛夫的创作意旨之灵魂，其次才是根据形象的逻辑，发挥了杜氏的社会观点和艺术观点。因此一篇真正称得起优秀的理论文字，如果能首先得到原作者的首肯，那是再幸福不过的了。我当然不是这样的大家，但是，他们作为范本，倒是应当让我们老老实实学习的。

我始终认为，优秀的文学作品（包括名著的优秀改编文本）都是艺术家心灵折射出来的历史之光。因为它总是既有美的内涵，又有美的形式，所以它才能成为人们的审美对象。从审美主体的角度来考察，一件精美的艺术品大多包含三个层次，即：一、表层是各种形式美（如戏曲的形式美）因素及其所唤起的意象；二是中间层次，它是意象所指示的历史内容；三是深层结构，它是超越时空的具有象征意味的深层意蕴。也就是说，当艺术家在作品中超越了题材本身的特定的时空意义，揭示出某种普遍性的哲理、心理内涵时，这个作品就获得了题材之外的象征意味。它的意境或者典型形象在世世代代的读者心目中就成为某种象征的形式而被吸收和改造。读者、观众和改编者就以自己的不同处境和心境而代入了不同的经验内容。

不知道你们还记得否？在讨论会上，我在谈到白居易的《长恨歌》和白朴的《梧桐雨》时曾说，白居易和白朴都是被一种有力的情感逻辑带到一片新的天地，他们都力图挖掘忠贞不渝的情人心中美好的追求和深深的哀思，从而形成了一曲人情美的颂歌。所以我认为《长生殿》产生以前，具有巨大影响的两部作品——《长恨歌》和《梧桐雨》都获得了一种象征意蕴——永恒的遗憾。这是我们作品中经常出现的一个母题，即爱而不得其所爱，然而又不能忘却这种爱的悲哀。这是人间的一种不朽的恋情，是一种人间不可摧毁的精神力量。我认为要改编洪昇的《长生殿》，白居易的《长恨歌》的这一情志和情愫是不可须臾忘却的。极为可喜的是你们注意了这一点。至于在讨论会上我谈及《长生殿》的意旨时，我因同意未来参加会议的周明先生的意见，即"情缘总归虚幻"而被几位朋友所误解，今天想来，确实是我阐述不够清楚所致，把一部庞大的叙事性的剧诗的主题归结为一句话，这本身就不符合我在会议上力主史诗性作品的主题往往是多元性的多层次的意见，更何况"情缘总归虚幻"也绝非该剧的全部题旨。但是时至今日，我却不愿撤销我对

《长生殿》的悲剧意识——敬致改编者

《长恨歌》主旨的那一点肤浅的认识。而由于坚持了这一点,却意外地和你们改编《长生殿》在某一点上暗暗地获得了契合。你们很注意"沧桑之感",而你们在改编《长生殿》的演出说明书中做剧情介绍时,强调的也是:"唐明皇曾为爱情荒疏了政治,如今又为政治牺牲了爱情,牺牲了杨玉环,牺牲了自己至高无上的地位……"这可能就是原著中所说的"弛了朝纲,占了情场",然而不尽是,因为使我永难忘记的是你们的改编本"雨梦"一场结尾处的〔幕后合唱〕:"天长地久有时尽,此恨绵绵永难偿,永难偿!"好一个"永难偿"!"卒章显其志",你们的主观命意水到渠成地赋予了在场的观众。你们宣叙的何尝不是一种"永恒的遗憾"的情志和情愫呢?说是"沧桑之感",又何尝不是既大且深啊!这个结尾,我认为处理得意味深长,是原作结尾的一种出色的改造。它摒弃了原作的虚幻色彩,留给人们的是此恨绵绵的永恒的遗憾,这是一种悲剧心理和悲剧意识的升华,我赞成这个结尾处理——有新意,有品头,有回味!

近读《戏剧报》1987年第6期许寅先生的大作《谈昆剧〈长生殿〉的改编》,许文写得极好,但有些意见我不能苟同,其中关于许先生为改编本设计的结尾是我与他存在歧异最大的地方。许文说:

> 最后一场"雨梦",我倒有一个浪漫主义的想法:仿前面"絮阁"与"密誓""有机结合法",把它同原著末出"重圆"有机结合起来:让明皇"一梦不醒",高高兴兴地跟贵妃进月宫,作为全剧的一个喜剧结尾。这实际上正是洪昇原著的本来设计,过去为了突出"此恨绵绵无绝期",都只演到"埋玉"为止。既然改编到"雨梦",又何必不给观众一个美好的记忆,来个"重圆"呢?

心灵投影

说到给戏做结尾处理真是难于上青天，契诃夫甚至夸张地说："谁为剧本发现了新的结局，谁就开辟了新纪元。"许先生为你们的改编本所开的"药方"，我认为并不十分可取，尽管是一种处理法。为什么？就在于许先生在审美意识上仍然没有超越传统审美心理定式——喜欢"大团圆"。传统的大团圆主义实际上是把复杂的现实生活在相当程度上简单化了，喜欢大团圆是"忧患意识"派生出来的"乐观"情绪和精神——现实是残酷的，人生是惨淡的，可以到艺术中去寻求安慰和解脱。生活本身是"缺"，可以到艺术中去求"圆"。如果你们也把《长生殿》套入大团圆的心理模式，在一定程度上只能使改编本"定格"在生活的表层，那是很糟糕的事。

再进一步说，改编本《长生殿》和原著一样，其格调也是地道的悲剧。因为它蕴含的美学气质就是悲剧性的，而且改编者的悲剧意识已力透纸背，我们怎么好强人所难，把一个虚假的喜剧结尾硬塞给改编者呢？宗白华先生生前曾说："'会当凌绝顶，一览众山小'（杜甫《望岳》诗），美学研究到壮美（崇高），境界乃大，眼界始宽；研究到悲剧美，思路始广，体验乃深。"[1]信然。我觉得现在的问题，是应当强化悲剧意识，而不是削弱悲剧意识，因为只有这样才能动观众的情，并给人以哲理的启示，诸如：要获得真正的爱情需要有精神上的勇气；在爱情的困难面前退缩的人，绝不是一个合格的人；或者是……

我在这里想斗胆地猜测一下，你们改编《长生殿》是不是有意要对"理"与"礼"进行反驳？因为在我看来，改编本《长生殿》无意对李杨爱情加以批判，相反是要对"情"做一新的哲学阐释。

【1】康德《判断力批判》附录《康德美学原理评述》。

《长生殿》的悲剧意识——敬致改编者

一般说来，所谓哲学思考，其关键就在于选择一个独特的视角去观察历史、人和他所处的时代。很显然，你们也无意陷入到一个古老的论争课题中去——帝妃之间究竟有没有真挚的爱情——而是纵笔直奔人间之真情、深情而去。在我聚精会神观赏录像时，我确实感到改编者把情写得极为充分、饱满。且不说蓄势有力，就以"展示"来说，情之深、情之切，足可与原著相媲美，或者说你们并未削弱而是强化了原著的情思。前面我说过，你们是在对"情"做了新的哲学阐释后写情的。"永难偿"这段咏叹调和我理解的世界文学中经常出现的那个母题，那个反复出现的主旋律——爱而不得其所爱，而又不能忘却这种爱的哀思——契合了。

从本质上说，戏曲确实是反映生活的艺术，它和其他文艺形式不同的只是表达感情的方式。任何作者写戏，对人物总是有所爱，有所恨。有强烈的爱憎，人物才会鲜活，才会笔下生辉。我看二位改编的《长生殿》是动了大感情了，剧中那些落地作金石声的佳句不独属于洪昇，也是属于你们的。我认为这是你们和笔下人物共魂魄的最好写照。说句属于艺术创作规律的话：一个作者进行写作，总有称快之笔，也一定有挥泪之笔，你们那"永难偿"的回旋曲就既是称快之笔，也是挥泪之笔。我体味它，觉得寄寓遥深，它渗透着改编者深沉的历史感受和观照当代的真情实感。改编者分明把自己心头的话，如此巧妙而又艺术地通过人物之口向观众娓娓倾诉了。在这里，"情"虽然包括人物本身的情在内，但常常侧重于作者寄托在形象中的感情，这正是作者感情的客体化。所以有时看起来作者是在客观地描写人物形象，其实，情已融化其间了，改编本《长生殿》是为例证。

正是在这个意义上，我不能完全接受"骂贼"一场的安排。关

心灵投影

于《长生殿》这一出的结构排场许寅先生也做了许多设想，不妨一试。但你们还记得，在《长生殿》录像放过后，在一片沉吟中，有的朋友不是脱口而出，说"骂贼"在改编中是一个"赘疣"吗？我是这种意见的同感者，而且我还不怕唐突改编者，直陈敝见于你们之前。其实当时我已经意识到你们写的是"情"，而写"骂贼"别有"难言之隐"。现在我更可以大胆地建议，应当把"情"写得淋漓尽致，这就要一气呵成，它容不得一点点停滞和阻隔，如稍有停顿，全戏效果就会大减。当时你们解释说，这是舞台的需要，冷热戏的相间，同时也让扮演李隆基的演员有个喘息的机会。我这个人有点"残酷"，经常为了"戏"忘了保护演员身体。我希望于"戏"的是一泻千里，有直捣黄龙的气势，所以如何处理"骂贼"一场仍可商量。总之，我愿提醒您二位，你们的悲剧意识只能强化，万不可削弱。如果悲剧意识一经削弱，改编本的《长生殿》就不是属于唐、李了，也许是别人的了。

紧紧握手

南开大学东方艺术系
宁宗一

[附]

戏曲史·心灵史·社会史

> 我们国民的学问，大多数实在靠着小说，甚至于还靠着从小说编出来的戏文……
>
> ——鲁迅《马上支日记》

> 法国社会将要做历史家，我只能当它的书记。
>
> ——巴尔扎克《人间喜剧·序》

读中国的古典小说、戏曲会使人感到，人们虽未必能够得到可以考证的历史事实，但优秀的小说、戏曲总是通过典型环境和典型人物再现现实生活。它们展示出的各个时代的五光十色的社会图景和丰富多样的人物形象，是有助于我们认识当时社会生活的某些本质方面的，具有一般历史著作所不能代替的作用，特别是对被巴尔扎克所极力推崇又被"许多历史学家所忘记写的"民族文化的风俗史而言，尤其如此。

这里我选择了戏曲史、心灵史和社会史这样一个题目，意在说明：社会史的研究是否应对揭示出了中国风俗史一面的戏曲艺术发展史予以更多的考虑？是否应以戏曲艺术所反映出的种种情况为视角去探寻一下历史表象背后的更深一层的东西？因为从文化心理结构来说，戏曲艺术所积淀的政治意识、民族特质乃至文化性格及其流向都是非常值得研究的。

一

得力于中华广阔地域上众多河流山脉错综交织、分割切刈而成的各种相对独立的地理生态环境，繁衍出五花八门、形态各异的戏曲艺术。它们自由竞争、生生不息，平静而自信地迈向现代化的新中国。从其滥觞，它就紧紧地扎根于自己的文化土壤中，同时又与亿万底层民众（尤其是以后之城市市民）的文化思想和心理融为一体。极其奇特的现象是：那在上层文化建构中刮过的飓风，吹平了小丘，拔掉了大树，却不能扫平离离的原上草。认识到中国封建意识的强大与国民性的迟滞和顽固，就不难理解这样一种社会艺术现象。中国封建社会所孕育形成的古典戏曲形式美的登峰造极，以及由中国封建社会所赋予它的超稳定性的特性，使其保持了强大的惯性。时至今日，传统的古老文化已经进入了一个蜕旧变新的时期，然而古老的戏曲艺术却仍有其广泛的生存区域。这种现象的出现，不能不说同戏曲艺术的特性有关，同中国戏曲艺术的特殊发展轨迹以及特有的社会功能有密切联系。

戏曲是一种空间的艺术，假如说文学是对生活的描述，电影是世界的窗口，那么戏曲便是社会的模型。观众是戏剧发生、发展的必不可少的条件。没有读者，文学作品可以作为一种美的潜能印刷成书，暂时搁置起来，而没有观众的戏剧表演顶多也只是排练。这种人（演员）与人（观众）面对面的会见、交流，这种与现实人生处于同一时空的艺术特性，使戏剧活动成为一种大众娱乐，一种民众集合，一种当代仪式。它不仅是社会的创造物，并且本身也是一种创造性的社会文化现象。社会分成不同的人群，他们都可能成为戏剧的观众。他们对戏剧有着各自不同的要求，政治家主张合时，思想家要求深刻，道德家看重仁义，艺术家追求完美，而民众需要娱乐。

值得注意的是这样一种文化现象，旧戏舞台上往往悬横匾曰："高台教化"，也有许多神庙的戏台上悬横匾曰："与民同乐"。把这两句话合起来，用今天的艺术功能论的概念来说，就是"寓教于乐"。它说明，演戏是为了教育，也是为了娱乐，既要"与民同乐"，又要达到"高台教化"的目的。

我国古代有不少作者已认识到戏曲艺术这种既"乐"又"教"、寓"教"于"乐"的作用的巨大，如明朝杰出画家陈洪绶就说：

> 今有人焉，聚徒讲学，庄言正论，禁民为非，人无不笑且诋也。伶人献俳，喜欢悲啼，使人之性情顿易，善者无不劝，而不善者无不怒，是百道学先生之训世，不若一伶人之力也。且若前此讲学解理义者，不免引鸟兽之行，而申（生）娇（娘）两人能于儿女婉娈中立"节义"之标范，其过之不甚远也哉。[1]

在道学是正统、演员是贱役的三百多年前，陈洪绶敢于说一个演员在台上表演所起的作用，一百个道学家也比不上；他还敢于把追求自由幸福生活的申生、娇娘当作"标范"，这简直是对封建道学的最大不敬，这又是多么有胆有识的见解。一出戏能使人随着台上演

---

[1]《节义鸳鸯冢娇红记序》。

员创造的角色而喜怒哀乐，从而取得潜移默化的美感效应，使人们竞做"好事"，反对"坏事"。陈洪绶在这里真切地看出了艺术形象感染力的强大。

对于这个问题，明代以前一些有见识的文人也曾发表过很多重要的宏论。如元代前期戏曲评论家胡祗遹在一首《赠歌妓》（木兰花慢）的词中一开头就指出："话兴亡千古，试听取，是和非。"这就是说，戏曲艺术就是通过展示古往今来、兴废争战之事，使众观、听者能够认识是非善恶，这是由于元代戏曲"上则朝廷君臣，政治之得失，下则闾里市井，父子兄弟、夫妇朋友之厚薄，以至医药卜巫、释道商贾之人情物理，殊方异域，风俗语言之不同。无一物不得其情，不穷其态"。【1】这就说明了因为元剧展现的元代社会生活的广阔，它为观赏者提供了认识生活的视野以及判断是非的标准。

对于戏曲艺术的社会功能，一些正统文人也早已看到，例如现存目莲戏剧本的最早作者郑之珍（明万历时人）即说："设为人于世左规矩而右准绳，佩章甫而坐通衢，执圣人之经，鸣鼓而集众，欲其不望望而去有几。"这位郑之珍终于发现了讲道不如演戏，因此他去改编人们熟悉的目莲故事，企图用戏曲形式和形象促使人们"为善"。

清代封建正统文人林以宁更从反面对戏曲艺术的潜移默化的作用和社会功能做了充分估计，他说：

> 治世之道，莫大于礼乐，莫切于传奇。愚夫愚妇每观一剧

【1】《赠宋氏序》。以上皆见《紫山大全集》卷八。

> 便谓昔人真有此事,为之快意,为之不平,于是从而效法之。彼都人士,诵读圣贤,感发之神,有所不及。君子为政,诚欲移风易俗,则必自删正传奇始矣。[1]

这是公开提出用自己的世界观和政治标准去删正民间或是进步的戏曲艺术,用来为其"移风易俗"的道德、政治目的服务。

当然,在我们看来,讲学方式有讲学方式的好处,戏剧有戏剧的功能;讲学使人明理,戏剧使人移情,二者可以并存,不能偏废。封建道学先生讲学的作用比不上民间艺人演戏所能得到的社会效应,这首先是由它们的"教育"内容所决定的。但是,就形式来说,戏曲艺术的潜移默化的美感功能,的确有它特殊的魅力在。试看,人们在观看最喜爱最熟悉的戏曲时,无不春风满面,蔼然可亲。它们通俗易懂,机趣盎然,活灵活现,真切动人。它们唱做念打,色色俱精,丝竹杂陈,洋洋盈耳;载歌载舞,目不暇接;服装脸谱,色彩缤纷;故事有头有尾,生动有趣;内容则离合悲欢,曲尽其致。它们是赏心悦目的审美对象,又是瓜棚田头的谈笑之资。面对着它,使人乐而忘疲,不禁随着台上的喜怒哀乐而喜怒哀乐,或油然而生仰慕之意,或瞿然而有警悟之心;或忧愁尽解,或感慨扼腕,于是人们在这里既得到了娱乐,又在娱乐中自然而然地受到了感染,由衷地感到什么是正义和不义,什么是善恶是非,爱什么,恨什么,在不知不觉中逐渐积淀为一种深沉的意识。传统戏曲中,美好的旧日传说如嫦娥奔月、牛郎织女,以及英雄忠义之士和奸佞小人的故事,在日熏月陶中牵动着人们的内心。像杨家将、水浒英雄、程婴、

---

[1]《吴山三妇评本还魂记题序》。

公孙杵臼、窦娥、诸葛亮、关云长、赵子龙、白素贞、崔莺莺，以及潘洪、秦桧、曹操、法海、崔老夫人等等，几乎家喻户晓。人物的音容笑貌宛然在目，甚至连三尺童子也能眉飞色舞，议论其好坏是非。这些形象深入人心，世世代代影响着人民大众。可以说，许多戏曲反映了我们的民族性格，反过来又在我们民族性格和民族心理的发展中，起了一定的作用。因此可以说，一定社会制度中相对恒定的社会关系、社会行为，以至受褒贬的社会角色，必然教化和强化人们的观念。戏曲艺术的感化是"随风潜入夜，润物细无声"的，然而进入情景定义中必然"春来发几枝"。总之在所谓"有意味的形式"——戏曲艺术中，积淀着社会内容，也必然浓缩着人们强烈的情感、思想、信仰和理想以及整体的审美意识。同时人们又以一种非清晰非理性形态，以一种集体无意识形态反射于社会生活的各个角落。

　　戏曲艺术的盛行发展，是社会的产物。社会中的风俗、习惯、生活方式等行为文化，通过戏曲艺术极其清晰、生动、形象地再现着。而戏曲艺术的性质又是由广泛的群众接受性所决定的。在文艺作品中所具有的种种基本功能中，戏曲艺术则侧重于把认识和美育寓于娱乐之中。连环画、年画、民间乐舞、曲艺（各种说唱艺术）、通俗小说等艺术形式，构成通俗文艺的系列，与典雅的纯文学并行不衰。戏曲艺术是真正的大众文艺。这种艺术在净化或污染人们精神世界，促进或阻滞社会发展方面的作用是不可低估的。

　　正由于戏曲艺术是社会的产物，就必然同社会本身一样表现出历史的继承性，利弊也就共存于其中。在中国几千年的历史演化过程中，太平盛世的积极有为和大厦倾倒前的消极无为，改革图新和因循守旧等等，在近千余年的戏曲艺术发展史中，必是精华和糟粕同时摆在人们的餐桌上。人们会因各自不同的生活环境以及由生活环境造成的心理、气质来决定自己的取舍存弃，或从中吸取积极的力量，或从中接受消极的思想。消极的戏曲艺术作品在社会生活中，会导致人愚昧、复旧、返祖，阻滞社会前进的车轮；而积极的戏曲艺术作品则可以净化人们的心灵和社会的空气，改良社会土壤。而在今天，一种强大的反封建主义文化浪潮重新掀起，人们通过历史的反思，不断考虑着一个严肃的哲学问题：一种由近千年的戏曲文化发展所造成的文化心理结构一直还在缠绕着当今很多人的头脑，它给中国老百姓的血肉之躯打上了深深的烙印。是的，封建制度和封建国家可以推翻，支撑这种制度和国家的一切物质基础也可被铲除或自行消亡，但是戏曲文化所体现出的封建文化传统和封建意识形态，特别是潜藏于人们内心深层的封建文化心理，是不可能一举澄清的。

中国社会史研究和戏曲史研究有一个共同的重要任务，即需要有一种深刻的历史反思——对戏曲文化的自我分析和自我批判，从而在民族文化的择取中觅取活力不断的源头。

二

自古以来，文史本是一家，但近几十年来围绕着给曹操翻案和海瑞罢官等一系列问题，两家不时发生龃龉。虽未大伤感情，但也引来诸多不快。其实说起来也很可悲，因为各方所操持的武器不同，一个是历史真实（或曰历史事实），一个是艺术真实（或曰艺术虚构）。尽管好心人一再想把两个"真实"捏合在一起，可是往往捏而不合，那么关键何在呢？我认为史家较少研究"心史"，而文家则在研究"心史"上也刚刚起步,如果要想解决文史两家的某些隔阂,我看"心史"的研究是一把可能成为同心合力打开历史和文学神秘之门的钥匙,或者说它是研究的一种媒体,而这媒体本身又是研究的重要对象。

现在我想以元代的杂剧为例,试着谈一谈"心史"研究的必要性,并试着推测一下艺术与社会条件究竟有无联系。

在元代社会历史和元杂剧研究中,一直存在着一个敏感问题,即知识分子的地位和环境问题,并由此还引出了一个更为重要的问题,即如何看待正史和心史的问题。

一种说法是:元代开国后八十多年间废除科举,堵塞了广大知识分子的进身之路。"学成文武艺,货与帝王家",出将入相的美梦破灭了。蒙古贵族建立政权后,不但把各民族依贵贱分为四等,而且据说还依据身份、职业把人强分为十级。在这十级中,文人被贬到了最低微卑下的地位。这十级的具体内容,郑思肖的《郑所南集》与谢枋得的《叠山集》所记虽不尽相同——或称"七猎、八民、九儒、十丐",或称"七匠、八娼、九儒、十丐",但文人的社会地位仅比乞丐高一等,竟居于普通百姓与娼妓之下,却是清楚的。

一种说法则认为元朝本无按职业身份把人分为十种的典章、法律,发出"九儒"感叹的是诗人谢枋得,画家郑思肖,因为他们是宋之遗民,忠于赵宋王朝,不愿改换主子,以至在生计潦倒时发出的感喟和牢骚,并不能说明元代有人分十等的典制,更不能断言知识分子在元朝遭到了位处娼妓之下的厄运。所谓"九儒,十丐"不过是激愤之语,根本不是元初普遍的社会现象。这一派认为:元初政治清明,元世祖忽必烈"度量弘广,知人善任使",对知识分子是重视的,重用了宋末儒学名士许衡、姚枢等人。

对于这两种意见，如果从表层看不难解释，因为一是要看到在元朝统治者的文化思想与政策支配下，知识分子也非铁板一块，而是在不断分化：一类投靠权贵，进入庙堂，成为当权者；一类消极颓唐，高蹈出世，隐身山林和市井之中；一类则不屑仕进，自觉或被迫地参加了人民反抗压迫和各种形式的斗争。这类人中有的逼上梁山，有的运用文艺武器，参加了政治、思想、文化的斗争，在群众支持下，不避杀身之祸，担当人民和时代的代言人，积极反映人民的愿望和斗争生活，激发他们对黑暗统治的不共戴天的斗争意志，表达他们对美好生活的热烈追求和向往。

二是如何看待正史和心史的问题。既然逝去的历史是由如此复杂的材料构成的，那么学术研究就应当尊重这种显然比几部传世的"正史"更真实的历史本身。国际间兴起了一种新的研究方法论，即从被研究的对象自己留下的资料出发去分析研究，这种资料不是太史公们或董狐们制作的，而是第一手的心灵史的材料。

因此我们认为，研究元代的社会史和元杂剧以及作家们的地位，似乎不应仅限于我们传统中所说的"正史"范畴。中国历史研究发展太盛且太久，浩繁的内容和分支有时使我们忘记了人类探究历史时最朴素的出发点。历史过程和诸种社会生活方式影响着人们的心灵，现在人们对于自己心灵历程的兴趣或许多于对自己政治经济历程的关心，所以人类历史中成为精神文化的底层基础的感情、情绪、伦理模式和思维习惯等，应当是更重大的研究课题。比如，前面所提到的郑思肖就明快地把自己的论著称为"心史"，而在他的"心史"中，就激愤地发出了对自己所处社会地位的深沉感喟，这是牢骚，更是义愤，但正是这种感情，却无比真实地反映了元代广大知识分子的卑微地位。谢枋得、郑思肖在他们的著作中比比皆是地揭示了这种心情和心理观念,又把这些真实的心态深埋纸底。探究这纸底的内涵自然不是易事,然而更值得内省的是:当我们研究元人杂剧时,当我们研究元代社会史时,真的可以对这些埋没了的东西不屑一顾吗?通过对元代知识分子社会地位的考察,我们充分肯定了"心史"的重要意义。那么,出于这些处于社会低微地位的知识分子之手的元杂剧作品,从有机整体观念来看,更是一部生动的形象的"心史"。

再有,作家的感受一般都是很敏锐的。在元代,由于人生道路的险巇,更增强了作家们的敏感,沉浸于国家兴衰的思考也助长了人们思辨的深邃。一些优秀的剧作家在做出时代回声时,感知的渠道往往来自多方。特别是仕途坎坷或社会地位低下的剧作家,相对来说更有机会熟悉市井中的风俗人情和人生悲欢离合的底蕴。因此他们的心灵就更容易与人民的心灵相通。事实上,在元杂剧杰作中的纸底,大多蕴藏着人民群众的郁勃心灵,蕴藏着他们对于极端专制主义暴政的反抗之音,表现着他们对于当权者摧残文化、压抑人才、颠倒善恶美丑的深沉愤慨,并迸发出某些离经叛道的呼声。请看元剧名篇《窦娥冤》是如何通过它的主人公控诉那个罪恶的社会的:

> 有日月朝暮悬,有鬼神掌着生死权。天地也,只合把清浊分辨,可怎生糊涂了盗跖、颜渊!为善的受贫穷更命短,造恶的享富贵又寿延。天地也,做得个怕硬欺软,却原来也这般顺水推船。地也,你不分好歹何为地!天也,你错勘贤愚枉做天!

这是震动人心的怒吼,它充分写出了窦娥无辜受害、含冤难诉的心情。它对封建世俗观念中最公正无私的事物——天、地、日、月都彻底加以否定，实质上就是对现实人间最高统治者的否定。因此，它既是窦娥以及和窦娥同样命运的人们愤怒情绪的猛烈迸发，也是觉醒了的妇女的呼喊。这种对黑暗统治的彻底否定，这种觉醒了的意识，具有强大的精神武器的力量。

再看关汉卿的《单刀会》。剧作家的创作意旨是要写出一种个性，一种激情，这就是那响彻在全剧中的主旋律——对英雄人物的伟大历史业绩的向往和对英勇豪迈精神的礼赞。在剧作家的内心中翻腾的是一股浩然正气，一种大无畏的精神，一个真正强者的激情。一句话，关汉卿意在通过关羽的精神去反映我们民族的精神，同时又把它作为精神的灯光，引导苦难的元代人民走向更高的精神境界，更高的理想，更高的品质，也就是要通过自己作品的灵魂去影响民族的灵魂。在这个意义上高尔基说得对："文学是一个民族情绪的历史。"

三

最后有两个问题要提，还有一点感慨要发。

一个我至今还无力把握的情况，或者说始终使我困惑的问题是：中国社会史的分期的争论是否一直还在左右着中国文艺史的分期？据我所知，现在大部分高等院校的中文系所开设的中国文学史，对其分期问题，仍然是在中国社会史的分期上左顾右盼，或从范说，或从郭说，或从翦说，或从侯说等等。也就是说在中国文学史的分期问题上，我们完全没有自己的主体性构架，而是从属于史学界的意见，形成了一种依赖的惯性。同样，迄今为止，我也没有发现史学界把中国文艺发展史的分期作为参照系（我因为见闻太窄）。这到底是一种偏见，还是一种既成法规？记得李泽厚先生在他的力作《美的历程》中提出这样的意见，即"中国社会史的分期仍在争论，但在意识形态领域以及美学和艺术发展史上，却似乎相当明显"。[1]这样一个事实，似乎还没有引起文史学家们的充分注意。我想所谓哲学思考，其要点就在于选择一个独特的视角去观察世界，去观察人和他们所处的时代。社会史和文艺史的研究是否也应选择某个新的视角呢？

第二个问题，观念和方法。

据金克木先生生前介绍，近几十年来，有下列九种科学的美学研究，或者说是艺术科学研究。即一是历史学的研究，二是用比较方法进行研究，三是社会学的美学研究，四是用实验方法进行研究，五是心理学的美学研究，六是心理分析（精神分析）的美学研究，七是人类学的美学研究，八是符号学的美学研究，九是信息论的美学研究。应该承认，过去我们只强调经济基础的决定作用，强调阶级斗争，只承认不同的社会经济形态具有不同的文化形态，而忽略甚至否认了不同的社会发展阶段中，每一个民族文化都具有它本身前后一致的共同特点，否认了民族文化发展的相对独立性和由各种复杂因素所形成的自身发展规律。目前这种偏向已经得到纠正。但是，是否会发生另一种偏向或片面性呢？即在探讨一个民族文化传统时忽略并无视它和社会形态间的一定联系，回避它和社会斗争、民族矛盾间的关系。这个问题同样应该引起我们的注意和重视。

我们知道一件艺术作品，不但与创作者自身有关，同时也与一定时期的社会风尚有关。在这种文化艺术繁荣的原因中，常常有历

---

[1]《美的历程》，文物出版社版，第158页。

史主义和伦理主义的二律背反的现象。试看元朝的短暂历史，一方面在残酷的民族矛盾的战争中，人民群众处在水深火热的动乱之中，挣扎于死亡线上；另一方面战争也推动了历史进展。在人类社会中，有些残酷的行为却常常具有历史动力的性质。因此哲学家们才说，历史总是在历史主义与伦理主义悲剧性的二律背反中前进。历史的进步往往伴随着道德的沦丧。戏曲的发展就碰到了这一矛盾，关汉卿等优秀作家们也碰到了这一矛盾。从这个意义上说，元朝的民族矛盾虽然给人民带来了苦难，但也扩大了剧作家们的生活和创作的视野。元剧题材的拓展，剧作家审视生活角度的多样就是证明。

记得有一位作家大致说过这么一段话，即天下的学问，本是"你中有我，我中有你"，彼此渗透，相互关联。对此我颇有同感。人们把学问分成物理、化学、哲学、历史、宗教、文学……这些不同的学科的分类，实在是不得已而为之的。然而当今的世界，人类知识的统一同知识的专业化，毕竟同样重要。所以，把社会史、文艺史作为一个整体来加以研究，便是通往人类知识的统一这个宏伟目标的一条康庄大道。

意蕴：新编史剧的历史深度和反思力度

当代剧作家审视生活的尺度放大了，因而对历史的认识也越来越深刻。从整体的人生出发去认识宏观的历史，思考历史行进的基本轨迹，特别是个人命运和历史运动的必然联系，这是新时期新编历史剧的重要特点。它充分说明戏曲史剧家们历史意识的进一步觉醒和反思历史的强化，这一切都标志着真实的历史精神对戏曲文学的复归。

然而，人们也不无遗憾地发现，新时期历史剧的历史深度和反思力度尚有某些欠缺，它还缺乏一种可以称之为史之魂、诗之魂的气质和两者水乳交融的内在意蕴。对于我们来说，这种内在意蕴的获得，不能不归之于戏曲史剧家们对历史题材的超越意识和自觉的历史哲学意识以及自身富于反省精神的思维力。

一

中华历史五千年，历史人物千千万。新编历史剧所面对着的这历史的每一个地质层面，都蕴含着丰富的矿藏，都给史剧家们创作史剧提供了取之不尽、用之不竭的素材源泉。但是，仅有素材是不够的,还需要有卓越的头脑,更需要十倍百倍的创造宏伟史剧的肝胆。

史剧的创作题材,从微观层次看,并不起决定作用,题材重大未必能成就一部优秀之作,优秀的史剧家完全可以从历史生活的一角提炼出、揭示出深刻的历史真理,创作出具有生命力的史剧来。但是,从宏观层次看,即从艺术发展的宏观的文化背景来考察,每个时代、每个阶层的艺术都有自己的中心题材,题材的差异有时会成为不同时代、不同阶层艺术的重要标志。因此,题材放置在艺术发展的总体上观照,则举足轻重。

然而,在史剧创作中有一个不必讳言的事实,即有的剧作者出于急功近利的考虑,或者由于过于紧迫的政治环境,使剧作者们搞了一些自以为社会需要的粗糙东西,搞了一些朝生夕灭、政治上也是随风起落的东西。这些配合政治任务的史剧之所以经不起时间的考验,与其说是由于政治上太强、功利太深、考虑太多,不如说是政治上太弱、太幼稚、太无远见和定见的结果。因为真正的历史使命感与政治上的随风逐浪、紧跟配合毕竟不是一回事。

我曾怀疑有些剧作是否太关注题材的直接现实意义?有没有用急功近利的态度去处理题材?比如现实生活中有改制的问题,于是就调转角度写包公改制;生活中有一个开发智力资源、爱护人才的问题,于是就写历史上爱护人才的君王;生活中涉及权与法的关系问题,于是就找来历史上秉公执法、大义灭亲的贤相……这样就把构思的着力点放在考虑选择什么题材能达到宣传教育的结果上面了,满足于表层的、特定的时空意义的思考。这样写出来的作品,充其量是历史和现实生活的浅薄比附,不可能触摸到历史潮流深处的搏动律。这里的问题就在于:史剧作者太固守狭隘的实用观,无法越出题材自身的特定时空意义,而对历史与现实进行深一层次的审美思辨。因此，史剧创作像一切戏剧品种的创作一样，如何摆脱对题材的肤浅的世俗功利观的羁绊，让自己的审美思辨超越题材表面的特定的时空意义，把握历史生活深处的底蕴，这就是摆在史剧家面前一个亟待考虑的问题。窃以为新时期史剧创作要求于史剧家的是一种超越意识。当然这并非主张戏剧创作可以抛弃题材要素，而是说，史剧家要善于超越题材的再现性，而追求题材的表现性，即揭示出题材表面意义之外的深层意蕴，使作品获得超越时空的象征意义。这就是为什么古今中外一些史剧传世之作所创造的艺术境界超越了题材的直接现实性，超越了题材特定的时空意义，而进入了传神的、象征的层次，从而获得了题材自身意义之外的表现力之秘密所在。

　　超越题材要求创作主体的超越意识和超越手段。超越意识带有主体的修养性，而超越手段则要求剧作家在对历史生活的增删隐显中实现艺术真实性上的超越，即历史生活必须与史剧家的审美创造的旨趣相契合。黑格尔一再强调，艺术的目的在于剥去外部世界的顽固的外部性，说的就是要创造超越历史、超越生活外观的艺术真实性。因此，就超越意识的真正内涵来说，它是在宏观的历史视野——对历史、社会、人生、文化等总体思考和艺术审美创造的基础上提出来的。所谓题材的超越，从作品实际来审视，一方面，它既不是某种观念的外贴和附加，也不能脱离史剧本体描写的历史土壤；另一方面，它的艺术的覆盖面又应远远超越于各种细节、情节、人物、语言描绘本身。借用司空图一句名言，即"超以象外，得其环中"。总之，题材的超越，应表现在思想和艺术的深度上，要求我们的史剧创作能达到这样一种境界：历史形象的艺术描绘，思想的升腾，人生哲理的探索，古今命运的沟通，多方面地相互融贯、

意蕴：新编史剧的历史深度和反思力度

辩证统一。

史剧创作的题材超越性必须立足于历史生活，不能立足于空中楼阁。史剧家的超越意识与切近现实是一对矛盾，既对立又统一。为了更好地实现超越意识，先得更加切近现实。远离生活，对现实生活的冷漠和盲目无知，由此建立起来的"超越意识"，必然变成僵硬的抽象哲理思辨，导致对史剧艺术创作规律的背离。这种所谓的"超越意识"和"超越题材"不是我们所追求的目标。超越与切近这两者的关系是辩证的，超越中有切近，切近中有超越，失去一方便会失去另一方。换言之，就是宏观的总体把握与微观的细处落笔的辩证统一。没有前者就没有深厚的历史内涵和艺术内涵，失去后者就没有艺术描绘的生动性、真切性，都会远离时代精神。理想的境界是：在舞台上表现的一切，既让人感到有些陌生——历史感，又觉得相当亲切——时代感，既让人感到仿佛置身于历史生活中，又好像出于历史生活之外。这里要求于史剧的是超越时代风云和轰轰烈烈的表层，站在俯瞰的位置上以深沉的感悟和反思去观照历史。质而言之，史剧家要站在时代的高度去探求历史形成的文化潜流，怎样在人们心灵中留下深深的印记，以及人们为摆脱古老传统的惰力，为挣脱历史羁绊所经历的困扰、磨难与心灵的激荡，这就是对民族历史文化心理结构的透视，对文化积淀和心理结构在历史推移中微妙变化的审察，使史剧家们的精力，从对史剧外在功能的热切追求，转移到对史剧内在功能的关注。这，可能就是史剧获得真正内在意蕴的一个重要方面吧！

以上是从史剧创作主体来看题材的超越意识，现在我们不妨从接受主体的角度来考察题材的超越。

我曾多次说过，优秀的史剧应当是当代剧作家心灵折射出来的历史之光，因为它具有美的形式而成为人们的审美对象。从审美结构来看，那些传世之作都包含着三个层次：表层是戏曲形式美因素所唤起的意象；中间层次是意象所指示的历史内容；它的深层结构则是超越时空的具有象征意味的深刻意蕴。也就是说，当史剧作家在作品中超越了题材自身的特定时空意义，揭示出某种普遍性的哲理内涵时，这个作品就获得了题材之外的象征意味。它的典型形象就在世世代代观众和读者心目中成为某种象征的形式而被吸收和改造，观众或读者就以自己的不同心境和处境而代入不同的经验内容。这种具有象征意味的哲理心理内涵就是所谓的象征意蕴。它在作品中是应该深而不露的，观众或读者必须在深入把握作品的历史内容的基础上，才能逐渐领悟。在史剧欣赏中，它像涓涓细流悄然进入观众或读者的心田，不知不觉影响着观赏者的深层心理。能够长期流传、脍炙人口的史剧，必然具有超越时空的象征意蕴，这就是传世之作的不朽魅力和秘密之所在。

事实上，史剧的特定历史内容和史剧作家的具体感受本身并没有不朽魅力。因为随着社会生活的变迁，人们注意和兴趣的中心是不断转移的。但是，如果史剧内容隐含着某种深刻的哲理心理内涵，那么情况就会大不一样了，由于史剧家能够从历史的表层结构深入到历史的内在特征，而且这种特征具有巨大的普遍性和典型性，因而使观赏者在感受这种特征时，由于心灵的抽象作用，会自觉不自觉地把活生生的历史特征抽象为某种观念形式。黑格尔对艺术的这种精妙和奥秘曾经有过揭示，他说：艺术真正职责就在于帮助人认识到心灵的最高旨趣，艺术家为完成这种职责，经过艺术创造过程，使艺术品比起原来非艺术的现实世界所表现的更为纯粹，也更为鲜明，从而显现出一种内在的生气、情感、灵魂、风骨和精神，这就是我们所说的艺术作品的意蕴。黑格尔还认为这里的意蕴总是比直接显现的形象更为深远的一种东西，而那外在形状的用处就在于指引到这意蕴。黑格尔的这些论述对艺术奥秘的揭示是深刻的。史剧作品的象征意蕴本质上是史剧作家的历史感受原型，也就是剧作家在实践中感受到的历史的基本意义和人生的真谛。它的产生是主体心理与客观历史内容的统一，是历史在主体的感性世界中积淀的成果。

二

多少年的实践使人们发现，如果没有一种恢宏的哲学意识，没有一种纵观全局的历史哲学，仅仅满足于模仿历史和所谓的再现历史，就很难在史剧这块有着巨大魅力的土地上建构起与之相匹配的辉煌的艺术殿堂。长期以来，历史剧的创作中，存在着自觉和不自觉地模仿历史的模式，史剧作家或多或少地还受着庸俗社会学的束缚。大师的眼力和巨匠的功底，在戏曲史剧创作领域还显得有些匮乏。史剧家对历史的反思，仅仅停留在观照历史的阶段，站在更高一层所要求的民族感和古远的历史追溯意识还没有形成。一句话，历史反思的力度还不够强，历史的内蕴挖掘得还不够深。

然而，近一个时期，我们毕竟听到了一些戏曲史剧作家的心底呼唤，比如传神史剧作为一个戏曲美学课题，已经从理论的呼唤进入到创作实践，我们激动地看到艺术家主体意识对历史真实做了深层的开掘。这种主体的艺术创造精神表现在：首先是"意识到的历史内容"，要求在宏阔的历史视野内，对历史真实做出巨大的艺术概括，以形成历史叙事的冲击力；其次是在错综复杂的历史矛盾中塑造活生生的性格，着力揭示人物形象的历史内蕴和本质，使性格的历史认识价值和审美价值趋于统一；再有就是创作者的创作个性渗透于历史诗情的发现和凝聚中。这就是说，在戏曲史剧创作领域，富有战略眼光的作家已经开始自觉地寻找自己的艺术魂魄了。

在我们对近几年剧坛的巡礼时，不时发现新崛起的观念在史剧创作中的显现；发现了戏剧思维的历史拓展；发现了民族文化意识对史剧的渗透。但是，也发现了史剧家整体审美意识的缺陷，而史剧家们整体审美意识的欠缺，归根结底，又在于哲学意识的贫困。

事实是，史剧对历史的审美观照，以注入其间的历史哲学意蕴穿透力最强。纵观新时期整个文艺创作对哲学营养的吸取，首先表现在艺术家主体哲学意识的自觉和强化。而相比之下，戏曲史剧创作就显得极为薄弱。歌德很早就说过："谁要想论述当代艺术或者就当代艺术进行争论，他就应当了解当代哲学业已取得的和将要取得的进展。"这是因为，哲学探讨人生，它给人生一个审美的解释；哲学追问世界本体，它对世界本体做出艺术化的说明；哲学沉思万物，它使这澄明的思考闪耀诗的光华。深厚的哲学修养和广泛的科学知识，能够大大拓展艺术家的精神视野和艺术胸襟，从而使作家的作品具有更巨大的思想深度和意识到的历史内容。人们早已看到，但丁的《神曲》是他的人文主义思想的产物，歌德的《浮士德》则是理性王国的幻觉，19世纪60年代欧洲的实证主义哲学、生物社会学影响所及，产生了左拉的自然主义的创作方法。席勒则是又写诗又写哲学，他为诗与哲学的冲突苦恼了一辈子，尼采则把诗和哲学完美地融合在一起，追求哲学思考方式本身的诗化，就是尼采浪漫化哲学的主旨。至于我国戏剧的伟大奠基者关汉卿则是一位伟大的人本主义哲学家和人道主义者，而汤显祖和徐渭则毋庸置疑的是两位反理学主义的哲学家，而且他们把反理学主义的抗争精神用之于自己的"四梦"与《四声猿》之中。

唯其如此，新时代戏曲文化的提高，营养不独来自戏曲界之内，而且来自戏曲界之外，如经济学界、历史学界、社会学界、心理学界以及整个思想文化界在变革中的新的理论思维成果；其间，哲学界的营养，特别是唯物史观发展的新成果，常常是戏曲舞台形象内蕴深度的一个重要因素。

戏曲文化的哲学渗透具体到史剧的创作应包括两个重要方面：

一是史剧家的主体哲学意识向舞台形象创造的渗透。应当承认，我们的一些戏曲史剧作家根本的缺憾是他们没有自己的哲学。一些形式上相当完美的史剧，如果没有渗透着极其个性化的、永不妥协的历史思辨和思想者的真诚，就休想使作家笔下的历史人物达到一个更高的境界。

二是历史哲学意识。历史哲学作为一门科学，重点强调人们在反思历史的同时亦须反思自身对历史的责任，即历史使命感。黑格尔说，"本质的否定性即是反思"，"本质自身中的映象是反思"。可以看到，"四人帮"粉碎后一批旨在反思的历史剧，其内蕴的深广度，在很大程度上取决于剧作家融注其间的历史哲学意识所达到的程度。

而我们缺乏的正是这样雄踞于历史哲学的高度，将历史人物的可歌可泣的历史作为整体尽收眼底，并超越桩桩历史事件的表层，气势磅礴地对内在规律进行科学的历史思考。他们还缺乏将历史哲学意识融注到自己所能驾驭的突破了常规的有意味的审美形式中，化为一种"史诗"的气魄。

哲学意识和哲学思考在史剧创作中，其关键就在于选择一个独特的视角去观察历史、历史人物和他们所处的时代。而这，需要有一种宏观的整体意识，在他的笔触下不是在细枝末节上闪耀和投射几丝火花的那样的警句，而是贯穿在他整个作品中对历史对生活的深刻探求和感悟，是一个活生生的生命对历史生活的独一无二的感知和把握。它绝不应当是攀附在某一哲学流派的观念上，那种没有自己个性的"小哲学"，是永远不会使自己的史剧升值的。只有不断拓展自己审美思辨的空间，才能对历史做出独一无二的表现，才能触发自己独有的历史感和个性天地，才能自成一个世界。所以，史剧创作必须从创作主体的哲学宏观视角对中华民族的文化心理进行整体观照和反思，才能创造出并非一般的史剧意蕴。

说到整体意识，目前戏曲史剧创作对历史的把握正是缺乏这种审美的整体意识或者说是整体意识的弱化。如果一个史剧作家满足于对历史的直观或静观，缺乏对历史和现实诸社会关系的整体了解，忽视对人们所处的历史潮流的分析和把握，那么，他的审美认识就会缺乏一种历史积淀的感知，由此，他们所创造的艺术形象就会给人以浅薄之感，或者说没有较高的历史哲学深度和美学价值。这就要求史剧作家在历史的审美和展现美时，必须具备纵深的历史视点，而具备这种纵深的历史视点正是历史哲学所应把握的。因为剧作家一旦理解了应将视点投射在历史土壤上，感悟到了直接用"手"去触摸历史生活，发现其底蕴，才能萌发艺术创作的冲动。史剧创作中的历史的"整体意识"必须蕴藉着史剧作家们深邃的思辨色彩和统一的审美情绪，这也许是当代史剧创作中最应关注和令人感到兴趣的问题之一。

在谈到史剧创作与哲学的关系时，我们不能不注意到问题的另外一面。在新时期，不少具有艺术探索精神的作家都在努力追踪当代最新哲学思潮，力求在自己创作中达到较高的哲学层次，这是一种可喜的现象。但是，戏曲艺术中的哲学深度问题，应放在创造活生生的有魅力的艺术生命的完整的机体中去解决，绝不是附加或自外于这一艺术生命的完整的机体。哲学意识向舞台艺术形象的渗透，主要体现在人生真谛、普遍经验的心灵化、情态化，即"从丰富的历史内涵中透露出一种沟通古今的哲理感"，这并不等于说，要求剧作家在自己的剧作中生硬地套上或搬弄大量哲学概念，使作品抽象化、概念化，这不是对史剧灵魂的强化，而是对史剧内在意蕴的削弱。对戏曲史剧创作来说，人生哲理、历史感悟并不是一种游离于历史生活实际的不可捉摸的纯抽象的思辨，而是融贯于历史、社会、人生、文化、生死、爱情、人际关系之中的深邃的思想，能揭示历史发展趋势，具有永恒因素和超越一定时空的限制。它是主体对历史、人生命运所作的宏观思考和审美把握。如果哲学的追求有损于艺术的生命机体，愚以为宁可不要这种哲学追求，也要保存艺术的活泼泼的生命形态。对于史剧来说，生活性、历史性是它的艺术生命的第一要素。一部新编历史剧，如果什么都有，但唯独缺乏活生生的人物形象和独特的个性，没有历史感，生活气息、味道、色彩、动作都很寡淡，那么，它所具有的那一切，包括那可怜的"小哲学"也往往会失败。目前，有些史剧的历史哲学和反思的味道很浓，但这种反思，却是盯住了历史、生活的一点聚光透视，而缺乏对历史生活整体的丰富感性形态的通观。这样，为了剧作主题的哲学探求，一再专攻一点、舍弃其余的做法，必然挫伤史剧艺术生命的有机体，把历史生活的千姿百态、色彩气韵都挤出去了。过于执着所谓的哲学思考，对观众也就太累了。史剧不能没有哲学意识，但史剧毕竟自有其魅人的天姿，她不需要戴上哲学面具，使观众莫测高深；这也是和史剧创作追求意蕴背道而驰的。

编后赘语

一晃，我在南开大学竟待了整整六十二年！其间，除了非正常的日子以外，五十八年中的大多数时间都是在教学和从事专业研究中匆匆度过。

1954年毕业留校后，没时间进修，系里就安排我接下导师许政扬先生在历史系讲的"中国文学通史"。没想到刚刚理清了一点点中国的文脉，1958年一场整肃知识分子的运动就在各大院校中展开了。政扬师竟成了被拔的"白旗"，遭到无端的批判，许师当场气昏，从此一病不起。许师在病榻上吩咐我接下他在本系讲的"宋元文学史"，顺手还把他的枕边书钱锺书著《谈艺录》送给了我，并说这是钱先生三十岁就写出的大作，好好读必有大收益，于是《谈艺录》也成了我的枕边书。那时记得最牢的是钱公序中的名句："东海西海心理攸同，南学北学道术未裂"，体会到了钱先生那么早就具有的宽广的学术胸怀和对文学发展规律的准确把握。但是，钱先生书中时而英语，忽而德语、法语，我实在看不懂。不过他谈宋诗人部分，让我对照读他的《宋诗选注》，就有了太多的启发。

成为我专攻小说戏曲的拐点，则是和我讲"宋元文学史"而较系统地读了一些小说戏曲的经典文本有关。因为我一直企望沿着许师将小说与戏曲相互参定、同步研究的道路走下去，但许师的这一学术理念直到1979年南开中文系古典小说戏曲研究室挂牌，在华粹深先生执掌研究室工作时才得以明确化。本书"题记"中所说：一部戏曲史就是一部活的小说史；一部小说史就是一部活的戏曲史，就是华师在研究室成立座谈会上说的浓缩版。

后来我带了研究生，力图贯彻这一学术理念，也许是我的学养和功力不够，也许是研究实绩欠佳，不能带头去做，结果很多研究生都是单打一，小说戏曲的综合的整体研究也就没能坚持下去，我长期梦想编出一部"中国古典小说戏曲发展史"，当然也就以破灭告终。现在想来，人各有志，即如西谚所说"趣味无争辩"，此类事也无须较真儿。不过我并未动摇这种信念和思路，仍然想把小说与戏曲同步研究坚持下去。现在呈现于读者面前的这本小书，也许可以看作是我向两位恩师交的不太合格的试卷吧！

机缘巧合，十八年前我有幸受聘兼职天津大学建筑学院，博士生的必选课中，《西方艺术史》由一位名家讲授，但《中国美学思想史》却一时找不到合适的人讲，结果院方就把这块硬骨头派给了我去啃，俗话说"打鸭子上架"，我就是在这种尴尬局面下匆匆上阵了。说实话，此前我确实在我校东艺系为硕士生讲过"中国美学简史"和"古典美学"，但我却没有写过一篇正式研究古典美学思想的文章，这说明我还没进入中国美学的堂奥。好在我懂得教学相长的道理，我把这门课办成了"美学沙龙"，通过交流，不仅增长了很多建筑艺术的知识，还从那些博士生读的书中受到启发，这就大大拓展了我的阅读空间。无疑在我理论思维提升的同时，也提高了我对中国古典小说戏曲的认知水平。我逐渐领悟到了艺术哲学乃是探讨人生，它给人生一个审美的解释；艺术哲学追问世界本体，它对世界本体做出艺术化的说明；艺术哲学沉思万物，它使澄明的思想闪耀诗的光辉。

我不否认，我是一个文学本位和文本主义的坚守者。但我不会无知到反对文学的文献学研究和文学的历史学研究，这一点，在拙文《古代小说研究方法论刍议》[1]中有过充分的说明。我所反对的是为考据而考据，认为只有考据才是真学问，进而对一切文学审美的研究嗤之以鼻。对于这些过于偏颇的学风和议论，理所当然地难以认同。其实钱锺书先生早就有言在先，他说："文学研究是一门严密的学问，在掌握资料时需要精细的考据，但是这种考据不是文学研究的最终目标，不能让它喧宾夺主，代替对作家和作品的阐明、分析和评价。"[2]上世纪80年代他在与黄克先生的个人通信中，还在感叹文学研究一直是历史学等的附庸，"而不能自立门户"。[3]钱公的"自立门户"说，实乃一种文化焦虑。本来，每个学科和艺术形态都有自己的界限，而今文学研究却有一种取消"文学性"的倾向，这无疑是对文学的致命戕害，它会导致文学审美性的消解！我的忧思是：当人们不再沉浸在诗意世界去领略那天才的文学精魂和美的创造时，是人类文明之大幸还是大不幸？我深信，弘扬人类真善美的文学和诗意，永远是捍卫人性的，而且越是在灵魂不安的时代，越需要文学的抚慰，它是无法代替的，因为，在所有人文领域中，文学最贴近我们的心灵。

---

[1] 见《文史哲》2012年第2期。
[2] 《写在人生边上 人生边上的边上 石语》，三联书店2002年版，第179页。
[3] 《想念周振甫》，新世界出版社2011年版，第101页。

心灵投影

至于回归文本,那是因为我相信文学文本最能真实地反映作家的内心世界。当我们纵观一部中国文学发展史时,几乎能感觉到作家感情的喷薄和气质的涵茹。如果我们不透过其创作去追溯其灵魂深处,又如何能领会到这些作家以自己的心灵所感受的时代和人民的心灵呢?所以我们可以把文学史看作一部形象的生动的细腻的心灵史。十九世纪丹麦文学史家勃兰兑斯在他的六卷本《十九世纪文学主流》的引言中开宗明义地指出:"文学史,就其最深刻的意义来说,是一种心理学,研究人的灵魂,是灵魂的历史。"这是我迄今看到的对文学史做出的最符合实际最富科学意味的界定。这一思想的深刻性就在于它不再是停留在那个空泛的毫无实际意义的"文学是人学"[1]的层面上,而是充分认识到文学乃是人的心灵史、性格史,人的精神立体运动的历史。因为心理结构乃是浓缩了的人类文明,文学文本则是打开时代灵魂的审美化的"心理学"。

在感悟到了这一切后,闲暇时把从前读书所看到的中外古今理论家和作家有关文学的心灵史意义的言论稍加排列,发现他们的认识竟如此不谋而合!比如,刘勰早在《文心雕龙·原道》中就说:"心生而言立,言立而文明,自然之道也。"唐代张璪在谈及绘画要诀时说:"外师造化,中得心源。"黑格尔则说:"只有心灵才涵盖一切","美的艺术的领域,就是绝对心灵的领域"。甚至历史哲学家柯林伍德在他的《历史的观念》中也说:"一切关于心灵的知识都是历史的。"

而作家的特有感性就显得更加明快,很多大作家强调的都是,书写是一种探索自我的行为。司汤达说他的创作就是"重读自己"。

---

[1] 关于"文学是人学"这个说法,过去和现在都在流行,并且指认是高尔基说的。但我多次查阅翻译成中文的高尔基文学理论著作,至今未查到这句话的出处。

易卜生说"写作就是坐下来审视自己"。果戈理更加直白地说："我近年所写的一切都是我的'心史'。"老托尔斯泰则说："艺术不是手艺，它是艺术家体验到的感情的传递。"鲁迅先生更是多次提到对自己灵魂的解剖："要咀嚼自己的灵魂。"这就让我们看到了一个个真诚的作家，他们都是以真心写真情。事实上，很多作家的伟构就是他们血泪凝结的珍品。作为心灵自传的《红楼梦》，作者在他的诗序中说他的创作乃是"一把辛酸泪"，曹雪芹既呼唤又担心"谁解其中味"！于是理论家和作家们都似有灵犀一点，遥相呼应。尼采说："一切文字，吾爱以血书著者。"法国的缪塞直言："最美丽的诗歌，是最绝望的诗歌。有些不朽的篇章是纯粹的眼泪……"综合这些表述，我们很自然地看到他们的共识：美需要通过人的审美活动生成，没有心灵的烛照即没有美。他们都符合柳宗元提出的"心凝形释，与万物冥合"的境界。

从前，我们接受的文艺思想教育是"讲话"中说的：生活，只有生活才是文艺创作的唯一源泉。一个"唯一"就把"中得心源"彻底遮蔽了，我们几乎忘记了中国诗学的一条铁律：拥有生活固然必要和重要，但是作为文学创作来说，心灵更为重要。仅仅拥有生活，你可能瞬间打通了艺术的天窗，但是没有心灵的支撑，这个天窗就会很快掉下来。

对先哲时彦的诸多论述的初步理解和感悟，我想就是我写作《心灵投影》的动因吧！

来公新夏先生赐序，我不想多说一般感谢的话，只是如实地交代来公为什么再次赐序给我的简单过程。记得十五年前，来公曾为我的文史随笔集《走进困惑》写过一篇长序，不想年与时驰，意与日去，一晃我又站在来公面前再请赐序。此刻正是来公九秩大寿之际，朋友来来往往，好不热闹。一天在来公家我亲耳听到他婉拒撰写序言的电话，但来公对我求序却爽快答应。我深知来公脾气，只要他应允之事，你就无须再提，他肯定会搁在心中。可是没想到，在酷暑难耐的七月，来公当着我的面，从电脑中打出了他撰写的大序，当时我眼睛湿润了……我只深鞠一躬向他致谢。回家后立即捧读大序，来公对我的诸多鼓励，我有些承受不住，然而让我动容的是来公序言中最后一段，其情也真，其意也深。我知道来公在给我鼓劲，让我在步入晚景时仍能以一个学人的良知去完成自己力所能及的文化使命。此刻我能静下心来整理修订这部新旧杂陈的书稿，是和来公的扶持与鼓励分不开的。

能在商务印书馆出一部书，是我一直心向往之的事。"商务"这块牌子对读书人来说，有一种难以言说的诱惑力和亲和力。这里我要郑重感谢商务印书馆江远、周洪波二位领导。这次厚艳芬女士向我约稿，我的感奋之情难以描述。至于我和厚老师的交往是与中华书局《文史知识》分不开的，我算是这个刊物的老作者，每当有一两篇自觉还可拿出手的文章，我首选的投稿刊物就是"中华"名牌《文史知识》。而厚老师每次收到我的稿件，都会细心审读并认真修改，从而使我的文章少出一些错误，一来二去我们建立了编者与作者之间非常融洽的关系。这次整理书稿时，脑子里转的一个最原始最朴素的想法就是：别辜负了商务印书馆和厚老师对我的信任。

书稿交出去了，心中仍然忐忑。

宁宗一
2012年8月于南开寓所